कालजयी ओड़िया कहानियाँ

कालजयी ओड़िया कहानियाँ

अनुवादक
दिनेश कुमार माली

BLACK EAGLE BOOKS
2020

 **BLACK EAGLE BOOKS**

USA address:
7464 Wisdom Lane
Dublin, OH 43016

India address:
E/312, Trident Galaxy, Kalinga Nagar,
Bhubaneswar-751003, Odisha, India

E-mail: info@blackeaglebooks.org
Website: www.blackeaglebooks.org

First International Edition Published by
BLACK EAGLE BOOKS, 2020

KALAJAYEE ODIA KAHANIYAN
by **Dinesh Kumar Mali**

Cover Photo: **Adyasha Das**

Cover & Interior Design: Ezy's Publication

ISBN : 978-1-64560-130-2 (Paperback)

Printed in United States of America

ओड़िशा के सुसमृद्ध साहित्य के हिन्दी और अंग्रेजी अनुवादों को
राष्ट्रीय-अंतर्राष्ट्रीय स्तर पर संवर्धित करने के लिए
संकल्पबद्ध अंतरराष्ट्रीय प्रकाशन-संस्था
ब्लैक ईगल पब्लिकेशन्स के संस्थापक
श्री सत्य पटनायक और
मेरे मित्र डॉ॰ मनोरंजन मिश्रा, एसिस्टेंट प्रोफेसर (अँग्रेजी),
राजकीय स्वयंशासित महाविद्यालय, अंगुल (ओड़िशा)
को सादर समर्पित

अनुवादक की कलम से...

एक डेढ़ दशक से लगातार अंतरजाल पर हिन्दी साहित्य, संस्कृति व भाषा को अंतर-राष्ट्रीय मंच व वर्चस्व प्रदान करने वाली वेब-पत्रिका ''सृजनगाथा'' पर नियमित लोकप्रिय स्तम्भ ''ओड़िया-माटी'' के लिए मैं ओड़िया भाषा की प्रतिनिधि कहानियों का अनुवाद कर रहा था। अनुवाद के क्षेत्र में मेरा आना एक आकस्मिक घटना है, मैं राजस्थान निवासी हूँ, दूर-दूर तक ओड़िया भाषा से मेरा कोई संबंध नहीं था। मैं ओड़िशा आया था नौकरी की तलाश में, एक माइनिंग इंजीनियर के तौर पर और पहली पोस्टिंग कोल इंडिया लिमिटेड की अनुषंगी कंपनी महानदी कोलफील्ड्स लिमिटेड की हिंगीर अंडरग्राउंड रामपुर कोलियरी में सन् 1993 प्रशिक्षु के रूप में हुई थी। मैं उसी कॉलोनी में रहता था, जिसमें रहते थे ओड़िया साहित्य की सुविख्यात साहित्यकार दंपत्ति डॉ॰ सरोजिनी साहू और जगदीश मोहंती। कहते हैं, 'तुलसी संगत साधु की, हरे कोटि अपराध' या दूसरे शब्दों में पारस पत्थर के संपर्क में आने से लोहा भी सोना बन जाता है और ऐसा ही पारसीय स्पर्श मुझे उस लेखक दंपत्ति से प्राप्त हुआ। तदुपरान्त यह सवाल उठता है कि मैंने ओड़िया कैसे सीखी? भूमिका में इस विषय पर यहाँ प्रकाश डालना असंगत प्रतीत होता है। इसमें कोई अतिशयोक्ति नहीं है कि सृजनगाथा पत्रिका में प्रकाशित हुई मेरी कहानियों को हिन्दी पाठकों का भरपूर आदर मिला और सन् 2014 में मेरी ओड़िया से अनूदित अड़तीस कहानियों का संग्रह यश पब्लिकेशन्स, नई दिल्ली से *ओड़िया भाषा की प्रतिनिधि कहानियाँ* के शीर्षक से प्रकाशित हुआ। जिसका विमोचन उसी साल चीन की राजधानी बीजिंग में हुआ था और मुझे वहाँ इस पुस्तक पर अंतर-राष्ट्रीय पुरस्कार 'सृजनगाथा सम्मान' भी मिला। मुझे अपनी मेहनत सार्थक लगी। अंतरराष्ट्रीय हिन्दी सम्मेलन के समन्वयक, www.srijangatha.com के संपादक तथा मुद्रित

हिन्दी पत्रिका पाण्डुलिपि (त्रैमासिक) कार्यकारी संपादक जयप्रकाश मानस मूलतः ब्रजराननगर (ओड़िशा) निवासी, जो नौकरी की तलाश में उनके पिताजी बहुत पहले रायपुर (छत्तीसगढ़) में सपरिवार विस्थापित हो गए थे और कालांतर में जय प्रकाश 'रथ' बन गए सुप्रसिद्ध हिन्दी कवि जय प्रकाश 'मानस' ने मुझे आशीर्वाद देते हुए इस पुस्तक की भूमिका में लिखा था,

''मुझे अत्यंत ही हर्ष हो रहा है कि दिनेश कुमार माली मूलतः राजस्थान के निवासी होते हुए भी ओड़िशा की रत्नगर्भा धरती पर कोयले का उत्खनन कर रही भारत सरकार के उपक्रम कोल इंडिया लिमिटेड की अनुषंगी कंपनी महानदी कोलफील्ड्स लिमिटेड में बीस-बाईस साल से खनन अभियंता के साथ-साथ नामित राजभाषा अधिकारी की सेवाएँ देते हुए ओड़िया साहित्य को हिन्दी जगत से जोड़कर एक सेतु-बंधन के रूप में अत्यंत ही अनुकरणीय, प्रेरणास्पद और सराहनीय कार्य किया है। भले ही, रायपुर-छत्तीसगढ़ मेरी कर्मभूमि रही हो, मगर ओड़िशा की माटी से वंशानुगत संबंध होने के कारण ओड़िशा के महान साहित्यकारों को पढ़कर उस विराट विटप की जड़ों की मिट्टी की सौंधी सुगंध आघ्राण कर अपने को गौरवान्वित अनुभव करता हूँ। ओड़िशा का साहित्य सुसमृद्ध है, समय के अनुरूप घटना-चक्र में आए परिवर्तनों को लेकर रचनाकारों के दृष्टिकोण, विचारधारा, चिंतन-मनन, कथ्य-शैली और कथानकों की क्रमशः बदलती पृष्ठभूमि को हिन्दी जगत के पाठक इस संकलन के माध्यम से आसानी से समझ सकेंगे।'

जिंदगी का दूसरा बड़ा पड़ाव, सन 2011, जब मैं ब्रजराजनगर छोडकर तालचेर आ गया था, वहाँ से स्थानांतरित होकर। यहाँ सन 2019-20 में मेरा संपर्क हो गया, अंगुल महाविद्यालय के अँग्रेजी भाषा के व्याख्याता डॉ॰ मनोरंजन मिश्रा से। उनकी कई किताबें अंतर-राष्ट्रीय पब्लिकेशन्स ब्लैक ईगल बुक्स, डबलिन, यूएसए से प्रकाशित हुई थी।उन्होंने मेरा संपर्क इस पब्लिकेशन्स के संस्थापक श्री सत्य पटनायक जी से ई-मेल द्वारा करवाया। मेरे पुराने प्रतिनिधि संग्रह में कुछ महत्वपूर्ण लेखक छूटे हुए थे और तब मैंने संकल्प लिया था कि अगर कभी मौका मिला तो छूटे हुए महत्वपूर्ण लेखकों का अनुवाद कर उन्हें हिन्दी जगत में लाने का भरसक प्रयास करूँगा। श्री सत्य पटनायकजी बहुत अच्छे इंसान है, उन्होंने मुझे प्रेरित किया, बचे हुए कार्य को पूर्ण करने के लिए। जिस तरह जामवंत ने हनुमान को अपनी शक्तियों की याद दिलाई, वैसे ही उनके दो शब्द मेरे प्रेरणा-स्रोत बन गए। देखते-देखते मेरा यह परिवर्धित एवं संशोधित अनूदित कहानी-संग्रह अंतर-राष्ट्रीय रूप ले लेगा, उसकी मुझे आशा तक नहीं थी। तभी तो कहते हैं, भगवान जब देता

है तो छप्पर फाड़ कर देता है! यह मेरे जीवन में किसी चमत्कार से कम है! अनुवाद के दौरान मैंने जो ओड़िया कहानियों में पाया, आपके समक्ष यहाँ रखना प्रासंगिक और समीचीन समझता हूँ।

ओड़िया साहित्य में लघु कहानियों का आविर्भाव आधुनिक काल में हुआ। उस समय देश के हर साहित्य और संस्कृति में लोक कहानियों के प्रति जन-साधारण का एक विशेष आकर्षण व महत्त्व था, मगर उन्नीसवीं शताब्दी में लघु कहानियों के स्वतंत्र स्वर मुखरित हुए। अन्यान्य भारतीय साहित्य में आधुनिकता के प्रवेश के दौरान ओड़िया साहित्य में भी आधुनिकता का समावेश हुआ। अँग्रेजी शासन के राजनीतिक वर्चस्व और अधिकाधिक व्यवधान के बाद ओड़िशा के जन-मानस को अपनी प्राचीन सांस्कृतिक धरोहर व चेतना का वातावरण प्राप्त हुआ। वहीं से जन्म होता है ओड़िया कहानियों के लेखन के युग का। ओड़िया क्षुद्र-गल्प के पहले लेखक फकीर मोहन सेनापति ने अपनी लेखनी के माध्यम से मानवीय जीवन के सुख-दुख और हंसी-क्रंदन को बहुत ही सटीक ढंग से उकेरा था। सन 1898 में उनके द्वारा लिखी गई पहली कहानी *'रेवती'* का न केवल ओड़िया साहित्य में वरन सम्पूर्ण भारतीय साहित्य में एक विशिष्ट सम्मानजनक स्थान है। अंग्रेजों के शासनकाल में ओड़िशा के जन-जीवन में भी काफी विकास हुआ था, जिसके फलस्वरूप नारी-शिक्षा, नौकरी-व्यवसाय और जीवन की महत्त्वकांक्षाओं में नए-नए बदलाव आए। फकीर मोहन सेनापति की कहानी *'रेवती'* में नारी शिक्षा के प्रोत्साहन, निजस्व की रक्षणशीलता, अंध-विश्वास, दारिद्रय और जीवन-मूल्य बोध का वर्णन है।

सन् 1921 में ओड़िया साहित्य में 'सबुज युग' का आगमन हुआ था। तत्कालीन हिन्दी साहित्य में 'छायावादी युग' और बंगाली साहित्य में 'कल्लोल युग' के लेखक व कविगण साहित्य निर्माण में सक्रिय थे।सबुज युग के तत्कालीन रचनाकार रवीन्द्र नाथ ठाकुर से अधिक प्रभावित थे। दूसरी तरफ 'सत्यवादी गोष्ठी' के साहित्यकार सामाजिक संस्कारों और आदर्शों के प्रति बहुत ज्यादा सचेत थे, जिसकी झलक तत्कालीन कहानियों में स्पष्ट दिखाई देती है।उस समय के साहित्यकार लक्ष्मीकान्त महापात्र, गोदवारीश महापात्र भी अपने लेखन में फकीर मोहन सेनापति के प्रभाव से मुक्त नहीं हो पाए थे। उनकी कहानियों में पल्ली-जीवन और सामाजिक संवेदनाओं का चित्रण साफ देखने को मिलता है। लक्ष्मी कान्त की कहानी *'बूढ़ा-चूडीहार''* उस समय की सबसे चर्चित कहानियों में से एक थी। कई आलोचक इस कहानी में यौन-चेतना के आभास का जिक्र करते है। यांत्रिक सभ्यता के प्रवेश होने पर ग्राम्य-जीवन के साथ-साथ मानव की जीवनयात्रा में किस तरह

परिवर्तन देखने को मिलता है -उसका एक जीता जागता उदाहरण है गोदवरीश महापात्र की कहानी *'मागुनी की बैलगाड़ी'* । जिसमें परिवार ही नहीं, वरन व्यक्ति का जीवन भी अपने प्रतिकूल परिवर्तन के कारण दुरावस्था को प्राप्त होता है।

सबुज युग के परिवर्ती समय में सन 1935 में नवयुग साहित्य-संसद द्वारा ओड़िया साहित्य में मार्क्सवादी विचारधारा और चिंतन का समावेश होता है।उस विचारधारा, चिंतन और चेतना से प्रभावित लेखक भगवती चरण पाणिग्रही की कहानी ' *शिकार'* और सच्चिदानंद राऊत राय की कालजयी कहानी *'श्मशान के फूल'* ओड़िया साहित्य के सुगंधित पुष्प हैं। कहानी *'शिकार'* में ओड़िशा के जमींदारों एवं साहूकारों द्वारा दलित वर्ग पर किए जा रहे अत्याचार, उनकी दीन-हीन अवस्था और लगातार किए जा रहे शोषण से दुखी आदिवासी शिकारी घिनुआ द्वारा जमींदार का सिर काटकर अंग्रेज साहब को प्रदान कर उपहार की कामना में अप्रत्यक्ष विप्लव व विद्रोह के स्वर प्रस्फुटित हुए हैं ।इसमें अत्यंत सरल शिकारी घिनुआ अंग्रेज अधिकारी की कूटबुद्धि का शिकार हो जाता है।

लेखक सच्चिदानंद राऊत राय ने मार्क्स-दर्शन का समर्थन कर अपनी कहानियों के माध्यम से जन-मानस में उठ रहे विद्रोह के स्वर की सशक्त प्रस्तुति कर एक सराहनीय कार्य किया है, मगर वह स्वर कालांतर में शिथिल होता गया। *'श्मशान के फूल'* में नई नवेली दुल्हन के चेहरे की तुलना कुमुद के फूल, घुँघराले काले-काले बालों की तुलना मुरझाए फूलों के जंगल से की है। गठीले बदन और गोरे-गोरे चेहरे पर नाक में लगी नथनी का वर्णन मानवीय संवेदना और मृत दुल्हन की निसंगता तथा जिजीविषा का मर्मांतक चित्रण मिलता है, जिससे शववाहक और अनुभूतिशून्य मालभाई जगुतिआड़ी भी द्रवित हो उठता है।ओड़िशा के अज्ञात अपरिचित आदिवासी लोगों की दरिद्रता, जीवनचर्या के झंझाल व दीन-हीन अवस्था का जीवंत वर्णन ज्ञानपीठ पुरस्कार से सम्मानित लेखक गोपीनाथ मोहंती ने अपनी कहानी *'चींटी'* में किया है, जिसमें 'चींटी' समाज के दरिद्र व्यक्ति का प्रतीक है। स्वाधीनता के बाद ओड़िशा के समुद्री तट वाले इलाकों में रहने वाले सरल ग्रामीणों की तुलना शहरी लोगों से करते हुए उनके दारिद्र्य व असहायता का अंतरतम चेतना को झकझोर देने वाला वर्णन मिलता है कि कोरापुट के दक्षिण पार्वत्य जिले में चावल चोरी बंद करने के लिए कर्तव्यपरायणता दिखाने का इच्छुक एक तरुण अधिकारी किस तरह टूटकर विरक्त हो उठता है, बहुत सारे जंगल और पहाड़ पार करने के बाद आदिवासियों के हाट-बाट और उनकी दयनीय अवस्था को देखकर। बसंत कुमार सत्पथी की कहानी *'अनपढ़'* में मफ सल अंचल की कम-पढ़ी लिखी लड़की

का किसी पढे लिखे लड़के के साथ विवाह होने, लड़की के स्वाभिमान और तरुण प्रेम का उल्लेख है। प्राणबन्धु कर की कहानी *स्रोत मुहाने पर पत्ता* हिंदी के प्रसिद्ध उपन्यासकार यशपाल के उपन्यास *झूठा सच* की याद दिलाती है, जिसमें देश की आजादी के पहले की पीढ़ी देश आजाद होने के बाद उनके परिवार में सुख, समृद्धि और शांति के सपने देखती है, मगर उनकी यह तमन्ना पूर्ण नहीं हो पाती है। आजादी के बाद भी वैसे ही कालाबाजारी, शोषण और गरीबी का तांडव समाज में व्याप्त रहता है। स्वतंत्रता सेनानी देश आजाद होने के बाद अपने कर्तव्यों को भूल कर पूरी तरह स्वार्थ-सिद्धि में लग जाते हैं। वामाचरण मित्र की कहानी *मिमि की साहित्य-शिक्षा* अत्यंत ही शिक्षाप्रद एवं सोद्देश्यमूलक है, इस कहानी के माध्यम से लेखक कहना चाहता है कि विद्यार्थी के मन में उठ रही जिज्ञासाओं का अध्यापक, गुरु, मां-बाप, समाज द्वारा डांट-फटकार कर नकारात्मक रूप से दमन न कर प्रेम, सद्-व्यवहार द्वारा उनकी शैक्षिक, बौद्धिक, आध्यात्मिक एवं चारित्रिक विकास किया जा सकता है। फ   तूरानंद की व्यंग्यात्मक विषयवस्तु पर लिखी कहानी *निराकार कॉलेज* का कथानक है आधुनिक शिक्षा में दलालों द्वारा व्याप्त भ्रष्टाचार तथा सेठ-साहूकार, बड़े-बड़े लोगों के बच्चों का पैसों के बल पर ऐसी कॉलेजों में दाखिला करवाना जिसकी न कोई स्थिति है और न कोई आकार। इसी प्रकार आम आदमी के सामाजिक अस्तित्व एवं आधुनिक इंसान के कपट और झूठे व्यवहार का सार्थक चित्रण उस समय के दूसरे प्रसिद्ध लेखक ब्रह्मानन्द पंडा ने एक अलग अंदाज में अपनी कहानी *भोली काका* में किया।

विश्व-युद्ध के परिवर्ती समय में उपजे नीरस जीवन और हताशा बोध की अनुभूतियों की रचना जिन लघु कहानियों में की गई थी, उसके अन्यतम लेखक सुरेन्द्र मोहंती की कहानी *गुलमोहर* ओड़िया साहित्य की सफलतम कहानियों में से एक है। उसी तरह किशोरी चरण दास की कहानी *पूजाघर* उच्च मध्यवित्त परिवार के मुखिया के माँ की मृत्यु की संभावना पर घर के सदस्यों के अवचेतन मन में चल रही हलचल, प्रतिक्रियाएँ, दुख, हताशा, अनाग्रह, अधैर्य जैसे मनोभावों के विस्तृत उल्लेख के साथ-साथ समाज के प्रतिष्ठित व्यक्तियों के मुखौटों को हटाकर सही चेहरों को सामने लाने का अद्वितीय प्रयास है।

द्वितीय युद्ध के बाद विश्व में सामाजिक और आर्थिक परिवर्तनों के साथ-साथ मनुष्य के मन में ईश्वर के प्रति अनास्था की भावना पैदा हुई और साथ ही साथ, 'अस्तित्ववाद' उभर कर सामने आया। फिर भी *अंधेरी रात का सूर्य* कहानी में महापात्र नीलमणि साहू वर्तमान पीढ़ी की लोलुपता के अंतर्द्वंद्व पर

कुठाराघात करने के साथ-साथ आने वाली पीढ़ी में आशावादिता के स्वर देखती है, उन्हें लगता है कि आगामी पीढ़ी न केवल समाजवाद की पोषक होगी, वरन जैव-मैत्री और परिवेश के प्रति भी उनके मन में उतनी ही उदारता एवं संवेदनशीलता होगी। अखिल मोहन पटनायक की कहानी *'गूलर का फूल'*, चंद्रशेखर रथ की कहानी *'स्वप्नभंग'*, सातकडि होता की कहानी *'दिल्ली का महाशून्य'*, मनोजदास की *'आरण्यक'* और रविपटनायक की *'चेरापूंजी'* उसी अस्तित्ववाद, आधुनिक मानव की स्थिर चेतना और भावनाओं को दर्शाता है। *'स्वप्नभंग'* कहानी में अपने बेटे की इच्छा, आग्रह और सपनों को सँजोते-सँजोते अंत में सपनों के टूटने पर होने वाले दुख का विशद वर्णन है।"और बबुआ ! मेडिकल कॉलेज में भर्ती नहीं होगा?" सातकडि होता की कहानी *'दिल्ली का महाशून्य'* एक सरल विश्वासी आदमी, जो पेशे से कृषक के साथ-साथ एक शिक्षक है, की सपरिवार दिल्ली यात्रा में दिल्ली शहर की निर्ममता और नारी की सम्पूर्ण असुरक्षा का वर्णन है। कृष्ण प्रसाद मिश्र की कहानी *'नियाग्रा और* देवयानी', में जहां प्राकृतिक सुषमा में ईश्वर-दर्शन के संदेश देने के साथ-साथ कई दार्शनिक विचारधाराओं जैसे साकार-निराकार, सगुण-निर्गुण, ससीम-असीम, मूर्तिपूजा आदि के औचित्य पर पाठकों को सोचने के लिए मजबूर करती है। मनोज दास की कहानी *'आरण्यक'* सन 1971 के जून महीने में इलस्ट्रटेड वीकली 'ए ट्रिप इंटू जंगल' शीर्षक से प्रकाशित हुई थी, जिसमें यह दिखाया गया है कि किस तरह आदमी नशे की हालत में अपनी सुध-बुध खोकर स्वयं एक जानवर बन अपने साथी बेहोश मनुष्य को आग में भूनकर कैंप-फायर कर फिस्ट मनाता है। रविपटनायक ने अपनी कहानी *'चेरापूँजी'* में प्रेमिका की तुलना चेरापूंजी से की है, क्योंकि वह प्रेम की अनवरत वर्षा के बावजूद भी केवल एक नीरस, शुष्क व पथरीली बंजर भूमि है।

ज्ञानपीठ पुरस्कार से सम्मानित लेखिका प्रतिभा राय की कहानी 'अमर' में भूख की परिभाषा और भूख अमर रहे जैसे नारों के माध्यम से शासक-दल की स्वीकारोक्ति को दर्शाया है। महाराज भूख क्या है? उसका स्वरूप क्या है? मेरे राज्य में अगर भूख है तो उसे बंदी बनाकर ले आओ? मैं उसके स्वरूप को देखना चाहता हूँ। मैं भूख खोजने आया था, मगर कुछ नहीं मिला, सिवाय अनाहार मृत्यु के।

रामचन्द्र बेहेरा की कहानियों में स्थिर चेतना और मध्यम वर्गीय परिवार के सुख-दुख का वर्णन मिलता है। उनकी कहानी *'लाश कहाँ?'* में स्वयं को मारने की अज्ञात धमकी से बचाने के लिए रखी गई आवश्यक शर्त अपने पालतू कुत्ते की हत्या के अनुपालन हेतु विभिन्न तरीकों के आकलन में पति-पत्नी के मानसिक द्वंद्व को बेहतरीन तरीके से दर्शाया गया है।

अंत में, आशा करता हूँ कि यह पुस्तक न केवल हिन्दी पाठकों, लेखकों, भाषा-विज्ञान के विद्यार्थियों व शोधार्थियों के लिए उपयोगी व वरदान साबित होगा, वरन ओड़िशा की उत्कल व जगन्नाथ संस्कृति को राष्ट्रीय-अंतरराष्ट्रीय स्तर पर विशिष्ट साहित्यिक ख्याति दिलवाने का मार्ग भी प्रशस्त करेगा। ओड़िया साहित्य को राष्ट्रीय-अंतर्राष्ट्रीय स्तर पर संवर्धित करने के लिए संकल्पबद्ध ब्लेक ईगल पब्लिकेशन्स के संस्थापक श्री सत्य पटनायक और मेरे मित्र डॉ॰ मनोरंजन मिश्रा को हार्दिक साधुवाद देता हूँ और मेरी अनूदित कृति के माध्यम से यह सौभाग्य प्रदान करने के कोटि-कोटि नमन करता हूँ और इस पुस्तक की विश्व-व्यापी सम्पूर्ण हिन्दी जगत में सफलता की हार्दिक शुभकामनाएँ प्रेषित करता हूँ।

दिनाँक : 09.11.2020

दिनेश कुमार माली
तालचेर, ओड़िशा
मो॰ 9437059979

अनुक्रम

रेवती

फकीर मोहन सेनापति

''हाय रेवती! हाय रेवी! हाय कलमुँही! हाय कुलभक्षणी!''

कटक जिले के हरिहरपुर परगने में एक छोटा-सा कस्बा, नाम था पाटपुर। गाँव के अंतिम छोर पर एक घर। घर में आगे-पीछे चार कमरे। आंगन की दीवार से सटी हुई थी ढेंकीशाल, बीच में कुँआ। आगे की तरफ खुलता हुआ एक सदर दरवाजा। पीछे की तरफ बाड़ी में खुलता हुआ किवाड़। बैठक खाने में बाहर के लोग आकर बैठते थे। प्रजा लगान देने के लिए यहाँ पर आकर प्रतीक्षा करती थी। श्यामबंधु मोहंती जमींदार की तरफ से गाँव के मुनीम होने के नाते महीने में दो रुपए वेतन के अलावा रसीद लिखने के लिए अलग से दो पैसे हाथों में आ जाते थे। सब मिलाकर महीने में चार रुपए से कम नहीं मिलते थे। परिवार का किसी भी तरह से गुजारा हो जाता था। किसी भी तरह से क्यों? कहने से अच्छी तरह से गुजर-बसर हो जाती थी। घर में यह नहीं, वह नहीं है ऐसी किसी के भी मुख से बात नहीं निकलती थी। बाड़ी में साग-भाजी के अतिरिक्त मुनगा के दो पेड़। घर में साल भर दूध देने वाली दो गाएँ। जब भी ढूँढो, थोड़ा-सा दूध, थोड़ी-सी लस्सी, हाँडी में चिपकी हुई मिल ही जाती थी। गोबर की छोटी-छोटी थेपड़ियाँ बनाती हुई एक बुढ़िया। जलाने के लिए लकड़ी खरीदने की कोई आवश्यकता नहीं। जमींदार द्वारा दी हुई साढ़े तीन बीघा जमीन खेती करने के लिए। घर में धान न तो अधिक होता है और न ही कम। श्यामबंधु एक सीधे सादे इंसान थे। प्रजा उनका मान सम्मान करती थी। प्रजा उनको दिल से चाहती थी। बहला-फुसलाकर घर-घर घूमकर वह प्रजा से लगान वसूली का काम करते तथा चार अंगुली चौड़े तालपत्र पर रसीद लिखकर छप्पर पर लटकाकर चले जाते थे। जमींदार का प्यादा आने से लगान नहीं देने वालों के साथ मारपीट करते थे। उसको हुक्का पानी का पैसा देकर उन्हें लौटा देते थे श्यामबंधु। उनके परिवार में चार जन थे। पति-पत्नी, बूढ़ी माँ और दस साल की छोटी लड़की। लड़की का नाम था रेवती। श्यामबंधु बरामदे में बैठकर कृपासिंधु

'बंदन' भजन गाते थे। कभी-कभी दीपदानी पर दीए जलाकर भागवत का पाठ करते थे। पास में बैठकर रेवती सुनती रहती थी. सुनते-सुनते वह बहुत सारे भजन सीख गई। बच्ची की आवाज में भजन सुरीले लगते थे। शाम को कोई-कोई आकर बैठ जाते थे बाप - बेटी के भजन सुनने के लिए। रेवती ने पिताजी से एक भजन सुन रखा था। जिनको गाने पर श्यामबंधु बहुत खुश हो जाते थे और हर दिन उसको वह भजन सुनाने के लिए कहते थे और रेवती गाती थी,

"किसे करुँ गुहार,
तुम्हारे बिना यह दीन अनाथ
करो या न करो, मेरा त्राण
तुम्हारे चरणों में समर्पित हैं मेरे प्राण
हृदय में तेरा नाम,
तुम्हारे बिना यह जगत सूना, हे हरि!
शीतल करो मेरा जीवन
अपना प्रेमामृत कर दान।"

दो साल पहले स्कूल के डिप्टी इंस्पेक्टर इस कस्बे में दौरे के दौरान वहाँ एक रात रुक गए थे। गाँव के चार-पांच मुखिया लोगों ने उनसे स्कूल खुलवाने का निवेदन किया तो इंस्पेक्टर साहब ने अपने ऊपर वाले अधिकारियों से कहकर एक स्कूल खुलवा दिया। मास्टरजी का वेतन महीने में चार रुपए सरकार देती थी और मास्टरजी हर बच्चे से एक आना वसूल करते थे। मास्टरजी ने कटक नार्मल स्कूल के प्रशिक्षण विभाग से प्रशिक्षण की योग्यता प्राप्त की थी। मास्टरजी का नाम था वासुदेव। नाम जैसा, आदमी भी वैसा। नौजवान के अंदर की तरह बाहरी रुप रंग भी। गाँव के बीच जाते हुए कभी भी सिर उठाकर किसी को भी नहीं देखते थे। उम्र अमूमन बीस साल। रुपरंग अति सुंदर। पर बचपन में कभी पीलिया हुआ था। माँ ने बोतल गरम करके उसके सिर पर चिपका दी थी। वह दाग अभी भी मौजूद था। पर उसके चेहरे पर वह दाग अच्छा दिखता था। बचपन से वासुदेव अनाथ, मामा के घर पला बढ़ा। जाति से कायस्थ। श्यामबंधु भी जाति से कायस्थ थे। कभी घर में त्यौहार के समय पीठा बनने पर श्यामबंधु पाठशाला में जाकर वासुदेव को न्यौता देकर आते थे कि मौसी ने तुम्हें शाम को बुलाया है पीठा खाने घर आने के लिए। इस तरह घर आने - जाने से उनमें घनिष्ठता बढ़ती गई। रेवती की माँ वासुदेव को देखकर कहती थी, "आह! बिन माँ का बच्चा है। क्या खाता है, क्या नहीं खाता है?। उसे देखने कि लिए कोई नहीं है।"

वासुदेव को आते हुए देखकर रेवती चिल्लाकर पिताजी से कहती थी, ''बाबा, देखो, वासुभाई आए हैं।''

रेवती शाम के समय पिताजी के पास बैठकर वासुदेव को पुराना भजन सुनाने लगती थी। बार-बार सुना हुआ भजन भी वासुदेव को नया-नया लगता था।

एक दिन बातों-बातों में श्यामबंधु ने सुना कि कटक में लड़कियों का एक स्कूल है, जहाँ सिर्फ लड़कियाँ पढती हैं तथा सिलाई-बुनाई का काम सीखती हैं। उसी दिन से रेवती को पढ़ाने के लिए श्यामबंधु ने अपने मन में निश्चय कर लिया और अपने मन की बात वासुदेव के सामने रख दी। वासुदेव श्यामबंधु को पिता के तुल्य मानता था। वह कहने लगा, ''जी, मैं भी आपसे वही बात कहने वाला था।''

दोनों के परामर्श से यह तय हुआ कि रेवती पढ़ाई करेगी। रेवती पास में बैठकर सुन रही थी और दो छलांग मारकर घर के अंदर चली गई और माँ और दादी को ''मैं पढूँगी, मैं पढूंगी'' की खबर सुना दी। माँ ने कहा, ''ठीक है बिटिया, तुम पढ़ोगी।'' पर दादी ने कहा, ''क्या पढ़ेगी रे? औरत जात का पढ़ाई लिखाई से क्या ताल्लुक? खाना बनाना सीख, रंगोली बनाना सीख, पीठा बनाना सीख, दही बिलोना सीख। पढ़-लिखकर क्या करेगी?''

रात में श्यामबंधु बरामदे में बैठकर खाना खा रहे थे साथ में रेवती भी खा रही थी। उनकी बूढ़ी माँ सामने बैठ ''और थोड़ा-सा खाना ला, नमक ठीक है या नहीं'' आदि बहू को आदेश के रुप में कह रही थी. बातों-बातों में बूढ़ी माँ ने कह दिया, ''श्याम, रेवती पढ़ेगी? औरत जात का पढ़ाई-लिखाई से क्या मतलब?''

श्यामबंधु कहने लगे, ''वह अगर पढ़ना चाहती है तो उसे पढ़ने दो। नहीं देख रही हो शंकर पटनायक की लड़कियाँ किस तरह से भागवत सुना देती हैं। वैदेहीश विलास के छंद गा लेती हैं।'' रेवती गुस्से में दादी माँ को गाली देने लगी ''बूढ़ी खूसट सठिया गई है। मैं तो अवश्य पढूँगी।''

श्यामबंधु ने कहा, ''हाँ, हाँ तुम पढ़ोगी।''

बात उस दिन उतने तक सीमित रही।

दूसरे दिन दोपहर के ढ़लने के बाद वासुदेव ने 'सीतानाथ बाबू के प्रथम पाठ' नामक किताब रेवती को लाकर दी और रेवती ख़ुशी-ख़ुशी पिताजी के पास बैठकर किताब को आरंभ से अंत तक पन्ने पलटकर देखने लगी। हर पन्ने में हाथी, घोड़ा, गाय आदि चित्र देखकर वह बहुत खुश हो गई। राजा महाराजा हाथी घोड़ा पालकर खुश होते हैं, कोई हाथी घोड़ों पर सवार होकर खुश होता है मगर हमारी रेवती हाथी घोड़ों के केवल चित्र देखकर प्रसन्न हो जाती है। दौड़ते हुए किताब लेकर वह घर

के अंदर गई तथा माँ को वह चित्र दिखाने लगी। उसके बाद जब वह दादी माँ को दिखाने गई तो वह झुंझला गई और कहने लगी, "जा, जा हट।"

रेवती दादी को चिढ़ाते हुए कहने लगी, "बूढ़ी खूसट।"

आज अच्छा दिन है बसंत पंचमी। रेवती सुबह से ही तालाब में नहाकर नए कपड़े पहनकर तैयार हो गई और सोचने लगी आज वासुभाई आकर उसे किताब पढ़ाएँगे। बूढ़ी दादी के ड़र से श्यामबंधु ने विद्या आरंभ का कोई आयोजन नहीं किया। छ बजे के करीब वासुदेव ने आकर रेवती को पढ़ाना प्रारंभ किया, "स्वर अ, स्वर आ, छोटी इ, बड़ी ई, छोटा उ, बड़ा ऊ" इस तरह पढ़ाई का काम शुरू हुआ। रोज शाम को वासुदेव आकर पढ़ाकर जाता था। दो साल में रेवती ने बहुत कुछ लिखना पढ़ना सीख लिया। मधुराव की छंदमाला पढ़ने के प्रवाह में कहीं रुकावट नहीं आती थी। एक दिन रात के समय श्यामबंधु बैठकर खाना खा रहे थे। माँ बेटा दोनों में कुछ कानाफूसी होने लगी। शायद पहले से कुछ बात हुई होगी। आज उस बात का उपसंहार था।

श्यामबंधु - "क्या माँ अच्छा नहीं होगा?"

बूढ़ी - "अच्छा तो होगा, मगर जाति के बारे में पूछताछ की है?"

श्यामबंधु - "और आज तक क्या कर रहा था मैं? अच्छा कायस्थ है। गरीब है पर अच्छी जाति का है।"

बूढ़ी - "धन-दौलत से क्या लेना देना? पहले जाति के बारे में ध्यान दो। घर में रहेगा तो?"

श्यामबंधु - "और उसका है कौन? मामा - मामी के पास थोडा ही जाएगा?"

रेवती पास में बैठकर खाना खा रही थी। इस बातचीत से क्या समझी, मालूम नहीं। पर उसी दिन से हम देख रहे थे उसकी चाल - ढ़ाल बदल गई थी। पिताजी के सामने वासुदेव अगर पढ़ाने बैठते तो उसे शर्म आती थी। सिर झुकाकर होंठ दबाकर हँसी छिपाती थी। आजकल वासु भाई के पढ़ाने के समय सिर्फ 'हूँ हाँ' करती है। धीरे-धीरे पढ़ती है और पढ़ाई खत्म होने पर मुस्कराते हुए घर के अंदर चली जाती थी। रोज शाम को दरवाजा पकड़कर न जाने किसकी राह देखा करती थी। और वासुदेव को देखकर घर के अंदर चली जाती थी। पाँच बार बुलाने पर भी घर से बाहर नहीं निकलती थी। अब तो रेवती के बाहर निकलते ही बूढ़ी माँ खफा हो जाती थी।

देखते-देखते ही बसंत पंचमी से अगली बसंत पंचमी तक दो साल हो चुके थे। यह तो विधाता का विधान है किसी के भी दिन एक समान नहीं होते हैं। फाल्गुन महीना चल रहा था, कहीं पर भी कुछ नहीं था। देखते-देखते ही अचानक

कहीं से खबर पहुँची कि मुनीम श्यामबंधु के ऊपर देवी का प्रकोप हुआ है। गाँवों और कस्बों में हैजा की महामारी फैलने से लोग अपने घरों के खिड़की और दरवाजे बंद कर देते हैं। मानो हैजा जैसी डायन बुढ़िया अपनी टोकरी में रास्ते से आदमियों को उठाकर भर लेती थी। ऐसा ही सब लोग समझते थे। किसी के भी घर कोई नहीं जाता था। श्यामबंधु के घर में दो औरते क्या करती और बच्ची सबको बुला-बुलाकर घर के अंदर-बाहर हो रही थी। वासुदेव सुनते ही स्कूल से भागकर उनके घर आ गया। उसके मन में कोई डर, चिंता नहीं थी। वह श्यामबंधु के पास बैठकर उनके पैरों पर अपना हाथ घुमाने लगा तथा मुँह में बूँद-बूँदकर पानी पिलाने लगा। दिन के तीन पहर समय तक श्यामबंधु वासु के मुँह की तरफ देखते हुए तुतलाते हुए कहने लगे, ''वासू, एँ-वँ, आँ-गिंला।'' (वासु यह वंश आपके हवाले छोड़कर जा रहा हूँ।)

वासु जोर-जोर से चिल्ला-चिल्लाकर सबको बुलाने लगा। घर में चहल-पहल होने लगी। रेवती जमीन पर लेटे-लेटे रोने लगी। गाँव के लोग सुनकर कहने लगे, ''देखो, देखो, क्या हो गया? देखते-देखते ही श्यामबंधु खत्म हो गए। क्या करेंगे? वासुदेव तो कल का बच्चा है और घर में दो जवान औरते। गाँव का धोबी बनासेठी एक अनुभवी आदमी है। पचास साठ उम्र पार कर चुका है। कल जाना है या आज। आज जाने से दो-चार कपड़े लत्ते मिलने की उम्मीद है। गमछे को कमर में बांधकर कुल्हाड़ी कंधे पर डालकर वह हाजिर हो गया था। गाँव में कायस्थ कहने से वह एक ही परिवार था। सास, बहू, वासुदेव तीन जन ने मिलकर उनका अंत्येष्टि कर्म कर लिया। उस दुर्दिन के बाद की हालत लिखने के लिए मैं अक्षम हूँ। श्मशान से लौटते समय भोर के तारे नजर आने लगे थे। घर के अंदर घुसते-घुसते ही रेवती की माँ को पतली दस्तें लगना शुरू हो गई।

देखते-देखते दोपहर को गाँव में यह बात फैल गई कि रेवती की माँ भी नहीं रही।

दिन इसी तरह कटते जाते है कि कोई किसी की प्रतीक्षा नहीं करता है। किसी की पालकी के ऊपर छतरी, तो किसी को बेड़ी बाँधकर कोडे बरसाना। मगर सभी ऐसे ही जी रहे हैं। जीएँगे भी इसी तरह। देखते-देखते तीन महीने बीत गए। श्यामबंधु के घर में दो गाएँ थी। तहबील में बकाया रुपए के कारण जमींदार के लोग आकर उन गायों को लेकर चले गए। हम जानते हैं जमींदार के रुपयों को श्यामबंधु शिवजी के प्रसाद की तरह मानते थे। अगर एक रुपये की बकाया वसूली भी हो तो जब तक जमींदार के खजाने में जमा नहीं हो जाती थी तब तक श्यामबंधु

को नींद नहीं आती थी। भले श्यामबंधु के ऊपर कर्ज हो न हो मगर दो दुधारू गाओं के ऊपर जमींदार की पहले से ही नजर थी। इसके अलावा खेती करने के लिए जो तीन बीघा जमीन जमींदार ने उनको दी थी वो वापिस ले ली। इसलिए खेतिहर मजदूर क्यों रहेंगे? होली पूर्णिमा के दिन वे मजदूर वहाँ से चले गए। दो बैल थे साढ़े सत्तरह सौ रुपए में बेच दिए गए। दो आदमियों की अंत्येष्टि क्रिया के खर्चे के बाद जितना बचा था मुश्किल से एक महीना ही चल पाया।

आज लोटा, कल थाली बेचकर या गिरवी रखकर और एक महीना गुजर गया।

वासुदेव दोनो समय घर आता था। रात को एक बजे तक बैठा रहता था, जब दादी और पोती सोने के लिए जाती थी तब वह अपने घर चला जाता था। वासुदेव उन्हें कुछ रुपए पैसे देना चाहता तो वे नहीं लेते थे। जोर जबरदस्ती से देने से भी वे पैसे उसी कोटर में पड़े रहते थे। वासुदेव इस बात को जानता था, इसलिए और पैसे नहीं देता था। बुढ़िया से एक दो पैसे लेकर सामान खरीदकर ले आता था और उन दो पैसों का राशन आठ-दस दिन चलता था। घर का छप्पर उड़ गया था, छप्पर की मरम्मत करनी जरुरी थी, वासुदेव ने दो रुपए का पुआल खरीदकर बाड़ी में डाल दिया था।

'श्राद्ध पक्ष' चल रहा था इसलिए और छप्पर का काम नहीं हो पाया था।

बूढ़ी आजकल दिन रात बैठकर नहीं रोती थी, केवल शाम को रोने लगती थी, रोते-रोते जमीन पर अचेत हो जाती थी और वहीं पर रात भर पड़ी रहती। रेवती सिसकते - सिसकते वहीं पर लेट जाती थी। बूढ़ी को आँखों से दिखाई देना कम हो गया था। वह पागल की तरह हो गई थी। आजकल रोना कम करके रेवती को ज्यादा गाली देना शुरू किया है। इतने दुख, दुर्दशा सबका मूल कारण रेवती ही है। वह बात उसके दिल में घर कर गई थी। रेवती पढ़ाई करने लगी थी इसलिए उसके बेटे और बहू की मौत हो गई, खेत में काम करने वाला हलिया चला गया, बैल बिक गए, जमींदार गाएँ उठाकर चले गए। रेवती कुलक्षणी है, कुढंगी है, भाग्यहीन है। बूढ़ी की आँखें कमजोर हो गई है, उसका कारण भी रेवती की पढ़ाई है। बुढ़िया के गाली देने के कारण रेवती की आँखों से आँसू निकलने लगे। वह डर के मारे बुढ़िया के सामने खड़ी नहीं हो पाती थी। आंगन के पिछवाड़े में या घर के किसी कोने में मुँह छुपाकर लकड़ी की तरह निष्प्राण होकर बैठी रहती थी। वासुदेव भी दोषी था क्योंकि इतने दिन तक तो रेवती पढ़ाई नहीं करती थी। जब वह आया तो रेवती ने पढ़ना प्रारंभ किया। मगर बुढ़िया वासुदेव के सामने कुछ बोल नहीं पाती थी।

जब वासुदेव नहीं होता था तो घर काटने दौड़ता था, फिर जमींदार का झमेला भी खत्म नहीं हुआ था। जमींदार के लोग आकर आज यह हिसाब, कल वह हिसाब माँगते थे। वासुदेव नहीं रहने से तालपत्र पढ़कर कौन जबाव देता? फिर भी जब वासुदेव नहीं रहता था बुढ़िया कभी-कभी वासुदेव के ऊपर आरोप लगाती।

रेवती अब और बच्ची नहीं रही थी। उसकी आवाज और सुनाई नहीं देती थी अब। माँ-बाप गुज रने के बाद से उसको घर के बाहर किसी ने नहीं देखा था। वह कुछ दिन तक चिल्ला-चिल्लाकर रोती रही थी। आजकल पहले की तरह चिल्लाकर नहीं रोती थी लेकिन दिन हो या रात उसकी आँखों का पानी नहीं सूखता था। छोटी-सी जान, उससे भी छोटा उसका मन लगभग टूट गया था। उसके लिए दिन और रात बराबर हो गए थे। सूरज की रोशनी नहीं, रात को अँधेरा नहीं जैसे कि सारा संसार सूना हो गया था। केवल माँ-बाप की छबि ही उसके दिल में छायी हुई थी । माँ यहीं पर बैठी है। पिताजी कहीं जा रहे हैं। उसकी आँखों में केवल ये दोनों ही दिख रहे थे। माँ-बाप मर चुके थे, वे लोग कभी लौटेंगे नहीं, इस बात पर वह विश्वास नहीं कर पा रही थी। न पेट में भूख, न आँखों में नींद। दिन-रात माँ और पिताजी पर ध्यान टिका हुआ था। दादी माँ के डर से खाने के लिए बैठती थी। बैठती थी तो उठती ही नहीं थी। शरीर केवल अस्थिपंजर बनकर रह गया था । केवल वासुदेव के घर आने से उठकर बैठती थी। बड़ी-बड़ी आँखों से घूर-घूरकर वासुदेव की तरफ देखती रहती थी। वासुदेव के देख लेने से एक छोटी सी साँस लेकर सिर नीचे कर लेती थी। जब तक वासुदेव पास में रहता था तब तक उसको ही निहारती रहती थी। उस समय उसे कोई और सुध नहीं होती थी। मन, आँखें, विचार, हृदय सबकुछ वासुदेवमय हो जाता था। श्यामबन्धु को गुजरें हुए आज पाँच महीने हो गए थे। जेठ का महीना था, ठीक दोपहर में वासुदेव ने दरवाजे पर आकर आवाज दी। वह ऐसे समय पर कभी आता नहीं था। बूढ़ी ने बड़ी मुश्किल से जाकर दरवाजा खोला। वासुदेव ने कहा, ''दादी माँ, हरिहरपुर थाने में बैठकर डिप्टी इन्सपेक्टर पाठशाला के बच्चों से सवाल पूछेंगे। सभी स्कूलों के बच्चे जाएँगे। मेरे पास भी खत आया है। मैं कल सुबह बच्चों को लेकर हरिहरपुर जाऊँगा। पाँच दिन लग जाएँगे।''

दरवाजे के कोने में खड़ी होकर सारी बातें सुन रही थी रेवती। सुनते ही वह वहीं धप्प से बैठ गई। यह तो उसकी तकदीर अच्छी थी कि उसने दरवाजे को पकड़ा रखा था वरना वह जमीन पर गिर जाती। वासुदेव ने पाँच दिन का राशन लाकर घर के आँगन में रख दिया था। बूढ़ी को प्रणाम करके वह शनिवार शाम के समय निकल

गया। बूढ़ी ने कहा, ''बेटा धूप में घूमना नहीं, अपनी तबीयत का ख्याल रखना, समय पर खाना खा लेना।''

यही कहकर बूढ़ी ने एक लम्बी साँस भरी।

रेवती एकटक वासुदेव को देख रही थी। आज की नजर कुछ अलग प्रकार की थी। पहले वासुदेव को देख लेने से सिर झुका लेती थी, आज वह भाव नहीं थे, एकटक वासुदेव को ही देख रही थी। वासुदेव की भी नजर आज पहले जैसी नहीं थी। पहले रेवती को अच्छी तरह देखने की प्रबल इच्छा होने के बावजूद भी वासुदेव रेवती को ठीक से देख नहीं पाता था। लेकिन आज चारों आँखों का मिलन हो गया था।

आँख लौटाना जैसे कि किसी के बस में नहीं था।

वासुदेव चला गया, मानो घर के चारों ओर अँधेरा हो गया था, रेवती जैसे खड़ी थी वैसे ही खड़ी रही। बूढ़ी के चिल्लाने से उसे चेतना आई, घर-बाहर चारों तरफ अँधेरा ही अँधेरा।

रेवती बैठे-बैठे दिन गिन रही है। पूरे छ: दिन बीत चुके हैं। माँ-बाप के गुजरने के बाद से घर के बाहर झाँकी तक नहीं थी लेकिन आज दो-बार घर से बाहर आकर देखकर चली गई थी। समय लगभग सुबह के छ: बज रहे होंगे। हरिहरपुर से सभी बच्चे लौट आते ही गाँव के लोगों ने बातें करनी शुरू कर दीं,'' हरिहरपुर से लौटते समय गोपालपुर के पास बरगद के नीचे ही मास्टरजी को पतली टट्टी शुरू हो गई। चार बार पाखाना गए और आधी रात के समय उनका देहान्त हो गया।'' गाँव के लोग हाय-हाय कर रहे थे। लड़के-लड़कियाँ, माताएँ, औरतें सब चिल्ला-चिल्लाकर रोने लगे। किसी ने कहा - ''आह! कितना सुंदर रूप था,'' किसी ने कहा - ''कितना सज्जन एवं सुशील था,''

किसीने कहा - ''रास्ते पर चलते समय मक्खी भी ना मरे, इतना ध्यान रखता था वह मास्टरजी।''

रेवती ने सुना, बूढ़ी ने भी सुना। रोते-रोते बूढ़ी का कण्ठ रूँध-सा गया और वह रो नहीं पाई। आखिर में बूढ़ी इतना ही कह पाई - ''बेचारे ने विदेश में आकर अपनी बुद्धि से ही के कारण प्राण त्याग गया दिए।'' बूढ़ी यह कहना चाह रही थी कि वासुदेव अपनी दुर्बुद्धि से रेवती को पाठ पढ़ाने के कारण से ही मर गया। अन्यथा वह कभी नहीं मरता। सुनने के बाद से ही रेवती घर के अन्दर पड़ी हुई थी। कोई शब्द नहीं कि होश भी नहीं। ऐसे ही वह दिन बीत गया। उसके अगले दिन सुबह रेवती को पास में नहीं देखकर बूढ़ी चिल्लाने लगी - ''हाय रेवती! हाय रेवी! हाय कलमुँही! हाय कुलभक्षणी!''

बूढ़ी पागल जैसे हो गई थी, रोना-धोना कुछ भी नहीं, केवल गुस्से में दिन और रात रेवती को ही गाली दे रही थी। पड़ोस के लोग रास्ते में आने-जाने वाले जब चाहे तब सुन रहे थे ''हाय रेवती! हाय रेवी! हाय कलमुँही! हाय कुलभक्षणी!''

बूढ़ी को आँखों से ठीक से दिख नहीं रहा था, खोज खोजकर बड़ी मुश्किल से वह रेवती के पास पहुँची, उसको बुलाया, कुछ भी जवाब नही पाकर उसने रेवती के शरीर के ऊपर हाथ घुमाया। जोर से बुखार था, आग की तरह ताप रहा था उसका शरीर, रेवती को होश नहीं था। काफी देर तक बूढ़ी बैठे-बैठे कुछ सोचती रही। क्या करेगी, किसको बुलाएगी। मन ही मन पूरे जगत को टटोल लिया। पास में कोई नहीं मिला। कुछ निर्णय नहीं कर पाई। आखिरी में खफा होकर बोली, ''जान-बूझकर खड़ी की गई समस्या का समाधान कहाँ।?, लड़की होकर तुमने पढ़ाई की इसीलिए तुम्हे बुखार पकड़ा। इसमें मैं क्या कर सकती हूँ?''

एक दिन बीता, दूसरा, तीसरा, चौथा, पाँचवाँ दिन भी बीत गया। रेवती जैसे कि मिट्टी के ऊपर चिपक गई थी। ना ही आँख खोल रही थी, बुलाने से भी कोई उत्तर नहीं, हँ-हाँ कुछ भी नहीं। छठवाँ दिन था आज, सुबह से दो-चार बार आवाज दी थी रेवती ने। आवाज सुनकर बूढ़ी उसके पास में गई। शरीर के ऊपर हाथ लगाकर देखा - हाथ-पाँव ठंडें, बुलाने से हूँ-हूँकर जवाब दिया। घूर-घूरकर वह मुँह ताक रही थी। कुछ नहीं पूछने से भी कितना कुछ पूछ रही थी। कोई कविराज देखते, ''तृष्णादाह प्रलापश्च।'' इस तरह श्लोक पढ़कर कहते, ''सन्निपातस्य लक्षणम्।'' लेकिन बूढ़ी कुछ खुश हो गई। शरीर में बुखार नहीं था। बात नहीं कर रही थी लेकिन अब मुँह खोलने लगी। देख नहीं रही थी अब आँख खोलने लगी थी। पीने के लिए पानी माँग रही थी। पूरे छः दिन हो गए थे। जुबान पर एक बूँद पानी नहीं लगा था। कुछ खाना पेट में जाएगा तो बच्ची उठकर बैठेगी। तू सोते रह मैं कुछ खाना पका कर ला रही हूँ। यह कहकर बूढ़ी बाहर चली गई। खाना क्या पकाएगी? घर में डिब्बा, टोकरी सब टटोल लिया। कहीं भी एक मुट्ठी चावल नहीं मिला। एक लंबा सांस छोड़कर कुछ देर तक बैठी रही। वासु पाँच दिन का राशन देकर गया था उसमें किस तरह से दस दिन निकल गए थे, आँखों में रोशनी होती तो शायद बूढ़ी समझ पाती। जो भी हो शांति से विचार करने से बुद्धि निकलती है। घर में काँसा-बर्तन कुछ भी नहीं था। हाथ में एक पुराना टूटा-फूटा लोटा आया। उसी को लेकर हरिसाह की दुकान की तरफ निकल पड़ी। हरिसाह का घर गाँव के ठीक बीच में था। उसकी रोजाना खुलने वाली दुकान नहीं थी। यही कुछ चावल-दाल, नमक-तेल ही रखता था। किसी दिन कोई विदेशी पहुँच जाता है तो वही खरीदता

है, नहीं तो जरुरत के समय कभी-कबार कभार गाँव के लोग खरीदते थे। बूढ़ी किसी भी तरह लोटा पकड़कर हरिसाह के दरवाजे पर पहुँच गई। बूढ़ी के हाथ में लोटा देखकर हरिसाह सब समझ गया। अपना अभिप्राय बूढ़ी के मुँह से सुनने के बाद हरिसाह ने लोटे को अपने हाथ में ले लिया। लोटे को उलट-पलट कर देखा और वह कहने लगा, "मेरे घर में चावल-वावल नहीं है। ऐसे टूटे-फूटे लोटे के बदले कौन चावल देगा?" हरिसाह के घर में चावल नहीं था या चावल देने की इच्छा नहीं थी - यह बात नहीं थी। सस्ते में फायदा उठा लेने के लिए ही वह एक ढोंग था। चावल नहीं है सुनकर बूढ़ी के सिर पर जैसे कि वज्र गिर गया हो। क्या करेगी, बच्ची अभी-अभी बुखार से उठी है, उसके मुँह में क्या डालेगी? कुछ देर तक वह ऐसे ही बैठी रही।" साँझ हो रही है। चलती हूँ। बच्ची क्या कर रही है देखती हूँ।" कहकर बूढ़ी लोटा लेकरउठ ही रही थी तभी हरिसाह ने कहा, "दो-दो, लोटा देदो, देखता हूँ घर में क्या है?" लोटा रखकर हरिसाह ने एक सेर चावल, थोडी दाल और कुछ नमक दिया। बूढ़ी चार-छह जगह में बैठते-उठते किसी तरह घर पहुँची। अभी तक बूढ़ी ने दातुन भी नहीं की किया था। शरीर और मन के कष्ट की बात किससे कहती। घर पहुँचते ही उसने रेवती को आवाज दी। उसका विश्वास था कि रेवती ठीक हो गई है, पानी निकाल देगी, रेवती चावल पकाएगी। रेवती से कोई जवाब नहीं पाकर खफा होकर बुलाने लगी - "हाय रेवती! हाय रेवी! हाय कलमुँही! हाय कुलभक्षणी!" पर कोई जवाब नहीं।

इधर रेवती की सन्निपात की बीमारी, धीरे-धीरे बढ़ रही थी, भयानक दर्द, शरीर में जैसे आग निकल रही थी, जुबान सूख गई थी। भयंकर प्यास से जुबान जैसे कि अन्दर खिंची जा रही हो। ठंडी जगह में रहने की इच्छा हो रही थी। लुढ़कते-लुढ़कते बाहर आ गई। फिर भी अच्छा नहीं लगा। घर के पिछवाड़े जाकर चबूतरे पर बैठ गई। दिन ढल रहा था, हवा बह रही थी। दीवार से वह सटकर बैठ गई और पिछवाड़े वाले बगीचे की तरफ देखने लगी । यहीं पर पिछले साल पिताजी ने केले का पौधा लगाया था। उस पर फूल आने लगे है। दो साल पहले माँ ने एक अमरुद का पौधा लगाया था। कितनी खुश होकर रेवती ने कुएँ में से पानी निकाल कर उसमें डाला था। कितना बड़ा हो गया है वह पेड़! फूल आ गए हैं। उस पेड़ को देखकर उसे माँ की याद आने लगी। उसकी बुद्धि स्थिर हो गई और मन चंचल हो गया। लगातार बीती हुई सारी घटनाएं एक एक कर याद आ रही थी। माँ की आनन्दमयी मूर्ति आँखो से ओझल नहीं हो पा रही थी। साँझ बीतकर रात हो रही थी। पेड़ के नीचे से, पत्तों के बीच से अँधेरा निकलकर पिछवाड़े वाले बगीचे में भर

गया। आँखों को कुछ दिखाई नहीं दे रहा था। आकाश की ओर देखने लगी, सांझे तारे में से धक-धक होकर उजाला निकल रहा था। एकध्यान से रेवती उस तारे की तरफ अपलक देख रहीथी। धीरे-धीरे तारे का आकार बढ़ता जा रहा है, चक्र के जैसा दिखाई देने लगा, और बड़ा और बड़ा, और उजाला। आह! ये किसकी तस्वीर है तारे के अन्दर? शांतिदायिनी, प्रेममयी, आनन्दमयी माँ की अभयमूर्ति बैठकर प्यार से अपनी गोद में आ जाने के लिए बुला रही है मानो हाथ की रेखाओं से दो किरणें आगे बढ़ा दी माँ ने, वे दोनों किरणें उसकी आखों को छूते हुए हृदय के अन्दर प्रवेश कर गई। उस अन्धेरे में और कोई शब्द नहीं। केवल साँसो की ध्वनि और प्रबल होती जा रही थी वह ध्वनि और लम्बी साँस और लम्बी। आखिर मे दो-बार माँ-माँ का उच्चारण सुनाई दिया। फिर पूरी बाड़ी निस्तब्ध, नीरव । बूढ़ी ने खिसकते हुए जाकर रेवती के सोने की जगह को देखा, वहां पर कोई नहीं था, पूरा घर, बाहर, आँगन, ढेंकीशाल। कहीं नहीं थी रेवती। वह सोचने लगी ठीक हो गई है रेवती, शायद घर के पीछे बगीचे में घूम रही होगी। वही गुस्से वाली पुकार, ''हाय रेवती! हाय रेवी! हाय कलमुँही! हाय कुलभक्षणी¡'' थपथपाते हुए वह घर के पिछवाड़े की तरफ गई। वहां एक चबूतरा था, जो कि जमीन से दो हाथ ऊंचा था और दो हाथ चौड़ा था। उस पर पड़ी हुई थी वह।'' कलमुँही तू यहाँ बैठी है?'' यह कहकर वह उसके शरीर पर हाथ लगाने लगी। शरीर में हाथ लगाते ही बूढ़ी चौंक गई। और एक बार अच्छी तरह से पैर से सिर तक हाथ घुमाया, नाक में हाथ रखकर एक उत्कट शब्द किया और उतने में ही चबूतरे से नीचे गिरने का धड़ाम-सा एक शब्द।

श्यामबन्धु महान्ती के परिवार के किसी भी सदस्य को उस दिन के बाद और दुनियावाले नहीं देख पाए। रात के प्रथम प्रहर में पड़ोसियों ने केवल इतना ही सुना था, ''हाय रेवती! हाय रेवी! हाय कलमुँही! हाय कुलभक्षणी!''

□

बूढ़ा चूड़ीहार

लक्ष्मीकांत महापात्रा

फाल्गुन का महीना खत्म होने जा रहा था। चिलचिलाती धूप में एक बूढ़ा गाँव के बीच में से गुजर रहा था। साठ साल की उम्र होगी उसकी। दाँत सारे निकल गए थे। सिर के बालों का तो क्या कहना, सीने के बाल भी सफेद हो चुके थे। बूढ़े के सिर पर एक टोकरी थी। घुटनों तक पाँव धूल से सने हुए थे। पूरा शरीर पसीने से तर-बतर हो गया था तथा पसीने की लकीरें पाँवों पर बहती हुई साफ दिखाई दे रही थी।

गाँव के मुहाने पर एक घर था। घर से सामने पक्का बरामदा बना हुआ था। देखने से संपन्न परिवार का घर नजर आ रहा था। सात बाँस के खंभों पर खप्पर की छत बनी हुई थी। बूढ़ा टोकरी को बरामदे में रखकर जमीन पर बैठ गया। कुछ देर के बाद घर के अंदर से नौकरानी बाहर निकल कर आई। वह उस बूढ़े को पहचानती थी।

वह पूछने लगी, ''ओ चूड़ीहार जी, चूड़ी लाए हो?''

बूढ़ा कहने लगा, ''हाँ।''

फिर बोलने लगा, ''बेटी, थोड़ा पानी मिलेगा? बूढ़ा आदमी हूँ, तपती धूप में मेरा गला सूख रहा है।''

नौकरानी पानी लाने के लिए अंदर चली गई। कुछ देर बाद एक लौटा पानी लाकर नौकरानी ने बूढ़े के सामने रख दिया। बूढ़े ने आधा लोटा पानी पिया। पानी पीने के बाद बूढ़ा एक लंबी साँस मुँह से लेकर कहने लगा, ''बेटी, तुझे खूब पुण्य मिलेगा।''

नौकरानी ने उत्तर दिया, ''ठीक है, ठीक है। चलो बहू चूड़ी पहनना चाहती है। किस तरह की चूड़ियाँ लाए हो, दिखाओ।''

बूढ़ा टोकरी उठाकर घर के अंदर दरवाजे के पास आ गया। मुख्य दरवाजा पार करने के बाद बूढ़े ने देखा, घर के अंदर पक्का आँगन, बीच में चबूतरा, बाएँ तरफ घर के अंदर जाने का दरवाजा। उसी दरवाजे के पास घूँघट निकाले हुए एक

बहू खड़ी थी। बूढ़ा टोकरी वहीं रखकर खड़ा हो गया। बहू बहुत धीमी आवाज से नौकरानी को कहने लगी, ''किस प्रकार की चूड़ियाँ लाए हैं, पूछो।''

नौकरानी थोड़ी-सी मुँहफट थी। वह कहने लगी, ''इस बूढ़े आदमी से इतनी शर्म? खुद यहाँ आकर क्यों देख नहीं लेती हो?'' बात भी सही थी। बहू घूँघट आधा खोलकर हँसते-हँसते बाहर निकल आई और टोकरी के पास खड़ी हो गई। इस बार बहू का चेहरा हल्का-हल्का दिखाई देने लगा। उसका चेहरा गोल, रंग चंपा के फूल जैसा, चार ऊँगली चौड़ा, लाल रंग के बॉर्डर मोर के गले के रंग की साड़ी, पैर ढके हुए थे। साड़ी के अंदर से बहू का कच्चे सोने के रंग जैसा खूबसूरत शरीर दिखाई दे रहा था। बूढ़े की आँखें खुशी से चमक उठी। इतनी सुंदर बहू? इतनी सुंदर औरत को उसने कहीं भी नहीं देखा था। बूढ़ा टकटकी लगाकर उसे देखता रहा। एक ही ध्यान में बहू का चेहरा देखने लगा। क्या करेगा, क्या नहीं करेगा। बूढ़े के मुँह से एक शब्द भी नहीं निकल पाया। बहुत देर बाद वह कहने लगा, ''माँ कौन-सी चूड़ियाँ पसंद है?''

माँ कहकर पुकारने के बाद बूढ़े का सीना प्रशंसा से चौड़ा हो गया। बहू शरमाना छोड़कर कहने लगी, '''आसमान तारा' चूड़ियाँ रखे हो?''

''ओह! इतनी मधुर आवाज'' बूढ़ा सोचने लगा।

''इतनी प्यारी बातें कोई नहीं करता है।''

बूढ़े के कान में बहू की आवाज   प्रतिध्वनित होने लगी. बूढ़ा कहने लगा, ''नहीं माँ, रंगिझिलीरी, बालफूलिया, गुच्छामालिया, सुनटिजी ये सब चूड़ियाँ हैं। उन चूड़ियों में से जो पसंद आए, वे ले लो। अगली बार मैं तुम्हारे लिए आसमान तारा चूड़ी लेकर आऊँगा।''

छाँट-छाँटकर एक दर्जन चूड़ी उसने पसंद की। मगर वें चूड़ियाँ उसके हाथ के नाप की थी या नहीं, उसे पता नहीं था। तब वह बूढ़ा कहने लगा, ''माँ, मुझे दो, मैं चूड़ी पहना देता हूँ।'' मगर बहू शर्म से हाथ आगे नहीं बढ़ा पाई।

''तुम्हें मुझसे शर्म लग रही है? मैं तो तेरा बेटा हूँ न? बेटे से कोई माँ शर्म करती है क्या?''

ये सारी बातें सुनकर नौकरानी जोर-जोर से हँसने लगी।

''हमारी बहू को एक अच्छा बूढ़ा बेटा मिल गया। तकदीर तो देखो।''

बहू हँसकर बोलने लगी, ''तुम हटो तो।''

बहू ने अपना हाथ आगे कर दिया। कितनी सुंदर छोटी हथेली थी। सुंदर गोलगोल! अंगुलियाँ सब और हथेलियाँ भी नर्म। उसके हाथों में चूड़ियाँ कितनी

सुंदर दिखाई दे रही थी! क्या वास्तव में किसी स्त्री का हाथ है? क्या किसी मूर्तिकार ने इतनी सुंदर मूर्ति घड़ी है? उस हथेली को बूढ़ा अपने मैले कर्कश हाथों में पकड़ने का साहस नहीं कर पाया। फिर बाएँ हाथ में धीरे से बहू का हाथ पकड़कर पुरानी पहनी हुई चूड़ियाँ निकालने लगा। चूड़ियाँ टूटकर शायद खून निकलने लगेगा, इसलिए वह भयभीत हो रहा था। एक-एक कर धीरे-धीरे सावधानी से उसने सारी चूड़ियाँ खोल दी। हाथ पकड़ते समय बूढ़ा आनंद से अधीर हो गया था। जैसे जिंदगी का सबसे बड़ा सुख, सभी आशाएँ अभी-अभी फलीभूत होती हुई नजर आने लगी हो। उसका हाथ छोड़ने का मन नहीं हो रहा था। बूढ़ा कहने लगा, "मैं रोज-रोज तुम्हें इस तरह की चूड़ियाँ पहना पाता तो?"

इसी समय घर की मालकिन वहाँ पहुँच गई। सास को देखकर बहू ने घूँघट निकाल लिया। सास नौकरानी को कहने लगी, "क्या रे, चूड़ियाँ खरीद रहे थे?"

नौकरानी कहने लगी, "हाँ, बहू चूड़ियाँ पसंद कर रही थी।"

सासः "क्या कीमत है इन चूड़ियों की?"

बूढ़ाः " चूड़ियों की क्या कीमत?"

सासः "फिर भी, कुछ तो कीमत होगी?"

बूढ़ाः " माँ से क्या पैसा लेना?"

सास ने नौकरानी से पूछा, "क्या तुम्हें चूड़ियाँ पसंद आई?"

नौकरानी ने हँस-हँसकर कहा, "यह आदमी बहू का बेटा बना है।"

सास भी हँसने लगी।"इस बार चूड़ी की कीमत ले लो, अगली बार मुफ्त में दे देना। तुम गरीब आदमी हो।"

बूढ़ा कहने लगा, "नहीं, नहीं, मैने तो ये चूड़ियाँ अपनी माँ को दी है। मैं बिल्कुल पैसा नहीं लूँगा। एक दर्जन चूड़ियाँ देने से मैं गरीब नहीं हो जाऊँगा।"

चूड़ीहार एक दर्जन चूड़ियाँ देकर अपनी टोकरी उठाकर वहाँ से चला गया। आवाज देने पर वह नहीं रुका। नौकरानी उसे पीछे से आवाज लगाती रही, मगर वह लौटना नहीं चाहा।

उस दिन के बाद वह बूढ़ा चूड़ीहार हर दो तीन दिन के अंतराल में गाँव आता रहता था। चूड़ियाँ क्या लोगों के रोजमर्रा के काम की चीज है? क्या लोग उन्हें हर दिन खरीदना चाहेंगे? सुबह शाम, कोई नई चूड़ियाँ खरीदता है क्या? बूढ़ा घर-घर घूमकर लौट जाता था। चूड़ी बेचना बूढ़े का उद्देश्य नहीं था। वह सिर्फ इसी बहाने अपनी उसी माँ को देखने के लिए आता था। जिस दिन वह गाँव में आता था, बिना किसी को कुछ कहे वह उसके दरवाजे तक पहुँच जाता था। टोकरी को वहीं उतार

कर वह सिर्फ पुकारता था ''नई चूड़ियाँ ले लो।'' उसकी आवाज सुनकर बहू कहीं भी रहने पर अपने दरवाजे के पास आकर कुछ समय के लिए खड़ी हो जाती थी। बूढ़ा थोड़ी देर उसकी तरफ देखता था। जैसे ही वह उसको देख लेता था, बूढ़े का मन खुशी से भर जाता था। वह कहता था, ''माँ चूड़ियाँ लोगी?'' बूढ़ा यह चाहता था कि शायद वह हाँ कह दे और वह उसके चंपा के फूल जैसे सुंदर हाथों में चूड़ियाँ पहना देता, परंतु सिर हिलाकर बहू इन्कार कर देती थी। और बूढ़ा लौट जाता था। जब कभी बहू को आने में विलंब होने से नौकरानी चिल्लाकर कहती थी, ''बहू तुम्हारा बेटा आ गया।'' बूढ़ा दो बार ''नई चूड़ियाँ ले लो।'' पुकारने के बाद उसकी माँ वहाँ हाजिर हो जाती थी। बूढ़ा जब भी वहाँ आता था प्रायः इस प्रकार का अभिनय करता था। लौटते वक्त बूढ़ा सोचता था, माँ 'आसमान तारा' चूड़ियाँ पहनने के लिए इच्छुक है। कभी मौका मिलने से वह एक दर्जन चूड़ियाँ ले आएगा। अंत में उसने तय किया कि 'रज संक्रांति' के अवसर पर वह कहीं से भी जुगाड़ करके 'आसमान तारा' चूड़ियाँ खरीदकर लाएगा, माँ नई चूड़ियाँ पहनेगी, मुझे अपने हाथ दिखाएगी और मैं उसे पहना दूँगा। यह सोचकर बूढ़े का मन प्रफुल्लित हो गया। बूढ़ा 'रज संक्रांति' का इंतजार करने लगा। इस बार रज संक्रांति उसके लिए एक विशिष्ट दिन होगी क्योंकि वह अपनी माँ के लिए 'आसमान तारा' चूड़ियाँ लेकर आएगा। और वह उन चूड़ियों को देखकर बहुत खुश हो जाएगी।

बैशाख का महीना लग गया था। इस बार धूप में रोज बीच-बीच में पानी पीकर पैदल चलते हुए आना - जाना करने से उसका शरीर कमजोर पड़ गया, बूढ़े को बुखार हो गया। देखते-देखते बहुत तेज बुखार हो गया और उसके हाथ-पाँव फूल गए। सब लोग कहने लगे कि बूढ़ा अब नहीं बचेगा। परंतु बूढ़ा वह सब बातें नहीं सोचता था। वह सोचता था कि बहुत दिन हो गए अपनी माँ को देखे हुए। इसलिए उसका मन अस्थिर हो रहा था।

देखते-देखते रज संक्रांति का पर्व नजदीक आ गया। बूढ़े ने दो महीने से अपनी उस माँ को नहीं देखा था। अगर चलने की शक्ति होती उसमें तो वह अवश्य उसे देखकर चला आता। रज पर्व के लिए एक दर्जन 'आसमान तारा' चूड़ियाँ खरीदनी पड़ेगी। बूढ़ा मुश्किल से उठकर बैठा। वह अपने हाथों से स्वयं चूड़ियाँ बनाने लगा। किसी और के करने से शायद उसकी माँ के मन को पसंद नहीं आएँगी। साठ सालों से चूड़ियाँ बनाने का जितना तजुर्बा हासिल किया था, उसका पूरा-पूरा इस्तेमाल कर दिया। एक दिन का काम भले ही चार दिन लगे, मगर काम अच्छा होना चाहिए। रज पर्व आने में दो दिन बाकी थे, उसका चूड़ी बनाने का काम

पूरा हो गया था। मन के अनुरूप उसे फल मिला था। ऐसी चूड़ियाँ उसने अपनी जिंदगी में कभी नहीं बनाई थी। चूड़ियाँ देखकर बूढ़े का मन बहुत खुश हो गया था। उसकी माँ के हाथों में वे चूड़ियाँ खूब फबेगी।

रज संक्रांति के एक दिन पहले से लड़कियाँ बहू-बेटियाँ नई-नई साड़ियाँ पहनना शुरू कर देती हैं। पूरी रात बूढ़े को नींद नहीं आई। सुबह उठकर बूढ़ा सोचने लगा, "मैं तो पैदल चल नहीं सकता हूँ, क्या करूँगा? और किसी के हाथ में भेजने से तो नहीं चलेगा? माँ को देखे हुए कई दिन बीत गए हैं। क्या वास्तव में मैं इस बीमारी से उभर पाऊँगा ताकि मैं अपनी माँ को मिलकर आऊँगा? एक बार जाकर देखकर आ जाता हूँ। माँ के उन सुंदर हाथों में वे चूड़ियाँ पहनाकर लौट आऊँगा।" माँ के सुंदर हाथों की कल्पना करते ही मानो उसके शरीर में जान आ गई हो। बूढ़ा जल्दी-जल्दी थोड़ा सा खाना खाकर और उन चूड़ियों को गमछे में बाँधकर गाँव के लिए निकल पड़ा। बड़ी मुश्किल से एक-एक कदम बढाते हुए वह आगे चलने लगा। पाँच कोस रास्ता पहुँचते-पहुँचते काफी समय हो गया था।

बूढ़ा पहले जिस जगह पर खड़े होकर आवाज देता था, उसी जगह पर वह खड़ा हो गया। मन आनंद और उत्साह से भरा हुआ। वह आवाज देने लगा, "चूड़ियाँ ले लो।" कोई जबाव नहीं आया। फिर एक बार वह पुकारने लगा, "माँ, चूड़ियाँ नहीं लोगी?" तब भी कोई अंदर से बाहर नहीं आया। बूढ़े का धीरज टूट गया। दो-दो बार आवाज देने के बाद भी कोई उत्तर नहीं मिला। एक बार पुकारने से उसकी माँ दहलीज के पास आकर खड़ी हो जाती थी। फिर वह कहने लगा, "माँ, मैं आ गया हूँ। तुम्हारे लिए चूड़ियाँ लाया हूँ।" इस बार खुद मालकिन बाहर निकलकर आई। उनके पीछे-पीछे वह नौकरानी भी। मालकिन को देखकर बूढ़ा पूछने लगा, "मेरी माँ कहाँ है? मैं उनके लिए 'आसमान तारा' चूड़ियाँ लेकर आया हूँ। वह रज पर्व पर उन्हें पहनेगी।"

नौकरानी अब तक चिल्ला-चिल्लाकर बहू को आवाज देने लगती, मगर अभी तक वह चुपचाप खड़ी रही। मालकिन धीरे-धीरे कहने लगी, "नहीं, चूड़ियाँ नहीं चाहिए।"

बूढ़ा कहने लगा, "नहीं, नहीं, मैं इन चूड़ियों को माँ के लिए श्रद्धा से अपने हाथ से बनाकर लाया हूँ।"

मालकिनः "जाइए, चूड़ियाँ नहीं चाहिए।"

बूढ़ाः "ठीक है, चूड़ियाँ नहीं लेनी है तो मत लीजिए। मेरी माँ को एक बार बुला लीजिए, मैं उसे देखना चाहता हूँ। कई दिन बीत गए उसे देखे हुए।"

मालकिनः "नहीं, उसे नहीं देख पाओगे।"

बूढ़े के सिर पर मानो बिजली गिर गई हो। भेंट नहीं हो पाएगी? मैं अपनी माँ को एक बार देख नहीं पाऊँगा? बूढ़े की आँखों में आँसू छलकने लगे। रोते-रोते वह कहने लगा, "केवल एक बार देखना चाहता हूँ, मैं और जिंदा नहीं रह पाऊँगा।"

मालकिन ने नौकरानी को बहू को बुलाने के लिए कहा। नौकरानी बहू को बुलाने घर के अंदर चली गई। कुछ समय के बाद बहू आकर दहलीज के पास खड़ी हो गई, जहाँ वह रोज खड़ी होती थी। रोज आते समय झुमक-झुमक आवाज के साथ आती थी। खड़े होकर बूढ़ा उसको देखता था. उसके हँसमुख चेहरे को देखकर बूढ़े का मन खुश हो उठता था। आज वह निःशब्द सी आकर खड़ी हो गई। उसके शरीर में चार अंगुली लाल बॉर्डर साड़ी पहनी हुई नहीं थी। पाट वाली साड़ी नहीं थी। दोनों पैरों खाली थे। सफेद वस्त्र पहने हुई थी। देखकर बूढ़े का शरीर काँपने लगा। सिर चकराने लगा। उसने अपनी आँखें बंद कर दी। जब आँखें खोली तो वही हाथ सामने दिखने लगे - परंतु हाथों में चूड़ियाँ नहीं थी। बूढ़ा जोर-जोर से रोने लगा। बहू लौटकर चली गई। बूढ़ा आवाज देने लगा, "माँ, माँ।" उसके बाद उसके मुँह से कुछ भी आवाज नहीं निकली। गमछे में बड़े यत्न से लाई हुई चूड़ियों को जमीन पर पटक दिया। सारी चूड़ियाँ टूट गई। बूढ़ा बिना पीछे देख लौट गया। नौकरानी और मालकिन जोर-जोर से रोने लगे।

मागुनी की बैलगाड़ी

गोदावरीश महापात्र

खलीकोट की दो लाख प्रजा को लेकर आना-जाना रोज लगा रहता था।कितने लोग संसार से विदा हो जाते हैं और कितने नए लोग इस संसार में प्रवेश करते हैं। अपने परिवार में डूबे हुए लोग कहाँ इस बात की खबर रख पाते हैं। परंतु जिस दिन मागुनी इस संसार को छोड़ कर हमेशा-हमेशा के लिए चला गया, उस दिन वह खबर पूरे खलीकोट के गाँव-गाँव तक फैल गई थी.। जिसने भी वह खबर सुनी एक पल के लिए मौन हो गया था और दुख से कहने लगा था, "मागुनी चल बसा? बेचारा आह! चल बसा।"

मागुनी कौन है? खलीकोट का वह राजा नहीं था। यह बात सच थी। वह उस राज्य का कोई नेता नहीं था, यह बात हर कोई जानता था। वह कोई कार्यकर्ता नहीं था, यह बात सब जानते थे। उसके गले में किसी ने फूल माला नहीं पहनाई थी या उसने किसी के गले में फूल माला नहीं डाली थी। उसने कभी भीड़ को भावविह्वल होकर संबोधित नहीं किया था। उसके लिए किसीने कभी तालियाँ नहीं बजाई थी। उसने कभी मंदिर जाकर भगवान के सामने मोक्ष प्राप्ति के लिए प्रार्थना नहीं की थी। उसने सिर्फ एक ही काम किया था। वह खून पसीना बहा कर जीवन पथ पर लगातार संघर्ष करता आया था। उसने वह संघर्ष देश के लिए नहीं, जाति के लिए नहीं सिर्फ अपने चार अंगुल पेट के लिए किया था। फिर भी मागुनी की मृत्यु की खबर सुनने के बाद हर किसी के मुँह से यही बात निकली थी, "हाय! बेचारा चला गया।"

खलीकोट गढ़ में हर कोई मागुनी को जानता था। यहाँ तक कि दूर-दूर जंगलों के अंदर छोटे-छोटे गाँवों में भी उसका नाम जाना जाता था। मागुनी खलीकोट का कोई विशिष्ट आदमी नहीं था, वह तो सिर्फ बैलगाड़ी वाला था। दो बैल और वह, यह तीनों मिलकर एक संघ बन गए थे, जो कि दो लाख आदमियों के मन को छू जाता था।

हर दिन खलीकोट गढ़ में सूरज उदय होता है और अस्त होता है। घनघोर

बारिश के दिनों में लोग सूरज को नहीं बल्कि मागुनी को देखकर समय पता कर लेते थे। माघ के महीने के जाड़ों में लोग जब कम्बल ओढ़कर अपने बरामदे में बैठे रहते थे तब मागुनी अपने चिर परिचित दो बैलों को बैलगाड़ी में जोतकर पहाड़ के किनारे गाना गाते हुए चलता चला जाता था। लोग कहते थे मागुनी उन लोगों के लिए घड़ी से कम नहीं है। बारिश के दिनों में बारिश हो न हो, गरमी के दिनों में धूप कम हो या न हो मगर मागुनी की बैलगाड़ी एक दिन के लिए बंद नहीं होती थी। वह कहता था, राजा के घर में एक जोड़ा मोटर कार जरूर है, मगर उसके जैसा इंजीनियर नहीं है उनकी देखभाल करने के लिए। उसकी बैलगाड़ी राजा की मोटरकार से ज्यादा बेहतर है। बारह सालों से उसके पुराने परिचित साथी कालिया और कसरा बैल की पीठ पर हाथ लगाने से वे इस तरह चल पड़ते मानो गाड़ी को स्टार्ट कर दिया हो। जब वह बैलगाड़ी के अंदर बैठकर गीत गाना शुरू कर देता था, "राम और लखन सोने के हिरण को मारने गए थे" उसकी मोटर चालू हो जाती थी। तब श्याम वन, गिरि कंदराओं में उसकी गति प्रतिध्वनित हो उठती थी। अर्द्रध निद्रा में सोई हुई मुर्गी और सुंभाटुआ उसे उत्तर देते थे। गाँव के रास्तों में घूमते हुए कुत्ते चौंक उठते और भौंकना शुरू कर देते थे। घड़घड़ शब्द करती हुई बैलगाड़ी स्टेशन की तरफ चली जाती थी।

पचास साल का मागुनी बारह साल से अपने साथी बैलगाड़ी में जब यात्रियों को लेकर जाता था, तब सत्तर-अस्सी साल से पहले की कहानी पानी की तरह उसके मुंह से बहने लगती थी। वह पहले-पहल अपने बारे में बताता था। उसके जब माँ-पिताजी थे, तब वह भी अपनी खटिया पर लेटे-लेटे सुख समृद्धि में जीवन जीता था। दिन में दो बार भरपेट खाना खाने को नसीब होता था और किसी एक औरत से मधुर मिलन की बात सोचकर सब दुख भूल जाता था। उसने अपने एक स्वप्न राज्य की रचना की थी। उस राज्य का वह राजा था। रानी बनाकर जिसको वह लाया था, उस रानी ने उसकी जिंदगी की सुहाना बना दिया था। उसके अधरों से वह रस-पान करता था। वह संसार को अपनी आँखों से देखता था। उसकी साँसों में वह एक अनोखी खुशबू का अनुभव करता था। परन्तु वह सपना ज्यादा दिनों तक नहीं चला। वह स्वप्नमयी रानी हँसते-हँसते इस दुनिया को छोड़कर चली गई। इधर दो बैलों को लेकर गाँव से स्टेशन, स्टेशन से गाँव दिन में दो बार आना- जाना करते हुए अगले जन्म में अपनी स्वप्नमयी को मिलने का प्रयास करता रहा। बैलगाड़ी चलाते समय वह इस बात को सुनाकर सबको रुला देता था और खुद भी अपने आँसुओं की दो बूंदे फटे हुए गमछे से पोंछ लेता था। फिर बैल की पीठ पर हाथ

सहलाते हुए एक और कहानी कहने लगता था । लोगों का रास्ता पूरा हो जाता था लेकिन उसकी कहानी खत्म नहीं होती थी । वह कहता था, ''मेरी बैलगाड़ी में कौन नहीं बैठा है? नहीं बैठे होंगे तो खलीकोट के राजा । मगर दीवान हो या मैनेजर, वकील या महाजन कहो, या फिर महात्मा गाँधी के भक्त कहो, सभी कोई मेरी बैलगाड़ी में बैठे हैं ।'' यह सब बात बोलते हुए वह भावुक हो जाता था कि बैल खड़े हो जाने से भी उन्हें चलने के लिए बाध्य नहीं करता था । जब उसे इस बात का ख्याल आता था तब वह कहता था कि जानवर भी उसकी बातें सुनने के लिए बेताब हैं ।

मागुनी की बैलगाड़ी भले ही खलीकोट का इतिहास नहीं हो मगर इतिहास के कुछ पन्ने जरुर है । वह जैसे इतिहास के बारे में सुनाता था मानो वह इतिहास के सभी पात्रों को जानता हो । कितनी बाल विधवाएँ इस बैलगाड़ी में बैठकर ससुराल से मायके लौटी थी । कितनी सुहागिनें, कुलवधुएँ मायके से ससुराल गई थी । कर वसूली नहीं होने पर जिस दिन मंडल गाँव का गदा रावल जेल गया था, उस दिन उनके घर का टूटा हुआ झाड़ू इस गाड़ी में डालकर राजमहल की कचहरी के सुपुर्द किया था । जिस दिन चंडालिया गाँव के मधु रथ नरहत्या अपराध में पकड़े गए थे, उस दिन भी वह इस बैलगाड़ी में बैठकर गया था । इस गाड़ी में वकील बैठकर आए थे राजमहल में वकालत करने के लिए । इस गाड़ी में किसानों के हथकड़ी लगे हुए नेता बैठकर कचहरी गए हुए हैं । इस गाड़ी ने सुख भी देखा है तो दुख भी । आँसूओं से इस गाड़ी का सूखा पुआल गीला हुआ था । हँसी की आवाजों से यह गाड़ी काँपी थी । ये सब बातें कहते हुए मागुनी जब गाड़ी चलाता था जैसे कोई जीवंत इतिहास का वर्णन कर रहा हो । ऐसे पाँच-दस इतिहास को एकत्र करने से ओड़िशा में और एक कोणार्क मंदिर की स्थापना हो जाती ।

एक दिन मागुनी के कानों में यह खबर पहुँची कि उसकी गाड़ी में और लोग नहीं बैठेंगे क्योंकि सिंह के घर वालों ने एक मोटर बस खरीदने की योजना बनाई है । यह बात सुनकर उसने हँस-हँसकर आकाश को सिर पर ले लिया था । कहने लगा था, मोटर बस । वह क्या हाथ लगाने से मेरी बैलगाड़ी की तरह चलेगी? उसकी बातें सुनकर सब कोई हँसने लगे थे । परंतु उसने उस बात की तरफ कोई ध्यान नहीं दिया । देखते ही देखते दो-चार दिन के बाद खलीकोट गढ़ में मोटर बस आ गई । लोग कहने लगे कि अब मागुनी का व्यवसाय ठप्प हो जाएगा । एक साथ बीस आदमियों को लेकर एक घंटे में चालीस मील दूर जाना मागुनी की बैलगाड़ी से संभव होगा?

यह बात सच थी। दैत्य दानव की तरह मोटर बस को देखकर मागुनी के मन में एक डर-सा पैदा हो गया। वह कोदाला सभा में जिस दिन गया था, रोते-रोते सोचने लगा था, कोई कह रहा था कि मशीनी चीजों के मुकाबले हाथ द्वारा तैयार की हुई चीजें अच्छी होती हैं। तब मोटर गाड़ी से मेरी बैलगाड़ी क्या अच्छी नहीं है? बहुत सारे आदमी इस सभा में उपस्थित हैं। ये लोग क्या मेरे दुख को नहीं समझ पाएँगे। कार्यकर्ता लोग अगर नहीं समझे तो मैं गाँधीजी के पास जाऊँगा। वे गरीबों के मित्र हैं। क्या वे कभी यह कहेंगे, मागुनी को मरने दे और सिंह का परिवार जिंदा रहे।

स्टेशन से गढ़ के लिए सिंह की बस प्रारंभ हो गई थी। मागुनी की बैलगाड़ी भी चलना प्रारंभ हो गई। देखते-देखते ही बस लोगों से भर गई, मगर बैलगाड़ी खाली। मागुनी आधी रात को ही बैलगाड़ी लेकर स्टेशन पर हाजिर हो जाता था फिर भी लोग बस में बैठना पसंद करते थे। उसने अपनी बैलगाड़ी में बोरे की गद्दी बनाकर बिछाई फिर भी लोग बस की तरफ भागते थे। किसी को हाथ पकड़कर लाने से भी लोग बस की तरफ देखने लगते थे। एक दिन गया। दूसरा दिन गया। कभी दोनों वक्त का खाना नसीब होता था, मगर अभी एक वक्त का भी मुश्किल था। वह पहले चावल खाकर आता था, मगर अब बांसी माँड़ पीकर आने लगा। धीरे-धीरे चूल्हा जलना भी बंद होने लगा। कालिया और कसरा बैलों के अस्थि-पंजर साफ   नज   र आने लगे। वह दोनों को गले मिलकर रोने लगा। उसको देखने वाले पागल कहने लगे।

उसके बाद जिस दिन मागुनी की झोंपड़ी का दरवाजा तोड़कर गाँव वालों ने मागुनी की लाश निकाली। उन्होंने देखा फटी हुई गुदड़ी के नीचे एक छड़ी रखकर मागुनी ने सदैव के लिए आँखें भींच ली थी। श्मशान में आग धधकने लगी। आकाश में पंछी उस धुएँ को पार करते हुए उड़ने लगे। संसार के दो लाख लोग मागुनी की मृत्यु की खबर सुनकर कहने लगे, ''आह! मागुनी चल बसा।''

◻

शिकारी

भगवती चरण पाणिग्रही

किसी इलाके में घिनुआ नामक एक विख्यात शिकारी हुआ करता था। उसका प्रमुख अस्त्र अपने हाथ से तैयार किया गया धनुष था। धनुष से तीर छोड़ते समय वह जमीन पर चित लेट जाता था। बाँये पाँव की सहायता से धनुष को दबाते हुए तीर को कान तक खींचकर छोड़ता था। एक मील दूर से तीर मारकर अपने लक्ष्य का भेदन कर लेता था। इस धनुष की सहायता से उसने अनगिनत हिरण, साँभर, वराह, भालू इत्यादि का शिकार किया था। इसके अतिरिक्त, कई चीते और बाघों को भी मारा था। किंतु रॉयल बंगाल टाइगर केवल दो मार पाया था। जिसके लिए उसे डिप्टी कमिश्नर के हाथों से इनाम भी मिला था। वह दिन कुछ और था जिस दिन वह एक अद्भुत शिकार लेकर कमिश्नर के बंगले पर हाजिर हुआ था। उसके कंधे पर धनुष लटका हुआ था। हाथ में दो-तीन तीर पकड़े हुए थे। दूसरे कंधे पर भुजाली लटकी हुई थी। घिनुआ को इस वेश में देखकर अर्दली ने पूछा, ''आज कौन-सा शिकार लाए हो?''

घिनुआ के साथ उसकी अच्छी जान पहचान थी। घिनुआ को मिली हुई बख्शीश का कुछ अंश वह खुद खा जाता था। अर्दली का जबाव देने की जगह घिनुआ ने अपनी मैली बत्तीसी दिखाई। उसकी बत्तीसी देखकर यह पता नहीं चल रहा था कि वह हँस रहा था या क्रोध में था। दरअसल किसी ने भी घिनुआ को हँसते हुए कभी नहीं देखा था। कभी-कभी वह इस तरह अपनी बत्तीसी दिखा देता था। इस तरह उसकी बत्तीसी दिखाना न तो उसके हंसने और न ही रोने के अंदर आता था। बस केवल वह बत्तीसी दिखाता था।

अर्दली ने पूछा, ''क्या रे, क्या शिकार लाए हो?''

घिनुआ अपने गमछे में बंधी हुई वस्तु को दिखाते हुए कहने लगा, ''आज बहुत मस्त जानवर का शिकार करके आया हूँ।''

अर्दली कहने लगा, ''बाघ?''

घिनुआ ने सिर हिलाकर इंकार किया।

"तब क्या चीता, भालू, जंगली-सूअर?"

घिनुआ केवल सिर हिलाता रहा।

"और क्या चीज है, रे?"

शोर-शराबा सुनकर साहब अपने बंगले के अंदर से बाहर निकल आए। साहब को जुहार करने के बाद फिर से खिसियाकर वह अपनी बत्तीसी दिखाने लगा। साहब ने शिकार का चेहरा देखना चाहा, तो घिनुआ ने गमछे के अंदर से एक कटा हुआ नरमुंड बाहर निकाल कर साहब के पाँव के पास रख दिया। चौंककर साहब दो कदम पीछे हट गए। घिनुआ ने हाथ फैलाकर अपनी बख्शीश माँगी।

"साहब, बख्शीश।"

कुछ क्षण तक साहब निस्तब्ध रह गए। अपने आपको सँभालने के बाद घिनुआ को बख्शीश का इंतजार करने के लिए कहकर बंगले के अंदर चले गए। अंदर जाकर फोन से सशस्त्र पुलिस फौज बुलाई। इसके अलावा घिनुआ को काबू में करने का इनके पास कोई रास्ता नहीं था। उसके शरीर में राक्षस की तरह ताकत थी। उसके हाथ में तीर धनुष और भुजाली थी।

जब हाथ में हथकड़ी और पैर में जंजीर पहनकर घिनुआ को हाजत में रहना पड़ा, तब वह कुछ भी समझ नहीं पाया। उसको इस तरह बांधकर रखने का मतलब क्या है? मौका मिलने पर वह किसी दूसरे से इसके बारे में पूछता था। कोई कहता था, तुझे फाँसी की सजा होगी। कोई कहता था, तुझे कालापानी की सजा होगी। क्यों? उसने ऐसा क्या अपराध कर लिया था? वह बिल्कुल समझ नहीं पाता था उन लोगों की बातें। विश्वास करें तो कैसे करें?

आखिर में एक दिन डिप्टी कमिश्नर जेल की विजिट पर आए। घिनुआ उनको पूछने लगा। जवाब में साहब ने कहा, "इससे पहले तुम बाघ, भालू का शिकार करते थे। इसलिए तुम्हें तुरंत बख्शीश मिल जाती थी। इस बार तुमने आदमी का शिकार किया है। तुम्हें क्या बख्शीश देनी चाहिए, चार-पाँच साहब बैठकर निर्णय लेंगे।" साहिब की यह बात घिनुआ के मन को भा गई। जिस दिन कोर्ट में उसकी पेशी हुई, घिनुआ मन ही मन सोच रहा था जरुर कोई न कोई उसे विशेष बख्शीश मिलेगी। उत्साहित होकर जज के सामने वह अपने शिकार का पूरा विवरण देने लगा। उसने गोविंद सरदार का शिकार किया, उसके लिए उसे बहुत कष्ट उठाने पड़े। बहुत से आदमी उसको मारने की ताक में थे मगर कोई उसे मार नहीं सका था। गोविंद सरदार हमेशा गाड़ी में आना-जाना करता था। दूसरों को लूट-लूटकर उसने इतनी धन संपत्ति अर्जित की थी। बड़ा ही शैतान आदमी था वह!

पता नहीं, कितने मासूम लोगों को मौत के घाट उतारा था उसने! कितने परिवार परिवारों को बर्बाद किया था! कितनी सारी औरतों की आबरू लूटी थी! उनकी जमीन जायदाद भी उसने अपने नाम कर ली थी। उस दिन शाम को वह घिनुआ की औरत के साथ दुराचार करने आया था। इतना दुस्साहस! धिनुआ को देखते ही वह गाड़ी से भाग रहा था। मगर वह कैसे उसके हाथ से निकल जाएगा? तीर मारकर घिनुआ ने गाड़ी को रोक दिया था और उसके बाद भुजाली से उसका सिर काटकर सीधा दौड़ते-दौड़ते तीस मील का रास्ता रातोंरात तय करते डिप्टी कमिश्नर के बंगले में पहुँचा।

गोविंद सरदार सामान्य आदमी नहीं था। हमेशा उसके हाथ में बंदूक रहती थी। बाघ, भालू की अपेक्षा लोग उससे ज्यादा डरते थे बाघ, भालू की अपेक्षा वह लोगों का ज्यादा नुकसान करता था। उसे मारने के लिए घिनुआ ने साहस और बुद्धि कम खर्च नहीं की थी।

कुछ साल पहले विद्रोही झपट सिंह का सर कलम करने पर डोरा को साहब से पाँच सौ रुपए की बख्शीश मिली थी। झपट सिंह तो बहुत अच्छा आदमी था। न तो उसने किसी औरत की इज्जत ली थी और न ही उसने किसी की जमीन जायदाद हड़प ली थी। सिर्फ सरकारी खजाने को लूटा था और कई सिपाहियों को जान से मार दिया था। मगर गोविंद सरदार बहुत ही खूंखार आदमी था। उसे मारने की वजह से धिनुआ को ज्यादा बख्शीश मिलनी चाहिए।

घिनुआ की कहानी सुनकर सब खिल-खिलाकर हँस पड़े। जज महोदय भी हँसते हुए कहने लगे, "तुझे उचित बख्शीश मिलेगी।" सरकारी वकील कहने लगे, "तुझे तो खास यहाँ बख्शीश देने के लिए ही लाया गया है।"

इन बातों में छिपे हुए हास्य व्यंग को ना समझकर घिनुआ उन बातों को सच समझने लगा। कारण हास्य व्यंग क्या होता है? उसे मालूम नहीं था। उसका स्वभाव सरल था। अंत में जज ने सुनवाई का फैसला सुनाया, "प्राणदंड"।

घिनुआ को इस शब्द का अर्थ मालूम नहीं था। उसे फिर से हाजत में ले जाया गया और समझाया गया, उसका उसके बख्शीश पाने के दिन नजदीक आ रहे हैं।

घिनुआ उस समय तक नहीं समझ पाया था, वह एक अपराधी है और उसे प्राणदंड की सजा सुनाई गई है। उसे कहाँ पता था कि गोविंद सरदार को मारना और झपट सिंह को मारना एक बात नहीं थी। वह समझ नहीं पा रहा था, कानून की दृष्टि में एक गुनाह है तो दूसरा गौरव की बात है। कानून के इस सूक्ष्म जाल

को समझने के लिए उसका उसमे दिमाग नहीं था। वह जो ठहरा आदिवासी संथाल।

वह मन ही मन सोच रहा था, झपट सिंह को मारने पर डोरा को पाँच सौ रुपए मिले थे। इस बार उसे अगर कम दिया गया तो वह उस बख्शीश को स्वीकार नहीं करेगा। साहिब को रूपए लौटाकर कहेगा, ''कुछ भी नहीं दे, वह चलेगा। मगर देना ही हो तो डोरा से ज्यादा मुझे मिलना चाहिए।''

जेल की काल कोठरी में बंदी घिनुआ मन ही मन तरह-तरह की बातें सोच रहा था। आस-पास किसी को पाना भी मुश्किल था कि वह अपने मन की बातें करता। ऐसे भी बातें करने की उसकी इच्छा नहीं थी। बख्शीश लेकर घर लौटने के लिए उसका मन छटपटा रहा था।

अंत में उसको फाँसी पर लटकाने का दिन आ गया। उससे उसकी अंतिम इच्छा के बारे में पूछा गया। उसने कहा, ''मेरी बख्शीश...''

''अच्छा, आज तुझे तेरी बख्शीश मिलेगी।'' कहकर वे लोग उसे अपने साथ ले गए। काले कपड़े से उसका सिर ढाँक लिया गया। घिनुआ मन ही मन सोचने लगा, आँखें बाँधकर उसके हाथ में सोने-चाँदी का उपहार थमा दिया जाएगा।

सरकार के घर में कितने कायदे कानून होते हैं। क्या ऐसे ही बख्शीश मिल जाती है? वह घर लौटकर सबको दिखलाएगा। उसकी पत्नी यह सब देखकर बहुत खुश होगी। अच्छा घर-द्वार बनाकर खेती बाड़ी कर वह अपनी शेष जिंदगी सुख से बिताएगा। और लुटेरा गोविंद सरदार भी तो नहीं है।

अचानक उसे अपने गले में कुछ दबाव-सा लगने लगा।

□

श्मशान का फूल

सच्चिदानंद राउत राय

पोड़ा-बसंत ब्रह्मपुरी में जगु तिआडी कीर्तन करता, मृदंग बजाता, गांजा पीता और मुर्दों का दाह-संस्कार करता। अंत्येष्टि-कर्म-कांड करने वाले के रुप में जगु का नाम उस क्षेत्र में विख्यात था।

जब मुर्दा जलते समय सें सें करता और उसकी टांग खिंचाव से ऊपर की ओर उठ जाती, या उसकी आंतों से पानी निकल जाने की वजह से लाश आग नहीं पकड़ती, तब दूसरे अर्थी उठाने वाले भाई-बंधु जगु तिआड़ी से सलाह-मशविरा लेते थे।

गांजे के नशे में चूर जगु श्मशान के एक तरफ कोने में बैठकर नींद के झोंके लगाता था। आग देने वाले माल-भाईयों की आवाज सुनकर वह तुरंत उठ जाता था। उसके बाद अर्थी से वह तीन हाथ लंबा बांस निकालकर 'मार-मार' कहते हुए मुर्दे के ऊपर तीन-चार तड़ातड़ मार देता था।

मुर्दे का सिर उसके प्रहार से टूट जाता था और थोड़ा भेजा निकल कर बाहर दूर तक छिटक जाता था और थोडी आग को बुझाने लगता था। ऊपर उठी हुई टांग को लाठी की मार से चिता के अंदर घुसा देता था। पेट फाड़कर दो हिस्से कराती हुई आंतडियों में आग लगकर लपलपाती जीभ की तरह चारों तरफ फैल जाती थी। पलक झपकते ही लाश राख में बदल जाती थी।

घुटनों तक राख, सूप, झाड़ू, हांडी, खप्पर और चिथड़े हुई गुदड़ी देखने से भयानक दृश्य दिखता था उस श्मशान का। नाखून, बाल, हड्डी के टुकड़े, चारों तरफ गंदगी के ढेर।

जगु तिआड़ी खुशी से लौट जाता था। पोखरी में खड़े होकर तेल लगाकर अपनी जांघों पर थप्पड़ मारते हुए कहने लगता था, ''भगवान की कृपा से सब काम ठीक-ठाक हो गया।''

गांव में जब हैजा फैल जाता था, या कोई अन्य देवी प्रकोप होता था, लाशों के ढेर लग जाते थे। जगु तिआड़ी का भाव और बढ़ जाता था। सभी आकर उसकी

खुशामद करने लगते थे। कोई आँख से आंसू टपकाता, तो कोई अपने खोंसे से पैसे निकालता था और कोई - कोई तो हाथ-पाँव पकड़कर कहने लगते थे, ''मेरे बाप, थोड़ी मदद करो।'' जगु तिआड़ी गंभीर मुद्रा में सबकी बातें सुनता था मगर तुरंत कोई उत्तर नहीं देता था।

''कल रात से घर में लाश सड़कर गंध देने लगी है।''

''नववधू दो दिन से घर में मरी पड़ी है।''

इसी तरह सब लोग उसके सामने गिड़गिड़ाने लगते थे।

जगु तिआड़ी पैसा लेने के मामले में किसी भी प्रकार की हिचक नहीं रखता था। एक रती-भर गांजा, एक तौला अफीम, चार आना जेब-खर्च नहीं मिलने से वह कहीं भी जाने के लिए टस से मस नहीं होता था। इसके अलावा दस दिन तक रीति के अनुसार कषाभात, पहनने के कपडे और दसवीं का खाना भी प्राप्त हो जाता था।

सधवा औरत के मर जाने से जगु को और ज्यादा फायदा होता था। धनवान औरत होने से कान की बाली, फूल, नथनी या गरीब घर की औरत होने से कम से कम चाँदी की अंगूठी दक्षिणा के हिसाब से जगु को मिल जाती थी। मुर्दे को चिता में जलाने से पहले उसके शरीर की अच्छी तरह से छान-बीन करता था, कहीं पहने हुए गहने छूट तो नहीं गए हैं। कभी-कभी लाश से बाली, फूल, नथनी आदि नहीं निकलने पर दांत भींचकर जोर से खींचकर उन्हें निकाल लेता था। कभी-कभी नाक कट जाती थी। नीले रंग का पानी निकलकर सारा मुँह भिगा देता था। फिर भी जगु तिआड़ी को कोई फर्क नहीं पड़ता था। यह उसका रोज का काम था, एक किस्म की ऊपरी कमाई का जरिया था। ऐसा करते-करते वह पत्थर-दिल हो गया था।

गर्भवती स्त्री होने से जगु तिआड़ी एक रुपया नहीं मिलने से लाश को छूता तक नहीं था। और दूसरे माल-भाईयों के साथ मिलकर लाश को सड़ाने की धमकी देता था।

एक रुपया मिल जाने से खुशी-खुशी ढोल बजाते हुए 'राम-नाम सत्य' है कहते हुए गांव की पगडंडी से बड़े-बड़े डग भरते आगे निकल जाता था। उसके काले पत्थर जैसे चिकने शरीर में जनेऊ दूर तक साफ चमकता दिखाई देता था। उसकी आवाज से सारा गांव कांप उठता था। बस्ती के आदमी, औरत बाहर निकल जाते थे। छोटे-छोटे बच्चें डर के मारे घर में छुप जाते थे। श्मशान घाट पर धोबी उस्तरे से एक गर्भवती औरत का पेट फाड़कर बच्चे को बाहर निकाल देता था और जगु तिआड़ी दो गड्डे खोदकर माँ-बच्चा दोनों की अलग-अलग चिता बना लेता था। कभी-कभी दोनों को एक ही चिता में सुलाकर अग्नि-दाह कर लेता था। चिता में

जगह नहीं मिलने से एक लकड़ी से बच्चे को कुरेद कर एक पिंड का लोथड़ा बनाकर आग में फेंक देता था।

इस तरह जगु तिआड़ी अपनी धान की खेती के अलावा इस आय से अपना घर जैसे-तैसे चलाता था। इन्हीं पैसों से लेन-देन, शादी-ब्याह आदि खर्चे निकालता था।

कोई उसे कुछ भी नहीं बोलता था क्योंकि उस गांव में जगु के अलावा कोई और अनुभवी अंत्येष्टि कर्म-काण्ड वाला ब्राह्मण मालभाई नहीं था।

कोई तोल-मोल करने लगता था, जगु अपना महत्व बखान करते हुए दूसरों से तुलना करने लगता था और कहने लगता था, वह जितना भी मांग रहा है, काम के सामने कुछ भी नहीं है। अपना वर्चस्व दिखाते हुए वह अतीत की कई घटनाओं का वर्णन करता था यह सिद्ध करने के लिए उसके जैसा लाश जलाने वाला इस संसार में और कोई नहीं है। वह अपने काम पर गर्व अनुभव करता था।

पिछले साल नरसिंह मिश्र की पत्नी को तेज बारिश में जलाकर आते समय, सातगच्छिया बागान के अंतिम सिरे पर बिना सिर वाला धड़ सामने दिखाई पड़ा, उसके बाद पौष महीने की ठिठुरती रातों में जलोदर बीमारी में मरे हुए नाथ-ब्रह्म को जलाते समय उसके पेट से दो मटके पानी निकलकर जब चिता बुझ गई थी, तब असाध्य काम को उसने ही पूरा किया था। ये सारी पुरानी कहानियों को बहुत अच्छे ढंग से सुनाता था।

जगु तिआड़ी के लाश जलाने के ज्ञान के बारे गहरी जानकारी को उसके साथ एक घड़ी बात करने से पता चल जाता था।

रोज शाम को जगु तिआड़ी 'भागवत-टुंगी' (सत्संग) में बैठकर अपने अनुभव के बारे सभी को बताता था, और हल्की-हल्की बारिश के मौसम में कई श्रोता उसे घेरकर बैठकर सुनते थे। चिलम से दम मारते हुए जगु पहले गला खंगारता था। सुनने वाले समझ जाते थे कि अब वह कहानी शुरू करने वाला है। एक बार किस प्रकार एक गर्भवती महिला की लाश जलाकर लौटते समय 'मुक्ताझरा' के पास आम के पेड़ की शाखा पर बैठकर एक चुड़ैल बच्चे को आग में सेंक रही थी। इस बात को वह इस तरह से वर्णन करता था कि श्रोतावर्ग ड़र के मारे सिमटकर दीवार से चिपक कर बैठ जाते थे।

इस तरह छोटी-सी ब्रह्मपुरी में जगु तिआड़ी अपना जीवन जी रहा था।

आश्विन की रात। शाम को आकाश में बादल उमड़ने लगे। जगु तिआड़ी का सिर दर्द से फटा जा रहा था। वह दोनो कानों के पास और ललाट पर चूना

लगाकर माथे पर कपड़ा लपेटकर घर के सामने सीमेंट के चबूतरे पर बैठकर हरिवंश पुराण सुन रहा था।

गांव के अंदर से अचानक रोने की आवाज सुनाई दी। दूसरी बस्ती से कोई पान, सुपारी, जर्दा लेकर लौट रहा था। उसने खबर दी कि जटिया माँ बूढ़ी की बहू की मौत हो गई है।

देखते-देखते पूरे गांव में यह खबर आग की तरह फैल गई। जगु तिआड़ी कुछ कमाई होने का सोचकर खुश हो गया। लोग इधर-उधर की बातें करने लगे। बस्ती की औरतें कानाफूसी कर रही थी। कोई कह रहा था, "पाप गर्भिणी थी"। दूसरा कह रहा था, गर्भपात करवाने के लिए कुछ जड़ी-बूटी खा ली थी - शरीर में जहर फैलने से मौत हो गई।"

जगु तिआडी चुपचाप सारी बातें सुन रहा था। फिर उसने अपने मुँह को एक तरफ घुमा लिया। जाति बिरादरी से बाहर निकाले जाने के डर से वह इतनी बड़ी कमाई को छोड़ने के लिए मजबूर हो गया।

जटिया माँ बूढ़ी का संसार में और कोई नहीं था सिर्फ सास और बहू दो प्राणी। गौणा होने के एक महीने बाद बेटा पैसा कमाकर ऋण चुकाने के लिए कलकत्ता चला गया था। तीन साल हो गए, मगर उसका कुछ अता-पता नहीं। पहले एकाध चिट्ठी लिख देता था मगर अब तो चिट्ठी आना भी बंद हो गया था। उस गांव के जितने ब्राह्मण-रसोइए गांव लौटते थे, कहते थे कि वह लड़का किसी औरत को लेकर माटियाबुरूज में रहता है। घर में बेचारी अकेली बहू। वह तो गया, गया, लेकिन बूढ़ी के सिर चिरकाल का कलंक लगाकर गया। बूढ़ी ब्राह्मणी उस दुख से उबर नहीं पाई।

बूढ़ी की उस दिन की दयनीय हालत के बारे में बताना शब्दों के बाहर था। मगर गांव के बुजुर्ग-लोगों ने उस बात को संभाल लिया। बुजुर्गों ने जटिया माँ को गाली देते हुए बहू को अपने काबू में नहीं रखने के लिए खूब फटकारा, फिर लाश को जल्दी जलाने का फैसला किया। नहीं तो, छाटिया थाने में खबर पहुंचने पर पूरी ब्रह्मपुरी के नाम की बदनामी होगी, फिर हमारा तो बहू-बेटियों वाला घर है।

जटिया माँ बूढ़ी ने सभी पंचों को कोटि-कोटि प्रणाम किया। उसने इस घोर विपदा से बचाने के लिए अपना आभार व्यक्त किया।

तब जाकर लाश को कंधा देने के लिए गांव के तीन-चार युवक आगे आए। पुआल की रस्सी बनाई गई और अर्थी सजाई गई, सूप, खपरा, शिलपट्ट झाडू और लकड़ी सब जमा कर दी गई। लाश को सिर से पैर तक कपड़े में लिपटा दिया और

अर्थी में सुलाकर बांध दिया, मगर बुजुर्ग मालभाई नहीं होने से काम नहीं चल सकता था। आधे-घंटे के बाद लाश को नहीं जलाने से समस्या खड़ी हो जाएगी। अगर थाना बाबू के पास खबर पहुँच जाएगी तो सभी को भीतर कर दिया जाएगा। गांव में तो चुगलखोर लोगों की तो कमी नहीं है।

पंचों ने कहा, ''तिआड़ी को बुलाओ।'' तिआड़ी नहीं जाने से इतना बड़ा काम कोई आसानी से नहीं कर पाएगा।

जगु तिआड़ी को बुलाने कुछ लोग गए, मगर वह आने के लिए तैयार नहीं हुआ। वह अपनी जिद्द पर अड़ा रहा और कहने लगा, ''पाप गर्भ से मरी है। मैं उसे छूऊँगा तक नहीं। असती-व्यभिचारिणी को मैं कंधा नहीं दूंगा।''

सब लोग समझाते-समझाते थक गए, मगर जगु अचल, अटल।

अंत में गांव के बूढ़े-बुजुर्गों के बहुत समझाने के बाद जगु तिआड़ी लाश उठाने के लिए तैयार हुआ, मगर पांच रुपए नहीं मिलने से वह इस पाप कर्म को हाथ नहीं लगाएगा, कहकर साफ-साफ उन्हें समझा दिया। जटिया माँ बूढ़ी ने अपने कुल्हड़ से जितने पैसे निकाले, उससे लकड़ी, मिट्टी का तेल, धोबी, नाई के लिए भी पूरे नहीं हो रहे थे। अंत में यह बात तय हुई कि बहू के नाक में सोने की जो नथनी लगी हुई है, उसे जगु तिआड़ी लेगा।

जगु तिआड़ी खुशी से उछल पड़ा और कहने लगा 'राम-नाम सत्य है!'

श्मशान-घाट गीला और गंदा था। हांडी, लकड़ी, खोपड़ी, सूप, कुल्हड़, जले हुए अंगारें और राख का ढेर। चारों तरफ से सड़े मांस की बदबू आ रही थी।

पथश्राद्ध का कार्य पूरा हुआ। जगु तिआड़ी ने एक चिता बनाई और लाश को उसके ऊपर सुला दिया, फिर मुँह से कपड़ा हटा दिया।

चार-आने भर सोने की नथनी। लालटेन की रोशनी में जगु तिआड़ी ने देखा, नथनी लाश की नाक पर चमक रही थी।

बादल छँट गए थे, चाँद दिखाई देने लगा था, लाश के पीले चेहरे पर चांदनी झलकने लगी थी।

साथ में आए हुए लोग कहने लगे, ''जल्दी काम पूरा करो। अगर पुलिस आ गई तो सब बिगड़ जाएगा।''

जगु ने नाक की नथनी निकालने के लिए अपना हाथ आगे बढ़ाया। और देखा, बहू का निस्तेज चेहरा चाँद की रोशनी में फूल की तरह खिल रहा था। उसके मुँह को चारों तरफ से घेरकर रखा था घुंघराले काले बालों का जंगल। जैसे आकाश में चांद के पीछे घेरकर रखा हो काला-बादल।

बहू के चेहरे पर खिल रहा था मुरझाए हुए फूलों का लावण्य। उसके बिखरे हुए बालों में चांदनी की लहरें खेल रही थी।

जगु ने अपना हाथ पीछे कर लिया और देखने लगा आकाश में फीके चांद को। उसने अनगिणत लाशें जलाई थी, मगर एक दिन के लिए भी उसके मन में ऐसा तूफान नहीं उठा था। इस सुंदर मुखड़े से नथनी निकालने का साहस नहीं हुआ। बहू के चेहरे की सुंदरता को वह नथनी और बढ़ा देती थी। और पता नहीं, जगु तिआड़ी ने बहू के बारे में क्या-क्या सोच रखा था। इस समय जगु के मन में ऐसा विचार उत्पन्न हुआ कि वह बहू कुछ दिन बाद माँ बन जाती। शायद और भी कुछ हो सकता था? मगर कुछ नहीं हो पाया। इसमें किसका दोष है?

बादलों की ओट में छिपे हुए चाँद की चाँदनी रात में निर्जन श्मशान की छाती में सोई हुई थी एक अधखिली कली अकेली। वास्तव में अकेली थी बहू। लाश को जलाने वाला जगु तिआड़ी बार-बार उसे निहार रहा था। उसका अनपढ़ देहाती मन अपनी भाषा में कह रहा था - सचमुच, बहुत ही अकेली थी वह, सिर्फ यहाँ ही नहीं, पहले से भी जिंदगी भर अकेली।

इस एकाकीपन से छुटकारा पाकर जिंदगी जीने के लिए कुछ ऐसा ही कदम उठाया था उसने, इसलिए तो आज श्मशान में पड़ी है। बहू के पीले चेहरे पर देख ली थी उसने जीने की इच्छा।

जगु को देरी करता देख साथ में आए हुए मालभाई विरक्त हो गए थे और डाँटते हुए कहने लगे, ''अगर तू इस तरह देर करेगा तो हम लाश छोड़कर चले जाएँगे। पुलिस आएगी तो कौन उत्तरदायी होगा? ले, तेरी वह नथनी बाहर निकाल ले, नहीं तो हम लोग चिता जला देंगे। पहले तो नथनी लेने के लिए इतना मर रहा था, मगर अब ऐसा क्या हो गया, हाथ आगे नहीं बढ़ रहा है?''

जगु तिआड़ी का मानो सपना टूट गया। वह खुद को लज्जित अनुभव करने लगा, फिर भी अपनी दुर्बलता को छिपाते हुए कहने लगा, ''इस लाश की नथनी मैं घर नहीं ले जाऊँगा? यह पाप गर्भिणी थी।''

साथी लोग पूछने लगे, ''तब तुम नहीं लोगे तो हम चिता को आग लगा दे?''

जगु तिआड़ी अनमने भाव से कहने लगा, ''हाँ, हाँ चिता जलाओ। अच्छे से आग लगाओ, सब जलकर राख हो जाए।''

हुत-हुत कर आग जलने लगी। बहू की गौरी मांसल देह आग में झुलसकर काली पड़ गई। चमड़ी में फोड़े पड़ परत-परत निकलने लगी।

जगु तिआड़ी निस्तब्ध होकर देखने लगा। दूर कहीं उल्लू, बाज और जंगली मुर्गियों की भीड़ लगी हुई थी। कहीं और दूर धान के खेतों के उस पार से लोमड़ियों की कर्ण-विदारक आवाजें आ रही थी।

गंदगी-अंधेरा-हड्डी, राख, अंगार। माँस जलने की बदबू चारों तरफ हवा में फैल गई थी।

साथ आए हुए लोगों ने जगु से कहा, ''तुमने उस व्यभिचारिणी की नथनी को अपने घर न ले जाकर अच्छा काम किया। लेने से तेरा अमंगल हो जाता। देख नहीं रहे थे, किस प्रकार तड़प-तड़पकर वह मरी थी। अपने पेट के बच्चे को मारने जा रही थी, खुद नहीं मरेगी? धर्म अभी भी जिंदा है।''

अभी भी दहकते अंगारों को देखते हुए जगु कहने लगा, ''रहने दो, दूसरों पर इस तरह टिप्पणी मत करो। कोई मनुष्य क्या किसी दूसरे मनुष्य को समझ सका है?''

◻

चींटी

गोपीनाथ मोहंती

धीरे-धीरे-धीरे सबसे ऊपर पहुँचने के लिए एक के बाद एक चलते जा रहे थे दोनो पाँव, दर्द के मारे पैरों की पिंडली और जांघे मानो फट रही हो। छाती के अंदर जैसे धुरमुस चल रहा हो। सिर के ऊपर टोपी की फाँक से पसीना बह रहा था बारिश के पानी की तरह, हाफ पैंट और हाफ कमीज भीग चुके थें फिर भी शरीर चल रहा था मानो कोई पीछे से धकेल रहा हो, लग रहा था जैसे हवा के झोंकें धक्के मार रहे हो। पहाड़ के शिखर पर पहुँचकर रमेश रूक गया।

सघन पेड़ों से भरा जंगल काफ ी नीचे रह गया था। ऊपर से दिख रहा था घनघोर काला जंगल जैसे कि पाताल तक उतर रहा हो। चारों तरफ ऊपर नंगी चट्टानें, किनारे-किनारे घास के मैदान और चहुँ ओर विस्तृत आकाश।

पहाड़ चढ़ना ख़ूब कठिन काम होता है, उसने स्वयं इस बात को मान लिया था, मगर साथी मित्रों को यह बात बतलाने में शर्म अनुभव हो रही थी। उम्र में वही सबसे जवान, बाक ी लोग बूढ़े या अधेड़ उम्र के, इसके अलावा वह अधिकारी है, जितना भी कष्ट मिले होठों पर दाँत भींचकर काठ की तरह कठोर रहना उसका कर्तव्य बनता है। उल्टा उन लोगों से वह कहता है, "क्या आप लोग इतना ज ल्दी थक गए?"

दुबला-पतला सुंदर-सा जवान, पाँवों में जूते पहने हुए नुकीले धारदार पत्थरों पर कूदते - फाँदते आगे निकल जाता है हमेशा की तरह।

इंजिन की तरह सीं - सीं करता हुआ ऊपर चढ़ता आ रहा था चपरासी बिनू, जहाँ ओड़िशा का रहने वाला रमेश उसका इंतज ार कर रहा था। बिनू का भारी-भरकम शरीर जैसे-जैसे पास आता जा रहा था, वैसे-वैसे उतना ही बड़ा होता जा रहा था, जैसे कि एक मटमैले रंग का बड़ा कुकुरमुत्ता। उसके नीचे काला-कलूटा, मोटा-तगड़ा ठिगना एक आदमी। नाक में और कान में सोने की बालियाँ, शरीर पर पहने हुए कोट-पेंट, पीठ पर ताने हुए बंदूक और कंधे पर लटकाए हुए फ्लास्क। बिनू ऊपर पहुँचकर हाँफने लगा। चिल्लाने लगा - "ऐ, तेरे मेरे वादुड़े"

रमेश के पीछे वह चपरासी साइन-बोर्ड की तरह खड़ा हो गया।

नीचे से समवेत स्वर में एक गीत सुनाई पड़ रहा था। गीत के बोल थे "बाइले, बाइले।"

सबसे आगे एक, उसके बाद दो उनके पीछे एक साथ आठ भार ढोने वालो के चेहरें ऊँची-ऊँची घास के अंदर से दिखाई देने लगे, कोपीन पहने हुए सभी कंध आदिवासी नंगे बदन। गाना बंद हो गया। बिनू चिल्लाने लगा - "आलसी कहीं के, कितनी भी गाली देने से भी आगे नहीं बढ़ते हैं।"

"बूढ़े हो गए हैं, हुजूर।" किसी एक ने उत्तर दिया, शुरू हो गया उन लोगों का हँसी-मज ाक का दौर, कुछ ही दूर पर बैठे-बैठे बीड़ी चुट्टा लगाने लगे।

फ्लास्क खोलकर बिनू ने चाय थमाई। एक आँवले के पेड़ के नीचे बैठकर चाय पीते-पीते रमेश ने पूछा, "और कभी इस रास्ते से गुज रे थे बिनू?"

"दो साल पहले एक बार आया था और उससे पहले तो कई बार।"

"कोई और अधिकारी इस रास्ते से पैदल गुज रे थे?"

"कुछ आए थे, सर! यही तो है शार्टकट रास्ता हाट के लिए, इसलिए कभी-कभार आना जाना हो जाता था।"

रमेश का आत्म-अभिमान दब गया। बचपन से आज तक सबसे आगे रहने में उसको आनंद मिला था। यही तो एक मात्र उपाय था अपनी प्रतिष्ठा बचाने के लिए। उत्तरी बालेश्वर के किसी एक गाँव में एक दरिद्र परिवार में उसका जन्म हुआ था। गाँव के स्कूल में ही अटक कर रह गए उसके कई दोस्त और कुछ दोस्त कॉलेज में पहुचने से पहले। उसके गाँव से वह अकेला ही कॉलेज तक पहुँचा। वह भी संभव हुआ था छात्रवृत्ति मिलने की वजह से। हर साल इनामस्वरुप मिली किताबें, अच्छे अंक आने से छात्रवृत्ति और मैडल, केवल इतनी ही तो थी उसके जीवन की सफलता। यही सब यादें लेकर वह गर्वित था। एक दिन उसे सरकारी नौकरी मिल गई। अपरिचित लोग परिचित होने के लिए उसे प्रणाम करने लगे, चपरासी सलाम ठोकने लगे, इंश्योरेंस एँजेट जग्गी बाबू शाम की चाय के लिए निमंत्रण देने लगे, शादी के लिए जान पहचान वाले पीछे लगने लगे। सहपाठी उमेश ने तो यहाँ तक पूछ लिया, "भाई, तुम्हारी शादी के बारे में किस से बात करनी होगी, कहो?"

नमस्कार, नमस्कार, चारों तरफ नमस्कार।

व्यक्तिगत उद्यम को परखने में पहले जीत, फिर आत्म-अभिमान और धीरे-धीरे बन गया उसका आत्म-विश्वास। रमेश को लगने लगा कि वह भी कुछ है।

उसके चारों तरफ असंख्य लोग, जो कुछ भी नहीं थे। फिर भी कभी-कभी

उसे भीतर-ही-भीतर एक टीस अनुभव होती थी, जितना भी आगे रहने पर जब वह देखता कि उससे पहले कोई और वहाँ पहुँच चुका है। जब देखो, उसके आगे कुछ लोग और उनकी तुलना में उसकी स्थिति कुछ भी नहीं।

कम से कम पहाड़ चढ़ते समय तो ऐसा लगता था कि उसके सभ्य समाज से इस रास्ते तक आने वाला वह ही पहला व्यक्ति है। सच नहीं होने पर भी कल्पना में उसको आनंद मिलता था। चाय देते-देते बिनू कहने लगा, ''इस पहाड़ी के ऊपर एक बार बड़े साहिब ने कैम्प लगाया था। हम लोग यहाँ पाँच दिन तक रूके थे। लग रहा था जैसे एक शहर यहाँ बस गया हो। शिकार, नाच-गाना और कितनी सारी बातें।''

हाँ कितने साहिब आए और गए, फिर भी लग रहा है, यह जंगल हमेशा ऐसे ही गुप्प अँधेरे में डूबा हो।

''उस समय का जंगल और अब कहाँ बचा, सर।'' बिनू ने कहा।

''घनघोर जंगल था जानवरों से भरा हुआ, ख़त्म हो गया वह जंगल। सब काट लिया कंध लोगों ने। यहीं आस-पास के इलाक ों में कंध लोगों के कई गाँव थे। जंगल उजड़ गया, बाघ इंसानों को खाने लगे। कंध गाँव छोड़कर भाग गए।''

''आजकल जंगल नहीं है तो फिर ये सब क्या है?''

''कट जाने के बाद फिर से बढ़ गया है। जितना भी बढ़ने से भी वह जंगल और कहाँ मिलेगा।''

आदमी आया, जंगल में घुसा और चला गया, फिर आया है। जंगल पहाड़ों में भी उसके सुख-दुख की धारा मिटी नहीं, घने जंगल के नीचे पत्थरों से टकराती हुई झरने की पतली धारा की तरह।

इतना सब कुछ सुनने के बाद रमेश की आत्म-चेतना उदास होकर धूमिल हो गई।

नीचे गिरे टूटे बिस्कुट के चूरे को खाने के लिए चींटियों की एक पंक्ति लग गई थी। अचंभित होकर रमेश ने उस ओर देखा। हँसते हुए मन ही मन कहने लगा ''केवल इंसान ही नहीं चींटियाँ भी, चार हज ार फ ुट पर्वत के ऊपर इंसानों के घर की साथी चींटियाँ भी रहती हैं।'' छोटी-सी चींटी ने उसको पहाड़ चढ़ने का असली उद्देश्य याद दिला दिया। खड़ा होकर वह पूछने लगा, ''बिनू, चावल की तस्करी पकडेंगे न?''

''वह कैसे छोड़ देंगे, सर? जिधर से जाए चावल तो पहुँचेगा कष्व वालसा हाट में। अभी तो दस बज रहे है। इस ढलान को पार करते ही हम लोग वहाँ पहुँच

जाएँगे उस जगह पर दो बजने से पहले। उसके बाद एक-एक को रंगे हाथों पकडेंगे। कहाँ जाएँगे बदमाश?''

''तब तो आगे बढ़ो, और देर करने में फ ायदा क्या?'' विश्राम नहीं मिलेगा यह जानकर बिनू विरक्त हो गया, लेकिन करे तो क्या, कोई ऊपाय भी नहीं। जितनी मालूम थी चार-पाँच कंध बोलियाँ बोलते हुए रौब से कंध लोगों पर चिल्लाने लगा, ''हे, तेरे बेरे हाला मुड़े (चलो, चलो)''

कंध लोग गुर्राने लगे। अच्छी बात, थोड़ा भी आराम नहीं, दौड़ते रहो। बंदर भगाने जैसे आदिम कंध भाषा में बिनू और उसके पूर्वजों को गाली देने लगे। जानते थे उनकी वह भाषा किसी के समझ में आने वाली नहीं है। ये लोग केवल आदेश देंगे ''बोझ उठाओ, पानी लाओ, लकड़ी काटो।'' इतनी बात समझाने के लिए इन लोगों को कंध भाषा आती है और बिनू को भी। इसके अलावा खुले मन से कंध भाषा में गाली दो, कुछ बिगड़ने वाला नहीं है। आपस में बात करने लगे-''अच्छे पागल लोग हैं। इस प्रदेश का चावल उस प्रदेश के लोग ख़रीद रहे हैं। इसलिए पूरे जंगल को तहस-नहस कर चूहे पकड़ने जा रहे हैं। भूख तो सभी को लगती हैं। उसमें यह प्रदेश वह प्रदेश की बात कहाँ? जिसकी जो ज रूरत, वह ख़रीदेगा। इसमें अपराध की बात कहाँ? किसका है यह देश? कौन पैदा करता है चावल? नहीं, नहीं, इनका न्याय कुछ हटकर है। इनके न्याय में दारू बनाना गुनाह, दो दिन तक बोझ ढोते-ढोते थककर बैठ जाओ तो गुनाह।''

तय करने का समय नहीं, चपरासी गरियाने लगा, साहिब आगे निकल गया। कंध लोग उठकर खड़े हो गए। ख़ुद के सारे आरोपों को गीतों में पिरोकर गाने लगे। उसके बाद बारी-बारी से एक ही कोरस - ''बाइले, बाइले।''

सामने सघन जंगल, उसके नीचे पहाड़ी ढलान, उसमें छिपी सुरंगों की तरह नीचे की ओर उतरती पगडंडी। पीछे की तरफ से आ रहे कंध लोगों का समवेत संगीत रमेश को हर्षित कर रहा था। कितना मधुर! क्या होगा उसका अर्थ? ज रूर कोई जातीय गाथा होगी।

''बिनू!'' रमेश चिल्लाया।

मन ही मन गाली देते हुए चट्टान के बाद चट्टान नापते हुए डगमगाते पांवों से बिनू उसके सामने हाजि र हो गया। उसकी उम्र पचपन, सिर के बीचोबीच चाँद, छ दाँत गिर चुके थे, इस उम्र में पहाड़ चढ़ना उसके लिए प्रतिकूल था। उसके शरीर को चाहिए आराम, धीरे-धीरे क दम भरना लेकिन यह जवान अधिकारी काफ ी ज ल्दबाज ी कर देता था। ख़ुद पागल और दूसरों को भी पागल बनाने की कोशिश

करता। बिनू के घर में कोई अभाव नहीं था, लेकिन नौकरी चली जाने से दबदबा ख़त्म हो जाएगा, उसका रूतबा हरण हो जाएगा और वह एक सामान्य देशी आदमी बनकर रह जाएगा। जि ंदगी भर शेरों के पीछे घूम-घूमकर उसने लोमड़ी की तरह देशी लोगों के ऊपर राज किया था। ख़ुद भी अब एक देशी आदमी बन जाएगा, सोच लेने से वह डर जाता था। उसी डर से बिनू पहाड़ पर चढ़ता था।

"बिनू, ये लोग बहुत मधुर गीत गा रहे है?"

"बहुत ही मधुर, सर!"

"इसका अर्थ क्या है?"

एक विद्वान की तरह अपनी पगड़ी सजाते मुँह का पान किनारे में ले जाते हुए कंध गीत का अर्थ बतलाते हुए बिनू ने कहा, "यह चैत पर्व का गीत है सर!"

"इसका अर्थ क्या है?"

"केवल धांगडियों (जवान लड़कियों) की बात सर! वही पुरानी बात जैसे कि तुम्हें देखकर तड़प रहा मेरा मन हे जाईफूल! तुम कब मेरे घर आओगी, हे जाईफूल।" बिनू ने हँसते हुए कहा।

रमेश ने पूछा "क्या रोज ाना ये लोग यही गीत गाते हैं?"

"हर रोज , हाँ, सर!"

"बाइले का अर्थ जाईफूल?"

"ठीक कह रहे हैं सर! इस तरह से धीरे-धीरे सीखेंगे तो बहुत ज ल्दी ही इनकी भाषा सीख जाएँगे।"

ख़ुश होकर रमेश ने पूछा, "जितना बूढ़ा होने पर भी क्या ये लोग यही गीत गाते हैं?"

"नहीं सर, हमारे देश में कोई बूढ़ा नहीं होता है।"

रमेश मन ही मन याद करने लगा, बाइले का मतलब जाई फूल। कंध लोग केवल प्रेम के गीत गाते हैं। रमेश को सहज ही बूद्धू बनाकर बिनू भी ख़ुश हो गया।

गीत-गीत में कंध आदिवासी चपरासी और अधिकारियों को गाली देते-देते अपनी दुर्दशा का बखान करते हुए आगे बढ़ने लगे। रास्ते में हाट की ओर जाने वाले दूसरे कंध आदिवासी सामने आ जा रहे थे। गीत सुनकर ख़ूब हँसते थे और उसका मजा उठाते थे क्योंकि इसी दुख के तो वे भी समभागी थे।

गीत गुनगुनाते-गुनगुनाते जुबान लड़खड़ाने से चुप हो जाते थे आदिवासी। तब चिल्लाने लगता था बिनू, "हेले, गाना गाओ, गाना गाओ।"

हमारे देश में कोई बूढ़ा नहीं होता हैं अपनी यह बात बिनू के सामने एक

नया रूप लेकर खड़ी हो गई। उसकी छोटी बीवी, पहले से दो बीवियाँ है, फिर भी एक साल पहले ही वह उसके घर में आई थी, ज यादा 'कन्या-सूना' देकर उसके माँ-बाप को ख़ुशकर दूसरे व्यक्ति के हाथ से एक तरह से छुड़ाकर ले आया है वह उस गौरी को। इस जंगल प्रदेश में छीनकर ले आना ही बहादुरी का काम है, ऐसे काम में आदमी जानवरों से आगे निकल जाता है। लेकिन बिनू की इस बहादूरी के पीछे था जीवन का एक विक्षोभ। उसके पास था आम का एक बगीचा, ज मीन, घर गाय-गोरू सभी है। अभाव था तो औलाद का। जैसे-जैसे उम्र बढ़ती जा रही थी, वैसे-वैसे बच्चे की कमी उसे खटकने लगी थी। रास्ते भर उसको गौरी की याद सता रही थी। दोनो सौतनें उसका ख़्याल रख रही होंगी या नहीं? मन नहीं मानने से इस प्रदेश में बीवी छोड़कर कहीं ओर चली जाती है। गौरी का मन दुखी तो नहीं हो रहा होगा, और वह लुच्चा -लफंगा चपरासी जिसका नाम बीसी, संबंध में खींचतान कर बिनू का पोता लगता है, खास दादी के साथ हँसी-मज ाक करने के लिए आता है और प्रहर के प्रहर वहाँ बिताता है। क्या कर रहा होगा वह?

"बिनू!"

"सर!"

"अच्छा पहले चावल की यह तस्करी रोकी नहीं जाती थी? चोरी-छुपे तेलंगाना के सीमावर्ती इलाक े तक पार करने के लिए कहीं तो चावल को इकट्ठा कर रखना पड़ता होगा। इन हाट-बाट से क्या लेना-देना? वहीं से व्यापारी लोग ख़रीदते होंगे सारा चावल। कोरापुट से निकले हुए चार दिन बीत चुके थे, बहुत सारे गाँवों में घूम चुके थे, कई जगह देख चुके थे मगर कहीं भी तो चावल-चोरी का काम दिखाई नहीं पड़ा। बात क्या है?"

"सर! अगर एक साथ ज यादा चावल का लेन-देन होता तभी तो दिखाई पड़ता।" विरक्त होकर इस बात को कहने के बाद बिनू को पश्चाताप होने लगा। उसने ख़ुद अपनी ज मीन से सौ मण चावल की पैदावार ज यादा भाव में बाहर पार की थी। बिनू इस बात पर आश्वस्त था कि जिस समाज में लोग अपने विचारों के अनुसार पैरों पर खड़े होंगे, ख़ुद के सींग से मिट्टी खोदेंगे, वहाँ दूसरों को ढकेलना, दूसरों के पैर खींचना, दूसरों के कंधों पर चढ़ना, दूसरों को धोख़ा देकर आगे बढ़ना इत्यादि सारे गुण एक उद्यमी के पास अपने आप आ जाते हैं। नहीं तो, बड़ा आदमी बनना असंभव है। जहाँ ख़ुद के लिए ख़ुद के अलावा कोई नहीं, वहाँ सबके लिए कल्याणकारी नियम को एक चतुर आदमी ही तोड़ सकता है। इस बात को बिनू उचित मानता है, लेकिन पकडे जाने का डर भी रहता है। बात

को घुमाते हुए बिनू ने कहा, "सर, एक साथ ज यादा चावल बाहर पार करने में किसी एक आदमी का हाथ नहीं है। अगर ऐसा होता तो ज रूर हमारे ध्यान में आता।। सर, हाट में जाएँगे तब पता चलेगा, कोई पांच सेर तो कोई दस सेर चावल ख़रीद कर ले जा रहा है।"

इस प्रकार से तलहटी में रहने वाले सैकड़ों लोग ख़रीददारी करते हैं। दो कोस की दूरी पर तेलंगाना की सीमा, वहीं पर बैठे होंगे साहूकार, बैलगाडियाँ खड़ी होंगी, चावल रखने के बोरें और पास में होगी नोटों की थैलियाँ। साहूकार के पैसों से ये आदिवासी लोग चावल ख़रीदते होंगे, जमा करते होंगे, और बोरियों से भरी जाती होंगी फिर बैलगाड़ियाँ और वहाँ से विशाखापट्टनम, पार्वतीपुरम, बोबीली, मकुआ इत्यादि जगहों पर। व्यापारियों की बात कुछ अलग होती हैं, सर!

"व्यापारियों के हाथ में पड़ने से पहले हमें उस चावल को पकडना होगा।" गंभीर मुद्रा में रमेश ने कहा।

उसकी आँखों में चमक थी शिकारी आँखों की तरह।

मन में एक ही बात - हमारे चावल वे लोग क्यों ले जाएँगे? जैसे कि यह बात उसके व्यक्तिगत अधिकार में हस्तक्षेप हो।

'हमारा' कहते ही उसकी समझ में एक ही बात कौंधती है - वह एक ओड़िया आदमी है, उसके पीछे ओडिशा का समृद्ध इतिहास। उस इतिहास में पडोसी राज्यों के ऊपर शासन, युद्ध विजय और साम्राज्य-विस्तार। अतीत के धूल-धुसरित टूटे-फूटे ईंटों के ढेर में से लौट आती है वर्तमान की बेबसी, मन के अरमानों को शांत करने के लिए सारा दोष पड़ोसियों के ऊपर थोप देता था।

"खा खाकर बर्बाद कर दिया पूरे राज्य को। बाक ी क्या बचा है जो?" जंगल के रास्ते पर शिकार खेलने की बात याद आ जाती है वह भी चावल का शिकार करने की।

"पकड़ में आ जाए तो ..." दांत भींचते हुए रमेश ने कहा। अगर पकड़ भी लेगा तो क्या कर लेगा? वह ख़ुद भी नहीं जानता है।

तेज ी से नीचे की तरफ जाते समय रास्ते में माघ-महीने की गर्मी बसंत की अनुभूति करा देती थी, जिधर देखने से हरे-भरे पेड़-पौधों की शोभा। ढलान के अंत में रास्ते के किनारे तलमाल गाँव। आम का बगीचा, खेत-खलिहान, कतारबद्ध घर। वहाँ से गुज रते समय बच्चें खड़े होकर देख रहे थे। अनजान लोगों को देखकर कुछ बच्चों ने रोना शुरू कर दिया, माँ को पुकारते-पुकारते दौड़कर चले गए। वही था संकेत, बाड़ों से सटे, खूंटों से बंधे बछड़े चौंककर रंभाने लगे। औरतें अपने आपको

छुपाते हुए इधर-उधर टुकर-टुकर ताका झांकी करने लगी। एक-एक कर गाँव के लोग धीरे-धीरे नज दीक आने लगे। रमेश को लगा, यह दृश्य उसने पहले कहीं देखा था। उसके पाँव अपने आप आगे बढ़ने लगे, छायादार पेड़ों के तले रुककर उसने पीछे देखा। एक भारी भरकम कपोल-कल्पित भूत की तरह खड़ा था पहाड़। हाँफते हुए आ रहा था बिनू। दौडते हुए आ रहे थे पिट्टू कंध आदिवासी।

"यहाँ पीने को अच्छा पानी मिलेगा, बिनू?"

"मिलेगा, सर!" तत्परता से पेटी खोलकर एक गिलास लेकर गाँव की तरफ चल पड़ा बिनू। कंध पिट्टू बैठकर पसीना पोंछने लगे। रमेश इंतज ार करने लगा।

कुछ ही देर बाद कहीं से एक रस्सी से बुना खाट वहाँ लाया, एक आदमी लोटा भर गरम दूध लाकर सामने खड़ा हो गया, एक दूसरा आदमी ले आया पके केलों का एक गुच्छा।

तेलुगु, ओड़िया, कुंडादोरा मिलकर गाँव के सात वाशिंदे आकर विनय भाव से कहने लगे-

"धूप तेज पड़ रही है। कृपा कुछ देर यहाँ आराम कर लें और थोड़ा बहुत नाश्ता ले लें, नहीं तो गाँव के लोगों का मन दुखी हो जाएगा।"

"आराम!" रमेश हँसकर कहने लगा।

रास्ते भर इसी तरह के निमंत्रण। चारों तरफ जंगल, बीच के आदमी जैसे सहारे के लिए आदमी को ही खोजने लगता है। रुक जाओ, आराम कर लो, एक रात हमारे गाँव में। वहीं परिचित पेड़ों की छाया, आधे पुआल के छप्पर के बीच में से धीरे-धीरे ऊपर की ओर चूल्हे का उठता हुआ धुआँ, छोटे-मोटे कामों में व्यस्त आदमी और औरतें। वह स्वयं तो उन सब से अलग है, जंगल से अलग, पहाड़ के ऊपर खड़ा होकर भी पहाड़ से भिन्न।

आगे तो बढ़ना ही होगा। कुछ दूर तक पीछे छूटे गाँवों की माया लगी रहेगी, फिर उड़ जाएगी हवा में।

पानी लेकर तब तक वहाँ पहुँच गया बिनू। पानी पीने के बाद रमेश ने कहा, "चलो, चलते हैं।"

इस बार एक बुढ़िया ने उनका रास्ता रोक दिया। हँसते-हँसते उसने कहा, "ऐसे समय बिना कुछ खाए-पीए चले जाओगे बेटे, पास में यदि माँ होती तो क्या इस तरह बिना कुछ खिलाए पिलाए जाने देती? इस गाँव में तुम्हारी कोई माँ-बहिन नहीं है?"

सब हँसने लगे। वह बुढ़िया कंध तेलगू मिश्रित कुंडा डोरा जाति की थी।

इस गाँव में तुम्हारी माँ बहिन नहीं है? रमेश की आँखों के ऊपर जैसे कि एक परत जमा होने लगी।

अपने आपको चिल्लाकर कहने लगा - "नहीं, नहीं, नहीं जाना होगा बहुत काम बाक ी है।" ख़ुद को घसीटते हुए आगे बढ़ने लगा। पीछे रह गई उस बुढ़िया की वात्सल्यमयी मूरत। सचमुच, माँ के लिए कोई जाति या भाषा नहीं होती, वह सिर्फ माँ होती है।

भूल गया था वह चावल-चोरी पकड़ने की बात, लेकिन कुछ ही दूरी पर हाट की तरफ जाते हुए लोगों को बोरों में चावल ले जाते उसने देखा, तब फिर उसको याद आने लगा।

"बिनू, यहाँ से कितनी दूर पड़ता है वह हाट?"

"पहुँच गए, सर, लगभग पहुँचने वाले हैं।"

"होशियार! कोई आवाज नहीं निकालेगा।"

"नहीं, सर, अरे! कंध लोगों गीत गाना बंद कर दो। कोई भी हल्ला नहीं करेगा, चुपचाप आगे बढ़ते जाओ।" हँसते हुए बिनू कंध आदिवासी लोगों की तरफ चला गया जैसे कि जंगल में आखेट की तलाश में जा रहा हो। बाहर तो सब चुपचाप थे, मगर उनके मन के अंदर थी भयंकर हलचल। रमेश तेज ी से आगे वाली कारवाई के बारे में सोचने लगा। चावल-तस्कर पकड़ने से ही काम नहीं चलेगा, उसका पूरा स्थायी बंदोबस्त करके ही जाएगा रमेश। रिपोर्ट बनाएगा। प्रशंसा पाएगा। प्रशंसा पाने से उसकी पदोन्नति होगी। परीक्षा में सफलता जैसा यह भी एक पुरस्कार था। इसका सही मायने में हक दार था रमेश, नहीं तो क्यों घूमता रहता जंगल में, धूप-सर्दी झेलते हुए कांगो-अफ्रीका में भूगर्भ-शास्त्री लिविंगस्टोन की तरह। वह गया था एक नदी का स्त्रोत खोजने के लिए, रमेश जा रहा था चावल-तस्करी के मूल का आविष्कार करने। सोचकर वह ख़ुश हो गया। अपनी दक्षता को परखकर स्वयं अभिभूत-सा हो गया।

कुछ दूर आगे रास्ते के किनारे पेड़ के नीचे एक परिवार रसोई बनाकर खाना खा रहा था। एक छोटा-सा बच्चा ज मीन पर औंधे मुँह लेटा हुआ, हाथ-पैर छिटकाकर रो रहा था। सूखे बालों वाली एक दुबली-पतली औरत खाने की पत्तल से उठकर झूठे हाथों से छाती के ऊपर से फटे कपड़े हटाते हुए दूध पिलाने के लिए दौड़ते हुए आगे आई। माँ के स्तन सूखे कपड़ों की पोटली की तरह झूल रहे थे। बच्चे को छाती से चिपकाकर नवागंतुक की तरफ ताकने लगी, जैसे कि शर्म नाम की कोई चीज नहीं रही हो, केवल बचे थे सिर पर मुट्ठी भर शुष्क बाल और उदास-सी

दो आँखें। उन उदास आँखों में बातचीत करने के लिए कोई इच्छा न थी और न ही किसी के विकास को लेकर कोई उम्मीद। दुनिया के लिए खुले बदन रहने पर भी अंतदृष्टि, काफ ी नीचे तक, जीवन शक्ति के तल तक जहाँ आख़िरी क्षुधा मिट जाती है, अंतिम वात्सल्य वहाँ संतान को ढक लेता है। तीन और खाना खा रहे थे, बूढ़ा, बूढ़ी और उनका जवान बेटा। केवल अस्थिपंजर पर लटकती चमड़ी, भीतर की ओर धंसी आँखें और मुट्ठी भर सिर पर बाल, चमकती आँखें। सियाल पत्तों के ऊपर भात-चावल दिखी दे रहा था। भात खाने की तरह नहीं बल्कि कुत्तों की तरह ठूँस-ठूँसकर खा रहे थे। पेड़ के नीचे टूटा-फूटा सामान, पिचकी हुई डेगची, हाँडी और चूल्हा। सारा का सारा दृश्य जैसे कि एक ही बार में रमेश को काटने दौड़ रहा था।

"बिनू, कौन है ये लोग?"

"तलहटी में रहने वाले तेलगू लोग हैं, सर! पेट की ख़ातिर जंगल में इधर-उधर घूमते रहते हैं।"

"घर कहाँ?" बिनू ने पूछा।

तीन बार पूछने के बाद खाने की पत्तलों से मुँह उठाए बिना विरक्त भाव से बूढ़े ने कहा, "सीमाचलम"

बिनू ने रमेश को समझा दिया, ये तीस कोस दूर से आए हैं, सीमाचलम से!

"पहले तो सीमाचलम ओडिशा के अंदर आता था।"

याद हो आया ओड़िशा का इतिहास, पहाड़ की तरह खड़ा हो गया सामने, मिट्टी के ढेर की तरह छोटा हो गया, झरना बनकर मिल गया उसी भूखी-प्यासी युवती की दोनों आँखों में।

बच्चे को दूध पिलाते हुए लाड़ कर रही है। उनका गाँव अब ओड़िशा में नहीं आता है, धरती पर है। उनके गाँव में आदमी है, मगर खाने को भात नहीं।

"इस तरह बहुत सारे आदमी भटकते रहते हैं, सर। न जंगल से डर है और न ही जंगली जानवरों से। इनकों सबसे ज यादा डर अपने पेट से हैं।"

"सही बात है, सही बात है।" कंध पिट्ठुओं में से किसी एक ने कहा।

कंध आदिवासी लोग अब रमेश के पास पहुँच चुके थे। बूढ़े कंध ने कहा - "भूख और दुख के समय में सब बराबर हो जाते हैं। देखिए, हमें भी अब भूख लगने लगी हैं। कहाँ पर मिलेगा खाना, यह पता नहीं।"

चुपचाप रमेश आगे बढ़ गया। अचानक उसे लगने लगा जैसे कि उसका सारा उद्देश्य बिगड़ने लगा हो। वह न्याय देना चाहता था, लेकिन भूल गया था न्याय

की परिभाषा। वह हमेशा प्रचलित क ानून को तवज्जो देते हुए सही मार्ग पर चलता था, सिर झुकाकर स्वीकार किया लिखित कायदों को। नियमों के ख़िलाफ सोचना भी उसके लिए अपराध से कम नहीं था। अभी भी ठीक वह उसी तरह से है। कभी-कभी उसने अनुभव किया,

लिखित क ानून-क ायदों और हकीकत में दूर-दूर तक संबंध नहीं, फिर अपने मन को सांत्वना देते हुए कि कर्तव्य पालन कितना कठोर होता है और उनका अनुसरण करना और ज़ यादा। भूख की खातिर एक आदमी ने चोरी की, एक साल के बच्चे को छाती से चिपकाए गर्भवती स्त्री कचहरी के सामने लुढक-लुढककर रोई, उसकी देख-रेख करने वाला कोई नहीं लेकिन चोर आदमी को तो सलाखों के पीछे जाना ही होगा। कोई-कोई तो पाँच-पाँच बार जेल जा चुका है, अब किसी के बगीचे से एक कद्‌दू चोरी करते हुए पकड़ा गया। नियमानुसार दंड में बढ़ोतरी होगी, इसलिए एक साल की क ैद। बहुत ही कठोर है कर्तव्य की धारा और समूची पद्धति का परिपालन। लेकिन चावल तस्करों को पकड़ना होगा?

बाजार का शोरगुल सुनाई देने लगा, सड़े हुए चमड़े की दुर्गंध आने लगी। अचानक जंगल में से एक के बाद एक आदमी निकलने लगे, बोझा, भार, भार में बैठे छोटे बच्चे, उल्टे सिर से लटके हुए बड़ी तादाद में मुर्गे, बहुत प्रकार के सामान और चावलों की बोरियाँ।

कुछ देर दिखाई देने के बाद फिर जंगल से गायब हो जाते थे। नज दीक में था शिकार। रमेश की धड़कनें बढ़ने लगी। पत्थरों पर कूदते हुए नीचे की तरफ जाते हुए रमेश ने कहा "बिनू, इस बार देखो क्या करता हूँ?"

हाट दिखाई पड़ने लगा। चींटियों के झुंड की तरह आदमी। तरह-तरह के रंग, तरह-तरह की गंध, तरह-तरह की आवाज ें। जानवरों की चमड़ी का धड़ल्ले से कारोबार हो रहा था। हवा में सडे हुए चमड़े की दुर्गंध ही दुर्गंध। कतारों में सूखी मछलियों की दुर्गंध। भिनभिनाती मक्खियाँ, भिनभिनाते आदमी। पास की झाड़ी में चोरी छुपे बेचे जा रही देशी दारु की दुर्गंध। घाव से भरे कुत्ते की तरह कुष्ठ रोगी। कंधों की रूखी पीठ पर बड़े-बड़े दाद के चकते, काले-काले बौने आदमी एक दूसरे से सटकर बैठे हुए थे। ठेलापेली करते ख़ूब सारे सुस्त बीमार आदमी और औरतें।

रमेश की नज र पडी एक नवयुवती पर। चंपा फूल की तरह गोरी, गठीले हाथ और पाँव, वह थी कंध प्रदेश की एक सुंदर कन्या। गाल के एक तरफ बड़ी-सी रसौली, दूसरा गाल लाल चक-चक। वहाँ भी रोग। फिर भी बालों में उसने फूल सजा रखे थे। चने चबाते-चबाते अपनी चाल से यौवन की एक लहर खिलाती जा रही थी।

तिरछी निगाहों से देखते हुए वह आँखों से हँस रही थी, मानों कंध प्रदेश की प्यारी-सी युवती कह रही हो - आओ, मेरे साथ खेलो।

रमेश आँखें बंद करके हाट के बीचो-बीच पेड़ के तने के सहारे तनकर खडा हो गया। वह सुन रहा था हाट का शोरगुल। उसकी बंद आँखों में वही गाल वही रसौली, हँसती हुई आँखे, कंध युवती और पहाड़ के ऊपर खेलते हुए कंध बच्चे।

घने जंगल के अंदर आदमियों के झुंड, सांय-सांय करती हवा, चूल्हों की आग को बुझा नहीं पा रही थी। बेमौसमी अन्न की तरह आदमी। गाल पर व्रण-रसौली, कुष्ठ रोग वाले होठों पर हँसी और चने। बहुत ही मुश्किल से खिला था गुलाब का फूल, पर उसकी पंखुडियाँ कीड़ें लगने की वजह से विदीर्ण। भले ही पंखुडियाँ झर जाएगी, मगर हँसमुख तो हैं। बिनू फ्लास्क खोलकर एक कप में चाय निकालकर कहने लगा, 'सर!'

रमेश ने अपनी आँखें खोली, उसके चारों तरफ भीड़ बढ़ती जा रही थी। कान के पास फुसफुसाकर बिनू कहने लगा, "चावल धड़ल्ले से बिक रहा है, सारे के सारे पकड़े जाएँगे, लेकिन यहाँ नहीं, हाट के उस तरफ एक घाटी है, हाट से निकलने के लिए एक संकरा रास्ता, किनारे में टापू की तरह एक ऊँचा स्थान है।"

उसने हँसते हुए कहना जारी रखा, "उसके ऊपर से कूद-कूदकर पकड़ लेंगे एक-एक को।"

एक तरफ रमेश को ले जाकर बिनू कुर्सी के ऊपर बिठाते हुए कहने लगा, "अब मैं जा रहा हूँ तथा उन्हें पकड़ने की सारी व्यवस्था करके आ रहा हूँ।"

हाट के एक तरफ संकरा रास्ता, दोनों तरफ ऊँचे दर्रे, दर्रों के ऊपर कहीं - कहीं एकाध आदमी बैठने की जगह उनमें से एक जगह पर रमेश बैठा रहा। उसके सामने एक घाटी में बसी हुई कंध बस्ती। बाहर रस्सी से बुने हुए कुछ खाट, कुछ कुत्ते। ख़ूब सारे बच्चें एक बड़े ढोल को ढम - ढम बजा रहे थे, एक घर के सामने एक बूढ़ा बैठकर उल्टी कर रहा था, उसकी पीठ पर हाथ फेर रही थी एक बूढ़ी। ज रूर होगा मलेरिया बुखार। टूटी दीवारों के अवशेषों पर खड़ा होकर एक लड़का कुछ चीज चबा रहा था। उस बस्ती का दृश्य देखकर अपना समय पार कर रहा था। रुमाल लगाकर अपनी नाक से हाट की धूल को पोंछ रहा था। फिर चेहरे से पसीना पोंछने लगा। समय बढ़ता जा रहा था, माघ महीने की धूप भी बीतने लगी थी, हल्क े मन के सामने केवल दिखाई पड़ रहा था साधारण बस्ती का चित्र और एक सरल जीवन यापन।

अचानक उस तरफ से सुनाई पड़ी रोने की आवाज। हर घर से निकल पड़े

लोग और दौड़ने लगे एक घर की तरफ । ढोल बजाना बंद करके बच्चे भी दौड़ने लगे। उस घर के अंदर और सामने लोगों का जमघट। अपने गाल और छाती पीटते सभी लोग रोने लगे। धीरे-धीरे उनका रोना एक छंद बनता जा रहा था। समवेत मृत्यु का रोदन शुरू हो गया,

"अरे! अरे! हातेयूं! हातेयूं!"

(हाय! हाय! मर गया, मर गया।)

तभी बिनू आकर पहुँच गया, "सब व्यवस्था कर दी हैं, सर! हाट में जितने सिपाही लगे हुए हैं, सभी को इस तरफ भगाकर ले आएँगे।"

"यह क्या हुआ, बिनू?"

"कोई मर गया होगा, सर, मलेरिया से। इसमें क्या बड़ी बात है!"

रमेश के पीछे खड़ा हो गया बिनू।

रमेश ने उस रोने की तरफ ध्यान दिया। रोज नया, रोज पुराना। चक्र घूम रहा है जन्म, मृत्यु और प्रजनन का। सारा दृश्य पिघलकर बदलने लगा। आम के सामने दिखाई पड़ने लगा उत्तर बालेश्वर का अपना गाँव कांतिपुर। अपना घर, माँ-बाप, पडोस, जाने पहचाने बच्चें, बूढ़ें और लड़कियाँ। गाँव के श्मशान और गाँव के बीच का चंडी मंडप और मृत्यु, जन्म, प्रजनन। यहाँ की तरह वहाँ भी आरामप्रिय, शांतिप्रिय लोग, झगड़े-झंझट पैदा नहीं करते, बेचारे किसी की हानि नहीं करते हुए भी दुख भोगते हैं।

अरे! अरे! हातेयूं! हातेयूं!

कितने गए, कितने आए। कितना सारा अंधकार। रात के अँधेरे में मशाल जलाकर गाँव वाले बुलाते हैं, "अँधेरे में आओ, उजाले में जाओ-उजाले में जाओ" और सामने में मृत्यु की समतल भूमि, वहाँ भाषा का भेद नहीं, देश की सीमा नहीं, सब बराबर और चिरन्तर।

पीछे खड़ा होकर बिनू भी अपने घर के बारे में सोच रहा था। घर में उसकी तीसरी छोटी पत्नी, क्या बीशी आ रहा होगा? तड़ाक से अपने गाल पर थप्पड़ मार दिया। रमेश ने देखा वह अपने गाल सहला रहा था। बिनू कहने लगा "सर! यहाँ बडे-बडे मच्छर हैं, काटते हैं तो दर्द होने लगता है।"

चौंक उठा रमेश। अपने चारों तरफ देखा। खटिया पर पड़े-पड़े काँप रहा था। खंजन-पक्षी की तरह निरीह आँखें, भालू की तरह काला चेहरा, शुरू होगा एक सौ तीन से, इच्छा होगी काटने की, मारने के लिए दौड़ाने को और गाली-गलौच करने को - उल्टी, बुखार, बुखार और उसके बाद...

जन्म, मृत्यु, प्रजनन, ...जन्म, मृत्यु - क ानून-कायदे सभी भूल जाते हैं। जन्म, मृत्यु आदमी।

अचानक जैसे कि नई आँखों से देख रहा था रमेश। लोग जा रहे थे, ख़ूब सारे लोग। गुम हो रहे थे अँधेरे में, कभी ख़त्म ही नहीं होती उनकी कतारें। वे लोग चल रहे थे, जो रुकने का नाम नहीं ले रहे थे। बंद हो रहा था हाट। चल रहे थे लोग जैसे कि हरेक को वह पहचानता हो। घर में अभाव, बाहर मुश्किलें। फिर भी चल रहे थे। होठों पर वही अज्ञात भाषा। कोई विभेद नहीं था उनकी जाति और भाषा में। उस गाँव के लोग इनके परिचित। कतारों में चलते-चलते चींटियाँ देख रही थीं सामने वाली चींटियों के चेहरे। सूखी आँखों में हँसी खिलाते हुए कह रही थीं, "तुम और हम एक बिरादरी के। पैरों से चलते हैं और हाथों से काम करते हैं। तुम्हारा हमारा एक देश में घर है भाई, इस धरती पर एक आकाश के तले, तुम्हारा शत्रु हमारा शत्रु, जो हमारे मुँह से निवाले छीन लेता है, पाँव से रौंद देताहै, हमारे ऊपर गरम राख फेंकता हैं।"

चींटियों की कतारें आगे बढ़ रही थीं, उनके मन के अंदर हँसी और आग मिलकर एक अखंडदीप जला रही थी।

बाहर हल्ला-गुल्ला हो रहा था। सिपाही आ रहे थे, उनके पीछे टोकरियाँ और बोरें पकड़े हुए कुछ लोग। पल भर में ही रमेश एक अधिकारी बन गया, खड़ा होकर सिपाहियों से सलामी ली। बिनू आगे की तरफ उछलते हुए कहने लगा, "झुंड के झुंड लोगों को पकड़कर ला रहे हैं।" एक सिपाही ने कहा, "यह देखिए, सर, ये लोग किस तरह चोरी-चुपके हाट से चावल लेकर भाग रहे थे निचले प्रदेश की तरफ । ऊपर-ऊपर लाल सूखी मिर्चे, हल्दी और तंबाकू के पत्ते डाले गए हैं और नीचे रखा है चावल। इस प्रदेश का चावल ले जाएँगे और दूसरे देश में उपयोग में लाएँगे और वहाँ ऊँचे दामों में बेचेंगे। मुट्ठी भर चावल का प्रलोभन देकर लोगों का खून चूसेंगे।"

सामने में कंकालों की भीड़, लकड़ी के बंडल की तरह छाती का पिंजरा, शरीर की चमड़ी चमगादड़ की तरह झूलती हुई, कमर और पेट मानो चिपक गए हो, मुट्ठी भर सूखे बाल, छोटी-छोटी उदास आँखें। इंसान नहीं, इंसानों की प्रेतात्माए अपनी-अपनी भाषा में गुहार कर रही हो, चिल्ला रही हो, पेट और मुँह को दिखाकर अभिनय कर रही हो। लंबी लकड़ी की तरह हाथ हिला रहे हो।

उस तरफ की बस्ती में शायद लाश उठी होगी। धक्का-मुक्की करते कुछ लोग कभी आगे तो कभी पीछे की तरफ अपना सिर हिलाते हुए समवेत रोदन कर

रहे हैं "अरे! अरे! हातेयूं! हातेयूं!, पापू-" और दूसरी तरफ ऊँची - ऊँची चट्टानों के ऊपर अपना सिर पीटते हुए कुछ जीते-जागते प्रेत -

"ए बाबया, ए तंद्री"

और सिपाहियों का गर्जन, ओड़िया भाषा में बिनू की चिल्लाहट, "ए, नाटक क्यों कर रहे हो, दिखाओ, दिखाओ, चावल दिखाओ।"

रमेश ने आँखें बंद कर ली। उसके मस्तिष्क में कई झंझावत उठ रहे थे, शरीर में पैदल चलने से पैदा हुई थकावट, पेट में भूख। आँखें बंद करते ही दिख जाती है कुछ तडपते बिलखते लोग, गालों पर रसौली, होठों पर हँसी और लटकती हुई चमड़ी, चकचक करती आँखें। वहाँ मृत्यु का रोदन, अभाव का आर्तनाद, आँखों की गुहाओं के अंदर आग और तूफ ान। आँखें खोलते हुए रमेश ने देखा चल रहा है, रोना-धोना "ए बाबया, ए तंद्री "(हे बाबू, हे मेरे बाप, देखो हमारी दुर्दशा) नज र पड़ गई सामने खड़े ताड़-पेड़ की तरह एक लम्बे आदमी पर, दोनो लंबे हाथों को सिर के ऊपर उठाकर काँपता हुआ नीचे झुक गया, जैसे कि टुकड़े-टुकड़े होकर बिखर जाएगा उसी जगह पर। फटे रूखे गले से वह चिल्लाने लगा, "ए बाबया, ए तंद्री"

गिड़गिड़ाते हुए अपनी भाषा में करूणा की भीख माँगने लगा, भाषा समझ में नहीं आने पर भी उसकी भावभंगिमा को आसानी से समझा जा सकता था। नीचे ज मीन पर सिर पीटते-पीटते अपने पाँवों की ओर हाथों को झुकाकर ऊपर ताकने लगा। उसके देखने का ढंग धीरे-धीरे पहचान में आने लगा था, जैसे कि रमेश का कोई पूर्व परिचित हो, सभी का परिचित हो, भूख से छटपटाने लगता है तो अपने भीतर से निकलकर दर्पण में से ताकने लगता है। रमेश को लगने लगा, सारे लोग जैसे कि उसके पूर्व परिचित हो उसके गाँव के लोग। शरीर की ओर उसका ध्यान नहीं जा रहा है। उसकी नज रें तो सिर्फ उसके भावों की ओर थी, इसलिए उसे सब जाने-पहचाने लगते थे। सामने का यह आदमी जैसे कि उसकी अपनी सपना दादी हो, वैसे ही रूखे बिखरे बाल, ऐसे ही पागल की तरह जिद्दी, कंकालनुमा शरीर। रमेश ख़ुद ही क्लांत, भूखा, मृत्यु-विभीषिका के सामने भयभीत हो गया हो। वह जो बड़ी बड़ी मूछों वाला, झुकी कमर वाला बूढ़ा मानो वह हो कांतिपुर का अपंग लावारिस कुम्हार।

ये गठीले जवान कल थे रमेश के गाँव के, वे लोग उसके बगीचे के अंदर घुसकर कच्चे अमरूद चबा रहे थे, ये टूटी-फूटी नाव की तरह औरतें कल रमेश के गाँव की थीं, सवेरे-सवेरे हो हल्ला करते हुए पत्ते तोड़ने जंगल की ओर भागे जा रहे

थे। रमेश आँखें घुमाते हुए सिर नीचे झुकाकर खड़ा हो गया, मुँह से सिर्फ दो शब्द निकले "भाग जाओ, चले जाओ।"

साहिब क्या कह रहा है? बिनायक चपरासी हड़बड़ाकर सोचने लगा। क्या सचमुच इनको चावल के साथ चले जाने को कह रहा है? आतुरता से कहने लगा, "ये क्या कह रहे हैं, सर?"

रमेश का वह एक ही उत्तर, "छोड दो, समय हो रहा है, जाओ ज ल्दी भाग जाओ।"

दुनियादारी का ठीक से अनुभव नहीं, कोमल-मन जवान लड़का नई-नई उगती मूँछें शेखचिल्ली की तरह दिखने वाला यह आदमी अधिकारी नहीं हो सकता। अधिकारी का मतलब शेर-दिल आदमी, धत यह तो... बिनायक ओड़िया आदमी है, अपनी अनुभूति और इतिहास के पन्नें पलटने लगा। इस तरह के बहुत लोगों को देखा हैं अपने जीवन में। तिरछे के तिरछे रह गए उसके होंठ, न वह मुस्कराहट थी और न ही कोई विद्रूपता।

रमेश खड़ा था। उसके अवचेतन मन में न कोई इतिहास था और न कोई चक्रवर्ती राजा कपिलेन्द्र देव, न राजा पुरुषोत्तम देव, न कोणार्क, देश और जाति के अस्थि-पंजर से बने लोगों का कोई विशिष्ट रूप नहीं तो इतिहास का अर्थ क्या मायने रखता है। कुछ नहीं, चारों तरफ चीटियाँ ही चींटियाँ, भूखी चीटियाँ जीने के लिए निवाला ढोते हुए जा रही हैं, कतारों से निकलकर चीटियाँ इकट्ठी हो रही हैं एक नूतन अभियान के लिए - वे जि ंदा रहना चाहती है।

ठंड लगने लगी, धूप ख़त्म हो गई, चारों तरफ कोहरा ही कोहरा, माघ महीने की कडाके की शीत को वह अनुभव करने लगा।

□

अनपढ़

बसंत कुमार सत्पथी

सुहागरात बीते आज चार दिन हो गए थे। रिश्तेदारों के अलावा लगभग सभी चले गए थे। माताजी-पिताजी की इच्छा थी कि बहू-बेटा बाहर आकर चाची, फूफी, मामा-मामी आदि के चरण-स्पर्श कर विदाई दे, मगर कमरे का दरवाजा नहीं खुला। पता नहीं क्या सोच रहे थे वे लोग...।

दिन हो या रात उसी कोठरी के अंदर चप्पलें पहनकर बाथरूम को जाते समय कई बार चप्पलों के घिसने की न होने पर भी पायल की छम-छम की आवाज दो मिनट सुनाई देने के बाद फिर से दरवाजा बंद हो जाता था। सुबह की चाय से लेकर शाम के दूध तक उसी कमरे में पहुँचते थे। नाश्ते और खाना ले जाकर ठक-ठक करने पर दरवाजा जरा-सा खुलता था। दरवाजे की फांक में से कैदी की तरह दोनों में से कोई हाथ डालकर सब सामान ले लेते थे। उस समय अगरबत्ती की जोरदार महक आती थी और रेडियो अथवा टेपरिकार्डर से मधुर फिल्मी संगीत सुनाई पडता था। फिर से दरवाजा बंद, फिर से एकदम सन्नाटा। मगर स्काईलाइट या दरवाजे के फाटक की सूक्ष्म फांक से कुछ कुछ शब्द हर वक्त सुनाई पडते थे। वास्तव में नहीं सुनाई पड़ने पर भी सुनने जैसे लगते थे।

लोग या मां-बाप जो भी सोचे, मगर अंदर में जीवन-मरण की समस्या का एक समाधान चल रहा है, यह बात बहू-बेटे को अच्छी तरह मालूम है। लोकाचार या लोकापवाद से दूर थे वे दोनो। जीवन सिर्फ साठ-सत्तर वर्ष का नहीं है। कई संघर्षमय और कई सुखमय दिनों पर ही एक खाते-पीते परिवार यानि सारे जीवन का सुख निर्भर करता है।

उसके अलावा यह प्रेम विवाह नहीं था। प्रशांत की इच्छा थी कि महिला छात्रावास से उन दो-तीन के भीतर से एक को चयन करेगा। पठने, प्रेम और पैसा पाने के लिए सभी वहाँ जाना चाहते है। कौन पहले जाकर लौटता है, यह दूसरी बात है।

बहुत हिम्मत करके प्रशांत ने पिता के पास मां के सामने एक प्रस्ताव रखा था। मगर पिताजी विजातीय-विवाह, हम-उम्र विवाह, यहां तक कि पढी - लिखी लड़की को अपनी बहू बनाने के घोर विरोधी होने के कारण बेटे की इच्छा पूर्ति नहीं हो पाई। पंद्रह साल की सुंदर स्वस्थ गांव की लड़की खोजकर उन्होने बेटे को पूछा था, ''लड़की देखोगे?'' पितृभक्ति की पराकाष्ठा दिखाते हुए या फिर दुखी मन से प्रशांत ने जोर से नहीं कहते हुए कहा था, ''मां-बाप जिसे पसंद करेंगे उसी के साथ मेरी शादी होगी।'' वही बात हुई। उस समय केवल एडजस्टमेंट की जरूरत थी। शारीरिक सुंदरता से तो संतुष्ट था प्रशांत मगर आत्मिक सौंदर्य के बारे में कैसे कहा जा सकता? छात्रावास में शारीरिक या रूपरंग से सुंदर नहीं होने पर भी आत्मिक या बौद्धिक सौंदर्य बहुत ज्यादा होता है। प्रशांत के जीवन की यह ट्रेजडी थी कि उसकी शादी एक अशिक्षिता के साथ हुई थी और उसके जीवन का आदर्श छिन्न-भिन्न हो गया था। इसलिए वह पूरी तरह कोशिश कर रहा था कि किस तरह वह दोनो त्रिभुज को समान कर सके।

प्रथम मिलन के समय से ही अनबन शुरू। प्रशांत जानता था कि लड़की अनुभूतिहीन है, ज्ञान की कमी है और वह किसी भी काम में आगे नहीं आ सकती है। गुफा के अंदर से उसको खींचकर लाने में अनेक बातें, उपदेश देने पड रहे है। सभी छात्रावास की उन लड़कियों को ध्यान में रखकर कि कौन किस होटल में जाती है, कौन किसकी गाडी में जाती है और किसने माता-पिता का विरोध कर शादी कर लीं, इस प्रकार की कई कहानियां। अपनी बातें नायक की बातों में परिणत होकर नायक की असफलता और प्रेम-विपर्यय प्रदर्शित करती थी। यह जानकर नववधू बहुत खुश हो जाती है कि उसके स्वामी का किसी और से कोई संबंध नहीं है। प्रशांत की बातें खत्म होने लगी। चार दिन पहले जो लड़की मुंह तो क्या अपने हाथ पैर की अंगुलियां छिपाती थी, 'हाँ' 'ना'..... वह आज कितनी दूर आगे आ गई, प्रशांत ने कल्पना भी नहीं की थी। खूब प्रगल्भता के साथ उसकी हर बात का जबाब देती, यहां तक कि आदेश देने की अवस्था में भी आ गई।

''अब तुम मेरे जीवन की अनुभूतियाँ और ज्ञान के बारे में मुझसे सुनो।''

''तुम्हारी अनुभूतियाँ और ज्ञान तो बाजार में बिकता है। कितनी पढ़ी-लिखी हो? तुम्हारा दिमाग तो है नहीं।पढ़ी-लिखी होती तो कुछ जानती भी मैने सुना था तुम पढ़ रही थी। बीच में से पढाई क्यों छोड़ दी? छोड़ो, सब कुछ ठीक है, मगर पढाई ना करना...छोड़ो, इसे कहते है अधछल गगरी छलकत जाए।''

''नहीं कह रही हूँ, मगर तुम बाध्य कर रहे हो, कहूंगी मगर एक शर्त पर।

तुम हर समय बहुत छटपटा रहे हो। कसम खाओ, पंद्रह मिनट तक मुझे डिस्टर्ब नहीं करोगे। पंद्रह मिनट तक कोई प्रश्न नहीं पूछोगे। कसम तोडने पर तुम्हें पाप लगेगा, मेरी कहानी भी आधी रह जाएगी।''

''चलो कसम खाली, अब कहो, दाल-रोटी कमाकर दोगी?''

''नहीं, रूको रहने दो। बात शुरू कर रही हूं, शांति से सुनो। हर दिन तुरूडा चौक से बैठती वह लड़की...''

''बडी लड़की या छोटी?''

अगर नियम टूट गया तो बातचीत बंद। बडी लड़कियां सभी एक-एक कर तुम्हारे महिला छात्रावास से बस में बैठती थीं। मैं केवल छोटी लड़की की कहानी सुना रही हूं। जीवन भर बहुत सारी प्रेम की कहानियां सुन ली है। प्रेम न होने वाली एक कहानी सुनो।''

''जिसकी कहानी कह रही हो वह तुम तो नहीं हो?''

''आखिर बार कह रही हूं चुप रहो अन्यथा कहानी सुनना छोड दो।''

''पंद्रह मिनिट इतना समय।''

''कितने स्वार्थी हो! अपने लिए घंटे-घंटे बात कर सकते हो। मेरे लिए पंद्रह मिनट के लिए धैर्य नहीं। सुनिए, फिर से दुहरा रही हूं।''

रोजाना तुरूडा चौक से बैठती वह लड़की। रविवार और स्कूल के छुट्टी के दिनों को छोडकर। साढ़े आठ की बस में। धूप, बारिश-सर्दी कुछ भी हो, ठीक समय पर जरुर जगह पर जाकर वह खड़ी हो जाती। सुनसान जगह। बड़े-बड़े घने बरगद के पेड़ों के साथ दूसरे पेड़ मिलकर वहां एक छोटा जंगल हो गया था। माताजी के पेड़ के नीचे देवस्थान पर अनपूजे मिट्टी के हाथी-घोड़ों पर दीमक चढ़ गई थी। उस जगह भय लगता था।

चौक पहुंचने से एक किलोमीटर पहले गाडी की गति मंद पड जाती थी। पुलिया के ऊपर से राक्षस की तरह बस जब भी आती तब वह लड़की अपना सामान लेकर तैयार हो जाती थी.। जब गाडी पूरी तरह से रुक जाती थी। हेल्पर बस का दरवाजा खोलकर श्रद्धापूर्वक बुलाता, ''आओ, बेटी आओ।'' लड़की के चढते ही ड्राइवर बोलने लगता है, हमारी बेटी आ गई, हमारी बेटी हर दिन सही समय पर आकर खडी हो जाती है। वह लड़की जल्दी से कूदकर चढ़ जाती थी।

बस के यात्री लोग नए छोटे यात्री की ओर देखने लगते। ऊपर में सफेद कुर्ता जिसमें से थोडा-सी नीली पेंट दिखती थी। शहरों में माताएं मिशन स्कूल जाने वाली लड़कियों को जिस तरह सजाती हैं, उन्ही की नकल करते हुए शहर के पास

वाली गांव की माताएं भी अपनी बेटियों को वैसे ही तैयार करती। लेकिन गांव की छाप पूरी तरह से मिटा नहीं पाती। लड़की के दोनों गाल हलके-हलके लाल। कंघी कर चोटी में पंचमुखी मंदार की तरह लगी हुई लाल चोटी पर लाल रंग का रिबन फूल की तरह सुंदर दिखती। नजर न लगे इसलिए काला टीका भी लगाया जाता।

सुबह-सुबह नहा धोकर नाश्ता-वाश्ता करके आने पर वह लड़की सुंदर दिखती। बड़ा काम करने का मन में गर्व। नाक पर पसीने की बूंदे। सीट मिलते ही अपनी कापी, किताबें, ज्योमैट्री बॉक्स आदि के भार को आराम से संभाल लेती। वास्तव में उसको देखकर बस्ते का वजन कुछ ज्यादा लगता। ग्याहरवीं कक्षा में पढने वाली बड़ी लड़की की तरह छाती में बस्ता लटकाकर ले जाने में या तो संकुचित हो जाती या शर्म अनुभव करती। उसे इस तरह ले जाना पड़ता है। बैठने के बाद वह लड़की हिरणी के बच्चे की तरह आराम की सांस छोडती। बीच - बीच में मुहावरे भाषा का इस्तेमाल नहीं करने से तुम्हें कहानी अच्छी नहीं लगेगी। जैसे मां पास में नहीं होने पर हिरणी के बच्चे की तरह बेचैन होकर बस के भीतर आगे-पीछे यात्रियों की तरफ देखने लगती। मां-बाप जिस गांव में है, उस तरफ देखते-देखते पेड-पौधे के आड़ में गांव पार हो जाता था। वास्तव में लड़की असहाय अनुभव करने लगती, यदि ड्राइवर, कंडक्टर, हेल्पर से लेकर सभी जवान बुजुर्ग उसे आदर के साथ न बुलाते।

चेकिंग होने का जब डर होता, केवल उसी दिन लड़की को टिकट का टुकडा बढा देता कंडक्टर (शायद कंडक्टर अपने हाथ से पैसा देता)। हेल्पर पूछता,

"बेटी, आज क्या खाकर आई हो?"

"पखाल"

"और सब्जी?"

"आलू.... चिंगुडी..।"

जिस दिन भीड़ ज्यादा होती, थोड़ी-सी भी जगह नहीं मिलती उस दिन वह लड़की कंडक्टर के पास बैठती। पैसा गिनते या टिकट काटते कंडक्टर पूछता-

"बेटी, कल कौन-सी बस में लौटी? हमें आने में काफी देर हो गई।"

"उस खटारा भाड़ा-गाड़ी में।"

"कितने पैसे लिए?"

"पचीस पैसे।"

कभी-कभी मौका मिलने पर ड्राइवर भी पीछे की तरफ देखकर कहने लगता, "अभी याद दिलाना बेटी के लिए कॉलेज चौक से हैदराबादी अंगूर लाना है।"

भले ही, लड़की को गुस्सा नहीं आता, मगर ज्यादा बातचीत करने की इच्छा

नहीं होती थी । कई दिनों से आदमियों के साथ यात्रा करने से उसका डर खत्म हो चुका था । प्रश्नों के उत्तर तपाक से देने लगी । प्रश्नों का जबाव देने से लोग प्यार की दृष्टि से देखते और उत्तर नहीं देने पर मुंह फेरने लगते । उसकी अंतरात्मा की छोटी-सी दुनिया में बड़े-बड़े लोग न घुसे, वह चाहती थी । एक दिन जब वह अपने स्कूल और पढाई अथवा माता-पिता के बारे में सोच रही थी, अचानक एक बुजुर्ग ने उसे धमकाते हुए लहजे में पूछा - "ए लड़की, तुम्हारा नाम क्या है?" अगर एक बार उसने उत्तर दे दिया तो फिर प्रश्नों की झड़ी लग जाती थी ।

लोगों के मुंह को कम देखती थी । मगर लोग उसके भोले-मुंह की तरफ देखते, उसके बात करने की शैली पर ध्यान देते, उसकी बातों का मजा लेते ।

मोटर स्टॉफ के साथ घरेलू आदमी की तरह बात करते देख यात्री लोग भी तरह-तरह की बातें पूछते । वही "तुम्हारा नाम क्या है?" से आरंभ ।

"पिताजी क्या करते हैं?"

"कुछ नहीं करते घर पर बैठे है, खेती करते हैं ।"

"जमीन जायदाद कितनी है?"

इतने बड़े-बड़े प्रश्नों का उत्तर नहीं दे सकती । बोलती थी, मुझे नहीं पता । पास के यात्री उत्साह से फिर प्रश्न पूछने लगते -

"तुम कितने भाई-बहिन हो?"

"दो भाई, बहिन मैं अकेली ।"

"भाई बड़े हैं?"

"नहीं, मैं बड़ी हूँ ।"

पीछे वाली सीट पर बैठा हुआ बदमाश यात्री आम बात नहीं करके दूसरी बातें कहने लगता ।

"तुम क्या हर दिन हमारी बस में जाती हो?"

"हां ।"

गांव के पास क्या स्कूल नहीं है?

"हमने इंस्पेक्टर को कहकर उस इलाके में स्कूल तो खुलवा दिया है । जब तक घर - घर में स्कूल नहीं खुलेगा तो हम छोडेंगे नहीं । हमारी पार्टी ने निर्णय किया है ।"

"गांव में शाला है । पास गांव में माइनर स्कूल ।"

"हमारी बात तब ठीक है न! वहां नहीं पढ़ती हो । हमारी बस में आ जाकर पढाई कर रही हो?"

‘‘बीच में नदी है। माँ-बाप छोड़ेंगे नहीं। मुझे मगरमच्छ से बहुत डर लगता है।’’

फिर कोई और पूछता,

‘‘किस स्कूल में पढ़ती हो?’’

‘‘आगे में है।’’

‘‘भाड़ा कितना लगता है?’’

‘‘जाने के सत्ताइस आने के सत्ताइस।’’

‘‘बाप रे! इतने पैसे खर्च करके पढ़ रही हो छोटी-सी लड़की। मां-बाप की किस्मत फूटी। पढ़ाई नहीं करने से जैसे लड़की घर-संभालने के योग्य नहीं बन पाएगी।’’

वे आश्चर्यचकित होते। सभी की नजरें उस लड़की पर। सभी उसको प्यार करते। कोई खुश होता, किसी को आश्चर्य होता तो कोई उसके साहस की तारीफ करता तो कोई उसकी पढाई के प्रति लगन को पसंद करता, मगर कभी-कभी बीच में चौदह साल का हाई स्कूल बच्चा अगर बस में चढ़ता तो उसके साथ में वह आत्मीयता नहीं कर पाती। थोड़ा रास्ता। दस मिनट में पूरा हो जाता है। बस रूक जाती थी। जिस प्रकार से कापी-किताबें लेकर वह लड़की चढ़ती थी, वैसे ही वह नीचे जाती है। उसके उतरने के बाद फिर से जांच-मुकदमे, चुनाव, मंत्रीमंडल, खेतीबाडी, मौसम की जानकारी की बातों से बस कोलाहलमय हो जाती।

(सुनो, ऐसा लग रहा है तुम्हें नींद आ रही है, मेरी बात अच्छी नहीं लग रही है! दस मिनट हो गए क्या घड़ी देख रहे हो? मुझे कहानी कहने को कह मगर सुन नहीं रहे हो, यह अच्छी बात नहीं है। इसके अलावा बीच-बीच में गुदगुदी करके मेरे मन को इधर-उधर भटकाते हो। कसम है, और थोडा धीरज से सुनो।)

साढ़े चार बजे बस लौटती थी। फिर से उसी कहानी और घटना की पुनरावृति। लड़की उसी प्रकार कापी किताबों को बगल में डालकर खडी हो जाती है। वही अपनी बेटी खडी है। वहां से फिर आरंभ। उसके बस में चढ़ते ही तेल-नमक, दुनियादारी की बातें बस वाले भूल जाते थे। यात्री लोग भी मान - अपमान, जंजाल की बातें भूल जाते थे। कोई अपने घर पानी को छोडकर आया है, कोई अपने भतीजे, कोई जैसे अपने को बचपन के दिनों में खोया हो। उस लड़की के अंदर सभी अपनी - अपनी बेटियों को देखते।

लड़की के बैठते ही प्रश्न शुरू हो जाते थे, कहां है तुम्हारा स्कूल? टिन के छप्पर वाले लंबे घर की तरफ इशारा करते हुए लड़की कहती - 'वह घर'

"खाली लड़कियां पढ़ती है या लड़के-लड़कियां दोनो?"

"कितने बच्वें पढ़ते हैं?" और दूसरा आदमी पूछता।

"सब मिलाकर 112 लड़के-लड़कियां।"

"तुम्हारी तरह सभी छोटे-छोटे?"

"मेरे से बड़े-बड़े हैं।"

"तुम कौन सी कक्षा में पढती हो?"

ड्राइवर प्रश्न को सुनने के बाद कहने लगा, "हमारी बेटी को छोटा समझते हो क्या। सात या आठ कक्षा पढ़ चुकी है। अच्छा पढ़ती है। क्लास में प्रथम आती है।

"तुम्हारे स्कूल में प्रधानाध्यापक है या प्रधानाध्यापिका?" एक बुजुर्ग ने पूछा।

"प्रधानाध्यापक है और मैडम भी हैं।"

"इन कान की बालियों की क्या कीमत है?"

एक और ने चुपके से पूछा। औरतों के प्रश्न का उत्तर देने में लड़की को कष्ट होता था।

तुरुडा चौक पहुंचने में एक किलोमीटर का रास्ता बचा था कि लड़की उठकर खडी हो जाती थी। ड्राइवर कहने लगा, "इतनी जल्दी क्या है बेटी, चौक आने दो, बस रूकेगी, हम क्या तुझे लेकर चले जाएंगे?" सर्दी के दिनों में बर्फीली हवा बहने से कोई यात्री उसे चद्दर ओढ़ा देता था। बारिश होने पर कंडक्टर अपनी तरफ से छाता मंगा देता था।

एक दिन लड़की के उतरते समय जल्दबाजी में ज्योमैट्री बॉक्स खिसककर गिर पड़ा। साथ ही साथ इंजिन बंद। रोशनी हो गई। कंडक्टर हेल्पर यात्रियों में एक - दो ने खोजकर रबर, त्रिभुज, चाक, छुट्टे पैसे, पेंसिल, सेफ्टीपिन और कई चीजें खोजकर बॉक्स में डाल दिए। गाड़ी पांच मिनट खडी रही। किसी को भी कोई आपत्ति नहीं थी।

और एक दिन की कहानी। तुरुडा चौक में बस पहुंचते समय शाम ढल चुकी थी। घना बरगद का पेड राक्षसी के पांव की तरह दिख रहा था। अंधेरा धीरे धीरे पंख फैलाए हुए बाज की तरह नीचे उतर रहा था। पतंगे बारिश होने का संकेत दे रहे थे। लड़की के उतरने के बाद उसे कोई लेने नहीं आया, शायद मां की तबीयत ज्यादा खराब थी। लड़की की असहाय अवस्था ड्राइवर को बताते हुए अभीन कहने लगा, "बेटी को कोई लेने नहीं आया।"

इंजिन बंद, कंडक्टर कहने लगा, "अभीन, जाओ, छोड़कर आओ।" अभीन उतर गया। लड़की का गांव दो सौ गज की दूरी पर। आज गाड़ी को देर लगने से यात्रियों और कंडक्टर में बहसा - बहसी शुरू हो गई, क्योंकि किसी यात्री के पिताजी के लिए बस पांच मिनिट भी नहीं रुकी थी। इसी विषय पर रास्ते में यात्री लोग चर्चा कर रहे थे। लगभग पंद्रह - बीस मिनट बस खडी रह गई, किसी भी यात्री ने ऊं तक नहीं किया इतना प्रेम था उस लड़की पर।

रविवार के दिन लड़की नहीं आती थी। सभी यात्री उसको याद करते हैं।"आज बेटी नहीं आएगी।" किसी के मुंह से अचानक यह बात निकल गई।

इतने प्रेम से साल-डेढ साल गुजारा। यात्री, बस-स्टाफ सभी उसे प्रेम तो करने लगे, उसके प्रमाण-स्वरूप टॉफियां, चॉकलेट, अंगूर, केला आदि नहीं चाहने पर भी चीजें देने लगे। प्रेम से देने वालों की चीजें वह मना नहीं कर पा रही थी।

किंतु आश्चर्य की बात थी इतना प्रेम पाकर भी वह धीरे-धीरे म्रियमाण हो गई। सभी का ध्यान लड़की के चेहरे की तरफ गया। वह पहले से और ज्यादा दुबली हो गई थी। आंखों और चेहरे पर दुखों की छाया। गाडी पर चढती है, बैठती है, उतरती है, कहीं भी जैसे कोई उत्साह नहीं। मानो वह कोई प्राणी नहीं होकर एक मशीन बन गई हो। वर्ष-डेढ़ वर्ष पहले जो प्रश्न पूछे जाते थे आज भी वही पुराने प्रश्न! उत्तर देने में उसकी कोई इच्छा नहीं। विरक्ति-भरा खट्टा-मीठा मिजाज। जिन लोगों को देखने से उसे अच्छा लगता था, वही लोग आज उसे खा जाएंगे, ऐसी उसकी धारणा बन गई।

"बेटी, तुम्हें क्या हुआ है? एकदम चुपचाप रहती हो? माँ की तबीयत ठीक हो गई?"

"हां।"

"चेहरा सूख गया है, छोटा हो गया है, आसूं भी सूख गए जैसे लग रहे है। आंखों के नीचे काले - काले धब्बे। मास्टर लोग क्या गाली देते हैं। परीक्षा में पेपर खराब हुए हैं?"

"नहीं" वही एक शब्द का उत्तर।

सभी ने महसूस किया कि बूढी को कोई न कोई बहुत बडी तकलीफ है, नहीं तो इतना प्रेम-प्यार पाकर खुश होने की जगह दुखी क्यों है।

उन्हें क्या पता बच्ची स्कूल में कैसे रहती है, क्या करती है। लड़की को बस में जितना प्यार मिलता था, उससे भी बहुत ज्यादा उसको स्कूल में मिलता था। प्यार देने के लिए मास्टर - मास्टर के अंदर स्पर्धा थी। वह अच्छा पढ़ती थी। गणित, अंग्रेजी, साहित्य के अध्यापक सभी उसकी मदद करने के लिए तैयार रहते थे।

उसका संदेह दूर करने के लिए आग्रह करते थे। लड़की के गाल, चेहरा, चोटी, आंखें बहुत सुंदर थी। सब तरह-तरह से उसका आदर सत्कार करते थे। दूसरी लड़कियां उससे ईर्ष्या करती थी। वह क्या प्रेम मांगती हुई घूमती? उसको तो सभी बिना बोले देते थे। परीक्षा में हमेशा वह प्रथम रही। साथियों ने कहा, सर मैडम लोग सब पक्षपात करते हैं। उसको सब बता दिया होगा। नहीं तो... वह खुद कहां मेहनत करती है। प्यार की वजह से वह फर्स्ट आई है।

लड़की और बस से आना - जाना नहीं करती हैं। जो लड़की आखिरकर कितनी दूरी तक लोगों को आनंद देती थी, उसकी छोटी याददाश्त कमजोर होते - होते खत्म हो गई। लड़की ने पढाई छोड दी।

एक दिन हेडमास्टर ने उसके बाप को बुलाकर कहा कि बेटी आजकल और नहीं आ रही है, क्या हुआ? अच्छा पढ़ती थी, सभी उसे आदर और प्यार करते थे। उसको पढाओ एक डेढ़ साल में मैट्रिक फर्स्ट डिवीजन में पास कर लेगी।

पिता कहने लगे, ''मैने लड़की को बहुत समझाया, उसने एक ही जिद्द लगा रखी है और नहीं पढेगी। ज्यादा समझाने पर जोर-जोर से रोने लगी। इसके अलावा इसकी तबीयत और मन भी ठीक नहीं रह रहें है। मैने सोचा नहीं पढ़ने से भी चलेगा! पढाई करने से कोई स्वर्ग मिलता है? कोई अच्छा वर देखकर उसकी शादी कर देंगे, जितना पढ़ी उतने में अपना घर संभाल लेगी।''

लड़की 'अनपढ' रह गई, आठ दिन हुए उसे शादी हुए।

प्रशांत बाबू चुप्पी तोड़ते हुए कहने लगे - ''मैं तुम्हारी पंद्रह मिनट की कहानी कब से समझ गया था कि बेटी कौन है? यह तो तुम अपनी आत्मकथा कह रही थी इसलिए मैं चुपचाप सुन रहा था, नहीं तो कौन आदमी इतना वक्त बरबाद करेगा।''

''यह कहानी क्यों सुनाई, जानते हो?''

''मैंने कहा था न तुम्हें अगर तुम पढ़ी-लिखी होती तो मैं तुमको और अधिक प्यार करता।''

''फिर किस प्यार की बात करते हो। इस प्यार की खातिर ही तो मैंने अपनी पढ़ाई अधूरी छोडी। तुम्हारा पैर कहने से हाथ, होंठ कहने से मुँह, हमेशा तुम्हें खलबली मची रहती है मुझे बहुत डर लग रहा है, ये जो नया पाठ पढ़ा रहे हो वह भी कहीं आधा न रह जाए।

''तुम्हारे भीतर मैं एक गुरु को देख रहा हूँ ''यह कहकर प्रशांत कहने लगा, ''अभी ट्यूब लाईट बंद करके बेड-लैंप जलाओ।''

□

स्रोत-मुहाने पर पत्ता

प्राणबंधु कर

अपर्त्ति खेत में हल चला रहा है। उसके चिकने मजबूत काले शरीर से पसीना पानी की तरह बह रहा है।हल चलाते-चलाते अपर्त्ति पता नहीं क्या सोचता जा रहा है। सोचते-सोचते हल के लंगल पर उसकी पकड़ कमजोर हो जाने से दोनों बैल धीरे-धीरे चल रहे हैं। अपर्त्ति दाएं हाथ की छड़ी से दोनों बैलों को पीटते-पीटते कहता है, सर्वभक्षी! भरपेट खाते हो, फिर भी हिलने-डुलने का नाम नहीं ले रहे हो।

दोनों बैल धीरे-धीरे जोर से चलना प्रारंभ करते ही वह फिर से अपने कल्पना-लोक में लौट आता है। आज उसके पास सोचने के लिए बहुत सारे विषय हैं। आठ-नौ वर्षों की घटनावली। सारी तस्वीरें आंखों के आगे तैरने लगती है। ऐसा लगता है मानो कल की ही सारी घटनाएं हो। अपर्त्ति को आश्चर्य होने लगता है। इन आठ-नौ वर्ष पहले सब-कुछ ठीक ही था। लोग सुख-दुख में साग-सब्जी खाकर आराम से जीवन बीता रहे थे।

कहां से आ गई यह विध्वंसक लड़ाई, जिससे सब-कुछ चौपट हो गया। अंग्रेज सरकार एक तरफ किसी जर्मनी तो दूसरी तरफ किसी और के साथ युद्ध करने लगी, हमारा क्या गया?

कह रहे है, जापानी युद्ध कर रहे है। हमारे देश को हथिया लेंगे। लड़ाई के लिए तैयार हो जाओ ।

बताओ, जापानी हथियाएँ या अंग्रेज - हमारा कोई दुख खत्म हुआ? जो हमारे राजा होंगे, वह तो देश का सब-कुछ लूटकर अपने देश ले जाएंगे।

अब युद्ध खत्म हुए तीन-चार साल हो गए; सामानों की कीमत कम होने की बजाय बढ़ रही है।

अपर्त्ति को आश्चर्य होने लगता है, युद्ध कहां हो रहा है और सामान महंगा कहाँ हो रहे हैं। पहले-पहले अपर्त्ति और अपर्त्ति की तरह लाखों किसानों को इस सुराग का पता नहीं है। लड़ाई होने के कई महीनों बाद जब हवाई जहाज अपर्त्ति के हल चलाते समय उसके मुंह के ऊपर घाँ-घाँ करते हुए उड़ते जाते थे, तो वह

हल छोड़कर झाड़ियों में छिपकर डरी हुई आंखों से उनकी तरफ देखता था। दोनों बैल भी इधर-उधर हल के साथ भागने लगते थे।

कुछ दिनों बाद उसका भय मिट गया। एक साथ आठ-दस हवाई जहाज उसके खेत के ऊपर उड़ते समय उसे बहुत अच्छा लगता था। उसे लगता था हवाई जहाज उसके गांव के ऊपर से उड़ते हुए जाते हैं तो अवश्य ही आस-पास में कहीं युद्ध हो रहा होगा और इस युद्ध में जैसे उसके गांव के सभी लोग भाग ले रहे है।

युद्ध की इस काल्पनिक अनुभूति से उसके मन में उत्तेजना और आनंद पैदा होता था। धीरे-धीरे वह उत्तेजना उसकी स्वाभाविक गति से कम होने लगी। एकाध दिन नहीं, सालों से युद्ध चल रहा है, मगर युद्ध के दृश्य देखने का उसे कोई मौका नहीं मिला। और कितने दिनों तक वह उत्तेजना बनी रहती!

युद्ध जहां भी हो रहा हो, मगर अपर्त्ति के मन में विषाद पैदा होता है। सारी चीजों के दाम बढ़ गए। केरोसिन, चावल, कपड़े और नहीं मिल रहे थे। चावल एक रुपए के दो सेर, वह भी घोडा-दाने की तरह। उसमें भी कालाबाजारी। डिबरी पर एक अंगुल धूल जम गई है। एक बूंद केरोसिन भी उसे नसीब नहीं हो रहा है। रात के अंधेरे में आने-जाने में उसे कोई असुविधा नहीं हो रही थी, मगर बूढ़ी मां ! दिन में भी उसे अच्छी तरह नहीं दिखता है तो संध्या के समय नहीं दिखने के कारण पांव फिसल जाने से वह गिर पड़ती है। अपर्त्ति ने कितनी बार बूढ़ी मां को उठाकर बैठाया है। शरीर की पीड़ा कम करने के लिए तेल मालिश भी की है।

उसकी बूढ़ी मां इस दुख और नहीं सह पाई। धनी साहू के पास थोड़े से केरोसिन के लिए कितनी मिन्नत की, मगर सब व्यर्थ।

एक दिन अंधेरे में उसी प्रकार पांव खिसक कर गिर जाने से उसकी मां ने हमेशा के लिए आँखें मूँद ली।

अपर्त्ति का शांत निरीह मन विद्रोह करने लगा। अनवरत आंसू बहाकर अपने उद्वेलित चित्त को शांत करने की कोशिश करने लगा। अपर्त्ति को इस बात का बहुत दुख है - जिस जमीन पर वह सोना उगाता है, उस जमीन की फसल ले जाता है उसका साहूकार। उसे पेट भरने के लिए कुछ भी नहीं देता हैं।

सभी अपर्त्ति को कहने लगे, 'शादी कर ले' ।

अपर्त्ति भी ऐसा ही सोच रहा था। बूढ़ी मां की आंख मूँदने के बाद उसे एक लोटा पानी देने वाला भी कोई नहीं था। मगर युद्ध के समय सामान महंगा होने के कारण उसका शादी करने का साहस नहीं हुआ। कोई कहने पर उत्तर देता था, लड़ाई

खत्म हो जाने दो, खुद को तो खाने को नहीं मिल पा रहा है, औरत लाकर घर पर हाथी बांधूंगा।

मुंह पर इस तरह की बातें कर देता था, मगर मन के किसी निभृत्त कोण में गूरेई की तस्वीर बीच-बीच में झलक जाने से वह अस्थिर हो जाता था।

हर दिन अपर्त्ति के भोर-भोर हल-बैल लेकर खेत जाते समय गुरेई छोटे सामंत की पोखरी में स्नान कर लौटते हुए, सिर पर पानी से भरा एक मटका, पतली कमर और दाएँ हाथ की बेस्टनी के भीतर एक और मटका पकड़े हुए उसके पास से होती हुई गुजरती थी। अपर्त्ति मुंह घुमाकर उसे देखता था। कितनी बार गुरेई ने उसे ऐसा करते हुए पकड़ा था, मगर गुरेई उसकी निंदा करने के बजाय अपनी मौन मुस्कान से उसे उत्साहित कर देती थी।

अपर्त्ति और ज्यादा दिन अकेले नहीं रह पाया, एक दिन गुरेई को नहाकर लौटते समय उसने उसे रोककर पूछा। गुरेई कोई आपत्ति नहीं कर हामी भरी। घमासान युद्ध के समय अपर्त्ति की शादी हो गई। जिस समय पेट को भोजन और तन ढकने के लिए कपड़े नहीं मिल रहे थे, जापानी आक्रमण के लिए दौड़े आ रहे थे।शादी का नशा उतर गया, उसके दरिद्र संसार के अभाव धीरे-धीरे स्पष्ट होने लगे। कुछ दिनों के बाद अपर्त्ति ने देखा कि गुरेई की दोनों साड़ियाँ कई जगहों से फट गई है। कितनी कोशिश करने के बाद भी अपर्त्ति उसके लिए नई साड़ी नहीं खरीद पाया। अपर्त्ति उसकी ओर नहीं देख पाया। युद्ध बाजार में कालाबाजारी कर धनी साहू हवेली बनाने लगा था। पैसों से भी धनी साहू से वह साड़ी नहीं खरीद सका। कितनी मिन्नतें करने के बाद भी कालाबाजारी में साड़ी खरीदने के लिए पैसे कहां?

बीच-बीच में अपर्त्ति को मन में बहुत गुस्सा आता है। सोचता है, धनी साहू की दुकान में आग लगा दें, किंतु क्या सोचकर फिर चुप हो जाता था।

एक दिन गांव में चारों तरफ खबर मिली कि सरकार जीत गई है। सरकारी कर्मचारी गांव-गांव घूमकर खबर सुना रहे हैं। प्रचार विभाग के लाउडस्पीकर गांव के रास्तों पर लगे हुए हैं। सभी सुनकर खुश हुए। अपर्त्ति यह सोचकर खुश हुआ कि इस बार निश्चय उसका दुख मिट जाएगा। कपड़ा सस्ता होगा। गुरेई को और सत्तर गांठ लगी साड़ी नहीं पहननी पड़ेगी। गुरेई की साड़ी में मण-मण मैल चिपक गया है, मगर क्या किया जाए? अगर साफ करने जाएंगे तो उसकी साड़ी फुर-फुर फट जाएगी। सरकार जीत गई है, कहकर गांव के गरीब-गुरबों में कपड़े बाँटने की घोषणा की गई है। अपर्त्ति ने गुरेई को पूछा,

"गुरेई चलोगी? कपड़े बाँटे जा रहे हैं" इतने दुख में भी अपर्त्ति पर गुस्सा

न कर वह कहने लगी, "मैं कैसे जाऊंगी, इन फटे-टूटे कपड़ों में? इतने लोगों के सामने मेरा सिर नीचा हो जाएगा।"

अपर्त्ति भी समझ गया, इसलिए वह अकेले चला गया। एक स्टैंडर्ड धोती मिली उसे। लौटकर गुरेई को धोती देते हुए कहने लगा, "जाने से तो एक साड़ी मिल जाती। लो, इसे पहनो, मेरा चल जाएगा।" युद्ध खत्म हो गया। साहूकार के खेत में हल चलाते समय अपर्त्ति को हवाई जहाजों की घाँ-घाँ आवाज सुनाई देने को नहीं मिली। दिन बीतते गए, मगर चावल, कपड़ा और केरोसिन की कीमत कम नहीं हुई। अनाहार, अर्द्ध आहार और अपना ध्यान नहीं रखने से गुरेई की सुंदरता कम होने लगी। डेढ़ वर्ष पहले जो साड़ी अपर्त्ति ने उसे दी थी, वह भी फटने लगी थी।

कितने दिनों के बाद वह पैसे लेकर धनी साहू दुकान पर गया। धनी साहू ने कहा, "जा, जा कपड़े नहीं है। तीन टके में साड़ी खरीदेगा।"

अपर्त्ति ने नम्र स्वर में कहा, "साहू जी, कितनी बार लौट गया हूं। घर में पत्नी का शरीर ढकने के लिए कपड़े नहीं है, पानी का मटका भरने के लिए बाहर जा नहीं जा पा रही है।"

धनी साहू की अपर्त्ति के प्रति सहानुभूति दिखाना तो दूर की बात, उल्टा उसे अपमान की भाषा में गाली दी। उसकी बात सुनकर अपर्त्ति की शिरा-धमनियों में खून उबल पड़ा। आंखों में क्रोधाग्नि भड़कने लगी। यही धनी साहू युद्ध के पहले ब्राह्मण बस्ती, केवट बस्ती, बस्ती - बस्ती, घर-घर घूमकर सुई-धागा, कपूर आदि बेचता था। फिर उसका मुंह ऊपर की ओर हो गया। दांत दबाकर गुस्से को काबू में करते हुए अपर्त्ति लौट आया।

गांव-गांव घूमकर देश सेवक प्रचार करने लगे थे - चरखा चलाकर और तकली से सूत काटकर कपड़ों का अभाव दूरकर अपने पैरों पर खड़े होओ। नहीं तो, दासता की बेड़ियों से कभी मुक्ति नहीं मिल पाएगी। कितने-कितने किसान मजदूरों की सभा का आयोजन किया गया। किसी ने कहा, 'जमींदार को कर मत दो।' किसी ने कहा, 'हड़ताल करो।'

अपर्त्ति सब सुनता था, मगर कोई उसे रोटी-कपड़ा पाने का सही रास्ता नहीं दिखा रहा था। विभिन्न राजनीतिक दलों के विभिन्न मतवाद प्रसारित हो रहे थे। अनपढ़, अल्प-ज्ञानी अपर्त्ति के दिमाग में ये सारी बातें नहीं घुसती थी। गुरेई की क्लिष्ट, अर्ध-नग्न शरीर उसे रात-दिन तड़पाता था। शाम होने पर वह सावधानीपूर्वक बाहर कुएं से पानी लेने के लिए जाती थी।

अपर्ति मशीनवत साहूकार के लिए हल चलाता है। दूसरों से वह सुनता है उसका देश आजाद होगा, मगर समझ नहीं पाता है। इधर-उधर पूछकर केवल इतना ही समझता है कि और कुछ दिनों के बाद गोरे लोग हमारे देश में नहीं रहेंगे। हमारे देश के लोग हमारा राज्य चलाएंगे। कालाबाजारी, चोर-कारोबार सब बंद हो जाएगा। कपड़े, केरोसिन, चावल सस्ते होंगे, रिश्वत झूठ और देश में नहीं रहेगा।

अपर्त्ति बहुत खुश हो जाता है।

खुशी-खुशी गुरेई के पास जाकर कहता है, ''गुरेई! हमारे दुख इस बार चले जाएंगे।अब से हमारे लोग हमें चलाएंगे। गोरे लोग अपने बोरिया-बिस्तर बांधकर अपने देश चले जाएंगे।''

अपर्त्ति उत्सुकता से उस दिन का इंतजार करता है।

सडचालीस साल अगस्त पंद्रह। घर-घर में उत्सव। चक्र चिन्ह वाला तिरंगा झण्डा फहरता है स्वाधीन जीवन के उद्याम प्रवाह का संकेत देते हुए, साम्य-मैत्री का संकेत लेकर। अपर्त्ति की झोपड़ी पर भी तिरंगा झंडा फहराता है। हंसते-हंसते अपर्त्ति उस झंडे की ओर अपलक निगाहों से देखता रहता है। वह ऐसे देख रहा है जैसे उस झंडे में उसकी गुरेई अच्छी-अच्छी साड़ियां पहनकर हंसती हुई उसकी तरफ देख रही है। पूंजीपति धनी साहू के हाथों में हथकड़ी डाली गई है, कालाबाजारी करते हुए पकड़े जाने के कारण।

दिन बीतते गए। गांधी को देश भूल जाता है। उनके महत्त आदर्श को भी भूल जाते हैं। तिरंगे झंडे का रंग वायु के संस्पर्श से फीका पड़ जाता है। अपर्त्ति स्पष्ट रूप से नहीं समझ पाता है कि देश में क्या परिवर्तन हुआ है, गांव तो पहले जैसा था, वैसा अभी भी है। उसकी गुरेई तो अभी भी फटे हुए कपड़े पहनती है, कंद-मूल खा रही है। परिवर्तन फिर हुआ कहां? हल छोड़कर घुटनों पर कोहनी रखकर मेड पर बैठे हुए सोचता है-मगर कहां? परिवर्तन तो कहीं नजर नहीं आ रहा है। धनी साहू की कालाबाजारी तो उसी तरह चल रही है। उसके गांव की पोखरियाँ तो उसी तरह काई से भरी हुई गंदी पड़ी है, मलेरिया हैजा से लोग ऐसे ही मर रहे हैं, गुरेई के फटे कपड़े वैसे ही दिख रहे है।

केवल एक चीज में अपर्त्ति को परिवर्तन नजर आता है, देश स्वाधीन होने से पहले जो लोग इस गांव में एक महीने में दो-दो बार आकर सभा-समिति का आयोजन कर रामराज्य की कल्पना-पुरी में ले जाते थे, स्वाधीनता के बाद और नहीं दिखाई दे रहे हैं। जो कार्यकर्ता खाली पाँव घुटनों तक खादी धोती पहनकर कंधों पर झोला लटकाकर कई बार गाँव की सभा-समितियों में गांधी जी की नीति, सरल

जीवन-यापन के आदर्श का प्रचार करके गए थे, उसने केवल एक बार बड़ी गाड़ी में बैठकर जाते हुए देखा था, वेदना और निराशा से उसका हृदय टूटने लगा था।

गुरेई का अनाहार क्लिष्ट अर्द्ध-नग्न शरीर की ओर देखकर उसकी आंखों में आंसू आ जाते हैं। अपर्त्ति कहता है, मुझसे शादी कर कितने कष्ट उठाने पड़े गुरेई, तुम्हें! अपर्त्ति की दुख भरी कोमल बातें सुनकर वह रो पड़ती है। अपर्त्ति के इस भयंकर नग्न द्ररिद्रता में भी एक गौरव अनुभव करता है, जिससे उसका चेहरा कमल के फूल की तरह खिल जाता है।

अपर्त्ति सोचने लगता है कि कितने सालों से वह गुरेई को झूठी आशा और आश्वासन देते आया है! उज्जवल भविष्य के कितने चित्र उसकी आंखों के आगे नहीं दिखाए हैं! सरल मन वाली गुरेई उन सारी बातों पर विश्वास कर लेती है। अपर्त्ति सोचता है, उसकी दयनीय अवस्था के लिए वह किससे प्रतिशोध लेगा?

अपर्त्ति ने आखिर सोच लिया कि उसे अपने दुखों से निजात पाने के लिए उसे ही आगे आना होगा। एक बार रात के अंधेरे में वह धनी साहू की दुकान की ओर गया। नींद से भरी हुई आंखों से गुरेई ने उठ कर देख रही थी कि अपर्त्ति दो साड़ी लेकर उसके पास बैठा हुआ है। कुछ भी नहीं समझ कर वह पूछने लगी, ''साड़ियाँ कहां से आईं?''

अपर्त्ति हंसते-हंसते कहने लगा, ''जहां से भी लाई हो, तू नहा-धोकर उसे पहनोगी।मैं और तुम्हारी तरफ नजर नहीं मिला पाता हूँ।''

संदिग्ध दृष्टि से गुरेई उसकी तरफ देखकर कहने लगी, ''जहां से भी लाई हो, मतलब? आसमान से टपक गई?''

अपर्त्ति ने पहले टालम-टोल करते हुए अंत में कहा, ''धनी साहू की दुकान से चोरी की है।'' चौंकते हुए गुरेई कहने लगी, ''चोरी?''

''हां, चोरी..... क्या हो गया? कौन नहीं करता है चोरी ! धनी साहू कालाबाजारी कर एक टके की जगह पाँच टके लेता है, क्या यह चोरी नहीं है? जो बाबू जान-बूझकर उसे छोड़ देते हैं, क्या वे अच्छे लोग हैं? जो साहूकार हमें मेहनत मजदूरी करवाकर गला दबाकर खजाना वसूल करते हैं, क्या वह चोर नहीं है? और मुझे खाने को नहीं मिलता है, पहनने को नहीं मिलता है, चोरी कर ली तो क्या हुआ?''

डरते हुए गुरेई कहने लगी, ''यदि पकड़े गए तो?''

अपर्त्ति ने निर्भीकता से उत्तर दिया, ''पकड़े जाएंगे तो देखा जाएगा । उससे पहले तो तू एक साड़ी पहन ले। फटी हुई साड़ी को इस आँगन में फेंक दें और इस

साड़ी को राख़ के ढेर के भीतर छुपाकर आ जा। जा जल्दी कर।" अपर्त्ति के कहने के अनुसार गुरेई ने शंकित मन से सब-कुछ किया। बारह बजे पुलिस घर में आकर तलाशी लेने लगी। गुरेई नई साड़ी पहनकर लजाती हुई पुलिस के सामने आकर खड़ी हो गई।

गुरेई की साड़ी को देखकर पुलिस अपर्त्ति से पूछने लगी, "यह साड़ी कहां से लाई हो?"

निस्संकोच भाव से अपर्त्ति ने उत्तर दिया - खरीदी है।

पुलिस ने पूछा - कहां से खरीदी है?

जो आपके साथ आए है धनी साहू की दुकान से रविवार के दिन खरीदी है।

धनी साहू की तरफ देखते हुए पुलिस पूछने लगी, क्या बेचे हो?

दोनों आंखें बड़ी-बड़ी कर हाथ जोड़ते हुए धनी साहू कहने लगा, नहीं, खाता देख लीजिए, इसके दस्तखत तो होने चाहिए।

अपर्त्ति श्लेष-मिश्रित गले से कहने लगा, दस्तखत कहां से आएंगे साहू जी? रात को बारह बजे चोर की तरह कालाबाजारी में बाड़ी के उस पार कपड़े बेचते हो। अढ़ाई टके की साड़ी के मुझसे पाँच टके वसूल किए हो। और अब मुझे चोर बनाने जा रहे हो? पुलिस की तरफ देखते हुए कहने लागा, मैं चोर नहीं हूं, पूछ लीजिए सारे गांव वालों से। और उनसे पूछ लीजिए कि धनी साहू कालाबाजारी में कपड़े बेचता है या नहीं? उनमें से भी कई लोगों ने खरीदे होंगे। पुलिस गाँव वालों की तरफ देखने लगी। सभी चुप हो गए। पुलिस धनी साहू से पूछने लगी, "तुम्हारे कितने कपड़े चोरी हुए है?"

धनी साहू रुक-रुककर मन-ही-मन सोचते हुए कहने लगा, "दस-पंद्रह कपड़े"

धमकाते हुए सब इंस्पेक्टर कहने लगा, सही-सही मालूम नहीं हैं? कंट्रोल दुकान तुम्हारी है, कपड़ों का हिसाब ठीक नहीं रखते हो?

धनी साहू का मुंह सूखने लगा। पुलिस अपर्त्ति के घर-बाड़ी की छानबीन कर कुछ नहीं पाकर धनी साहू से कहने लगा, इधर चोरी का बहाना, उधर कालाबाजारी, है न? हम तुम्हारे दुकान की तलाशी लेंगे। तुम इतने अच्छे आदमी नहीं हो?

पुलिस आगे चली गई। पीछे-पीछे धनी साहू चोर की तरह थर्राते हुए हाथ जोड़कर चलने लगा।

अपर्त्ति गुरेई की तरफ हंसते हुए देखने लगा।

आश्चर्यचकित होकर गुरेई पूछने लगी, ''तुमने इस तरह झूठ पुलिस के सामने कैसे बोल दिया? मेरी छाती धड़क रही थी।''

अपर्त्ति ने कहा, ''अगर झूठ बोलने से किसी की जान बचाती है तो वह झूठ नहीं कहलाता है, वह सत्य से बढ़कर है।''

गुरेई व्यस्त हो कर कहने लगी, ''नहीं, नहीं, भले ही, हम सूखकर कांटें होकर क्यों न मर जाएँ, मगर तुम इस तरह चोरी नहीं करोगे। मेरी छाती धड़क रही है।''

अपर्त्ति कुछ समय चुपचाप बैठ गया। उसके बाद अपनी छलकती हुई आँखों से व्यथित स्वर में कहने लगा, ''गुरेई, क्या चोरी मैंने शौक से की है? बड़े लोग मजे से हजारों-हजारों चोरियाँ करते हैं। हमारी माली हालत ठीक नहीं aहै। अपनी मान-मर्यादा रखने के दो कपड़ों की भी चोरी नहीं कर सकते हैं?''

''सभी कह रहे थे, हमारा देश आजाद होने पर हमारे दुख पानी की तरह बह जाएँगे। किंतु कहां?''

गुरेई उत्तेजित अर्पित के कंधे पर हाथ रख कर कहने लगी, ''नहीं, तुम मेरी सौगंध खाओ, जो जिसको जो करना है करें, मगर तुम वैसा निकृष्ट काम नहीं करोगे। हमारे दुख एक न एक दिन चले जाएंगे। सारे दिन क्या एक जैसे होंगे?''

अर्पित उसकी ओर देखते हुए कहने लगा, ''गुरेई, अच्छा आदमी होने से दुख भोगने पड़ते हैं।''

गुरेई ने कहा, ''होने दो दुख।''

□

मिमि की साहित्य शिक्षा

वामाचरण मित्र

जीवन बाबू का मन बहुत दुखी है ।उनकी इकलौती लड़की मिमि काफी बुद्धू है । पढ़ाई में उसका मन नहीं लगता, किताब लेकर केवल झपकी मारती रहती है । कोई प्रश्न पूछने पर ढपोर शंख की तरह देखती रहती है ।

आधे घंटे से बक-बक करते हुए जीवन बाबू जी-जान लगाकर उसे समझाने की कोशिश करते हैं ''यह हृदय मैंने सौंप दिया, आज तुम्हारे चरणों में, हे नाथ!'' मिमि मुंह खोल कर बड़ी-बड़ी आंखों से जैसे उसे सब-कुछ समझ में आ गया हो, ऐसे हाव-भाव बनाकर उनकी तरफ देखती रहती । बीच-बीच में उसके घुँघराले बाल हवा के झोंके से आंखों पर छितरा जाने से मिमि विरक्त होकर उन्हें पीछे ढकेलते हुए फिर वैसे ही देखने लगती, जैसे बाल उसके समझने में व्यवधान पैदा कर रहे हो । मिमि की भाव-भंगिमा देखकर जीवन बाबू और अधिक उत्साहित होकर उसे समझाते जाते हैं । कुछ समय के बाद मिमि की फैली हुई बड़ी-बड़ी आंखें धीरे-धीरे छोटी होने लगती है ।वह अपनी आंखों की पलकों को गिरने से बचाने की भरसक चेष्टा करती है । घंटे भर उस पंक्ति को समझाने के बाद जीवन बाबू के मन में संतोष हुआ कि मिमि को उसका सरलार्थ और भावार्थ हृदयंगम करा सके । संतोषपूर्वक हंसते हुए इस बार उन्होंने पूछा, ''समझी, बेटी?''

मिमि फिर अपने बाल बाएं से दाएं तरफ करते हुए सिर को यथा-संभव झुकाकर मुस्कराते हुए चेहरे पर ऐसे भाव बनाए, जैसे कि उसे सब-कुछ समझ में आ गया है, मगर अचानक उसकी आंखों में भय उतर आया । इधर-उधर घूमती दोनों आंखें बड़ी-बड़ी हो गई ।

जीवन बाबू गुस्से से कहने लगे, ''समझ में आया है तो बुद्धू की तरह ऐसे क्यों देख रही हो? बताओ, क्या समझ में आया!''

मिमि दो-चार घूंट थूक निगलने लगी, ''नाथ मतलब स्वामी या भगवान, जिन्होंने हमारी सुरुष्टि की है । वह बहुत अच्छे आदमी है, किसी को कुछ नहीं कहते, किसी पर गुस्सा नहीं करते, ब-हु-त अच्छे आदमी हैं ।''

"यह समझ में आया है तुझे, बदमाश कहीं की! एक घंटा तक मैं चिल्लाता रहा और अंत में कह रही हो भगवान एक आदमी है। सृष्टि कहना नहीं आ रहा है, कह रही हो सुरुष्टि। और छोटी बच्ची बन जा! आठ वर्ष की लड़की हो गई, पाँचवीं कक्षा में एक बार फेल हो गई.... बिल्कुल भी शर्म नहीं आती.... देखो तो।"

मिमि भय से पीछे की ओर सरकरते हुए कहने लगी, "नहीं, नहीं, भगवान एक.... भगवान एक ... "

"भगवान क्या है?" जीवन बाबू ने गरजते हुए पूछा।

दोहराते-तिहराते हुए मिमि मन ही मन अपने आप से पूछने लगी, "भगवान क्या है? पिताजी ने क्या कहा था? भगवान क्या?"

उसी समय मिमि की पालतू बिल्ली शंकि दौड़ कर मिमि की गोद में चढ़कर कहने लगी, "म्याऊं, म्याऊं!"

मिमि के मुंह से निकल गया, भगवान है म्याऊं।

जीवन बाबू को बहुत गुस्सा आया। उन्होंने शंकि को गर्दन से पकड़कर बाहर निकाल दिया। रसोई घर की तरफ देखते हुए चिल्लाकर कहने लगे, "पचास बार कह दिया है कि घर में बिल्ली-विल्ली मत रखो, पढ़ाई में अड़चन आएगी, दिन-रात बिल्ली के साथ खेल-कूद। स्कूल से घर में पांव रखते ही किताब कॉपी फेंककर खोजने लगेगी, शंकि कहां है। हाँ, बेटी माँ पर गई है। देख रही हो शशधर बाबू की बेटी को, किस तरह ज ोर-शोर से पढ़ती है। देख लो, लिंगराज बाबू की बेटी को, कैसे क्लास में फर्स्ट आती है। मेरी ही किस्मत फूटी है। इस वंश का कोई भी नाम रोशन नहीं कर पाएगा। हाय रे, मेरी किस्मत, हाय! विगत परीक्षा में कॉपी फाड़कर नाव बनाकर पानी में फेंक कर आ गई। क्यों नहीं मर गई तू ....."

विगत कक्षा की परीक्षा में परीक्षा देने के लिए मिमि स्कूल में बैठी थी। उस समय घोर वर्षा हो गई। पानी स्कूल के बरामदे में घुसते हुए कक्षा के मुहाने तक आ गया। मिमि का मन और स्थिर नहीं रहा। परीक्षा हो रही है, वह यह बात भूल गई। धीरे-धीरे वह परीक्षा घर से बाहर चली आई। परीक्षा की कॉपी फाड़कर कागज की किश्ती बनाकर पानी में तैराने लगी। किश्ती एक-एक कर पानी पर तैरने लगी। मिमि महातृप्ति के साथ उन्हें देखते हुए वर्षा में भीगते हुए घर लौट आई।घर आने के बाद उसे याद आ गई, अपने पिताजी की बात। पिताजी के भय से उसे बुखार आ गया। उस तेज बुखार को उतरने में कई दिन लगे। मिमि उस बार फेल हो गई, मगर उसे बुखार के कारण पिताजी की मार से बच गई। उसके बाद जीवन बाबू ने सब-कुछ पता चलने पर उसकी छड़ी से खूब पिटाई की थी। आज वही बात याद

आ जाने से उनका क्रोध दुगना हो गया। जोर से चटकन लगाते हुए कहने लगे, "तुम नहीं समझा पाई तो मैं तुझे छोडूंगा नहीं। जितनी भी रात क्यों नहीं हो जाती। आज तुम्हारा दिन है या फिर मेरा। आज खाना-पीना बंद। समझाओ, समझाओ मुझे, रोना-धोना बंद कर।"

रसोईघर की तरफ से चिल्लाने की आवाज आई, "बेटी को आप मत पढ़ाओ। जब भी पढ़ाने बैठोगे, मार-पिटाई के सिवा कुछ भी नहीं। क्या बेटी हमें खाना-पीना देगी, जो उससे इतनी आशा कर रहे हो? पढ़ाना तो आता नहीं है...."

जीवन बाबू उत्क्षिप्त होकर कहने लगे, "क्या हुआ, मुझे पढ़ाना नहीं आता है? एक घंटे से सिर फोड़ रहा हूँ। सारा कुछ समझ गई है, वैसे सिर हिला रही है। क्या मुझे मालूम नहीं है बेटी मां पर गई है। तुम्हारे लाड-प्यार ने लड़की का दिमाग खराब कर दिया है।"

रसोईघर की तरफ से फिर से भारी भरकम आवाज आने लगी, "हो गया आज बस इतना ही। आओ, मिमि खाना खाओ।"

मिमि उठने ही वाली थी कि जीवन बाबू गरज उठे, "खबरदार, जब तक तुम मुझे नहीं समझाओगी, यहां से नहीं उठ सकोगी। बताओ, भगवान क्या है? इतना समझाया मैंने, बताओ।"

इस सरलार्थ को समझाने में भगवान ने आकर शुरू से ही सब गडबड़ कर दी। मिमि आंसू पोंछकर भगवान को मन ही मन गाली देते हुए कहने लगी, "भगवान अच्छा आदमी है या कलमुंहा? मुझे पिताजी से इतनी मार खिलवा रहा है।" इतनी असमंजस में न पड़कर भगवान की बात छोडकर वह समझाने जा रही थी किंतु मन ही मन कलमुंहा गाली देने के बाद उसे याद आ गया पुरी का जगन्नाथ मंदिर। जगन्नाथ को देखकर उसने दादी के कानों में पूछा था, "दादी मां, जगन्नाथ जी का मुंह क्या जला हुआ है?" नातिनी के प्रश्न से दादी की आंखों में आंसू आ गए थे।नातिनी के चेहरे पर चुंबनों की झड़ी लगाते हुए कहने लगी, "हां, काले मुंह वाले भगवान है।" वह बात याद आते ही मिमि जैसे अंधेरे से उजाले में आ गई। उसकी आंखों में चमक आ गई। भगवान जैसे उसकी आंखों के सामने प्रकट हो गए हो। वह अच्छी तरह उस चेहरे को देखते हुए कहने लगी, "भगवान होते हैं जगन्नाथ," मगर दादी की बात याद आते ही मिमि की आंखें आंसुओं से भर गई। वह सब-कुछ भूलकर कहने लगी, "पापा, मेरे पापा, दादी ने चिट्ठी में लिखा है कि गाँव में तुम्हारी बहुत याद आ रही है, मेरा मन खराब हो रहा है। उन्हें ले आओ मेरे पापा!"

''दादी को रहने दे। हाँ, भगवान होते हैं जगन्नाथ। उसके बाद क्या हुआ?''

दादी की विरह में तड़पते मन को सरलार्थ की तरफ लाने के लिए मिमि को कुछ समय लगा। आंसुओं को रोक कर मिमि कहने लगी, ''कवि यहां कह रहे हैं..... कह रहे हैं..... दादी ... मेरी दादी हो।'' मिमि इस बार अपने आप को संभाल नहीं पाई और फूट-फूटकर रोने लगी।

जीवन बाबू दनादन उसकी पीठ पर दो-तीन मुक्के कसते हुए कहने लगे, ''धत्, मेरी किस्मत, मेरी फूटी किस्मत! एक घंटे से समझा रहा हूं, सब-कुछ भूल गई? स्कूल के मास्टर जी कल कह रहे थे कि मिमि क्लास में ध्यान नहीं दे रही है। अंट-शंट उत्तर देती है। जैसे विलोम शब्द क्या होते हैं? बोल रही है या रो रही है, बदमाश ! लाज नहीं आती है, फिर रोने लगी। छीः! छीः!, मेरी बेटी होकर तू इस तरह कहती है। 'सुख' का विलोम शब्द होता है 'खसु'। रोना-धोना बंद कर, बताओ मैं क्या कह रहा था। कवि कहते हैं कि ...... हाँ।''

मिमि आंसू पोंछते हुए फिर से कहने की कोशिश करने लगी, ''कवि कहते
ह
कि....''

इतना कहने के बाद वह मन ही मन अपने आपसे पूछने लगी, ''कवि कौन है? वह क्यों कुछ कह रहे हैं?'' फिर से सब गोलमाल हो गया। तभी पास वाले घर में शंकि म्याऊं-म्याऊं आवाज करने लगी। इधर कवि कौन है, उधर कवि क्या कह रहे हैं और क्यों कहना चाहते हैं, मिमि को कुछ याद नहीं आया। मन ही मन मिमि शंकि को खींचते हुए गाली देने लगी, कलमुंही, पढ़ाई खत्म होने दो फिर तुझे देखती हूँ । क्या पढ़ाई आज खत्म होगी? हे महाप्रभु, हे जगन्नाथ, इस कलमुंहें कवि ने क्या कहा हैं, मुझे याद दिला दो।

उसी समय बाहर से किसी ने आवाज दी, ''बाबू घर में हैं?'' जीवन बाबू चिढ़ते हुए कहने लगे, ''नहीं, बाबू घर में नहीं है।'' बाहर से फिर आवाज आई, ''बड़े बाबू बुला रहे हैं, जल्दी आओ कचहरी में कोई जरूरी काम है।'' जीवन बाबू विरक्त होकर कमीज पहनते-पहनते कहने लगे, ''मैं जा रहा हूं, आधे घंटे में लौट आऊंगा। मैंने जो समझाया है, उसे लिखोगी और दूसरी उदाहरणमाला के पांच नंबर वाले अंक-गणित के सवाल को हल करोगी। यदि नहीं होगा तो देखना, मैं तेरी क्या हालत करता हूं।''

जीवन बाबू जल्दी-जल्दी वहां से चले गए। कचहरी में बाढ़ संबन्धित जरूरी काम करते-करते उन्हें एक घंटा लग गया। घर के दरवाजे के पास धीरे से जूते

खोलकर हाथ में पकड़ कर खिड़की से झाँकते हुए देखा कि मिमि सो रही है या पढ़ रही है। खिड़की में से जो कुछ देखा, उन्हें कुछ भी समझ में नहीं आया। उनके बड़े भाई और छोटे भाई दोनों कॉपी में कुछ लिखते जा रहे थे, बहुत कुछ लिख भी चुके थे। कई कागज फाड़ कर नीचे फेंके हुए थे। मिमि दोनों पाँव पसारकर शंकि को गोद में बैठाकर उसे थपथपाते हुए लोरी गा रही है, "सो जा बच्ची, सो जा, सो जा, तेरी मम्मी आएगी, खूब खिलौने लाएगी, लाएगी।"

घर के भीतर घुसते हुए जीवन बाबू पूछने लगे, "मिमि तुम्हारी यह पढ़ाई चल रही है?"

मिमि ने डरते हुए पिताजी की ओर देखा और शंकि को छोड़ दिया। भय से उसका मुंह इतना छोटा हो गया, कोयले की तरह काला पड़ गया।

"यह क्या हो रहा है भाई?" जीवन बाबू आश्चर्य से पूछने लगे।

"अंक गणित का सवाल हल कर रहे है। छीः! छीः! इतनी छोटी बच्ची के लिए इतने कठिन सवाल। 'सरल गणित' यह नहीं है? लेखक ने अपना पांडित्य दिखाया है या बच्चों की बुद्धि का आकलन किया है? अंक-गणित तो देकर चले गए, खुद करके दिखाओ।"

जीवन बाबू अंक गणित का सवाल पढ़ने लगे.... मैं अपने घर से डेलांग की एक सभा में पैदल जाऊंगा। सभा में ठीक शाम को 7:00 बजे पहुंचना है। मैं अगर 3 माइल की गति से जाता हूं तो समय से आधा घंटा पहले पहुंचता हूं और यदि घंटा में 2 माइल की गति से जाता हूं तो ठीक समय से 1 घंटे बाद पहुंचता हूं तो मेरा घर सभा स्थान से कितना दूर होगा? सवाल पढ़ने के बाद जीवन बाबू दो-तीन बार टेड़े-मेडे होकर उसे देखने लगे। किस तरह से आरंभ करेंगे, कुछ समझ नहीं पाए।

बड़े भाई ने कहा, "सवाल हल करना तो दूर की बात, मिमि पहले पूछने लगी कि सभा क्या होती है? वहाँ नहीं जाने पर क्या नहीं चलेगा? समझाओ, सभा क्या होती है, समझाओ। जैसे तैसे करके समझा दिया हमने कि सभा क्या होती है। मिमि ने फिर पूछा, थोड़ा आगे-पीछे जाने से क्या दिक्कत है? इसके लिए इतनी क्यों चिंता है? इन सब गोल-मोल प्रश्नों का उत्तर देते-देते तो आधा घंटा बीत गया। उसके बाद तो हम दोनों सवाल हल करने के लिए बैठे हुए हैं। मिमि की डेढ़ कॉपी खत्म होने वाली है।"

सभी हंसने लगे। जीवन बाबू ने कहा, "रहने दो, अंकगणित को रहने दो। मिमि, ए मिमि, साहित्य नहीं हो रहा है?"

"नहीं, नहीं मैं अंकगणित पढ़ रही थी। बड़े पापा और छोटे पापा मुझे खाने के लिए बुला दिए। मैंने कहा, पढ़ाई पूरी नहीं होगी तो भगवान गुस्सा करेंगे। तभी से वे अंक-गणित का सवाल देखकर हल करने बैठे है, मैं..."

"तू शंकि को सुलाने बैठ गई। नहीं, तेरे से नहीं होगा, मगर तू आज जब तक नहीं कहेगी तब तक मैं छोड़ूंगा नहीं। कहो, "यह हृदय मैंने सौंप दिया आज तुम्हारे चरणों में, हे नाथ!" इसका सरलार्थ बताओ।"

मिमि ने इस बार साहस करते हुए कहा, "नाथ मतलब जगन्नाथ, जिनका मुंह काला है, बड़ी-बड़ी आंखें हैं, चपटा मुंह हैं...."

जीवन बाबू मिमि की तरफ देखने लगे। मगर बड़े भाई होने के कारण वह उनके भय से मिमि को कुछ नहीं कह पाए।

मगर पिताजी की बड़ी-बड़ी आंखें देखकर मिमि का चेहरा सूख गया। उसका सारा उत्साह मर गया। बड़े भाई ने समझाते हुए कहा, "अरे बेटी, तुम ठीक कह रही हो। वाह! बहुत सुंदर समझ गई हो। बहुत सुंदर। हां, उसके बाद... "

"उसके बाद उस जगन्नाथ को देखकर कवि नामक एक आदमी ने कहा. ... कह रहा है ..."

"हां, हां कह रहा है ..." बड़े भाई ने उत्साहित करते हुए पूछा। मिमि साहस पाकर बड़े पिताजी के कान में कहने लगी, "जगन्नाथ जी के चरण मैंने नहीं देखे है। और हृदय कवि के सौंप दिया वहाँ?" उसके पिताजी गाली देने लगे।

"अच्छा, बड़े पापा! हृदय सौपेंगे कैसे?"

बड़े भाई ने मिमि को गोद में पुसकारते हुए कहने लगे, "बेटी, तुम्हारी पढ़ाई आज उतनी ही। तू जो पूछ रही है, उसका उत्तर तुम्हें कोई नहीं दे पाएगा। हृदय कैसे सौंपा जाए, आज तक मैं नहीं समझ पाया तो तुझे कैसे समझाऊंगा। और उस कवि को भी समझ में आया होगा, मुझे नहीं लगता।"

□

निराकार कॉलेज

फतूरानंद

मैट्रिक परीक्षा फल का पुरानी कब्जियत से छुटकारा पाने की तरह तुरंत खुलासा हो गया। बोर्ड वालों ने शांति की सांस ली। कीड़े-मकोड़े की तरह मैट्रिक का फाटक पार अनेकों बच्चे इधर-उधर भटकने लगे। अचानक अदिन बे-मौसम बारिश होने से जिस तरह राहगीर पास स्थित दुकानों के भीतर शरण लेते हैं, ठीक उसी प्रकार उच्च प्रथम श्रेणी से पास हुए विद्यार्थी आस-पास के अच्छे कॉलेजों में घुस गए। स्थानाभाव होने पर जैसे बहुत सारे अधभीगे राहगीर छटपटाकर सिर छुपाने की एक जगह पाने के लिए इधर-उधर दौड़ जाते हैं, ठीक उसी तरह निम्न श्रेणी वाले अपनी शरण लेने के लिए विभिन्न कॉलेजों के आगे-पीछे दौड़ना शुरू कर देते हैं। कॉलेज के भीतर प्रवेश पाना उनके लिए एक दुसाध्य कार्य था। माल कम, खरीददार ज्यादा होने पर माल की कीमत आसमान छूने लगती है। ऐसी अवस्था में घटिया माल सभी बाजारों में दिखाई देता है। लोग बाध्य होकर उसको खरीदने लगते हैं। कॉलेज के क्षेत्र में भी यही नियम लागू होता है। बड़े और अव्वल नंबर के कालेज उतने के उतने। लड़कों की संख्या बेशुमार। यही अवस्था कई सालों तक लगी रही। फलतः शिक्षा बाजार में साधारण कॉलेज सारे राज्य में वर्षा ऋतु में पैदा हुए कुकरमुत्ते की तरह छा गए। खरीददारों की संख्या की अपेक्षा दुकानों की संख्या ज्यादा होने से दुकानदार खरीददारों को अपने पास लाने के लिए दलाल लोगों को नियुक्त करते हैं, खरीददारों की चमचागिरी करते हैं। खरीददार किस तरह से उनकी दुकानों की तरफ आकृष्ट हो, उसका उपाय खोजते हैं। चमकते प्रकाश में दुकान सजाते हैं। कुछ दर बढ़ाकर तो कुछ लाभांश कम कर मुफ्त पुरस्कार बांटते हैं। केशमेमों के ऊपर लॉटरी निकालते हैं।

सुंदर लड़के और लड़कियों को बतौर सेल्समेन नियुक्त करते हैं. यह हुआ उनका आकर्षक नियम। यह नियम हर जगह लागू होता है। कुछ गिनी चुनी कॉलेजों को छोड़कर बाकी सभी कॉलेजों में यह नियम लागू होता है। उच्च द्वितीय श्रेणी लड़को के द्वारा ये सभी अल्प संख्यक छत्तू कॉलेज कुछ ही समय में पूरी तरह

से भर जाते हैं। बाकी सभी छत्तू कालेजों में यह नियम पूरी तरह से लागू होता है।

इस आकर्षक तरीकों के विषय में छत्तू कॉलेज के कर्तपक्षगण दलालों को अच्छी तरह सिखा देते हैं। उस वर्ष मैट्रिक परीक्षा फल निकलते ही ये सारे दलाल सही जगहों पर चौकसी लगाकर तैयार बैठ गए हैं।

एक नंबर कॉलेज के दलाल सीधे सरपट छात्र के घर जाकर उसे तथा उसके अभिभावक के सामने फेरी वाले की तरह अपना रटा - रटाया भाषण शुरू कर देता है, "श्रीमान, हमारे कॉलेज के अध्यापक छात्र को कठोर लगने वाले विषयों पर कड़ी नजर रखते हैं। जब तक उस विषय में बच्चे की पकड़ मजबूत नहीं होगी, तब तक उसका पीछा नहीं छोड़ते हैं। इसलिए हमारे कॉलेज में तोखडमार अध्यापकों की नियुक्ति की गई है। फिर भी परीक्षा के समय किसी कारणवश छात्र की कलम रूक जाती है, तब हमारे निगरानी रखने वाले अध्यापक उसको पीछे से याद दिला देते हैं। कलम रुक जाने के स्थान पर रास्ता-ठिकाना बता देते हैं। इस कारण परीक्षार्थी की कलम ठीक रास्ते पर जाती है और वह ठीक नंबरों से पास हो जाता है। परीक्षार्थियों की क्लास में तथा परीक्षा हॉल में सहायता करना नितांत जरुरी है। और देर करना बेकार है। आज ही आइए, साथ ही साथ नाम लिखा दीजिए। अत्यधिक आतुर अभिभावक और छात्र इस दलाल की खोल में फंस जाते हैं।"

दो नंबर कॉलेज के दलाल कुछ छात्रों के सामने जीवन बीमा एंजेटों की तरह अपना व्यक्तव्य देने लगते हैं, "श्रीमान, प्रत्येक कॉलेज मे कम उपस्थिति और लेक्चरों की कमी होना एक बहुत ही विरक्ति जनक विषय है। यह बात हर कॉलेज में परीक्षा के समय पता चलती है। नवयौवन प्राप्त किए छात्र कॉलेज में आकर जीवन के स्वाद को पाने के लिए इधर-उधर भटकने लगते हैं। हाईस्कूल में उसी स्वाद को छोड़कर दूसरा कोई स्वाद उन्हें नहीं मिलता है। कॉलेज में इन सारे स्वादों का प्राचुर्य उन्हें इधर-उधर खींच ले जाता है। फलस्वरूप कॉलेज में उपस्थिति की कमी हो जाती है। इस कमी के कारण छात्र विश्वविद्यालय की परीक्षाएं नहीं दे पाते हैं। ब्रिटिश जमाने का सड़ा गला कानून आज तक चला आ रहा है। कोमलमति विद्यार्थी कहीं इस कानून के शिकार होकर अपनी जिन्दगी बर्बाद न कर दे। झूठे सर्टिफिकेट लाने के लिए डॉक्टर के पास में सिर झुकाकर विनती करनी न पड़े, अध्यापकों के पांव के तलवे न चाटे! हमारी कॉलेज में यह सब नहीं होता है। नाम लिखवाकर मासिक शुल्क भर देने से काम खत्म। तुम्हें इसके बाद क्लास में नहीं आकर विलायती दारू की दुकान खोलकर बैठने से भी चलता है। किसी भी तरह की कोई असुविधा नहीं है।"

तीसरे नंबर के कॉलेज का दलाल कहने लगा, ''हमारा कॉलेज पास कराने की गारंटी लेता है। क्योंकि हम परीक्षार्थियों को कॉपी करने की पूरी सुविधा देते है। बच्चें कापी-किताब लेकर मनमानी नकल करते है। निगरानी रखने वाले हाल के बाहर विश्वविद्यालय के औचक परिदर्शकों की टीम का ध्यान रखते हैं। दूर से किसी को आता देखकर ईशारों से संकेत दे देते हैं। भीतर सहायता करने वाले तुरंत ही कापी-किताब छुपा देते हैं। बाहर फाटक में ताला लगे रहने के कारण से औचक परिदर्शक हाल में अचानक नहीं घुस पाते हैं। कापी किताबें छुपाने का पर्याप्त समय मिल जाता है।''

चौथे नंबर के कॉलेज का दलाल कहने लगा, ''परीक्षा हाल में अच्छी तरह से कॉपी करना सहज नहीं है। प्रश्न देखकर उसका उत्तर किताब में खोजेंगे, व्यर्थ समय नष्ट होगा। इधर किताब को देखना उधर पुस्तिका में लिखना। मन से लिखने में जितना समय लगता है, उससे दुगुना समय लगता है कॉपी करने में. इसी समस्या का निदान करने के लिए हमने एक बढ़िया रास्ता निकाला है। प्रत्येक परीक्षार्थी के साथ एक पुस्तकाचार्य को साथ ले जाने की सुविधा हमने कर दी है। पुस्तकाचार्य किताब खोलकर पढ़ेगा और विद्यार्थी कापी में लिखेगा। अगर विद्यार्थी की इच्छा होगी तो दो पुस्तकाचार्य भी साथ ले जा सकता है। एक प्रश्न पढ़कर उत्तर खोजेगा और उसे बोलने का काम दूसरा कर लेगा। दूसरा बोलते समय वह दूसरे प्रश्न का उत्तर खोजने लगेगा। इस कारण से उत्तर लिखना जल्दी हो जाएगा। प्रश्नकर्ता आजकल जानबूझकर लंबे-लंबे प्रश्न देते हैं ताकि कॉपी रत्नों को कॉपी करने का समय नहीं मिलेगा। उसी का यह इलाज हमारे कॉलेज में है।''

पांचवें कॉलेज का दलाल हांकने लगा, ''एक घर के भीतर बैठकर उत्तर लिखने में बहुत समय लगता है, यह एक विरक्ति जनक काम है। मानसिक तनाव बहुत समय तक रहने से स्नायुतंत्र प्रभावित होता है। औचक परिदर्शकों के आने के दिन को छोड़कर हम परीक्षार्थियों को कॉलेज से सटे आम के बगीचे या हॉस्टल में ले जाकर लिखवाने की व्यवस्था करते हैं। समय खत्म होने से पहले उन्हें परीक्षा हॉल में पहुंचा दिया जाता है। औचक परिदर्शक आने के दिन विश्वविद्यालय में नियुक्त हमारे गुप्तचर पहले से ही हमें इस बात की इत्तला कर देते हैं। उनके आने के दिन हम सतर्क हो जाते हैं। परिदर्शकों की चमचागिरी में लग जाते हैं. डाक बंगले में ले जाकर उन्हें अच्छा भोजन करा देते हैं। कार में बैठाकर दर्शनीय स्थानों पर घूमने ले जाते हैं। उनके सब रिपोर्ट ठीक - ठाक लिखकर जाते समय उनके बालबच्चों के लिए मिठाई का एक बड़ा पैकेट पकड़ा देते हैं, भले ही वे शादीशुदा

हो या न हो फिर भी वे खुश होकर जाते हैं।इन सब काम के लिए जगन्नाथ के पंडों से विशेष तालीम पाया हुआ एक अध्यापक हमारे कॉलेज में है।''

छठे कॉलेज का दलाल कहने लगा, ''कॉपी करने के इस कष्ट साध्य काम से बचने के लिए हमारे कॉलेज ने और एक बढ़िया रास्ता खोज लिया है। हमारे प्रिंसिपल के पास एक-दो दिन पहले प्रश्न पत्र आ जाते हैं। उन्हें रात को ही परीक्षार्थी टेप लेते हैं। उनके साथ-साथ एक-एक पुस्तिका दे देते हैं। परीक्षा के पहले दिन रात में ही परीक्षा खत्म हो जाती है। उस दिन परीक्षा हॉल में केवल पुस्तिका बदलने का काम ही रह जाता है।''

सातवें कॉलेज का दलाल कहने लगा, ''जितनी भी नकल कर लेने से भी पास होने की गारंटी कोई नहीं दे पाता है। लंदन शहर में अति गुप्त तरीके से एक परीक्षा हुई थी। एक नमूना प्रश्नों के उत्तर एक नामी अध्यापक ने लिखे थे। उसे एक आदमी ने ठीक-ठीक तरीके से 20 पुस्तिकाओं में उतार लिया था। उसके बाद ब्रिटेन के छँटे हुए नामी बीस अध्यापकों को उन पुस्तिकाओं की जांच के लिए दे दिया गया था।

बीस प्रकार के नंबर आए। उनमें फेल से लेकर प्रथम श्रेणी तक हर प्रकार के नंबर थे। यह थी परीक्षक की परीक्षा। जितना भी करने से कोई-कोई चालाक परीक्षक परीक्षार्थियों को पानी पिला देता है। इस तरह केवल कॉपी करने से पास होने की कोई गारंटी नहीं है। पुस्तिकाएं जिस परीक्षक के हाथों में पड़ती है, हमारे अध्यापक सीधे उनके पास चले जाते हैं। अच्छी तरह जान-पहचान नहीं होने पर उनके अंतरंग बंधुओं को साथ ले जाते हैं। परीक्षकों को जो जरूरत या अति प्रिय चीज हो, उन्हें साथ में ले जाते हैं। खाते में नंबर बढ़ाकर आ जाते हैं। पास होने की गारंटी इसी तरह से मिलती है। कहीं परीक्षक पीछे से खेल न खेल दे इसलिए टाबूलेटर को भी हाथ में लेना पड़ता है। इसलिए पास होने की शर्तिया गारंटी के लिए जो खर्च आता है, उसे परीक्षार्थियों को वहन करना पड़ता है।''

आठ नंबर के कॉलेज के दलाल संपन्न परिवार के कुछ छात्रों को अकेली जगह पर ले जाकर चुपचाप कहने लगे, ''हमारे कॉलेज में नाम लिखवाओ। पढ़ाई करना और परीक्षा देने का झंझट ही खत्म। यह कॉलेज केवल सेठ, साहूकार, बड़े - बड़े रिश्वतखोर ऑफिसरों के सुपुत्रों के लिए बना है। गरीब लोग इस कॉलेज में घुस नहीं सकते हैं। केवल पैसे देने से ही सब सर्टिफिकेट, डिप्लोमा, डिग्री, हम दे देते हैं जो भी हो, दाम सुनते जाओ। एम.ए. प्रथम श्रेणी दस हजार, द्वितीय श्रेणी

नौ हजार, बी.ए (ऑनर्स) आठ हजार, बी.ए. पास छह हजार, मैट्रिक चार हजार, एल. एल.एम पांच हजार और एल.एल.बी चार हजार। ये सब डिग्री लेकर दूसरे राज्यों में भी नौकरी पा सकते हैं। सामान्य ज्ञान मान्यता कुछ बढ़ा लेने से अधिक सुविधाजनक।''

एक साथ सभी छात्रों ने पूछा, ''इस कॉलेज का नाम क्या है? कहां खुला हुआ है?''

दलाल कहने लगे, ''इसका नाम है निराकार कॉलेज। आकार नहीं होने के कारण इसका कोई ठिकाना नहीं है। मेरे माध्यम से चेष्टा कीजिए, अभीष्ट तुरंत मिलेगा। इस डिग्री के बल पर दूसरे राज्यों में नौकरी करना अधिक सुविधा जनक है।''

छात्र अवाक होकर एक दूसरे का मुंह ताकने लगे।

भोली काका

ब्रह्मनंद पंडा

जीवन घटनाओं का वह तूफान है, जिसके स्रोत में सब कुछ बह जाता है और समय के अनंत गर्भ के भीतर समा जाता है। मगर वहीं से कुछ घटनाओं का प्रभाव मनुष्य की विचारधारा में कभी-कभी इस कदर पड़ जाता है, जिसे इतिहास या काल चिरकाल तक मिटा नहीं पाता। मेरे इस छोटे-से जीवन में भोली काका के व्यक्तित्त्व ने मेरी विचारधारा को पारंपरिक आत्म-प्रताड़ना से मुक्त कर एक नई दिशा प्रदान की। यही वजह है कि भोली काका अभी तक मेरे मन से निकल नहीं पाए।

आधी हरियाली वाले (खंडिलता) पहाड़ के नीचे लगभग सौ घरों की एक छोटी-सी बस्ती वाला हमारा गांव था। किसी भौगोलिक अथवा उत्परिवर्तन के कारण शायद इस पर्वत-श्रेणी का प्रसार अचानक हमारे गांव के नजदीक में अवरोध के रूप में प्रकट हुआ, क्योंकि हमारे गांव की पश्चिम दिशा में लगभग डेढ़-मील की दूरी के बाद घने जंगल थे। हमारे गांव के बाद पत्थर का एक बड़ा टुकड़ा भी देखने को नसीब नहीं होता था। काली चिकनी मिट्टी की बनी क्यारियों के अंदर ग्राम्य-जीवन में उपयोगी नाना तरह के पेड़ों से घिरा हुआ एक निराडंबर गांव पुरातन समय से बसा हुआ था। दूर से ऐसा लगता था, जैसे किसी योगी ने निर्विकल्प वहाँ समाधि धारण की हो।

तालाब के किनारे बैठकर मैं बहुत बार क्यारियों में मेंढकों की टरटराहट सुनता हूँ, सुनहरी लहरें देखता हूँ, दूर श्मशान में धधकती आग को अपलक देखता रहता हूँ। जंगल में पानी गिरने से गांव के बच्चों का संसार खिल जाता है। उस अपूर्व गंगा के स्रोत में नहाने के लिए हम दल-बदल टूट पड़ते थे। धान की क्यारियों में नए और पुराने पानी का मेल होता है। मेड के कटे हुए किनारों से मछलियां उछल बाहर जाती। वे बाँध के पास पकड़ी जाती; गडीश, फली, चिंगुडी, केरांडी तरह-तरह की मछलियां। जीरा, धनिया, हल्दी मिलाकर मेरी माँ के हाथ से बनी मछलियां और मेरी मां के हृदय में था स्नेह का स्वाद, भोजनालय की गंगा इलिशी या चिलिका

भेक्टी के भीतर भरा रहता था व्यवसाय का जहर अर्थात प्रतियोगिता के अर्थ का अनर्थ।

मुझे उस उम्र में गाँव का श्री-बोध स्वतंत्र रूप से अच्छा नहीं लगता था। वहीं मिट्टी, पानी, पवन, धान, मछलियां और पेड़ों के भीतर से मैं अपने आप को कभी भी दूर नहीं कर सका। मेरी आज की यह संस्कृति उसी काली मिट्टी के पेट से पैदा हुई। नगर की संस्कृति और सभ्यता के तकनीकी वर्णसंकर प्रणाली भी उसे कोरे कागज के फूल नहीं बना पाई। भोली काका ने मेरे प्राणों में उस चेतना को संचारित कर दिया था।

2

मेरी उम्र थी उस समय सात वर्ष। समझ में आया, भोली काका केवल मेरे नहीं वरन सारे गांव के काका थे। हलवाई के यहां से चना, मिश्री केवल मेरे लिए नहीं लाते थे, बल्कि दूसरे बच्चों के लिए भी। कभी-कभी भोली काका का यह आचरण देखकर मुझे बुरा लगता था। मेरे भोली काका सारे गांव के काका कैसे हुए? वही भावना मुकुंदा, सोली, राधी, पदि उनके ऊपर इतना क्यों अधिकार जमाते? कहने की इच्छा होने पर भी भोली काका से नहीं कह पाता था। मगर इस दबे हुए गुस्से की वजह से मैंने खेलने के समय पदि को जोर से मारा था। बड़ी-बड़ी आंखों से मुझे एक बार विकल भाव से देखकर वह अपने घर ले गया। भोली काका की तरह पदि की वे आंखें अभी भी मेरे मन में अटकी हुई हैं।

अंग्रेजी-स्कूल में भर्ती होने हेतु मेरा पास के शहर में ले जाया गया। बैलगाड़ी में बैठकर जाते समय रास्ते में जामुन के पेड़ के नीचे से दो अनजान निरीह काली आंखें मुझे बड़े ही संतर्पण भाव से देख रही थी। गुस्से से मैने मुंह फेर लिया था। मेरी अनुपस्थिति में भोली काका के पास से मिश्री, मिठाई ये सारी चीजें तो बहुत मजे से खाएंगे। पदि के आंखों की भाषा समझने से पहले मैं उसकी दुनिया से अलग हो गया था। मेरी इस शरणपंजर दुनिया में थे पावडर से पोते हुए गाल, वासना से ओतप्रोत आंखें, जटिल बातों की छल भाव-प्रवणता, दिखावटी अनुराग। पीछे रह गए काली मिट्टी के हमारे गांव, भोली काका और पदि, मैं आगे चला गया लाल-धूल की सड़क पर किसी दूर लक्ष्य और उद्देश्य की ओर।

गर्मी के दिनों में छुट्टी में आकर लगभग ढाई महीना मैं गांव में बिताता था। मगर भोली काका के साथ मिलने का प्रयोजन कभी भी विशेष तौर पर अनुभव नहीं किया। आम के बगीचे से पके आम लेना, जाल बिछाकर चिड़ियाँ पकड़ना, पहाड़ पर चढ़कर बेर तोड़ना, मंडप में रात को भागवत पुराण सुनना, अथवा

छंद-चौपदी गाना सीखने इत्यादि में छुट्टी के दिन बहुत जल्दी कट जाते थे। मैं फिर शहर में आगे की पढ़ाई करने के लिए चला जाता था, एक अनजान पूरी तरह से अलग-थलग संसार में। किशोर मन के निर्मल, स्वप्नाविष्ट चेहरे के चंद्रलोक के अंदर बाल-मन की चंचलता देखकर भोली काका चुप हो जाते थे।

3

कॉलेज छोड़ने के बाद मुझे गांव में एक साल रहना पड़ा। पारिवारिक कारणों की वजह से मुझे घर में रहना पड़ा था। तब तक रोजी-रोटी के बारे में मैंने कुछ भी नहीं सोचा था। इसी साल के अंदर बचपन के दिनों से परिचित भोली काका को जानने का सुयोग मुझे इसी दौरान प्राप्त हुआ। विश्वविद्यालय की शिक्षा की तुलना में भोली काका के साहचर्य में मुझे अधिक विश्वस्त भाव से जीवनदर्शन की नई दिशा प्राप्त हुई।

सदैव हंसमुख रहने वाले पचपन वर्ष के बुजुर्ग भोली काका गांव के सबसे ज्यादा गरीब थे। पांच साल का लड़का और तीन साल की लड़की काका की गोद में छोड़कर उसकी पत्नी ने पचीस वर्ष पहले आंखें मूंद ली थी। दोनों बच्चों को मां का प्यार और पिता की जिम्मेदारी उठाकर काका ने मनुष्य बनाया। पास के गांव में उनकी बेटी की शादी हो गई। बीच-बीच में वह उन्हें देखने आती। बेटा बर्मा चला गया। विगत महायुद्ध के समय जापान का बर्मा पर आक्रमण करने से हमारे सभी लोग भाग आए थे।कुछ रास्ते में मर गए, कोई अधमरी हुई हालत में घर पहुंचे। मगर काका का बेटा और नहीं लौटा। किसी ने कहा बर्मा में किसी स्त्री के साथ उसने किसी पल्ली गांव में घर बसा लिया है। किसी और ने कहा, रंगून में बम गिरने के पहले दिन जो जहां छुपे थे, वहीं मर गए। मगर काका के मुख से कभी भी बेटे की बात मैंने नहीं सुनी। तब भी, हंसमुख चेहरे के तले मुक्त प्राण की अनभिव्यक्त मानसिकता के भीतर पुत्रहीनता की गुप्त-वेदना अथवा निर्लिप्त सांत्वना का जमाव शायद असाधारण नहीं था, क्योंकि किसी प्रसंग में काका ने एक बार मुझे कहा था -

"बेटे, जन्म की मिट्टी से जो पैदा होता है श्मशान की मिट्टी में उसकी गति होती है। मां के पल्लू से बच्चे को छीन लेने से बच्चा उजड़ नहीं जाता।"

4

उस दिन गांव में कौड़ी का एक बड़ा खेल चल रहा था। हर दिन की तरह दोपहर में अखाड़ा घर में आठ जवान कौडी के खेल में लगे हुए थे। खेल खूब जमा था. खिलाडियों की तुलना में दोनो तरफ के समर्थक और देखने वालों का उत्साह,

उद्वेग, उत्तेजना विशेष दिखाई दे रही थी। हंसी के शोर-शराबे से मानो घर की छत उड़ जाएगी। खेल के आरंभ से मदन की 'जोड़ी ' को कइवल की 'जोड़ी ' टक्कर दे रही थी। ठीक खेल खत्म होने के समय पर मदन की 'जोड़ी ' मर गई। कइवल के दल को और कौन संभाल पाता? सीटी बजाना शुरू, ताली मारना, गमछा उड़ाकर विजय के उल्लास का प्रदर्शन करने लगा। खेल खत्म होने का समय हुआ। 'जोडी' और फेंकने का मदन को साहस नहीं था। धान बांधकर ले जाते समय सोचकर मदन के दल ने आपत्ति दर्ज की। मज ाक-मज ाक में मुक्केबाजी और हाथापाई होने लगी। भीड़ के भीतर में मदन की जनेऊ टूट गई। रोते-रोते मदन घर गया। ऐसी घटना आठ पइंच खेल में कोई नई नहीं थी। मदन के पिताजी वरज पाणिग्रही गांव के सेठ महाजन थे। उनके बेटे के शरीर पर कोई हाथ लगा दे, ऐसा आदमी इस गांव में जन्मा नहीं था। विधवा के पुत्र कइवल की इतनी हिम्मत! पत्थर की तरह गांव के लोग स्थिर खड़े हो गये थे, पूरे मंडप के ऊपर पाणिग्रही ने कइवल को बुरी तरह से मारा। कइवल के नाक से खून निकलकर मुंह की तरफ आने लगा, तब भी पाणिग्रही का गुस्सा शांत नहीं हुआ। उस समय भोली काका का आविर्भाव हुआ। अधमरे कइवल को नीचे से उठाकर थपथपाते हुए कितनी बातें उन्होंने पाणिग्रही को सुना दी। दोनों में कुछ समय बहस भी चली। अंत में, कचहरी में देखेंगे कहकर पाणिग्रही जहरीले सांप की तरह मुंह फुलाते हुए घर चला गया। भोली काका कइवल को उसकी अंधी विधवा मां के पास ले गए। धीर-धीरे कर गांव के लोग चले गए।

इस घटना के दिन मैं गांव में नहीं था। दूसरे दिन जब लौटा तब सारी कहानी मैंने सुनी। भोली काका के हिम्मत की मैंने मन ही मन खूब तारीफ की। मगर, डर भी लगने लगा क्योंकि भोली काका के इस साहस को पाणिग्रही सहजता से भूल नहीं पाएगा। अपराह्न में पहाड़ की तलहटी की बैंगन के बगीचे में मेरी काका से भेंट हुई।

मैंने कहा - "आप इस लफड़े में क्यों पड़े। पाणिग्रही के कल-बल तो जानते हो।"

काका बैंगन तलहटी में मिट्‌टी खोद रहे थे। खेंती छोड़कर दोनो हाथों को कमर पर लगाकर बैठ गए। ललाट से बूंद - बूंद पसीना गालों की तरफ बढ़ रहा था।

"मनुष्य का कल-बल ही अगर सब कुछ है, बेटा, भगवान किसलिए हैं। मनुष्य का कितना अच्छा समय होता है? जितना बढ़ेगा, उतना ही टूटेगा।"

मुझे लग रहा था, काका जैसे नीति अध्याय को दुहराकर दुनिया की गति

को समझने में नियम का उल्लंघन कर रहे हैं। मैने कहा - ''भगवान को तो कचहरी की सीमा में बंधना नहीं पड़ता है।''

''तू भूल कर रहा है, उन्होंने समझाने का प्रयास किया, भगवान सब कुछ देखता है, सब कुछ भोगता है। वे सब कुछ करते हैं। पाणिग्रही मारेगा, कइवल अधमरा होगा, वह सब कुछ देखता है। उसका देखना ही असली है। कचहरी जो देखती है देंखे।''

''मगर, कचहरी के आदेश तो तुम्हें भी मानने पड़ेंगे।''

वे सहज होकर बैठ गए। मैं भी एक पत्थर के ऊपर बैठ गया। काका के चेहरे पर एक गंभीर आत्मविश्वास झलक रहा था।''मान लेना और मन से मानने में अंतर है बेटे। मन से मानने के अंदर स्वेच्छा होती है, मानने में बाहर का जोर। पाणिग्रही मुझे पुलिस के हाथों गिरफ्तार करवाएगा, करवाने दो, वह अगर ऐसा करता है, गांव वाले लोग मनुष्य बन जाएंगे।''

एक तरह हताश भाव से मैं कहने लगा, ''तुम क्या सोचते हो, काका, ये मूर्खलोग कभी अपना मुंह खोल पाएंगे? मनुष्य बन पाएंगे? इन लोगों पर मुझे कतई विश्वास नहीं है।''

काका के मलिन चेहरे पर हंसी उभर आई। आवाज में दुख के भाव स्पष्ट प्रतीत हो रहे थे।

''तुम इन लोगों के नजदीक से दूर जा रहे हो। तो तुम्हारे मन में विश्वास कैसे होगा? मैं इन लोगों के साथ में रहता हूँ इसलिए जानता हूँ कि ये लोग कौन है।''

काका के चेहरे की तरफ मैं देखते रह गया। उस 'कौन' पद की व्याख्या सुनने से पूर्व और कुछ युक्ति नहीं कर पाया।

सूर्य का प्रकाश मद्धिम हो रहा था। दूर किसी गुवाल में बंशी से 'कला मानिक' ध्वनित हो रहा था। खंडीलता पहाड़ी के कई घरों की ओर गोधूली वेला में लौटती गायों की उद्विग्न हंबाली रूक-रूक सुनाई दे रही थी। पशु और मनुष्य दोनों जीवों में जैसे आशंकित मातृत्व आकुल हो उठा हो। काका कहने लगे, ''ये लोग गरीब, अनाथ है। पेट भरने या रुचिकर खाने के दिन नहीं जानते। ऊपर से मनुष्य के अत्याचार की सभी प्रकार की बाधाओं, विपदाओं को कर्म मान कर अपने सिर पर सहन कर लेते हैं।''

मैने बात बीच में रोकी ''मगर यह धर्म-भीरूता नहीं है। वे कुसंस्कार और मानसिक विकृति है।''

“बिल्कुल सही, मगर इनमें इनका दोष क्या? युगों - युगों से सभी प्रकार की सुविधाओं और सुयोग रहित गहरी खाई इन लोगों में सदियों से घर करती आई है। धर्म, जाति, न्याय, शासन के नाम पर बड़े लोगों ने इनके साथ छल किया है। किस साहस से ये लोग मुँह खोलेंगे? मनुष्य की तरह रहना कैसे सीखेंगे? ये लोग केवल प्यार पाने के लिए मुंह खोलेंगे। आकुल कंठ से ठीक इस गाय की तरह इनको स्नेह प्रदान करते हुए पुकारना होगा, अपना बनाना होगा।”

शाम हो गई। मैं घर लौटा।। मेरा मन भारी हो गया था। कइवल के लिए पाणिग्रही का सामना करने के पीछे काका के प्राणों के आवेग को मैने थोड़ा समझ लिया था। फिर भी तरह-तरह के प्रश्न मन में उठ रहे थे। काका क्या स्नेह देकर इन लोगों के मुंह से वास्तव में सच्ची बात उगलवा पाएंगे?

5

पाणिग्रही ने बहुत उपाय किए। धमकियां दी, पैसों का लोभ दिखाया फिर भी भोली काका के विरोध में कहने के लिए गांव का एक आदमी भी राजी नहीं हुआ। कभी हार नहीं मानने वाले पाणिग्रही की हिम्मत भी दाद देने लगी।

घर-घर से पुराने चावल, जौं, घी, खट्टा, सब्जी लाकर काका के इलाज से कइवल ठीक हो गया। अखाड़ा घर में पहले की तरह खेल चलने लगे। गांव के जवान बच्चें फिर से आमोद-प्रमोद में सहज सरस हो गए। इस जीवन से वंचित हुआ केवल मदन? अखाड़ा घर में आने को मुंह नहीं दिखा पा रहा था।

मैंने एक दिन हँसते हुए कहा, “मुझे विश्वास नहीं था काका, गांव के लोग इस तरह एकमत होंगे। वास्तव में आपने इनके भीतर एक नई ताकत भर दी है।”

काका ने हँसते हुए उत्तर दिया - “ये कोई जानवर नहीं है। स्नेह और विवेक की केवल जरूरत है। पैसों को जो लोग बड़ा मानते है, पैसों के लिए वे सब कुछ दे सकते हैं। मान, महत ज्ञान उनका नहीं रहता है, मगर ये लोग पैसों के मोह में नहीं पड़े क्योंकि चिर दरिद्रता ने उनको हर समय पैसों की दुनिया से दूर रखा है।”

मैने अपना संदेह दूर करना चाहा, “ये लोग हमेशा पैसों की दुनिया से दूर रहे, क्या आप ऐसा चाहते हैं?”

“नहीं, पैसा एक दिन इनके कदम चूमेगा। उस दिन के लिए उन्हे तैयार रहना होगा।”

मैं नहीं समझ पाया। कहने लगा - “व्यवसाय, व्यापार, कल-कारखाने, जमींदारी सभी तो बड़े लोगों के हाथ में हैं। पैसे इनके हाथ में आएंगे कैसे?”

काका कहने लगे, "आजकल पैसों का अर्थ केवल धन नहीं है, धर्म, न्याय, ज्ञान, शासन। ये सब पैसों का..."

वह एक शब्द अर्थ बतलाने के लिए खोजने लगे।

मैने इस बात को आगे बढ़ाया - "पैसा विनिमय का माध्यम है।"

वह खुश हो गए।"हां, पैसों से जहां अदला-बदली होती है। पैसों की प्रधानता नहीं रहती है।"

मैं अविश्वास से पूछने लगा, "क्यों? आज जो पैसों के मूल्य का निरुपण कर रहे हैं, पैसों के दाम नहीं जानते हैं। पैसा केवल अनावश्यक सृष्टि मात्र है कई लोगों के एक बाजारु शौक। उपज-उत्पादन के साथ इसका कोई सहज संपर्क नहीं है। बाजार में अनिश्चित गति के दिन में ये शौक को अचल कर देते हैं। उसके साथ थम जाती है शौक की दुनिया।"

मैं समझ गया, काका पूंजीवादी दुनिया में आर्थिक संकट के साथ-साथ शासन व्यवस्था के स्थिर होने की गणना कर रहे हैं। मुझे आश्चर्य होने लगा, गांव का एक अशिक्षित बूढ़ा इस युग के जटिल अर्थ-शास्त्र के सारगर्भित तत्वों को कैसे समझ पाया? हो न हो, इसके पीछे सृजनशक्ति का सहज अंतर-ज्ञान होगा। संतान के विविध क्रियानुष्ठानों के अर्थ माता यदि संपूर्ण हृदयबोध से समझ नहीं पाती है, फिर भी संतान पर ये परिणत होकर अच्छी तरह रूप ले सकती है, उसके कल्पना प्रवण मातृप्राण अव्यक्त-भाव में अनुभव कर सकती है। काका समझ गए थे, पूंजीवादी शासन-तंत्र को तोड़ने की शक्ति श्रमजीवी हाथों में आ जाएगी।

मैने पूछा - "लोग कैसे तैयार होंगे?"

काका ने उत्तर दिया, "लोगों के मन में विश्वास जगाना होगा। उस विश्वास को लाकर उनके साथ अपने को एक कर देने से उनके सुख-दुख में भागी होने से, अथाह प्यार और सम्मान देने से। तुम्हारे जैसे लोग जो युगों-युगों से इन दलित लोगों की सहायता करके अपने जीवन का सुख नहीं भोग सकते हैं, उनके साथ मिलना होगा। क्योंकि बड़े-लोग तुम्हें बीच में नहीं रहने देंगे।"

भोली काका की गंभीर अंतदृष्टि ने मुझे उस दिन अवाक कर दिया। पूंजीवादी समाज में निम्न मध्यम वर्ग धीरे-धीरे दिवालिया होते वे जान रहे थे।

6

मुझे उनका दर्शनलाभ मिला था। मैं समझ गया था, मेरा भाग्य, मेरा भविष्य इस गांव की इन काली जड़ों से जुड़ा हुआ है, नगर के बैंक अथवा कारखाना मालिकों के साथ नहीं। ऊपरी वर्ग के लोगों के अन्याय, अत्याचार और शोषण के विरोध में

भोली काका ने इन लोगों के साथ कंधे से कंधा मिलाकर खड़े होकर मेरे अंतर के भीतर की आवाज को एक नई शक्ति प्रदान की। मैं जितना दूर चला गया था, लौट आने में उतना ही व्याकुल हो रहा था।

भोली काका के मन में शिक्षा की अहमियत नहीं थी, मगर अच्छी शिक्षा के श्रेष्ठ महत्व, अंधकार के भीतर उजाले को तलाश लेना, वे अच्छी तरह जानते थे। आभिजात्य के बाहरी आडंबरों की तरह उनके लोकप्रिय नाम को मिथ्या सम्मान देते हेतु आगे-पीछे में विश्वविद्यालय के सस्ते उपाय नहीं थे। मगर, वह स्वयं किसी शिक्षानुष्ठान से कम नहीं थे। जिसमें मनुष्य की जीवन यात्रा को सरल, सहज और सुंदर करने के लिए विविध तत्व और सत्य सामने आए थे। भले ही वह अष्टवर्ग का साधक नहीं थे, मगर उनका धर्म था स्नेह और मैत्री का। बच्चे की तरह सरल और मां के हृदय की तरह उदार थे वे मानवता के प्रतीक। उन्हें राजनीति नहीं आती थी, वाद-विवाद करना नहीं आता था, मगर उनकी नीति थी मनुष्य को दासत्व से मुक्त करने की। दुखमय जीवन को पकड़कर रोते-रोते वह दार्शनिक नहीं हुए थे, मनुष्य से सुख-दुख को अपनाकर उन्होंने पाया था सत्य-प्राण के दर्शन, जो स्पंदित होते हैं करोडों शोषित अस्थिपंजरों के भीतर।

भोली काका को मरे कई वर्ष हो गए, मगर गांव के दीन-दुखियों के अंदर वे बचे रहेंगे हमेशा-हमेशा के लिए। पाणिग्रही अभी जिंदा है, मगर वह हमेशा - हमेशा के लिए मर गया। उसके मनगढ़ंत आभिजात्य की दुनिया हर दिन टुकड़े - टुकड़े होकर टूटती जा रही है।

◻

गुलमोहर

सुरेन्द्र मोहंती

अखबार के कार्यालय का नाम "संग्राम"। सदानंद प्रूफ देख रहा था। बहुत पुरानी एक कोठी। बारिश होने से भरे हुए गडढे। फर्श के तल से पानी का रिसाव हो रहा था। एक तरफ की दीवार पर शैवाल और काई का नीला आवरण जम गया था।

बाहर आषाढ़ के पहले की लगातार होने वाली बारिश कुछ थम गई थी। थककर और अवसाद ग्रस्त होकर सदानंद ने कागज के प्रूफ टेबल पर एक तरफ धकेल दिए थे। कई सालों से प्रूफ देखते-देखते वह अस्वाभाविक रूप से निराशावादी और सीमित सा हो गया था। जीवन के आरंभ से अंत तक सब जगह भूल ही भूल।

अखबार बाहर निकलने में चार पेज बचे थे अर्थात् सोलह कॉलम बाकी थे। ये सोलह कॉलम उसे फिर से करने पडेंगे। थकान और विरक्ति की वजह से सदानंद अपनी जेब से सिगेरट निकाल कर पीने लगा। सदानंद सब कुछ था। वह खुद ही प्रूफ रीडर भी था और संपादक भी था। वह सब कुछ था। उसके साथ एक आदमी और था। लेकिन वह केवल बाहरी मामलों को देखता था।

सदानंद पता नहीं क्यों, बिना किसी कारण के पीछे मुड़कर खुली खिड़की से बाहरी दुनिया को देखने लगा। कई दिनों से उसने भूल से भी एक बार खिड़की नहीं खोली थी। बहुत दिनों से वह नहीं जानता था, लेकिन वहाँ पर खिड़की से सटकर बहुत पुराना गुलमोहर का पेड़ था। कोमल गुलमोहर के पेड़ का श्यामल शीर्ष भाग उसके छविल आवरण के नीचे दिखाई नहीं दे रहा था। केवल सुंदर बोलने से नहीं, सुंदर कहने मात्र से ही कई बातें असंपूर्ण रह जाएगी। सुंदर, कोमल, कांत, मधुर और कमनीय गुलमोहर के लाल वर्ण का विकास।

आषाढ़ महीने के हांडी की तरह काले बादल मानो मिट्टी को छू रहे हो। और बादलों की गोद में गुलमोहर। वैष्णव साधकों ने अपने काले घने बालों में अभी-अभी खिला हुआ गुलमोहर लगाया हो।

सोचते-सोचते सदानंद की सिगेरट खत्म हो गई। उस जलते हुए टुकड़े को

सदानंद ने बाहर फेंक दिया और अभी भी सोलह कॉलम का काम बाकी था।

सदानंद ने गुस्से में खिड़की को बंद कर दिया। एक गुलाम मानो गुलामी की दुनिया में जिंदगी जीना एक अर्थहीन हो। गुलामी की दुनिया। इस दुनिया के हरेक निवासियों की अस्थिमज्ज से जैसे किसी ने आनंद सोख लिया हो और छोड़ दिया है दासत्व के लिए।

बस्ती में रहने वाले कुलियों और सदानंद के भीतर क्या अंतर है? वह कुली कारखाने में काम करता है, जबकि गुलाम और आदर्शवादी सदानंद एक आदर्श के लिए गुलाम बन चुका है। देखा जाए तो कुली की जिंदगी में पूर्णता का स्वाद है। सप्ताह में एक बार मजदूरी मिलने के बाद अंततः पानी मिले हुए शराब के दो घूंट पीकर वह शांति से जीवन जीता है। परन्तु सदानंद को वह भी नसीब नहीं। जीवन के प्रारंभ से अभी तक सिर्फ एक अतृप्ति ही है। आदर्श की पूर्णता कहाँ है? हवा के एक झोंके से खिड़की खुल गई थी। एक गुलाम के असहनीय जीवन के प्रति यह गुलमोहर जैसे जीवन का प्रतीक नहीं है, एक उपहास है। एक रंगीन उपहास है।

इस दौरान कई साल गुजर चुके थे। कभी तमसा के जूड़े में स्वयं ने गुलमोहर का गुच्छा लगा दिया था। बहुत दिन पहले की बात है, जिस दिन तमसा नववधू बनकर उनके घर आई थी। वह दिन भी आषाढ़ का आलसी मध्यान्ह था और बारिश की झड़ी लगी हुई थी। आज हाथों में वह चंचलता नहीं थी। अभी सोलह कॉलम लिखने बाकी थे। सदानंद फिर से आकर टेबल के पास बैठ गया। मगर क्या लिखकर वह पूर्ण कर पाएगा वे सोलह कॉलम, विलायत की दलाली? रुस की जमींदारी प्रथा? अमेरिका की बनिया गिरी? भारत का मानसिक दारिद्रय? वह सब लिखने के लिए सदानंद के पास और धैर्य नहीं था।

अच्छा, इस गुलमोहर की बात अखबार में लिखी नहीं जाएगी। यह रंगीन गुलमोहर जिसके रक्तिम विलास ने आषाढ़ की नीरव मध्यान्ह को भी चंचल कर लिया है।

नहीं, संपादक की दुनिया में गुलमोहर एक निरर्थक वस्तु है। सारा संसार उपहास करेगा, गुलमोहर का वर्णन अखबार में देखकर।

परंतु ऐसी राजनीति की क्या कल्पना नहीं की जा सकती, जहाँ जीवन का अर्थ सिर्फ जिंदा रहना नहीं, लक्ष्य सिर्फ साम्राज्य नहीं, आधिपत्य नहीं, क्षमता नहीं, दूसरों का शोषण करके खुद की अभिवृद्धि नहीं और जहाँ गुलमोहर जैसे जीवन का स्थान नहीं है अखबार में।

सदानंद फिर से आकर प्रूफ बंडल के पास बैठ गया। परंतु संकरे कोने लिखने के लिए उसका मन विद्रोह कर उठता है? और उस विद्रोह की गेरुआ पताका उड़ाकर रखी है गुलमोहर ने।

सदानंद कुर्सी से उठकर खड़ा हो गया। वह जैसे सम्मोहित होकर आफिस छोड़कर बाहर चला आया हो। बारिश बंद हो गई थी। सदानंद आकर गुलमोहर पेड़ के नीचे खड़ा हो गया। नीचे हरे रंग के घास का बिस्तर, ऊपर हवा के झोंके आ रहे थे। गुलमोहर के फूलों की पंखुडियां इधर-उधर बिखर गई थी।

सदानंद के शरीर की सारी धमनियों में यौवन की चंचलता मानो छा गई हो। उसका मन हो रहा था पेड़ पर चढ़कर खूब सारे गुलमोहर के फूल तोड़ ले।

लेकिन वह साहस नहीं जुटा पा रहा था। सदानंद उम्र के इस पड़ाव में पेड़ पर चढ़कर गुलमोहर तोड़ रहा है - यह बात जो कोई भी सुनेगा, उपहास करने लगेगा। सदानंद ने चारों तरफ एक दृष्टि डाली। चारों तरफ आदमी ही आदमी दिखाई देने लगे थे. फिर चारों तरफ सिर्फ घृण्य कुत्सित अनगिनत दोपाए पशु ही पशु।

इधर रमेश आ रहा है। कुछ नई समस्या को बतलाने के लिए।

रमेश ने कहा - ''प्रेस बंद है। और आप यहाँ घूम रहे हैं, कल कम्पोजर लोगों को कैसे वेतन मिलेगा? बताइए।''

सदानंद - ''मालूम नहीं।''

रमेश - ''मतलब?''

सदानंद - ''मैं नहीं जानता हूँ। तुम जाओ, रमेश। मुझे परेशान मत करो।''

रमेश वहाँ से चला गया था। कुछ समय के बाद सदानंद भी वापस भीतर आ गया था, चारों तरफ सिर्फ आदमी ही आदमी। पेड़ पर चढ़कर गुलमोहर के फूल तोड़ना इतना आसान नहीं था।

रात काफी हो चुकी थी। बादल छँट चुके थे। और कृष्ण पक्ष में आकाश में चन्द्रमा दिखाई देने लगा था। उस मद्धिम रोशनी की एक तिरछी किरण उसकी तमसा के चेहरे पर पड़ रही थी।

सदानंद की आँखों से नींद गायब थी। दोनों आँखों में जैसे गुलमोहर के फूल खिल रहे हों। कभी पास में सोई हुई तमसा के बालों में उसने गुलमोहर का एक फूल लगाया था? नहीं यह तमसा वह नई नवेली तमसा नहीं है जिसके बालों में गुलमोहर का उसने कभी फूल लगाया था। जाने-अनजाने आदमी मर जाता है। बाद में जो जिंदगी बची रहती है, वह सिर्फ एक गुलाम की जिंदगी। वह तमसा कबसे

मर चुकी थी और सदानंद भी। सदानंद बिस्तर छोड़कर धीरे-धीरे घर से बाहर निकल पड़ा था। उस गुलमोहर पेड़ के पास।

सोई हुई धरती की सेज पर गुलमोहर का चँवर जैसे कोई हिला रहा था। सदानंद पेड़ के नीचे खड़ा हो गया और अपनी धोती को बाँध कर पेड़ पर चढ़ने लगा। परंतु उसे लग रहा था मानो उसका शरीर पंगु और अथर्व हो गया हो। पहले जैसी चंचलता उसके शरीर में नहीं थी फिर भी वह चढ़ने लगा। पीछे से अचानक किसी ने आवाज दी, ''कौन है?'' रात की ड्यूटी पर तैनात कांस्टेबल था। गले से पैर तक बरसाती पहने हुए तथा हाथ में लाठी, होठों पर सुलगी हुई बीड़ी थी। सदानंद पेड़ से उतर आया।

कांस्टेबल टॉर्च जलाकर सदानंद की तरफ देखने लगा।''अरे! आप इतनी रात को?''

सदानंद पूरी तरह से संकुचित हो गया।

''नहीं, ऐसे ही। कुछ नहीं है।''

कांस्टेबल के कुछ और पूछने से पहले ही सदानंद तेजी से वहाँ से चला गया। उसे लगने लगा उसके लिए यह दुनिया खत्म हो गई है। सदानंद खुद भी मर गया है। गुलमोहर केवल अतीत जीवन की एक स्मृति बनकर रह गया है।

◻

पूजा-घर

किशोरी चरण दास

जिंदगी और मौत की घाटी। सुनंदा देवी की हालत चिंताजनक। पति परलोक सिधार चुके हैं, मगर घर में बेटा-बेटी, नाति-नातिन सभी हैं, केवल अमर नहीं आया है। वह दूर दराज बड़ी नौकरी करता है। उसने बीच में पत्र लिखा था कि वह सपत्नीक कल सुबह तक हवाई जहाज से यहां पहुंच जाएगा। उसने पत्र में लिखा था कि बाढ़ के लिए हो रहे एक विचित्र अनुष्ठान में सुषमा को बहुत कुछ करना था, इस कारण से उसे देर हुई। मगर बड़ी बेटी वीणा ने ये सारी बातें मां को कहना उचित नहीं समझा। वीणा समझदार लड़की थी। छोटा बेटा भ्रमर हमेशा पास में रहता है, वह ठेकेदारी करता था. तीनो बेटियां शादीशुदा हैं, वे बिना ज्यादा समय गवाएं अपने बच्चों समेत वहां पहुच गए थे। यह बात जरुर है कि छटी बेटी विनि अकेली आई है क्योंकि उसके कोई बच्चा नहीं है।

विगत दो दिनों से उसकी तबीयत में कुछ सुधार हुआ है। पहले वह थोडी बहुत बातचीत कर लेती थी, ग्लूकोज पानी पीने के लिए बिस्तर से उठने की चेष्टा करती, दवाई खाने के लिए जिद्दपूर्वक मना करती और सारे बच्चे पास में हैं या नहीं, यह देखने के लिए चारों ओर दृष्टि घुमाती, मगर पिछले कुछ दिनों से उसकी ये सारी क्षमता समाप्त हो गई। वह एक ही सवाल पूछती थी - अमु अभी तक नहीं आया? उसके बाद दो ढक्कन ग्लूकोज पानी पीकर आँखें बंद कर चुपचाप सो जाती थी, न उठ पाती थी और न ही कुछ कह पाती थी। दबे हुए होंठ और दबे हुए लग रहे थे। शिथिल पलकों ने मानों आंखों की पुतलियों को जोर से दबा रखा हो। दिल की धड़कनें सहमी हुई लग रही थी।

माँ क्या और नहीं बच पाएगी? सिरहाने के दोनों तरफ बैठकर लड़कियाँ आँसू पोंछ रही थीं। विनि कुछ ज्यादा ही रो रही थी। वह अपने आप को नहीं संभाल पा रही थी, आँसू रोकते रोकते मानो उसकी सांसें रूक जा रही हो। (ऐसा लग रहा था शायद आंसू छुपाने के लिए वह बीच-बीच में उठकर इधर-उधर जा रही हो।)

दूसरी दो बहिनें भीगी आंखों से एक दूसरे की तरफ देखकर कहने लगी -

"ऐ विनि! हर समय इस तरह। थोड़ा-सा भी कष्ट सहन नहीं कर पाती, तिल का ताड़ बना देती है, ऐसी करती है जैसे दुनिया में उससे बड़ा और कोई दुखी प्राणी नहीं है। ठीक है वह घर में सबसे छोटी है, मगर इसका मतलब यह तो नहीं है कि वह अभी भी बच्ची है? माँ हमें छोड़कर गई नहीं है, अभी भी जिंदा है। हौसला रख, भगवान से प्रार्थना कर, इस तरह रोने-धोने से क्या होगा?

इसके अलावा बीच-बीच में उठकर रोते-रोते क्यों जाती हो? जाती हो और कुछ समय बाद फिर लौट आती हो?"

रात होने लगी डॉक्टर साहब अच्छी तरह से रोग की परीक्षा कर निकल गए हैं। उन्होंने इंजेक्शन देते हुए कहा, "आज की रात, केवल आज की रात, यह रात पार हो गई तो डरने की कोई बात नहीं, किसी को ध्यान रखना पड़ेगा। कुछ भी खराब लक्षण अगर दिखते हैं तो तुरंत साथ ही साथ मुझे फोन कर इत्तला कर देंगे।"

पुराने पुजारी, पुराने नौकर तथा दो नए दरबानों ने एकाध बार दरवाजे की चौखट पर खड़े होकर मुंह लटकाए चले गए। रिश्तेदार लोग उसके हाथ-पांवों को छूते हुए दुखी मन से बाहर निकल गए। (मैं रात को रूक जाती, मगर क्या करूँ घर नहीं जाउँगी तो सारे काम रूक जाएंगे।) पुसी बिल्ली किसी की आवाज न पाकर अंधेरे में चली गई और किसी कोने से ऊष्मा खीचने लगी। लोहे की फाटक पर एक ताला लटक रहा है।

'सुनंदा निवास' की ऊपरी मंजिल के एक कमरे में बिजली जल रही है मानो आधी रात को किसी अनमने उजाले को बुला रही हो।

भ्रमर सिगरेट पीते-पीते इधर-उधर टहल रहा है। वीणा, वीथी और विनि बिस्तर के दोनों तरफ बैठकर आंसू पोंछ रही हैं। विनि ज्यादा रो रही है। रात अभी तक खत्म नहीं हुई।

"ओः! इस तरह सूं सूं नहीं होने से चलेगा नहीं?" भ्रमर ने अचानक आवेश में आकर कहा मानो ये औरतें नहीं रोती तो समस्या का समाधान हो जाता, तबीयत ठीक हो जाती, मगर सारी बहिनों ने उसकी बात की तरफ ध्यान ही नहीं दिया। वीणा छोटे भाई की ओर अवज्ञासूचक दृष्टि से देखने लगी। वीथी कहने लगी, "तू जा न, जाकर सो जा। जरूरत पड़ने पर तुम्हें बुला देंगे?"

भ्रमर चुप रहा, मगर वह समझ गया कि उसके एक से ज्यादा बहिने हैं। जितनी होनी चाहिए उसके भी ज्यादा। उन्हें कुछ भी समझ में नहीं आता है। अपनी बात कहकर वह बरामदे में चला गया। जैसे ही खुले आकाश की ठंडी हवा उसके बदन को छूने लगी, वैसे ही दार्शनिक विचार उसके भीतर पैदा होने लगे। ये जिंदगी

भी क्या? खत्म हो जाएगी, शायद खत्म हो जाएगी, निश्चय खत्म हो जाएगी। उसके बाद? असीम और अनंत? आकाश और तारें! ये अकेली जिंदगी क्या?

उसी समय उसके देखा कि नीचे पूजा घर में बिजली जल रही है। कुछ समय बाद बिजली गुल हो गई और उसने देखा कि वहां से कोई चुपचाप बाहर निकल रहा है मानो कोई चोर हो। इधर उधर देखे बिना ऊपर देखता है। जल्दी-जल्दी चल रहा है। शायद औरत है। विनि है? विनि पूजा घर में प्रार्थना करने गई थी। इसलिए वह बीच-बीच में उठकर जा रही थी।

भ्रमर को आश्चर्य होने लगा। वह हंसने लगा। विचित्र लड़की है। एकदम डरपोक। मैं उसको बचपन से देखता आ रहा हूं। छाया देखकर डर जाती, है सत्य बोलने से डरती है शायद किसी का मन दुखी होगा, झूठ बोलने से डरती है शायद कहीं पकड़ी न जाए। यह तो उसकी किस्मत अच्छी है कि शादी हो गई, अन्यथा मां के जाने के बाद उसकी क्या हालत होती? (एक दीर्घश्वास)

विनि ने उसकी शादी में कम नहीं नचाया था। कह रही थी, ''मुझे डर लग रहा है। मैं तुम लोगों को छोड़कर कहीं नहीं जाऊंगी। मैं किसी और के घर नहीं जाऊंगी। मैं आगे पढ़ूंगी, कहते-कहते पिताजी के हाथों को अपनी मुट्ठी से कसकर पकड़ लिया। यह देखकर पापा तो द्रवित हो गए थे। अगर मां जोर देकर नहीं कहती तो शायद वह शादी भी नहीं करती।

विनि के डरने की असाधारण प्रवृति याद आने पर भ्रमर का विस्मय खत्म नहीं हुआ। विनि एक बार नहीं, दो बार नहीं, कम से कम रात में चार-पांच बार वहां गई होगी, वास्तव में कुछ बातें भूल गई हो, कोई बीजमंद्र दोहरा रही थी शायद भगवान ने नहीं सुना हो।

विनि सीढ़ी के मुहाने पर आकर खड़ी हो गई। उसके सांवले पतले चेहरे पर कोई भाव नहीं थे, मगर ऐसा लग रहा था जैसे उसके शरीर को निविड़ता के भारीपन ने जकड़ लिया हो। बचपन से ही निविड़ता और सरलता उसमें कूट-कूटकर भरी थी। भ्रमर उस अवस्था को हल्का करना चाह रहा था, मगर नहीं कर पाया। उसे शक होने लगा कि विनि मृत्यु के असली रूप के बारे में चेता रही है। मृत्यु अनंत नहीं है, अंतरंग है। शरीर की तरह। रात के अंधेरे की तरह। इलिए पूजाघर जाना उचित है, सौ बार, हजार बार... मगर मैं नहीं जाऊंगा।

में क्या विनि हूँ?

इसका मतलब यह तो नहीं कि मैं मां को प्यार नहीं करता?

पूजाघर पुकार रहा है। उसे नहीं, आह्वान कर रहा है, चैलेंज कर रहा है, इधर आओ... अगर मां को प्यार करते हो।

एक दीया जल रहा है। विनि जलाकर आई है। धुंआ उठ रहा है। धुंआ और खुशबू। जली हुई बाती, चंदन, चढ़ाए हुए फूलों की खुशबू। पुराना सिंदूर, सिंदूर के बाद सिंदूर, भगवान का चेहरा भी नजर नहीं आ रहा है, मगर भगवान है, पूरी तरह से भगवान है। इतना भी मालूम नहीं? अन्यथा नहा-धोकर सभी वहां माथा टेककर क्यों आते हैं?

मालूम है। घर के कायदे-कानून। जब पिताजी जिंदा थे तब कभी-कभार पालन नहीं होते थे, मगर फिलहाल ऐसा नहीं होता है, क्योंकि पिताजी का फोटो भी वहां है, उस पर भी सिंदूर लगा है। मैंने आज सुबह ही माथा टेका है, मगर अब नहीं जाऊँगा, इस रात के समय तो बिल्कुल नहीं, किसी के डराने-धमकाने से भी नहीं, विनि गई तो क्या मैं कल सुबह दिन के उजाले में....।

भ्रमर सम्मोहित होकर नीचे मंजिल के चिटकनी लके छोटे घर को देखता रह गया। जाना पहचाना छोटा घर नहीं है, पूजा घर नहीं है, केवल एक गुफा है। उसमें रहते हैं, देवता और दानव। जीवन और मृत्यु का फैसला करते हैं। ऐसा लगता है कि उसकी दोनों आंखें बिल्लौरी आंखों की तरह चमकती दिख रही है, एक जज की तरह साक्षी प्रमाण प्रस्तुत कर रही है। मैं वहां कैसे जाऊं और कहूं कि हे भगवान! तुम मेरी मां को जिंदा कर दो, वह और दस साल जिंए, सौ साल जिंए। बकवास बात, नानसेन्स। जो होना है, होकर रहेगा। मैने कहा कि मैं कल सुबह जाऊंगा। बस आज की रात खत्म होने दो। डॉक्टर कहकर गए हैं।

मां के बिस्तर के पास आने पर भ्रमर का चेहरा सफेद पड़ गया। वीणा को छोटे भाई के मन की यह अवस्था देखकर दया आने लगी। मैं बड़ी बहिन हूं, घर में सबसे बड़ी। मेरा जन्म सबसे पहले हुआ है और मैने सबसे पहले अपना घर-संसार बसाया है। फिर मैने बड़े घर में शादी की है। ये भ्रमर, ये विनि कितने छोटे थे। मैने अपने हाथों से उन्हें नहलाया है। अपने हाथों से खिलाया है। वीणा भ्रमर के निस्तब्ध क्रंदन को देखकर सोचने लगी कि अब चुप रहने से नहीं चलेगा। इन लोगों को हिम्मत देनी होगी। वह तो हर समय बड़ी है। मगर उसने देखा कि विनि कुछ भी सुनने की हालत में नहीं है। वह काठ की प्रतिमूर्ति होकर बैठी हुई है और दीवार की तरफ देख रही है। जैसे कि उसका रोना-धोना खत्म हो गया है, सोचने की शक्ति खत्म हो गई हो, फिलहाल दुनिया की कोई भी बात सुनने के लिए वह राजी नहीं है। लड़की जितनी रोने वाली है, उतनी ही भावुक भी।

वीथी सो रही है। नाजुक होने की वजह से कुछ वजन नहीं उठा पाएगी। सिर्फ सज-धजकर बैठी रहेगी और बच्चों को जन्म देती रहेगी। छह बच्चें हो चुके हैं, और कितने होंगे? वीणा दुखी है कि आज के जमाने में भी वीथी इतनी भोली और गंवार है। फिर उसके दिमाग में आया कि विथि के पति निर्मल दिखने में खराब नहीं है, वीथी को कुछ ज्यादा ही प्यार करते हैं। शायद हर रात को ...छिः! जीवन में और कुछ नहीं है?

छोड़ो, मेरा क्या जाता है! वीणा ने वीथी के बारे में सोचना छोड़कर छोटे भाई की ओर देखने लगी। लड़का चिंता से आतुर है। वह मधुर स्वर में कहने लगी ...

''भ्रमर, जाओ थोड़ा सो जाओ। मैने मां की नाड़ी देख ली है, ठीक लग रही है।

''नहीं, ठीक है। मैं इस कुर्सी पर बैठा हूं। क्यों सब मेरे पीछे लगे हुए हैं? क्या ये सब ही मां के बच्चे हैं? केवल इन लोगों का ही मन दुखी है?''

वीणा ने समझ लिया कि इस समय कोई दूसरी बात करना ही ठीक रहेगा। कुछ समय इंतजार करने के बाद वह कहने लगी-

''यदु काफी बूढ़ा हो गया है। बिल्कुल ही काम नहीं कर पा रहा है। मां अच्छी होने पर एक मजबूत आदमी खोजना पड़ेगा।

'हूँ। ' महापंडित की तरह बात कर रही है, जैसे उसे पता है, मां ठीक हो जाएगी।

''इतना बड़ा घर, आंगण, गाय-गुवाल। समानों की भी कोई कमी नहीं। जिन्हें संभालना क्या कोई सहज बात है?''

''हूँ।''

वीणा अपनी बातों के भंवर जाल में फंसती चली गई। भ्रमर के अनास्था भाव को वह नहीं समझ पाई।''गांव की जमीन-जायदाद, आम के बगीचे, तीन-तीन बड़े मकान, कंपनी शेयर के अतिरिक्त कैश, कोई देखने वाला नहीं, तुम्हें ही सब देखने पडेंगे। अमर तो बाहर रह गया। तुझे ही सारा दायित्व लेना पड़ेगा।''

संपत्ति के प्राचुर्य और अपने प्रभुत्व को यादकर वीणा गदगद हो गई। उसके मन में 'अहम' भाव पैदा हो गया। यह काम भ्रमर के बस का नहीं, मुझे छोड़कर और कोई भी नहीं कर पाएगा। ट्रक के ट्रक घर में सामान पड़ा है। मंझोले घर की आलमारी खोलने से सारे सामान-पत्र गिर जाएंगे। कितनी मोटी-मोटी किताबें, किसी को भी बेचने पर पचास रूपए से कम नहीं मिलेंगे। फूलों से अंकित रेशम

गलीचा घर की दीवार तक लंबा हो जाएगा। चांदी के बर्तन भी बहुत हैं। सिल्क साड़ियों की कमी नहीं है। इसके अलावा एकदम शुद्ध सोने के जेवरात। मूल वस्तु। वह सिर्फ मुझे पता है, और किसी को नहीं। मां ने सिर्फ मुझे ही बताया है। वीणा ने मन ही मन अपनी इस भावना को छुपा लिया, कहीं इस गुप्त बात का किसी को पता न लग जाए।

वीणा थक गई। बैंक बैलेंस, शेयर सर्टिफिकेट सभी को एक-एक कर मन में नहीं देख पाई। आत्मत्याग के समय जैसा कष्ट होता है, वैसा मन को कष्ट होने लगा।

"मेरा क्या है? भाई अगर संपत्ति को रख नहीं पाएंगे तो मैं क्या कर सकती हूं?"

उसने मां के शरीर पर हाथ रखा। मां की हालत ठीक नहीं है। मां ने बहुत तकलीफ देखी है। मैं उनकी बड़ी बेटी हूं, इस घर की बड़ी दीदी। मां को अगर कुछ हो गया तो मुझे ही इस सारी संपत्ति की देखभाल करनी पड़ेगी, निश्चय ही करूंगी अपने घर के बच्चों का पीछे छोड़कर।

मगर भ्रमर क्या सोचेगा?

अकस्मात वीणा ने देखा कि भ्रमर चुपचाप नहीं बैठा है, उसे क्रोध आ रहा है। किसके ऊपर -अपने ऊपर? या मेरे ऊपर? क्यों, मैने ऐसा क्या किया, मैने उसे ऐसा क्या कहा?

क्रोध नहीं, नफरत। उसकी आंखों में नफरत है। वह मुझे प्यार नहीं करता है, उनमें से कोई भी मुझे प्यार नहीं करता है।

वे भी मुझे प्यार नहीं करते। मुझे पता है - वीथी को जैसे उसके पति प्यार करते हैं, हर पति अपनी पत्नी को वैसे ही प्यार करते हैं। इसका कारण यह है कि मैं काली, मोटी और बदसूरत हूँ। मैं मां की तरह ही दिखती हूं, मगर पिताजी क्या माँ को प्यार नहीं करते थे? तब? तब मैने ऐसी क्या गलती की है? जब मैं सितार सीख रही थी, मेरी उम्र सोलह साल थी। गोविन्द मास्टर घर पहुँचते ही मुझसे पानी मांगते थे... केवल पानी ही नहीं वरन कुछ और मांग रहे हो। मेरे समझने से पहले मां समझ गई, उसने प्यास बुझने नहीं दी। केवल गोविंद मास्टर ही नहीं, और बहुत लोग थे। मैं कह सकती थी, मगर मां....।

मुमूर्ष मां की कैफियत मांगने की तरह रास्ता काटकर चली जाने से पहले बुझेमन से वीणा ने सुनंदा देवी के चेहरे की तरफ देखा। मानो अपने जीवन की सारी नाराजगी को एक साथ बटोरकर अपनी जन्मदात्री को देख रही हो। इससे पहले उसे

यह साहस और अधिकार नहीं मिला था। आज मौका मिला है पहली और आखिरी बार।

मगर कुछ समय के बाध उसका मन चिल्ला उठा - नहीं, नहीं, नहीं, माँ फिर से आंखें खोलेगी। मां बच जाए, मैं तो यहीं चाहती हूं। नहीं तो, जब मैं बूढ़ी हो जाऊंगी, वे लोग मुझे और ज्यादा नफरत करेंगे।

शायद वह मां को कसकर पकड़ लेती, या फिर क्षणिक आवेग में और कुछ कर देती, मगर इससे पूर्व ही एक अजीबोगरीब घटना घटित हुई। वीथी नींद में कुछ बुदबुदाते हुए वीणा के ऊपर गिर गई। उसके बाद जब उसके आंखें खोली, पागलों की तरह इधर-उधर देखने लगी और लंबी-लंबी सांसें लेने लगी जैसे भूत उतर गया हो।

''क्या हुआ? वीणा ने जोर से पूछा।

''नहीं, ऐसा कुछ नहीं, एक सपना देखा।''

वीणा ने सपने के बारे में नहीं पूछा। उसके दबे हुए होंठ उसकी वितृष्णा को जग जाहिर कर रहे थे। वीथी और उसका सपना। गोरी सुंदर लड़की और क्या सपना देख सकती है।

... इसी बीच भ्रमर फिर से ऊपर बरामदे में जाकर धरती और आकाश की और देखने लगा। फाटक के बाहर की दुनिया। वहां दूसरे लोग भी हैं। उनकी जिंदगी और मौत अलग-अलग है। फाटक के उस पार एक दूकान, वहां चाय बनाने वाला, सब्जी बेचने वाला, प्लास्टिक खिलौने रखने वाला, उनके लिए कोई पुरानी कोठी नहीं, मकान नहीं। बुजुर्ग मां बहिनें नहीं है। किसी भी प्रकार का कोई गर्व-घमंड नहीं। इसके पीछे बगीचा, उसके पीछे नदी के ऊपर रेलवे लाइन। धुंआ छोड़ती हुई ट्रेन दूर भागती जा रही है। कितने नए बाजार और बगीचों को पार करती हुई।

मैं चला जाऊँगा। भाग जाऊंगा। भाई सारी दुनिया घूम चुका हूँ। छोटी जाति में शादी की है। हर काम अपनी मनमर्जी से करता है। मैं भी कर सकता हूं। मुझे धन-माल की जरूरत नहीं है, मुझे ठेकेदारी नहीं करनी है। मुझे बहुत काम आते हैं। कुछ नहीं तो चित्र बनाकर पेट भर सकता हूं। मैं जिससे भी शादी करूंगा, वह कोमलांगी और पतली कमर वाली होगी। हरदम मुस्कराती रहेगी, अपने हाथों से मेरे लिए सुस्वादु रसोई बनाएगी, काम करते समय मेरे पास बैठकर मेरा चेहरा निहारती रहेगी।

धीरे-धीरे भ्रमर की इच्छाएं बलवती हो उठी और उन्हें पंख लगने लगे। क्योंकि आज की रात साधारण नहीं है। कुछ तो जरूर होगा। भविष्य की उन्मुक्त

सांसें भूतकाल के पीछे से बाहर निकलने लगी मानो उसकी अनसुनी बंशी-वादन, स्थिर पवन और टिमटिमाते उजाले में खेलने की इच्छा हो रही हो। उन दिनों के कटने, फटने और फूटने के संकेत मिलने लगे। और देर नहीं।

... रात बीतने लगी है।

तरह-तरह के शब्द ध्वनित हो रहे हैं तरह-तरह के पेड़ पौधों से। अनेक मकान कुटीर एक-एककर दिखने लगे हैं। बड़ी चिड़ियां छोटी चिड़ियों को पुकार रही हैं। तारें सभी मिटने के छटपटा रहे हैं, उन्हें लुप्त होने में और समय नहीं लगेगा।

गुंजन कोलाहल होने लगा। दिन का उजाला होने से पहले अनोखा आनंद वातावरण में संचरित होने लगा. मंदिरों के धार्मिक भजन और गलियों में कुत्तों के मार खाने की कें कें आवाज सुनाई देने तक भ्रमर बाहर देखने लगा जैसे कि दिन उगने में और बाकी समय है। इंतजार खत्म नहीं हुआ - शुरूआत हो रही है, फिर से शुरूआत।

तभी बाहर का दरवाजा खुला और एक भद्र आदमी अपने हाथों में सूटकेस लिए एक तरूण स्त्री के साथ घर के अंदर प्रवेश करने लगा। पहले पहल भ्रमर को आगंतुक के पांवों की आहट अनुभव हुई। सुबह-सुबह आगंतुक।

फिर उनको देखकर जोर से चिल्ला उठा, "अरे... भईया!" भाई आया है। अमर आया है। सुनंदा देवी का परिवार पूरा हो गया। यदु के साथ नौकरों ने छोटे बाबू को भीतर लाया, उनके हाथ से सूटकेस ले लिया। भ्रमर के साथ उसकी सारी बहिनों ने बरामदे में खड़े होकर हंसते हुए उनका स्वागत किया।

अमर का गांभीर्य कम हो गया, मस्तिष्क की सलवटें ठीक हो गई। इसका मतलब मां जिंदा है, सुषमा के प्रफुल्लित चेहरे पर हंसी की लहर दिखाई देने लगी।

विनि उस अभ्यर्थना मंडली से खिसककर अकेली मां के पास आकर मन ही मन कहने लगी -"बड़े भईया आ गए हैं। तू अब जिंदा हो जाएगी ना? तू तो उनका इंतजार कर रही थी ना। लेकिन, लेकिन तू क्या भैया को देखने के लिए इंतजार कर रही थी। आंखें खोलकर देख लेना फिर उसके बाद तुम्हारा काम हमेशा-हमेशा के लिए समाप्त हो जाएगा?"

नहीं! ऐसा नहीं होगा, ऐसा होने नहीं देंगे। विनि मां के मुंह की तरफ देखने लगी और कुछ लक्षण देखकर दुखी हो गई।

अमर दिखने में अच्छा है। उसका गोरा चेहरा, उभरे हुए होठ, चंचल आंखें उम्र से कम प्रतीत होती है। सुषमा दिखने में सुंदर, श्यामल चिकना चेहरा, बड़ी

नाक, चेहरे पर सदैव मुस्कान और गंभीर दृष्टि से उसकी उम्र का पता नहीं चलता है। दोनों की जोड़ी सुंदर है, दूसरे लोगों की नजर में आ जाती है।

अमर ने कई सवाल पूछे। उसके तरह-तरह के सवाल और जबाव से ऐसा लगता था कि मुख्यत ''मैं आ गया हूँ।'' इसी घटना पर प्रकाश जलाने की चेष्टा कर रहा है।

''कौन डॉक्टर देख रहा है? रात को नर्स रहती है या नहीं? बिना मतलब लोगों की भीड़ मत करो। वीणा दीदी कब तक रहेगी? वीथी के सारे बच्चें आए हैं न? (हँसते हुए).. कार्डियोग्राम हुआ है? मैंने वहां के बड़े डॉक्टर कर्नल गुन्ना के साथ बात की थी। ... बेचारी विनि सूखकर काली हो गई है, उसकी आंखेँ (रो-रोकर फूल गई है)। डरने की कोई बात नहीं है, मेरा पूरा विश्वास है, मैने पन्द्रह दिन की छुट्टी ली है, जरूरत पड़ने पर और छुट्टी ले लूंगा... ब्लड-रिपोर्ट में क्या निकला है? भ्रमर कहां चला गया? यहीं पर तो था अभी... इत्यादि।

शायद मां की शांति में व्यवधान पड़ेगा, यह सोचकर अमर दबे पांवों मां के सोने वाले कमरे के भीतर गया, कुछ देर तक सोई हुई अचेत स्त्री के चेहरे की तरफ देखता रहा और फिर संतुष्ट होकर बाहर लौट आया।

अचानक याद आने की तरह सुषमा को खोजने लगा, ''सुषमा! सुषमा कहाँ गई? उसका दवाई लेने का समय हो गया है। ऐ विनि, भाभी कहां गई, जरा देख तो? उसे दवाई लेने के लिए कह दे, काफी देर हो गई है।''

बहिनों के आश्चर्य और शंका का समाधान करने के लिए संक्षिप्त में कहने लगा - ''आजकल उसकी तबीयत ठीक नहीं रहती है, बिल्कुल ठीक नहीं रहती है।''

मगर विनि ने जब भाभी को यह बात कही तो उसे लगा कि वह बीमार नहीं है और ना ही बीमार पड़ेगी। देखिए न, किस तरह वह बिल्ली को सलहा रही है। वास्तव में बिल्ली का भगवान समय का भगवान है। उन्हें किसी भी हालत में रोग-बीमारी नहीं हो सकती है।

अनंतकाल के अधिकारी की तरह पता चलने पर सुषमा ने स्वेच्छा से बिल्ली को प्यार करना बंद कर दिया और जल्दी ही कपड़े बदलकर सुनंदा देवी के पास चली गई। चिकित्सा की सारी व्यवस्था को समझ लेने के बाद पहनी हुई सफेद सिल्क साड़ी ने आंचल को कमर में ठूंस दिया। एक चिरपरिचित यात्री की तरह वीणा ने वीथी को कहा - ''तुम सब जाओ, कामधाम खत्म कर लो, मैं यहां हूं।''

रात की तुलना में दिन इतना अलग क्यों होता है? कल रात को यही घर आत्मगौरव से सिर उठा रहा था। यहां के लोग उत्तम गुणों से भरे होने के कारण

मनुष्य लग रहे थे। यहां सुनंदा देवी मरने के लिए नहीं बैठी है, वरन मरणयज्ञ चल रहा हो, ऐसा लग रहा था। इसी समय वे सब असंख्य लोगों की दिख रहे थे। जैसे शाल के एक पेड़ पर अनामधेय चिड़ियों का दल इसडाली से उस डाली पर चूं-चूं करते हुए पंख फड़फड़ा रही है। उनमें से कौन जिंदा है, कौन मर गया है उसका हिसाब रखते हुए।

मगर इस निवास का कुछ महत्व नहीं? दृष्टि घुमाने से पता नहीं कितने सफेद रंग के मकान, पीले रंग के मकान लंबे और ऊंचे मकान नजर आएंगे। 'सुनंदा निवास' के पिछली दीवार पर काई बना हुआ है। दीवार के पास काले रंग के बाज की तरह नाला आवाज करते हुए बह रहा है, नाले के किनारे गरीब लोग रहने लगे हैं, दूसरे मकानों के चारों तरफ भी वह दृश्य नजर आने लगता है। क्योंकि यह शहर बहुत पुराना है और यहां बड़े बड़े लोग बुजुर्ग हैं, तो फिर उनके मकान पुराने कैसे नहीं दिखेंगे? इतने बड़े-बड़े आंगन, इतने सारे कमरे (बैठक कक्षको मिलाकर अठारह), चिकना फर्श एवं मकड़ी के जालों लोहे के पाइप और कड़ी के अलावा कहां होंगे? और --गौरेया चिडियां शमन कक्ष के दर्पण में मुंह देखकर चपल खेल खेल रहे हैं। यहां अतीत की आत्मा नहीं रो रही है, हड्डियों की माला दिखाकर जोर-जोर से हंस रही हैं। स्वयं सुनंदा देवी ने उसे पाल पोषकर रखा है, उड़कर जाने नहीं दे रही है। इधर देखिए, अमर की सातवीं कक्षा के इतिहास के नोट्स एक टेबल पर पुराने कागजों के ढेर पर रखे हुए हैं। मास्टरजी के लाल पेंसिल के निशान अभी तक साफ दिख रहे हैं। कहीं पर भ्रमर की फटी हुई फुटबाल का ब्लेडर दिख रहा है तो कहीं पर वीणा की संगीत-शिक्षा का परिचय प्राप्त हो रहा है। (वह एक दिन संगीत सीख रही थी, मां के कहने पर उसने अधूरा छोड़ दिया)। यही ही नहीं, कहीं पर वीथी के विवाह के कागज तो कहीं पर विनि का कांच का डिब्बा।

प्रश्न उठता है- - जय नारायण बाबू कहां है? पूजाघर में उनकी तस्वीर लटकी हुई है। बस, और कहीं पर कुछ नहीं। क्या वे इस घर के पिताजी नहीं थे? सुनंदा देवी के साथ उनकी शादी नहीं हुई थी। इस प्रश्न का कोई उत्तर नहीं है, मानों सुनंदा देवी ने उन्हें अपने भीतर छुपाकर रखा है।

... दिन के दस बज गए हैं।

इस समय देखा गया है कि बुजुर्ग नौकर यदु रसोई घर के बरामदे में बैठकर नीचे से ऊपर तक देख रहा है। मुंह अधखुला है, नजरें झुकी हुई है। क्योंकि सुषमा परदेशी है। किस मुद्रा में खड़ी है।

सुषमा की नजरों में जरूर विनय भाव नहीं था, मगर ध्यानपूर्वक देखने से

पता चलेगा कि उसकी नजरों में दुख छुपा हुआ था। मानो उसे अपने आप पर अटल विश्वास है कि वह कर सकेगी, मगर यह घर उसे अपना नहीं समझता। कुछ ही समय हुआ है कि वह सास के पास से उठकर आई है, विश्राम करने के बहाने क्यों आई है? किसने मना किया? बुढ़िया की कठोर दृष्टि हीनता ने? (तू नहीं, तू नहीं, तुम मेरे बेटे की पत्नी हो।) वीणा दीदी की उदास भावना? (मैं तुमसे नफरत नहीं करती हूं, मार-पीट नहीं करती हूं, मेरा वह समय पार हो चुका है।)... विनि का त्रस्त हरिणी के भाव? (इस घर में तुम एकदम नई हो, ज्यादा काम करती हो और सुंदर भी हो। कुछ उलटापुलटा करके तोड़ फोड़कर भाग तो नहीं जाओगी?) ... नहीं और कुछ? सुषमा आंगन के बीच लगे बेर पेड़ को देखती रही और अपनी उपस्थिति को दर्ज करने का प्रयास करने लगी।

वीणा सुबह के सारे नित्यकर्मों से निवृत्त होकर मां के सिरहाने के पास अपनी पहली वाली जगह पर बैठ गई। वह भगवत गीता का जल्दी-जल्दी पाठ करने लगी। आखिरकार इस दूसरे अभ्यास को तो कम से कम पूरा करना होगा। डॉक्टर के कहने का क्या भरोसा? कौन जानता है?

वीथी सुबह से मां के पास नहीं गई है। बच्चों के काम खत्म कर आएगी, सोचकर अभी तक नहीं गई है, बल्कि अपने तीसरे बेटे बिट्टु को अकारण तीन बार बुलाकर गले लगाई, शर्ट के बटन बंद की, भूख लगी या नहीं, कहकर पूछने लगी। अभी मां के पास जाने से पहले फिर एक बार बेटे को बुलाकर पुचकारने लगी। दुखी होकर सिर से लगाकर पांव तक प्यार करते करते कहने लगी, "तू मेरा बेटा है, केवल मेरा बेटा है। मुझे कहीं छोड़कर मत जाना।"

बाद में अपना मुंह निकालकर बेटे की आंखों में आंखें डालकर कहने लगी - "तू खेल, मैं बुलाऊंगी तब आना, नानी के घर में मत जाना, समझे? याद रखाना। मेरे सोना बेटे।"

बेटा हाँ-हाँ कहते चला गया। मगर वीथी उठकर नहीं जा पाई। अपने हृदय में उठ रहे स्पंदन को तसल्ली देने लगी - "मैं क्या करूं? मैंने ऐसा सपना क्यों देखा? कल रात का वह भयंकर सपना फिर याद आने लगा और देख नहीं पाऊँगी सोचकर अपने चेहरे को हाथों से ढक लिया।

... मां बिट्टू को मांग रही है। कह रही है, मैं तुम्हारे इसी बेटे को लूंगी। ऐसा कहकर जोर-जोर से हंसने लगी। मां-मां की तरह नहीं दिख रही थी। मर जाने के बाद आदमी जैसा जिंदा होकर दिखता है, वैसा दिख रही थी जैसे डाकिनी बन गई हो। झूठ से जैसे सत्य निकल आता है... वीथी उन्हीं यादों में से बाहर निकली।

आग लगे उस अशुभ सपने को। मेरी मां वैसी नहीं है। उसके बाद वह धीरे-धीरे ऊपर घर की तरफ गई जहाँ, मां सोई हुई थी।

अमर ने स्नान करने के बाद पुराने ट्रंक में से अपनी धोती निकालकर पहन ली और पूजाघर में भगवान से प्रार्थना करने लगा - "भगवान! मेरी मां को बचा लो। मेरे से जितना दूर रहती है, फिर भी वह मेरी मां है। उसको मुझसे मत छीनो।"

प्रार्थना करते-करते वह बार-बार आंखें खोलने के लिए विवश होता है क्योंकि उसकी निर्मिलित आंखों के अंधेरे के भीतर वह मूर्तिवत दिखाई दे रही है। सुषमा अपने पति की ओर देख रही है। मैं नहीं देखूंगी तो क्या तुम गलत कर दोगे, नहीं न? अमर उसके प्रेम के पहरे को स्वीकार नहीं कर पा रहा है, इसलिए आंखें खोलकर बारबार उस दृश्य का खंडन कर रहा है। सुषमा कौन? वह मेरी पत्नी हो सकती है, प्रेमिका हो सकती है, मगर वह हमारे घर की नहीं है। वह हम मां-बेटे के बीच नहीं है। उसे रहना भी नहीं चाहिए। असल में मुझे पहले से आ जाना चाहिए था। ऐसी बात भी नहीं है कि केवल सुषमा के कारण आने में विलम्ब हुआ। मुझे पता था मेरे आने तक मां को कुछ भी नहीं होगा। मेरे मन का विश्वास। अमर विश्वास। अमर ने पूजाघर में आनेवाली स्त्री को बाहर निकाल दिया, मगर उसे निकाल देने के पुरुषार्थ ने उसकी प्रार्थना में खलल डाल दिया। शक्ति प्रयोग के एक नजदीकी इतिहास ने उसकी चेतना पर धावा बोल दिया।

तीन-चार दिन पहले की बात। उस दिन घर से तार आया था। उस रात में न कोई कामना थी, न कोई क्रोध का आवेश। मैंने सुषमा के शरीर का मनवांछित उपयोग किया। कुछ ज्यादा ही किया। उसकी बात को भी नहीं सुना। मृत्यु की दीवार को भी नहीं माना। पता चल गया था कि...। अमर और प्रार्थना नहीं कर पाया। सोचने लगा कि आज अनिद्रा और दुःचिंता की वजह से सिर भारी है। मगर जाने समय उसे याद आ गई उस क्रोधाविष्ट रात की अंतिम अनुभूति। नतीजन ग्लानि से वह हार गया, अपने आप को खत्म कर दिया और वे जीत गए - सुषमा, मां, नारी। हमेशा से जीतती आ रही है।

विनि एक छोटे कमरे में, जिसे आचार घर कहते हैं, अकेली बैठकर आचार हांडी के साथ काल्पनिक खेल खेल रही है। अगर किसी ने पत्थर मारकर हांडी तोड़ दी तो उसमें से क्या निकलेगा? आम का आचार या बैर का? आम निकला तो मां ठीक हो जाएगी और अगर बैर निकला तो...? मैं क्या बच्ची हूं? भगवान क्या सोचेंगे?

भ्रमर अपने शयनकक्ष में हाथ पैर फैलाकर सोया है, जैसे कि आज के इस

अनावश्यक दिन उठने के लिए वह राजी नहीं है। जरूरत पड़ने पर या रात होने पर वह उठेगा। सोने के कारण उसके चेहरे की खासियत - उसकी बड़ी-बड़ी आंखों की गहराई और आवेश ढक कर रह गया।

परिवार वालों की इन्हीं भावनाओं के मोड़पर आशा की किरण जगी। सुनंदा देवी का एक हाथ थोड़ा मुड़ा।

वीणा ने देखा, फिर देखने के लिए इंतजार करने लगी, मगर कुछ समय बाद वीथी, आगंतुक मौसा महीबाबू, कमला दीदी और पास में खड़े कई लोगों ने नए-नए लक्षण देखे। देखकर फुसफुसाने लगे - "मुझे लग रहा है सांस बदल रही है, देखिए न होठ भी थोड़े थर्रा रहे हैं। ग्लूकोज पानी चम्मच से मुंह में डालेंगे? ... और सबी बच्चों को बुला देंगे। इत्यादि।

सुनंदा देवी इंतजार करने लगी। लगभग दो घंटे के बाद उसने आंखें खोली मानो नींद से जाग रही हो। उपस्थित लोगों को पहचानने जैसे देखने लगी और उसके बाद हाथ ठंडे पड़ने लगे। ग्लूकोज पानी? भगवत गीता? वीथी के हाथों में शोभायमान आठपटिया चूड़ियां? कई बार ऐसा लग रहा था जैसे पैरों के पास खड़ी सुषमा को पहचान रही हो और उसके सारे सत्यों को जानना चाह रही हो। सुषमा के कुछ कहने से पहले ही वीथी और वीणा एक साथ कह उठी - "मां, भाई आ गया है।"

फिर भी उन जागी हुई आंखों और रेखान्वित होठों पर मुस्कराहट दिखाई नहीं पड़ी। मन ही मन विचार करते उसने आंखें फिर से बंद कर ली।

सुषमा के मन में एक अजीबोगरीब ख्याल आया। उसे लग रहा था उसके पुराने शरीर की खिड़कियां खुल चुकी है। वह मरेगी या बचेगी, यह दूसरी बात है, क्योंकि उसका जीवन प्राणगत नहीं था, बल्कि पदार्थगत था। सूखी लकड़ी या निरस पेड़-पौधे, कभी नहीं, कभी नहीं।

अच्छी खबर पाकर अमर मां के घर दौड़ा चला आया। बाकी सब किनारे हो गए। अमर उन बंद आंखों के पास जाकर टूटी-फूटी भाषा में भाव-विह्वल होकर कहने लगा - "मा-आ!"

सुनंदा ने कहना शुरू किया - "सुषमा आई है। उसे देखा नहीं? कह रही थी, जैसे भी होगा, मैं वहां जाऊंगी, देर होने पर भी जाऊंगी... टोनी (बच्चे) को छोड़कर आई है... क्योंकि उसकी पढ़ाई-लिखाई मतलब परीक्षा... पंद्रह दिन की छुट्टी लेकर आया हूं, जरूरत पड़ने पर और लूंगा।"

सुनंदा देवी मानो कुछ भी नहीं सुन रही हो। मगर ऐसा लग रहा था जैसे

उसे समझ में आ रहा है। उसके अपने फैलाए हुए जीवन सूत्र को यत्नपूर्वक पकड़कर रखी हो, एक बार देखकर छोड़ देगी या पकड़कर रखेगी।

अमर चुप हो गया था। दूसरे लोगों की नई बात छेड़ने से पहले विनि जोर से कहने लगी, ''मैं कह रही थी न बड़ी भाभी को देखते ही मां अच्छी हो जाएगी?'' सुनंदा देवी न तो हंसी और न ही उसके मुख से कुछ शब्द निकले। धीरे-धीरे समय बीतता गया। पूर्वराग को रास्ता दिखाने में बड़ी मशक्कत करनी पड़ी थी। कमला दीदी ने सिर पर थपकी देते हुए कहा - ''कितना कष्ट हो रहा है? मैं तो उस दिन से ही भ्रमर को कह रही थी कि मां को तीर्थ करवा दो, देश-परदेश घूमना भी हो जाएगा। इस घर में पड़े-पड़े बोर हो रही है। मौसा महीबाबू ने उसके तकिए के नीचे पड़े कुचले फूल को देखकर अपने बगीचे से अच्छे-अच्छे चंपा के फूल लाने को कहा, मगर किसी ने भी नहीं सुना। सुनंदा देवी आगे नहीं हुई, फिर याद आया कि वह नहीं बैठ पाएगी. धीरे-धीरे दृष्टि बोझिल होने लगी, अंग-प्रत्यंग शिथिल होने लगे। वीणा बारबार नाड़ी देखकर मुंह उतार रही थी। अमर वीणा के पीछे खड़ा होकर अधीर होकर देख रहा था।

डॉक्टर फिर से आए। गुस्सा जाहिर करने के बाद एक और इंजेक्शन लगाया।

स्पेशियलिस्ट बीच में आकर कई सारगर्भित परामर्श देकर चले गए। बाकी लोगों की भीड़ को बाहर जाने के लिए कहा, मगर बेहोशी की हालात में होने की वजह से सुनंदा देवी ने फिर से आंखें मूंद ली। जानने सुनने वालों ने कहा - ''यह अंतिम अवस्था है, इससे कोई नहीं बच सकता है।''

'सुनंदा निवास' सांझ के अंधेरों से घिरने लगा। घर में रहने वालों ने आज और एक रात का दायित्व ग्रहण किया और अपने अपने काम में लग गए। कल की तरह नहीं। कल आलोड़न था, हृदय की धकधक, अस्थिरता। आज छाती दब गई है, कुछ धकधक नहीं है, आलोड़न थम गया है। धीरे-धीरे रोने की इच्छा हो रही है। प्रकृति के विकराल नियम ट्रेजड़ी को स्वीकार कर सोचने पर विवश हैं - ये तो होना ही था!

क्योंकि मां मर रही है, इसमें कोई दो राय नहीं है। आधी रात को सब बुदबुदाहट खत्म हो गई। विनि की बात छोड़ दीजिए, बाकी सभी एकांत का सेवन कर रहे थे। कुछ समय के उपरांत किसी ने दीर्घ सांस ली - ''छोड़ो। काम खत्म हो गया है।''

अचानक सुषमा की सूर्य को पुकारने की इच्छा हुई। उज्ज्वल सूर्य ऐसी रात में कहां से आते। अपने तेज प्रकाश से धुंधले अंधकार को चीर देते। अंधकार काला

वाला नहीं बल्कि कुत्सित धुंधलका। जैसे कि कई पुराने झूठे संस्कार सच के साथ मिल जाते हैं, मौत की रात अंधेरे को कोहरा बना देती है। सुषमा को याद हो आया कि जब वह सुबह बैर के पेड़ को देख रही थी, तब वह इस संसार के बारे में नहीं सोच पा रही थी। कुछ नहीं कर पा रही थी, इसलिए दुखी हो रही थी। हाय! कुछ नहीं कर पाने का सवाल ही नहीं उठता। वे सब इस अश्लील धुंधलके में ढक कर बैठ गए हैं, एक के बाद एक। बिस्तर की गरमी खींच रहे हैं। इनको छूने से नहीं होगा .... असंभव।

मगर वास्तव में वे क्या सुखी हैं? वीणा के चेहरे पर दुख के भाव उभरे मानो एक अच्छा पहाड़ बनाने के चक्कर में वह पत्थर का एक टुकड़ा बन गई है। वीथी के संदेह की वजह, मानो उसने अपने छाती के अंदर विपुल धनराशि छुपा रखी हो, सोच रही थी कि कोई लेकर भाग जाएगा, विनि का भय, वह बचने को डर रही है न कि मरने को? भ्रमर की नींद से बोझिल आंकें। वह पूरे दिन कहां था? सोया था या उजाले के पीछे छुप गया था...? और ये अमर बाबू, मेरे पति, अकेले मुझे देखकर नीचे मुंह क्यों छुका लेते हैं?

तभी याद आ गया उसे कई साल पुराना कॉफी हाऊस और वह शाम। पहली प्रणय-याचना। उस दिन साथ में और कोई नहीं था। कॉफी और कटलेट के व्यवधान में अचानक प्रणय दिखाई देने लगा। सुषमा के मन में होने लगा कि इस आदमी से प्यार करना उचित है, शादी करना भी ठीक रहेगा। उसकी समाज-सेवा के अन्यतम कर्तव्य। एक भीरू छात्र के भरोसे की तरह अमर बाबू डर-डर कर पूछने लगा - "मिस रॉय एक बात कह सकता हूँ?"

करुणा भरी विनती ने मेरा शून्य स्थान भर लिया। मगर केवल कौन उस समय था? सुषमा की धारण हुई कि उसने अपनी भूल स्वीकार कर ली है। प्रेमी अमर की व्याकुल दृष्टि में अस्वस्थता और दोष के भाव निहित थ। अगर मेरा दोष है तो मुझे सजा दो, चाबुक से मारो! नहीं, इस तरह दुखी मत होओ, सुखी नहीं हो पाओगे। श्रद्धा को तलवार की धार से तोड़कर एक अनुचित भावना सुषमा के मन में घर कर गई - "बूढ़ी अगर मरेगी तो मर क्यों नहीं जाती?" सुषमा अपने आपको संभालते समय पास में से किसी की आवाज सुनाई पड़ी -

"वह वापिस वहां चली गई है?"

"कौन?" सुषमा ने पीछे मुड़कर देखा तो भ्रमर दिखाई पड़ा। वह आंगन की तरफ देख रहा था और अपने आप से कहता जा रहा था - "विनि, जो कल जा रही थी। आज भी जा रही है। बार-बार जा रही है।"

भ्रमर ने हांफते हुए कहा। सुषमा ने अचरज की निगाहों से देवर की तरफ देखा।

कुछ समय बाद सुषमा को समझ में आ गया कि आंगन के दायी ओर भंडार कक्ष के पास जो छोटा कमरा बना है, विनि वहां जा रही है। वह पूजाघर है। उसकी विशेषता किसी से भी छुपी हुई नहीं है। उसने अपने पति से सुन रखा था कि वहां कोटि-कोटि देवी-देवता निवास करते हैं। बीच में पिताजी का फोटो भी टंगा हुआ है, इसलिए परिवार के हर एक आदमी को दिन में कम से कम एक बार वहां जरूर जाना चाहिए।

भ्रमर की बातों से पता चलता है कि विनि वहां बार-बार जाती है, इसका मतलब वह भगवान का साथ नहीं छोड़ना चाहती। सती सावित्री की तरह भगवान को आराम से नहीं रहने देना चाहती। भगवान से वरदान मांगती है कि मेरी मां को बचा दो।

सुषमा लज्जित हो गई। कितना अदभुत सरल विश्वास है उसका! अनविरल स्नेह के झरने का असामान्य अध्यवसाय!! जिस घर में विनि है, वहीं भगवान का घर है। जिसके दिल में प्रेम का दीया जल रहा हो, ऐसे इंसान को मैने हीन दृष्टि से देखा? फिर बुढ़िया को लेकर इतनी नीच भावना!

पश्चाताप के आवेग में सुषमा ने अपने दोनों हाथ जोड़ दिए। छोटे घर के भीतर थी विनि और उसके भगवान। अपमानित वृद्धा सासु समेत सभी के प्रति एक गंभीर श्रद्धा उसके चेहरे पर झलकने लगी।

भाभी के अनुकरण करते हुए भ्रमर ने भी हाथ जोड़ दिए। कल सुबह से ही उसका दिमाग काम नहीं कर रहा था, उसे कुछ भी समझ में नहीं आ रहा था। उसे यह प्रीति अच्छी लग रही थी। मेरा भी उसमें कुछ योगदान है, स्वीकार करते हुए अपने आपको तसल्ली दे रहा था।

विनि की असाधारण प्रक्रिया बढ़ती जा रही थी, इसलिए धीरे-धीरे सब जानने लगे। रात के अंतिम प्रहर में पूजाघर के अंदर से उसकी रोने की आवाज सुनाई दी, बाहर की दीवार पर सिर पीटते नजर आई। यह दृश्य देखकर यदु ने करुणा भरे स्वर में कहा -"छोटी दीदी, रोने से क्या होगा? जो किस्मत को मंजूर है, वही होगा।"

विनि उसकी तरफ देखकर रोते-रोते पूछने लगी - "तू क्या कह रहा है? मां, सच में मर जाएगी?" यदु विश्वस्त होने की तरह नजरें नीची करके चला गया। मगर परिवार वाले उसके इस अंदाज को देखकर न तो विचलित हुए और न ही मुस्कराए। सुषमा उत्तरोत्तर मुग्ध होती गई। भ्रमर ने फिर अनेक बार मन ही मन

भगवान को प्रणाम किया। वीणा और मन लगाकर ऊंचे स्वर में भागवत गीता पढ़ने लगी। वीथी नहीं सोई, मां को दुलार करने लगी। अमर के हावभाव गंभीर हो गए।

कहने से सभी विनि को प्यार करने लगे। मानो विनि शोक समग्र विषाद को परिचित करवा रही है। एक परिवार में, एक मां। मां लौटकर नहीं आएगी, दुख दूर नहीं होगा। विनि रो रही है, रोने दो। भगवान को पुकार रही है, पुकारने दो।

रात समाप्त होते-होते यह विषाद अचानक शांति में बदल गया। डॉक्टर महोदय पहुंचकर प्रसन्न भाव में कहने लगे - ''लक्षण अच्छे लग रहे हैं।'' फिर!!!

यह डॉक्टर है या जादूगर? करतब दिखा रहा है? सुषमा ने विनित भाव से अंग्रेजी में पूछा - ''डॉक्टर, आर यू स्योर?'' बाकी सब घूर-घूरकर डॉक्टर की ओर देखने लगे।

मगर विनि बिना किसी का इंतजार किए खुशी से हंसने लगी। बच्चों की तरह खिलखिलाकर हंसने लगी। ऐसा लग रहा था जैसे वह इसी वक्त तालियां पीट-पीटकर झूमने नाचने लगेगी।

हर बात की एक सीमा होती है। स्वयं डॉक्टर ने संदेहभरी दृष्टि से विनि की ओर देखा तथा सोचने लगे कि शायद वह इस घर की बच्ची है। एक हफ्ते बाद। विनि और पूजाघर का एक और दृश्य। भोर के नरम उजाले में सभी देवी-देवता अत्यधिक दयालु और अपनापन लिए दिखाई दे रहे हैं। चंपा और गंगाशिवली के फूलों की खुशबू आ रही है। विनि कृतज्ञतापूर्वक गद्गद् होकर भगवान से बत कर रही है।

ऊपरी मंजिल के मंझोले कमरे में मनपसंदीदा खरीदा हुआ नाश्ता थाली भरकर रखा हुआ है। सुषमा समेत सारे भाई-बहिन इंतजार कर रहे हैं। विनि के आने पर सभी एक साथ बैठकर खाएंगे। मां के ठीक हो जाने की खुशी में उत्सव मनाया जाएगा। विनि का इंतजार हो रहा है। वह गप लगा रही है - ''भगवान! तुम्हें कोटि-कोटि प्रणाम। तुमने मेरी प्रार्थना सुनी और मां की रक्षा की। मैं भी कितनी बेवकूफ? मैं सोच रही थी जैसे मां हमें छोड़कर चली जाएगी? मां हमें डरा रही थी। वह तो उसकी पुरानी आदत है।''

हम उसे मरने नहीं देते। उसके बिना हमारा कौन है? क्या है? उसने हमें सोख लिया है। अपनी सारी आशा-आकांक्षाओं की बलि देकर हमारे लिए खुशी लाई है। मां जानती है किसका कैसे मंगल होगा, उसे सब पता है। उसने पिताजी को जल्दी मरने के लिए कहा (अपने हाथों से मारने पर क्या ज्यादा होता?) क्योंकि ज्यादा दिन जिंदा रहते तो सुखी होते... उनकी इच्छा थी कि बड़ी दीदी खूब धन

कमाएं। उसके अलावा और कुछ नहीं सुहाता था। बड़ी दीदी एक दिन सितार बनाना सीख रही थी संगीत से प्रेम हो जाएगा, कौन कह सकता था? उनकी इच्छा थी कि वीथी दीदी एक सुंदर लंपट पति के बच्चे पैदा करे, और पैदा करती जाए। वीथी दीदी और किस चीज के योग्य थी? उसने बड़े भैया पर अधिकार करना चाहा, एक तरफ बांधकर बैठ गई थी। बड़े भैया पापा की तरह दिखने के लिए। उसने भ्रमर भैया के सपनों को दबा दिया, यहां नाक रगड़ते रहने को कहा। बेचारा, सपने लेकर क्या करता?

उसके प्यार के चुंगल से कोई भी नहीं बच पाया। बड़े भैया ने कोशिश की थी। अस्त-व्यस्त होकर आकाश में कूदे थे। कूद पाए?

कितनी बार उसने अपने आपको पूछा - ''और मैं''? ऐसा लग रहा था जैसे यह अंतिम सवाल हो। बाद में जोड़ते हुए कहा - ''मैं कौन? मैं सबसे छोटी। रोने-धोने वाली डरपोक। मुझसे क्या छीनकर ले गए हो? क्या, याद नहीं आ रहे हो?''

विनि अपने आप से झूठ नहीं बोल पाई। देवी देवता मधुर-मधुर मुस्कराने लगे। मुरलीधर तिरछी नजर से देख रहे हैं। विष्णु वरदान दे रहे हैं। भोलेनाथ आधी आंखें खोले आशीर्वाद दे रहे हैं। विनि को साहस आ गया, सोचने लगी कि वे सब उसके साथ हैं। वहां रखे खूब सारे फोटो में से एक फोटो उसने लिया जैसे खींचकर निकाला हो। पापा का फोटो। उस फोटो को वह अपने सीने से लगाकर चूमने लगी।

वह मां को बिना सुलाए नहीं रह पाई। मां, तुम क्या सोच रही हो कि मरने पर देवताओं के फोटो बन बन जाते हैं? यहां आसन लगाकर मेरी तरह देखती? वास्तव में?

बाहर आकर उसने ऊपरी मंजिल पर जाकर देखा कि सारे लोग उसका इंतजार कर रहे हैं, मगर बड़े भैया एक गरम आलुचाप या और कुछ में रखकर ''बढ़िया है, बढ़िया है!'' कहकर चिल्ला रहे थे। विनि को देखते ही बोले, ''अरे! अब तक कहां थी? मैं और अपने को नहीं रोक पाया...। और कुछ खाने से मुंह जलने पर मुंह बिगाड़ते हुए)... मां तो ठीक हो गई है, फिर भगवान को इतना क्यों पुकार रही थी?''

सभी के हंसने की ध्वनि।

सुनंदा देवी बिस्तर पर बैठी हुई थी। उसके चेहरे की चमक देखने से पता चल रहा था कि आखिर वह और सौ साल जिएगी।

◻

अंधेरी रात का सूर्य

महापात्र नीलमणि साहू

मृत्युंजय बाबू हर दिन की तरह टोकरी लेकर बाजार की ओर निकल पड़े। घर वाली ने सूची बना दी थी, बैंगन, अरबी, कद्दू, तुरही इत्यादि-इत्यादि। सूची देखने में उनकी कोई खास दिलचस्पी नहीं थी। वही चिर-परिचित स्वादरहित घास और गुल्म का स्वाद। वही हर दिन घिसी-पिटी सब्जियाँ, सारेगामा पाधानिसा-सानीधापा मागरिसा। जीभ का स्वाद मर गया है। बाजार में परवल आ गई है। बहुत कड़ी-कड़ी हरी लंबी परवल। बीच से दो हिस्से कर तेल में तलकर गरम मसाला देकर सब्जी बनाकर भाजी के साथ मिलाकर भात खाने से बहुत अच्छा लगता है। वर्षा के पहले परवल मीठी होती है। वर्षा होने के बाद स्वादहीन हो जाती है।

मगर परवल की बात कहते ही घरवाली चिल्लाने लगती है, ''अरे जाओ! बहुत आए परवल खाने वाले। तनख्वाह दो सौ रुपए, सात प्राणियों का कुटुंब-एक सेर चावल के लिए एक रुपया - डेढ़ रुपए में सेर दाल, पंद्रह तारीख होते-होते उधारी के लिए दरवाजे-दरवाजे घूम-घूमकर खटखटाना पड़ता है, घर में एक साड़ी नहीं है सात जगह सिलाई कर धोकर सुखाकर पहन रही हूँ। कुना की बीज गणित की किताब नहीं है, कुनी की फ्रॉक नहीं है, मुना की पेंट नहीं है, मुनी की कलम नहीं है। ससुर का त्रिफला टॉनिक नहीं है, सासु की महावात विध्वंसनी तेल नहीं है। परवल खाएंगें? शर्म नहीं आती है? जीभ से उसका नाम लेते हुए?''

घरवाली की परवल जैसी आंखों की तरफ एक झलक देखने के तुरंत बाद वहाँ से अपनी दृष्टि हटाकर मृत्युंजय बाबू आँखें बंद कर मन-ही-मन महामृत्युंजय मंत्र जाप करने लगे। ओह! क्यों इस जीभ से उसका नाम निकल गया? जीभ तो उसके लिए ललचा रही है! कैसे संभाल पाता? जीभ का तो वही काम है। चखेगी - नहीं तो नाम रटेगी।

इस समय घरवाली को कुछ कहने का साहस नहीं जूटा पाया। इस समय वह किसी जोगन की तरह दिखाई देती है। उसके पिचके हुए गाल और भीतर चले जाते हैं। सिर के बाल उड़ गए हैं। दोनों आंखें घुस गई है किसी रसातल में। दाँत

बाहर निकल आए है । गुस्से के समय बहुत ही भयानक दिखती है ।

फिर भी कुना की मां स्वामी सुहाग के ज्वलंत उदाहरण स्वरूप एक बड़ा सिंदूरी टीका माथे पर लगा देती है । जिससे वह और भीषण दिखाई देने लगती है, अपने स्वामी मृत्युंजय बाबू की नजरों में ।

मृत्युंजय बाबू टोकरी लेकर पीठ घुमा देते हैं - जा, जा पृष्ठ जोगन । बल्कि आज से सतरह वर्ष पहले कुना की माँ ऐसी मंद नहीं दिखाई देती थी । ऐसे दुर्बल जरूर थी, फिर भी उसकी कुछ रौनक थी, कुछ रस भी था । तन से श्यामा, मगर शिखर की तरह लंबी सुदर्शन... ..

मृत्युंजय बाबू को अपनी सुहाग रात याद आ गई । याद आ गई आखिर वर्तमान में कुना की माँ को सहन करना सकता हूँ! मगर सुहाग रात पीछे रह गई । याद आ गया उसके जीवन की असंख्य लू भरी गर्मी की दोपहर में सुहागरात नामक एक रात आई थी, मगर उसमें सपना था या वास्तविकता? अभी तक उसे समझ में नहीं आ रहा है । खैर, जाने दो । जैसा जीवन था, यौवन उससे भी ज्यादा । आजकल महंगाई का समय । इस समय जीवन केवल यथार्थ को समझ सकता हैं, सपनों को नहीं, यथार्थ के साथ युद्ध कर सकते है, सपनों को गोद में लेकर सो नहीं सकते ।

मृत्युंजय बाबू टोकरी लेकर पहाड़ी इलाके से नीचे जा रहे थे । बड़ी बेटी कुनी कहने लगी, ''पापा, आज मछली लाएंगें?''

जैसे ही उसके मुंह से मछली का नाम बाहर निकला या नहीं कि रसोई घर से चहकती हुई कुना की माँ ने जैसे उसके मुँह से झपट कर उसे पकड़ लिया हो ।

''इतनी ज्यादा मछली मत खाओ, बेटी । खाना ही था तो हजार रुपए कमाने वाले बाप के घर जन्म लेती.....! देखो, जो सूची में लिखकर दिया है वही लाना, कह देती हूं । मछली खाओगी मछली-मछली खाता है मेरा ठेकेदार भाई । मंत्री के साथ मिलकर मछली खाता है, अपने बच्चों को भी खिलाता है ।''

मृत्युंजय बाबू वात्सल्य-रस में डूबते जा रहे थे, कि अचानक कुना की माँ की प्रबल डांट-फटकार सुनकर नीचे डूब जाने से ऊपर उठते हुए एक ही झटके में किनारे लग गए । उसके बाद वह एकमुंही सड़क पर चलने लगे । साइकिल पर बैठकर पैडल मार रहे है या नहीं, उनकी नजर पड़ी पुलिस के परेड मैदान में उनका बड़ा बेटा कुना किसी साइकिल टायर को घुमाते हुए उसके पीछे अंधों की तरह दौड़ रहा है । मैदान बहुत बड़ा, दूर-दूर तक नजर नहीं जा पाती है ।

साँझ डूबने लगी थी। पश्चिम दिशा से काले बादल उड़ते आ रहे थे। बहुत गर्मी लग रही थी। हवा नहीं चल रही थी। न हल, न चल। वैशाख-महीना। इस पहाड़ी जगह पर इस समय काफी भीषण आंधी-तूफान आते हैं। अचानक आ जाते हैं, 70-80 मील प्रति घंटे की गति से कहीं से पवन छूटकर पेड़-पौधों को उखाड़ते हुए, छप्पर उड़ाते हुए, खूंटे, दीवार गिराते हुए और घर-बाड़ी तोड़ते हुए गाय-गोरू, भेड-बकरी यहाँ तक आदमियों को भी उड़ा ले जाती है और कहीं किसी मैदान में फेंक देती है। बादलों की घडघड़ाहट, बिजली की चमक - यह एक प्रलय-कांड बन जाता है।

मृत्युंजय बाबू तूफान से आशंकित होकर कुना को आवाज देने लगे, "हे कुना! जा, जा घर जा। भयंकर तूफान आने वाला है। तेज हवा चलेगी। जा, जा घर चला जा।"

कुना ने शायद सुन लिया। घर की तरफ उसकी साइकिल टायर मुड़ गया। फिर सीधे घर की तरफ दौड़ने लगा। मुंह से फाँ-फाँ की आवाज निकालते हुए दौड़ रहा था, टायर को घुमाते-घुमाते धकलते हुए। बाएँ से दाएँ फिर दाएँ से बाएँ, फिर कुछ रास्ता सीधा फिर बाईं तरफ टायर मोड़ लिया। फिर बाएँ से दाएँ - दाएँ से बाएँ - इस तरह इधर-उधर करते हुए वह चला गया। मृत्युंजय बाबू के एक बार और उसे घर लौटने के लिए सावधान करते हुए साइकिल को बाजार की तरफ मोड दिया।

रास्ते में देखा, चंद्र मोहन बाबू बैग पकड़कर साइकिल के बाईं तरफ से आ रहे थे।वाह! अच्छा हुआ। बाजार करने जैसे बोझिल काम के दौरान चंद्र मोहन बाबू जैसे रसिक सहृदय दोस्त से अगर मुलाक ात हो जाए तो अपने आपको भाग्यवान समझना चाहिए।

चंद्रमोहन बाबू उससे कुछ ज्यादा रोजगार करते हैं। छोटा परिवार, सुखी परिवार। चमत्कारी आदमी हैं। प्रतिदिन व्यायाम करते है। हृष्ट-पुष्ट स्वास्थ्य। मितभाषी, व्यंग्य शैली में निपुण, मगर हृदयस्पर्शी। बाहरी चेहरे पर भले ही, कुछ स्थूल रुखापन दिखाई देता हो, मगर हृदय से वैष्णवों की तरह अति कोमल, अति स्निग्ध। कर्तव्यनिष्ठ कर्मचारी। सहयोगी सामाजिक बंधु।

एक-दूसरे को नमस्कार करने के बाद दोनों साथ-साथ चलने लगे, तरह-तरह के विषयों पर बातचीत करते हुए। चंद्र मोहन बाबू थोड़े भोजन-प्रिय आदमी हैं।

जल्दी लौट जाएंगें ! लगता है आपको बहुत बाजार करना है!!

चंद्रमोहन बाबू थोड़ा हंसते हुए कहने लगे, "नहीं, नहीं, आज मैं कुछ नहीं

खरीदूंगा। सुनने में आया है कि बाजार में सीतासागर की रोही मछली आई हुई है। सीतासागर की रोही कभी खाई है?"

मृत्युंजय बाबू ने लंबी सांस ली।

"नहीं भाई, ऐसी किस्मत वाले हम कहाँ है! एक महीने से ज्यादा हो गया मछली का छिलका तक देखे हुए।.... और रामराज्य नहीं होगा। सीतासागर की रोही हमारे जैसे लोगों के मुँह में आएगी !! ... कितनी कीमत है?"

"सात-आठ रुपए होगी - और कितनी? बीच में दलाल घुसकर उनकी कीमत बढ़ा देते हैं। और कालाबाजारी का पैसा जिनके पास है, उनके लिए क्या चिंता है? शाम को सीधे चार मण मछली चील की तरह झपट कर लेंगे।"

मृत्युंजय बाबू का मन दुख से छटपटाने लगा। हे भगवान! यह क्या जीवन है? निम्न मध्यमवर्गीय परिवार वालों के इस दयनीय जीवन में न तो रंगों की बहार है और न ही रसों का स्वाद! दो रुपए किलो परवल खरीद नहीं पाते है और सात-आठ रुपए किलो सीतासागर की रोही की ओर देख भी पाएंगें? उसकी आँखें झुलस नहीं जाएगी! लानत है ऐसे जीवन पर !!

मगर वह किसे क्या कहेंगे? जो लोग उस तरह की अवस्था भोग रहे हैं, वे कमजोर दायित्वहीन, भीरु और सहनशील है। मृत्युंजय बाबू के अपने भाग्य की निंदा करने से सीतासागर की रोही का स्वाद जीभ को नहीं मिल पाएगा, ईश्वर का स्मरण करने से परवल घर नहीं पहुँच जाएगी।

समाज की इस अवस्था में परिवर्तन के लिए विप्लव की आवश्यकता है, मगर विप्लव? मृत्युंजय बाबू का सिर घूमने लगा। रुको - रुको - वह दिन भी आएगा। उस दिन को बुला रहे हैं, तुम्हारे कुना, मूना, छोटू, मोटू। वे लोग सहन नहीं करेंगें, बल्कि लड़ेंगें। वे लोग परवल उगाकर खाएँगे। रोही मछली पानी से छांट-छाँटकर लाकर खाएंगे। नहीं तो वे लोग छीन लेंगे, छोड़ेंगे नहीं। काला बाजार और कालाबाजारी के विरुद्ध लड़ाई करेंगे। अत्याचारी पूंजीवादी शासन के आगे वे सिर नहीं झुकाएंगे। व्यक्तिगत लाभ का नशा उन्हें नहीं चढ़ेगा। वर्तमान समाज व्यक्तिगत लाभ की मनोवृति और उसके लिए प्रतिद्वंदितापूर्ण प्रयास के कारण मर रहा है। आगामी समाज और इसे बर्दाश्त नहीं करेगा। उनमें आ रहे हैं, समाजवाद का नूतन नेतृत्व करने वाले। वे आ रहे हैं, वे तोडेंगे, मारेंगे, मरेंगे और निर्माण करेंगे।

मगर आखिरकर सीतासागर की रोही मछली के लालच ने उनका दिमाग खराब कर दिया। घरवाली ने केवल दो रुपए दिए है। उससे तो एक भी मछली नहीं

मिलेगी। मिलने पर भी वे कहाँ से खरीदेंगे? तीन दिन का खर्च दिया है। आलू, अरबी, कद्दू, कंद-मूल .... नहीं ओ!!!

मांसाहार खाने की इच्छा पूर्ण करने के लिए, मृत्युंजय बाबू का मन बहुत इधर-उधर भटकने लगा। चंद्र मोहन बाबू उस समय और एक महत्वपूर्ण बात कही। मनुष्य के अंदर का जानवर कब मरेगा? इतनी बात सुनने के बाद भी मृत्युंजय बाबू का मन सीतासागर की रोही मछली की तरफ चला गया। उनकी कल्पना में तैरने लगी - उसकी चमक, लालसिक्त, रक्तचक्षु, दीर्घाकार परिपुष्ट, रोहित मछली का आकर्षक अनिंदित दिव्यरूप।

चंद्र मोहन बाबू केवल कहते जा रहे थे, अपने स्वभाव-सुलभ नम्र स्निग्ध आवेगपूर्ण स्वर में, "क्या भाई हम सभ्य हुए है, कहो? पृथ्वी पर हजारों-हजारों वर्ष से बहुत सारे साधु, संत, मुनि, महात्माओं ने जन्म लिया है, उन्होंने ईश्वर के लिए अपना जीवन दान कर दिया। उन्होंने स्वर्ग की रोशनी धरती पर लाई, वे देवदूत हैं, वे देव-शिशु हैं, वे खुद ईश्वर के अवतार है। केवल साधारण मनुष्य जिस अंधकार में थे, उसी अंधकार में है। मनुष्य सभ्यता के क्रम विकास में बुद्ध, ईसा, चैतन्य, कन्फ्यूशियस, मोहम्मद या राम, कृष्ण, श्री अरविंद - सभी व्यतिक्रम हैं।कहो, भाई तुम्हारे-हमारे जैसे मनुष्यों की क्या उन्नति हुई? हमारे भीतर छोटे लोगों की तरह हिंसा, द्वेष, मिथ्या, काम, क्रोध, लोभ... हम सभी का जन्म क्यों होता हैं मृत्युंजय बाबू!"

फिर भी मृत्युंजय बाबू सीतासागर की रोही के बारे में सोच रहे थे। कहीं से किसी भी तरह और तीन रुपए मिल जाते! रास्ते में भी मिल जाने से चलता! कहाँ से? क्या रास्ते में उड़ते हैं पैसे? कहीं पर? उनका छोटा साला मैट्रिक पास कर अभी कांग्रेस में मिलकर ठेकेदार बना है, प्रथम श्रेणी का ठेकेदार। एक दिन वह उनके सास और ससुर और उसकी पत्नी के सामने कह रहे थे,

"मृत्युंजय भाई, अगर बाबू की नौकरी छोड़कर मेरे पास चले आते हैं। आजकल पैसे तो हवा में उड़ते हैं। मैं तुम्हें महीने में हजार रुपए दूंगा।"

उस समय मृत्युंजय बाबू मन ही मन हंस रहे थे। जो पैसे हवा में उड़ते हैं, और जिसे जालसाजी से कमाया जाए, वे पैसे देवदत्त नहीं होकर आसुरी होते हैं।"

मगर सीतासागर की रोही की बात सोचते ही मृत्युंजय बाबू को अपनी आध्यात्मिक चेतना पर चिढ़ होने लगी। धत्त तेरी!! सारे अनर्थों का मूल हैं उनके आध्यात्मिक संस्कार। ये संस्कार न तो मछली-काँटा पकड़ने देते है और नहीं मछली के प्रति लोभ को खत्म करते हैं, मगर ये संस्कार यथार्थ में आध्यात्मिक हैं या नैतिक? छोड़ो, छोड़ो, सीतासागर की रोही!!

आहः .....

बड़ी बेटी कुनी। भोली-भाली ।दसवीं कक्षा में पढ़ती है। फिर भी बचपना छूटा नहीं है। बचकानी हरकतें करना बंद नहीं हुआ है। हरदिन कहेगी,

''पापा! आज मछली नहीं लाएँगे?''

आमिष की बेचारी बहुत शौकीन !

एक बार टाउन के बड़े ट्रक और बस व्यवसायी की बेटी (जो उसकी क्लासमेट थी) को बहला-फुसलकर उसके रसोईघर में जाकर इलिश मछली-भाजी चोरी कर खाई थी, बोलने पर उसकी मां ने उस दिन उसे झाड़ू से पीटा था। बेचारी उस दिन की पिटाई और अपमान के कारण वह टूट गई थी। और उस दिन से.....

आःः....

मृत्युंजय बाबू सीतासागर की रोही के साथ उसकी भोली-भाली, आमिष लोलुप, दुलारी बेटी के आकर्षण को जोड़कर-अपने सीने में दारुण यंत्रणा अनुभव कर रहे थे।

चंद्र मोहन बाबू कहते जा रहे थे।

''मनुष्य के भीतर अभी भी पशु जिंदा है, मृत्युंजय बाबू! मनुष्य वर्तमान में पशुओं से भी ज्यादा बदत्तर हो गया है। सुनेंगे?''

''क्या बात?''

''बाउदपुर में जो रेल दुर्घटना हुई है।''

''हाँ, हाँ - बहुत लोग मर गए हैं!! केवल एक आदमी की अन्यमनस्कता और कर्तव्यहीनता के के कारण....''

''हाँ, यह तो हुआ। किंतु सुनिए बहुत सारे लोग तो डिब्बे पटरी से उतरने के कारण उनके नीचे दब कर मर गए। बहुत सारे लोग चटक कर गिर गए। कितनों की हाथ-पाँव टूट गए। अंधेरी रात - मफ सल स्टेशन - बच्चों और औरतों की विकल चित्कार, मृत्यु, यंत्रणा की आर्तनाद, त्राहि-त्राहि की चीखें, मनुष्य के खून से प्लेटफार्म और रास्ता लथपथ हो गया। उसके बाद क्या हुआ, जानते हो? आस-पास के गांव के लोग दौड़कर आए, उस टूटी ट्रेन के भीतर घायलों, मृतकों, चीखते-चिल्लाते मुमुर्ष यात्रियों के सामानों की लूटपाट करने लगे। किसी ने किसी के हाथों की घड़ी निकाल ली, किसी ने कानों से कानफूल खींच लिए, किसी ने सूटकेस उठा लिया तो किसी ने रेडियो ... ईः कितना वीभत्स !!''

कहानी की वीभत्स आवाज सुनकर बीच में मृत्युंजय बाबू सिहर उठे। उन्होंने

तिरछी आँखों से चंद्रबाबू की तरफ देखा। उसके बाद लंबी सांस ली। सीतासागर की रोही और उनकी आमिष-प्रिय भोली-भाली बड़ी बेटी कुनी - इन दोनों की तरफ उनक मन चला गया। चंद्रमोहन बाबू की कहानी की व्यंजना सुनकर उनका मन व्यथित हो उठा। उसे बहुत निराशा लगने लगी। .... वह कुछ भी नहीं कह पाए, जैसे कि इस वीभत्सता के कारण वह खुद हो। और एक लंबी सांस लेते हुए वह कहने लगे,

"वास्तव में बहुत दुख की बात है यह।"

चंद्रमोहन बाबू फिर कहने लगे,

"धरती पर अतिमानवीय शक्ति अवतरित हुई है। फिर भी साधारण मनुष्य पशु की तरह वैसे ही हीन स्थूल सामानों के दास बने हुए है..... आश्चर्य और सोचने की बात है!!"

इस समय वह मृत्युंजय बाबू के समर्थन की अपेक्षा न कर उत्तर पश्चिम दिशा से आते हुए बहुप्रतीक्षित भयंकर तूफान की ओर देखने लगे। पहले-पहल तो सामान्यता धूल उड़ती है, उसके बाद देखते-देखते तेज हवाएँ उसके साथ मिलकर भयंकर वर्षा-बिजली-घडघड़ाहट। दो-तीन जगह आँखों के आगे बिजली गिरी। सायं-सायं करती हवा चारों तरफ फैल गई। चारों तरफ अंधेरा ही अंधेरा। मतवाली पवन - धरती पर सत्तर-अस्सी मील प्रति घंटे की रफ्तार से बहने लगी।

दोनों दोस्त त्रस्त होकर साइकिल मैदान में फेंककर फोटो की दुकान के भीतर घुस गए। वहाँ पहले से बीस-तीस आदमी शरण लिए हुए थे। दुकानदार ने किवाड़ बंद कर दिया। दुकान के भीतर सुरक्षित रहते हुए उनके कानों में सुनाई पड़ रहे थे बाहर चल रही प्रकृति की तांडव - लीला के अनेक प्रकार के विध्वंसकारी शब्द। उसी से वे समझ पा रहे थे, घर के बाहर क्या हो रहा है! चूरमार की आवाज, गिरते हुए पेड़, टूटती हुई डालियाँ, उड़ते हुए छप्परों की आवाज । सिनेमाघर का टीन चादर पतंग की तरह उड़कर कहीं जाकर गिर गई। कहीं से मनुष्यों और जीव जंतुओं की चित्कार। पवन की सायं-सायं, वर्षा की रिमझिम, बादलों के घडघड़ाने के साथ बिजली की चमक। अचानक घर में बिजली गुल हो गई। अंधेरा। रास्ते में बिजली के तार कहीं टूट गए। खंभे नीचे गिर गए। सारा शहर अंधेरे में डूब गया और इस अंधेरे में चल रही थी प्रलय-लीला..... ।

चंद्र मोहन बाबू स्थितप्रज्ञ व्यक्ति की तरह चुपचाप खड़े हो गए थे, मगर मृत्युंजय बाबू का स्नायु-तंत्र भय और आशंका की उत्तेजना से विव्रत हो गया था। उनके मन में डर घुस गया था। पैरेड के मैदान में उनका बड़ा बेटा कुना साइकिल

टायर के साथ खेलते हुए मिला था। वह घर चला गया होगा तो? यह हवा - सत्तर-अस्सी मील प्रति घंटे की रफ्तार ... ओह, हे भगवान!!

मृत्युंजय बाबू एक निरूपाय आशंका से छटपटाने लगे। उसके बाद अभ्यासगत व्याकुल मन से ईश्वर को याद करने लगे।

"हे मधुसूदन! हे दैतारी! हे त्रिलोकेश! हे आर्तत्राण! हाथी को मगरमच्छ के मुंह से बचाया था। हिरणी को शेर के मुख में जाने से बचाया था। द्रौपदी की लाज रखी । परीक्षित को सुदर्शन चक्र की आड़ में माँ के गर्भ में छुपाया था। इस संकट से बचाओ, प्रभु!!"

दुकान के भीतर उनकी यह व्याकुल प्रार्थना जितनी एकाग्र उतनी ही आंतरिक और आर्द्र हो गई थी। कुछ ही पल में उनके मन के भीतर कुछ आश्वासन और भरोसा मिला। उन्होंने बहुत बार अनुभव किया कि जब कभी हृदय भाव-प्रवण होता है, और जिस समय निराशा के काले बादल चारों तरफ से घेरने लगते हैं, जिस समय मन को समाधान नहीं मिलता, किसी बेसहारे की तरह, उस समय जो आशा शून्य निर्मम अंधेरे सीने में सिर उठा रही हो, उस समय अंधेरे के कठोर सीने में द्रवित हो जाता है। उस समय वही अंधकार अपने भीतर गंभीर आस्था और आश्वासन देता है, जिसे प्रकाश नहीं दे पाता है। धीरे-धीरे उन्हें लगने लगा, कुना का वही आशंकायुक्त गुरु-दायित्व उनके सिर से नीचे उतर रहा था!

साथ ही साथ घर वाली की बातें याद आ गई। वह निश्चय ही घबरा रही होगी। इस प्रलय-काल में बेचारी की बातें याद आते ही दुख लग रहा था। विचलित होने लगे... बाहर पेड़ टूटे हुए हैं, बिजली के खंभे उखड़ गए हैं, उनका मन बेचैन हो गया, वह कैसी होगी !!

हे प्रभु! कुना की मां के मन को शांति दो।

बहुत समय बाद चंद्र मोहन बाबू ने मुंह खोला।

"कैसे जाओगे मृत्युंजय बाबू?"

"पहले आँधी-तूफान तो थम जाए,
कहीं से भी जाना नहीं हो पाएगा, रास्ते बंद हो गए होंगे।"

कुछ समय बाद वर्षा और तूफान कम हो गया। लगभग पैंतालीस मिनट तक चला यह तांडव। तूफान थमने के बाद आधे घंटे तक भयंकर बारिश हुई।

बारिश छूटने पर दोनों मित्र बाहर साइकिल के पास आए, साइकिल लगभग आधी डूबी हुई थी। किसी छपरीले घर की छत उड़कर वहाँ गिर गई थी।

चारों तरफ अंधेरा। मृत्युंजय बाबू ने अपनी मलिन टॉर्च जलाकर बड़ी

मुश्किल से अपनी साइकिल उठाई। फिर दोनों दोस्त अपनी-अपनी साइकिल लेकर उस निष्प्रभ टॉर्च के उजाले से रास्ता देखते हुए घर की तरफ रवाना हुए, आंधी तूफान आने की तुलना में उनका परिणाम बहुत भयावह था। चारों तरफ अंधेरा ही अंधेरा, तूफान प्रभावित आर्द्र अंधेरे में तरह-तरह की आवाजें आ रही थीं। बहुत लोग शरण-स्थली छोड़कर घर की तरफ जाने लगे, कुत्ते तिलमिला रहे थे। एक कुत्ता कहीं से मर्मातक चित्कार कर रहा था। उसके ऊपर एक बड़ी डाली गिर गई थी, जिससे वह निकल नहीं पा रहा था। पोखरी के तट पर तरह-तरह से मेंढक टर्र-टर्र कर रहे थे। बारिश रुकने के बाद भी बिजली चमक रही थी। रास्ते के दोनों तरफ लोग जा रहे थे। कोई किसी को अधीर होकर पुकार रहे थे, या कोई किसी को मिल नहीं रहा था, कोई किसी का उत्तर नहीं पाकर आवाज दे रहा था। अलग-अलग जगहों से लोग रास्तों पर निकल रहे थे। भीत-भीत अंधकार, काले घने बादलों का अंधकार और उसके भीतर इधर-उधर जाने वाले बेचैन जीव-जन्तु जा रहे थे अपने-अपने घरों की ओर। ।

दोनों दोस्त उसी अंधेरे में टूटी डालियों को कूदते-फाँदते हुए जा रहे थे । एक बच्चा बिजली के तार में फंस गया था, वह चिल्ला रहा था, कुछ लोग उसकी ओर दौड़ रहे थे। चंद्र मोहन बाबू फिर से मैदान में उठकर चलने लगे। मृत्युंजय बाबू गिरते-पड़ते चल रहे थे।

बहुत सारी बाधाओं और प्रतिबंधों का अतिक्रमण करते हुए वे जा रहे थे। दोनों के मुंह से कोई शब्द नहीं निकल रहा था। किसी भी तरह अपने घर पहुँचकर अपने परिवार वालों को सुरक्षित देखने की मन में इच्छा बलवती थी।मन में वही उद्वेग और वही व्याकुलता। वे अपने मुंह के सीध में चलते जा रहे थे।

दाएं तरफ आएगा सीतासागर बांध। बांध के एक तरफ रास्ते पर पीपल का पेड़, बरगद, गुलमोहर और इमली के पेड़ लगे हुए थे। बहुत ही घने पेड़ थे। गर्मी के दिनों में भी पेड़ों पर हमेशा पत्ते लगे रहते थे। बड़ी ऊंची-ऊंची घनी डालियों वाले पेड़ थे । छाया और शीतलता देखकर चमगादड़ों ने अपने घर बना लिए थे। सालों से लाखों चमगादड़ वहाँ उतरते थे। पास ही में था राधाकान्त मठ। महंत महाराज का हुक्म था, कि कोई किसी वहाँ चमगादड़ नहीं मारेगा। और किसी ने मारी भी नहीं, किंतु कभी-कभी बिजली के तार पर लटक कर कई चमगादड़ें मर जाती है। उन्हें मांसाहारी लोग अपनी जिह्वा-लोलुपता को शांत करने के लिए ले जाते थे।

सीतासागर के पास से गुजरते समय मृत्युंजय बाबू मांस की गंध सूंघकर विचलित हो गए। आज दोपहर में पोखरी से पकड़ी गई होगी प्रायः तीन-चार मण रोही मछलियाँ। उनकी गंध अभी भी वायुमंडल में मंडरा रही है।

सीतासागर की रोही!!

आः .....

आज इस वर्षा की रात....

आंधी तूफान की रात में.... आह ...

आमिष पसंद करने वाली भोली-भाली बेटी कुनी ...

पड़ोसी सप्लाई ऑफिसर दीनबंधु बाबू के रसोई घर से अवश्य आ रही होगी अभी सीतासागर की रोही की तैल-स्निग्ध उतप्त प्रलुब्ध सुगंध। आंधी तूफान की इस रात में एक शीतल अवसन्न खुशबू फैलेगी, उससे उत्तेजित हो उठेगी कुनी। उसके बड़े-बड़े नथुने उसी गंध को ग्रहण कर रहे होंगे। उसकी आमिष लोलुप जिह्वा पिघल जाएगी, बहने लगेगी।

वास्तव में यह रात आमिषलोलुपी है। अति तीव्र और हिंस्र, उसकी यह आमिष लोलुपता। मृत्युंजय बाबू ने अपनी साइकिल के पैडल को एक डाली से निकाल धीरे-धीरे रखते समय देखा बहुत सारे लोगों की भीड़ बांध की तरफ उमड़ पड़ी है। बहुत सारे रास्ते से कुछ झपटकर ले जा रहे है। चारों तरफ चीखने की आवाज। उल्लसित कोलाहल।

चंद्र मोहन बाबू आगे चलते जा रहे थे। अचानक रुक कर मृत्युंजय बाबू को आवाज लगाने लगे,

कहो ऊऊऊऊ ! क्या हुआ आ आ आ??

देखे नहीं ई ई ई ई??

क्या अ अ अ???

वह पेड़ टूटकर छिन्न-छत्तर हो गया है। और लाखों-लाखों चमगादड़ के घर भी टूट गए हैं । असंख्य चमगादड़ रास्ते पर घायल होकर गिरी हुई है। किसी का मुंह टूट गया है। किसी के पंख टूट गए हैं। कई दब गई है। और वे कितनी बुरी तरह से चीख रही है !! रास्ते पर पांव रखने की जगह नहीं है। बहुत सारी घायल चमगादड़, आर्त चमगादड़, विकल चमगादड़; मृत्यु की गंध से भ्रष्ट-त्रस्त चित्कार करती हुई लाखों असंख्य चमगादड़!!

आज राधाकांत मठ के महंत के करुणापूर्ण आदेश का निष्ठुर कराल प्रकृति ने उल्लंघन किया है। दौड़कर आ रहे हैं वे - मांसाहारी आमिष लोलुप हिंसक मनुष्य, हाथों में टोकरी लेकर, अपने खाली हाथ से जितना ले पा रहे थे, उतना लेते जा रहे थे। उठाकर ले रहे थे, अंधी जड़ प्रकृति की निर्मम, विश्रृंखल, ध्वंसकारी, उद्धाम तांडव

लीला का मृत्युंजय का निदारण अवदान। इस तामसी आंधी तूफानी रात ने पाशविक क्षुधा के लिए उपयुक्त आहार प्रदान किया है।

मृत्युंजय बाबू ने भूमि पर गिरी हुई घायल चमगादड़ों की ओर देखा। सायं-सायं करता हुआ एक विद्युत स्रोत फैल गया आकाश और पृथ्वी पर। बादलों से ढके आकाश के वक्ष-स्थल को चीरते हुए। भीगी हुई धरती की छाती कांप उठी। और साथ ही साथ एक आदिम, हिंस्र, मांसलुब्ध, प्राणी विनाशक, पैशाचिक लालसा लाल-लाल रक्तिम जीभ की कामनाग्नि जल उठी मृत्युंजय बाबू की दोनों आंखों में, जैसी लालसा भड़क उठती है शिकारी छिपकली की आंखों में, शिकारी बाघ के दांतों में, शिकारी मगरमच्छ की पूंछ के अग्रभाग में। उसी प्रकाश से उन्हें दिखाई देने लगे, असंख्य छटपटाते मांस-पिंड, अनायास उपलब्ध मांसों का ढेर, मांस के टुकड़े, थोक-थोक नील-नील स्निग्ध कोमल उष्ण रक्तयुक्त मांस।

मृत्युंजय बाबू की शिरा-धमनियों में लोभ जाग उठा। वे बिना सोचे-समझे नीचे से एक-एककर चमगादडों को उठाकर टोकरी में भरने लगे। उसके बाद मन की इच्छा अनुसार बैग में भर्ती करने लगे। जब सब-कुछ भर गए, तब तृप्ति से घर जाने के लिए उठ गए। चारों दिशाओं में चमगादडों को इकट्ठा करने वालों का हर्षोल्लास, और लाखों घायल चमगादडों की आर्त मुमुर्ष यंत्रणाजनित विलाप। एक तरफ बकरी की मिमियाहट और दूसरी तरफ बाघ की दहाड़, सभी मिलकर एक विचित्र ध्वनि और दृश्य का निर्माण कर रहे थे।

मृत्युंजय बाबू हिंस्र उल्लास के साथ साइकिल चलाने के लिए तैयार हो गए। उनका मन चंचल हो गया, घर जाने के लिए।

यह क्या? साइकिल चल नहीं रही है? मृत्युंजय बाबू ने ब्रेक देखे, ठीक थे। पैडल कहीं फंस तो नहीं गया है। और फिर? साइकिल दो बार ऊपर उठाकर नीचे कर दिया। नहीं तो, ठीक तो है। फिर क्या हो रहा है?

केवल चीं चीं चीं...

लाखों-लाखों घायल चमगादड़ों की दिल दहलाने वाली करुण विलाप चीं चीं चीं...

मगर साइकिल क्यों चल नहीं पा रही है?

उनके हैंडल, पेडल, क्रेंक, दोनों पहियों को चारों तरफ से घेर लिया हैं, पकड़ लिया हैं, चित्कार कर रहे हैं, उनकी पतली त्वचा, सूपड़े जैसे पंख, और प्रत्येक पाँव के नुकीले नाखून - सभी ने मृत्युंजय बाबू की साइकिल को पकड़ लिया हैं, वे नहीं छोड़ रहे हैं, चीं, चीं कर रहे हैं, उन्होंने घेर लिया हैं।

अंधेरा...
बिजली...
हिंसा से परिपूर्ण कोलाहल
आर्त मुमुर्ष यंत्रणा की चित्कार
चारों तरफ तूफान की तरह डरावनी प्रतिक्रिया

मृत्युंजय बाबू अभी भी चमगादड़ों को लेकर साइकिल चढ़ाने लगे, मगर असंभव। वे और अधिक चीं चीं करने लगीं। विकल प्राणों के कारण अधिक सख्ती से वे साइकिल को घेरने लगे। वे स्वयं मृत्युंजय बाबू के शरीर से चिपकने लगे।

टॉर्च जलाकर देखने लगे मृत्युंजय बाबू।

छोटे-छोटे मुंह
चूहों के मुंह की तरह
नहीं, नहीं मनुष्यों के मुंह की तरह ... मनुष्य के बच्चों के मुंह की तरह.
..

वैसे ही त्रस्त विकल, अनुनय भरी दृष्टि..... छोटे-छोटे कान, छोटे-छोटे मुंह और दाँत.....

और उन दांतों से चीं चीं कर रहे हैं। वे जिस प्रकार से क्रंदन कर रहे हैं, अनुनय कर रहे हैं, अभिशाप दे रहे हैं, बचाओ, बचाओ की गुहार लगा रहे है, वे शायद कुछ कह रहे हैं।

बादलों से आकाश को चीरते हुए फिर एक बार बिजली चमकी। मृत्युंजय बाबू का शरीर और हाथ-पाँव सुन्न हो गए। चमगादडों ने उन्हें घेर लिया था। उनकी साइकिल, उनके हाथ, पाँव, सीना, पीठ, चेहरे पर चारों तरफ चमगादड़ ही चमगादड़। वे साइकिल के पहिये के भीतर घुसकर एक पंख से पहिये को तो दूसरे पंख से फ्रेम रॉड को कसकर पकड़ लिया था, साइकिल चल नहीं पा रही थी।

मृत्युंजय बाबू का शरीर शिथिल होने लगा। एक अवश शीतलता से वे जड़ हो गए। उनके मन में उभर आई वह तस्वीर, बाउदपुर ट्रेन दुर्घटना की, असंख्य असहाय आहत यंत्रणाकातर यात्रियों के विकल विलाप की, और आस-पास वाले गांव वालों का दौड़कर आना, पेटी, बिछौना, घड़ी, चुड़ियाँ, कुंडल, ट्रान्जिस्टर, लूटकर लेजाना, वे सब निर्दयी पशु मनुष्य के रूप में, जिनका लोभ से लाल चेहरा, जिनकी आँखों में नरक के अग्नि की तरह हिंसा की ज्वाला जल रही हो, किन्तु, किन्तु, किन्तु, वह खुद भी तो ... हे भगवान !!

मृत्युंजय बाबू का सिर चकराने लगा। उनका सीना रुद्ध हो गया। वे जोर से रोने के लिए व्याकुल हो गए । वे आकाश की ओर देखकर बच्चे की तरह भें-भें कर रोने लगे। आर्त स्वर में सिसकी भरने लगे। उनकी ये सिसकियाँ अंधेरे के साथ मिलकर आकाश की तरफ चली गई। वे विकल भाव से पुकारने लगे -

"हे भगवान!

हे त्रिलोकेश!

हे करुणासागर!

हे क्षमानिधि !

हे आर्त त्राण!!

द्रौपदी की लाज रखी थी, हाथी को मगरमच्छ से बचाया था, हिरण की शिकारी से रक्षा की थी, प्रहलाद को अग्निकांड से बचाया था। मुझे भी इस नारकीय लोभ के हाथों से ...."

उस आंधी तूफान से ग्रस्त भीत-भीत आर्द्र अंधेरे में उसी पाशविक हिंसा के लोभातुर से प्रमत्त अंधेरे के भीतर, उसी असहाय अंध मांस की लालसा के वीभत्स अंधेरे के भीतर मृत्युंजय बाबू के मानव शिशु आत्मा की आकुल प्रार्थना एक पवित्र करुणा के क्षीण शुभ्र धारा में तेज गति से कलकल कर बहने लगी, उस परम कारुणिक महाकरुणा के महासमुद्र के भीतर।

मृत्युंजय बाबू ने उस स्रोत में अपने आप को बहा दिया और अंत तक उस स्रोत में तैरते-तैरते गए, उस नारकीय वीभत्स हिंस्र तामसिक रात के घोर लाल-जिह्वा वाले अंधेरे में।

उस दिन घर लौटकर मृत्युंजय बाबू ने देखा, परिवार सुरक्षित था। कुना सही समय पर घर लौट आया था, मगर यह क्या? बकरी का छोटा बछड़ा बरामदे में थर्रा रहा था। कुना ने कहा,

"पिताजी! तूफान के समय उसकी मां और बाकी बछड़े कहीं चले गए। इधर-उधर अकेले कांपते हुए मिमिया रहा था। तूफान आने के बाद और कहीं नहीं जा पाया। मैं उसे अपने घर ले आया। कल सुबह उसकी माँ के पास छोड़ आऊँगा। कानूनगो बाबू की बकरी है तो !!"

मृत्युंजय बाबू स्नेह और कल्याण की भावना से उसका सिर सहलाने लगे। उसी समय उसकी आमिष-प्रिय भोली बड़ी बेटी कुनी आकर कहने लगी,

"पिताजी! आइए देखिए तो"

"क्या हुआ, बेटी!!"

"एक चमगादड़। तूफान में कहीं से उड़कर आकर हमारे पिंडे पर गिर गई। उसके पंख टूट गए हैं। माँ ने वहाँ आयोडिन लगा दिया हैं। मैंने उसे छोटे सन्दूक में कपड़ा बिछाकर सुला दिया हैं। मैंने इसे दूध दिया, भात दिया, मगर खाई नहीं, बदमाश!"

मृत्युंजय बाबू की आँखें छलछला आई। वे बेटे को छोडकर बेटी को आलिंगन करते हुए पूछने लगे,

"तुम्हारी मां कहाँ गई है, कुना?"

कुना की माँ रसोईघर से बाहर आकर पहुंच गई।

"तूफान के समय आप कहां गए थे?

"सुरक्षित था। फोटो की दुकान में"

"हे भगवान! मैं केवल भगवान को पुकारता रही, इतनी तेज हवा! इतनी घडघड़ाहट !! बेसहारों की रक्षा करना !!"

तभी कहीं से आकर दूसरे बच्चों ने भी उन्हें घेर लिया। पारिवारिक कलरव से वह छोटा मलिन घर मुखरित हो उठा। मृत्युंजय बाबू उस निरीह, निष्पाप, कल्याणपूर्ण कारुणिक दरिद्र परिवार को गले लगाकर परम आनंद में लीन हो गए। उनके मन में, पता नहीं कैसे एक आस्था घर कर गई, विश्वास होने लगा, यह धरती अवश्य ही बदलेगी। यह दरिद्रता अवश्य खत्म होगी। मनुष्य नहीं, उसके भीतर सुप्त मनुष्यता ही एक दिन धरती की रक्षा करेगी। देरी हो, भले ही, जितनी देरी होनी हो!

□

गूलर के फूल

अखिल मोहन पटनायक

भद्र महिला ने पहले से मुझे संजय समझ लिया था । मेरा उससे किसी भी तरह का प्रतिवाद करने का साहस नहीं था । पहले से उस घटना के बारे में बता रहा हूँ ।

उस समय मैं इलाहाबाद विश्वविद्यालय में स्नातकोत्तर छात्र हुआ करता था । दुर्गा पूजा की छुट्टियों के समय मैं गुवाहटी घूमने गया था । शायद वह एक सम्भ्रांत इलाका था, क्योंकि वहाँ जितने घर थे; वे भी काफी सुंदर, आकर्षक, भव्य दिखाई पड़ रहे थे । ये सभी घर आधुनिक डिजाइन के थे । कभी-कभी इन मकानों की एक ही प्रकार की संरचना देखकर मन उब जाता था । ऐसा लगता था मानो रातो-रात बाजार से खरीदी हुई स्थापत्य की किताब से उतरकर यहाँ अवतीर्ण हुए हैं । घर कहने से मन में जिसका अहसास होता है, वैसा अहसास इन भव्य महलों को देखने से नहीं होता है । इन सब महलों में रहने वालों के साथ मेरा परिचय न होना स्वाभाविक है । पर महलों की बात यहाँ प्रमुख नहीं है । मैं अपनी असली बात पर लौट आता हूँ ।

मैं इस आभिजात्य इलाके के एक होटल में ठहरा हुआ था । एक दिन शाम को मैं पैदल-पैदल होटल को लौट रहा था. अचानक आकाश में उत्तर दिशा की ओर से काले-काले बादल घुमड़कर छाने लगे और तेज हवा चलने लगी । देखते-देखते बारिश की बड़ी-बड़ी बूँदे गिरनी शुरू हो गई । थोड़ा और पैदल चलना मुश्किल हो गया ।

इस वजह से रास्ते के किनारे बनी एक बड़ी-सी इमारत की तरफ मैं भागने लगा । दूसरा समय होता तो दरबान या अलसेशियन कुत्ते का डर या संकोच रहता, परंतु इस अचानक बारिश के कारण ये सारी बातें एक पल के लिए भी मन में नहीं आई । पूरी तरह भीग जाने से पहले मैं फाटक खोलकर बरामदे के ऊपर चला गया । उस मकान के बरामदे की साजो-सज्जा बहुत ही सुंदर थी ।

मोजाइक के फर्श पर केन की चार कुर्सियाँ पड़ी हुई थी । दीवार पर सागवान

की लकड़ी से बना एक नाम-पट्ट था। उसके नीचे एक छोटा-सा लेटर बॉक्स लटका हुआ था। दाहिनी ओर सीमेंट की ग्रिल के ऊपर 'राधातमाल' फूलों की लता ऊपर की ओर फैली हुई थी। कुछ पोर्सिलीन के टब में दुष्प्राप्य केक्टस लगे हुए थे।

बाहर मूसलाधार बारिश हो रही थी। बीच-बीच में बिजली चमक रही थी। बड़े आश्चर्य की बात थी कि इतने बड़े मकान में कोई रहने वाला नजर नहीं आ रहा था। इस परिस्थिति में रेडियो या बर्तनों की ठनठनाहट या कुछ भी नहीं होने से घर के खिड़की दरवाजे बंद होने की आवाज तो सुनाई पड़नी चाहिए थी। घर के सामने वाली खिड़की में महीन पर्दा हवा के झोंकों से उड़ रहा था। उड़ते समय ड्राइंग रुम में कुछ पत्र-पत्रिकाएँ के पन्नों की फरफराहट सुनाई पड़ रही थी। कोई भी आदमी ये आवाज सनकर कबूतरों के पंखों की फड़फड़ाहट का अनुमान लगा लेगा। कहीं नृत्यशाला में थिरकती संगीत की आवाज जैसी बारिश की रिमझिम प्रतीत हो रही थी। दूर स्थित बिजली के खंभों पर गिरती पानी की बूँदे ऐसे लग रही थी जैसे एक उज्ज्वल भाले के कलेवर को बेधते हुए रजत-भस्म को प्रकाशित कर दे रही हो।

बहुत ही तेज गति से एक दीर्घ काले रंग की गाड़ी पोर्टिको में आकर रुकी। गाड़ी पोर्टिको के नीचे खड़ी होने के बाद भी सामने की लाइट जल रही थी और वह लाइट मेरे ऊपर गिरकर मेरे व्यक्तित्व को लांछित कर रही थी। मुझे लगा, मैं जैसे जंगल में भूले भटके किसी कोतवाल का पुत्र हूँ, जो किसी आश्रय की तलाश में प्रताड़ित होकर किसी दानव की गुफा में फँस गया हो।

गाड़ी की लाइट बुझते ही अंधेरा अपना मुँह खोलकर मुझे निगल गया। गाड़ी के अंदर किसी नारी की उत्कंठित आवाज सुनाई दी, "तुम संजय...." और गाड़ी से जो भद्र महिला उतरी थी, वह बहुत आत्मीयता से मुझे घर के अंदर ले गई और मैने पहली बार उसका चेहरा प्रकाश में देखा।

भद्र महिला की उम्र चालीस के आस-पास थी, फिर भी वह स्वस्थ और सुंदर थी। हम दोनों एक दूसरे की तरफ अपलक बिना कुछ बोले देख रहे थे। मैं सोच नहीं पा रहा था, मैं किस प्रकार उससे कहूँ कि मैं संजय नहीं हूँ। शायद उन्हें किसी प्रकार की ग   लतफहमी हो गई है। मेरे कुछ कहने से पहले ही उस भद्र महिला ने कहना शुरू किया, "संजय, अभी तक तुम वैसे ही हो, तुम्हारे चेहरे में कोई बदलाव नहीं आया है।"

उसके बाद उसने कुक को बुलाकर कॉफी बनाने का आदेश दिया, "मुझे

पता है कि तुम चाय नहीं पीते हो। माँ-बाप को बच्चों की हर चीज का ख्याल रहता है। पर तुम बोलो, संजय, मैं चाय में कितने चम्मच चीनी लेना पसंद करती हूँ।''

गलत उत्तर देने की की अपेक्षा चुपचाप रहना उचित लगा। इतने कम समय में भी भद्र महिला की आँखों से उदासीनता स्पष्ट रूप से झलक रही थी। वह सोफे के ऊपर थोड़ा लेट गई थी, और कहने लगी, ''मैं जानती हूँ, संजय, तुम्हारी उम्र में हमारी बातें याद रखना अस्वाभाविक है। मंजु को देखो, वह क्या रिसर्च कर रही है आज तक? चार-पाँच सालों में एक बार भी हमें देखने के लिए नहीं आई। क्या उसके पास इतना भी समय नहीं है? तुम तो फिर भी आए हो? मंजु के पापा कह रहे थे कि उन्होंने ट्रेन के टिकट करवा लिए हैं। देखो, छुट्टी खत्म होने जा रही है, फिर भी वह घर नहीं आई।''

मैं मूकदर्शक बनकर बैठा रहा। इस गोरख-धंधे में मैं उलझता जा रहा था। जब तक बारिश रूक नहीं जाती है, तब तक मैं इस परिस्थिति से मुक्ति नहीं पा सकता था। मैने इस बात का अंदाज लगा लिया था।

वह भद्र महिला कहने लगी, ''मंजु तो जानती है, वह आने वाले दिसम्बर में विदेश जाएगी। उनके पिताजी ने सभी चीजों की तैयारी कर ली है। न जाने कब फिर उससे मुलाकात होगी? कौन कह सकता है मुलाकात होगी या नहीं? बचपन में मंजु मेरे पास थी, तुम भी थे, कितना अच्छा लग रहा था! मगर पढ़ाई के लिए अपने परिवार वालों से इतना दूर जाना ठीक नहीं है। भद्र महिला की आवाज भारी होने लगी थी, ''मैं मंजु के पास और पैसा नहीं भेजती तो वह मजबूरन चली आती, परंतु मैं माँ होने के नाते ऐसा कैसे कर पाती?''

बारिश धीरे-धीरे कम होने लगी।छज्जे से पानी की बूँदें टप-टप की आवाज के साथ गिर रही थी। मैं बार-बार घड़ी की तरफ देख रहा था। फिर कहने लगा, ''मुझे मेरे एक दोस्त से मिलना है। मुझे जल्दी ही जाना होगा। लौटते समय भद्र महिला ने मुझे मेरा पता-ठिकाना पूछा। मैंने उसे मोड़ के उस पार 'सी व्यू होटल' के रूम नं 26 में रूकने के बारे में बताया। मगर उसकी आँखें कुछ और बोलना चाह रही थी। तब तक मैं सीढ़ी से उतरकर नीचे आ गया था।

उसने एक बार फिर आवाज दी, ''संजय, इतनी बारिश में तुम पैदल मत जाओ।''

उसकी आवाज में आदेश का स्वर सुनाई पड़ा। वह गाड़ी में बैठने के लिए कहने लगी।''ड्राइवर, तुम्हें होटल में पहुँचा देगा और उसे भी तुम्हारे होटल के बारे में पता चल जाएगा।'' मजबूरन मैं गाड़ी में बैठ गया। गाड़ी में बैठकर मैने उस

महिला और उसके परिवार के बारे में जानने की उत्सुकता का मुश्किल से दमन किया।

अगले दिन होटल के बेरा के सुबह चाय का प्याला रखकर जाते समय दरवाजे पर ठक-ठक की आवाज सुनाई पड़ी, ''मैं अंदर आ सकता हूँ?''

''आइए।''

कमरे के अंदर एक अधेड़ उम्र का आदमी घुस आया। उसको देखते ही पता चल रहा था कि किसी गंभीर दुख के कारण अधिक उम्र लग रही थी। कुरता पहने हाथ में स्टिक लिए वह एक सम्भ्रांत आदमी लग रहा था। उस सज्जन व्यक्ति ने अपनी आँखों से मोटे चश्मे उतारकर रुमाल से उसको दो बार पोंछकर फिर पहन लिया। कुर्सी के ऊपर अपनी स्टिक को रखकर और एक बार मेरी तरफ नजर घुमा ली।

मैने उनको कुर्सी में बैठने के लिए इशारा किया। कुर्सी में बैठकर वह सज्जन कहने लगा, ''मैं जानता था, मेरी पत्नी बहुत ही बड़े भ्रम में है। हाँ, तुम कल शाम को जिस बंगले में बारिश के कारण रुक गए थे, वह मेरा घर था। और वह औरत मेरी पत्नी थी। आज सुबह उसने मुझे जबरदस्ती यहाँ भेजा है। उसके मन में 'तुम संजय हो' यह बात घर कर गई है।''

मैं क्षमा माँगते हुए उस सज्जन आदमी से कहने लगा, ''मेरा नाम अशोक है। कल शाम की घटना के लिए मैं लज्जित हूँ। परन्तु पता नहीं क्यों, आपकी पत्नी की प्यार भरी बातें सुनकर मैं अपना मुँह खोल नहीं पाया कि मैं संजय नहीं हूँ।''

वह आदमी कहने लगा, ''मैं भी मानता हूँ संजय के चेहरे से आपका चेहरा मिलता-जुलता है। ध्यानपूर्वक निरीक्षण करने से ही पता चल सकता है कि तुम संजय नहीं हो। इसलिए माफी माँगने या लज्जित अनुभव करने का कोई कारण नहीं है। अशोक, नियति का यह एक निष्ठुर परिहास है। मेरी बेटी मंजुश्री के साथ संजय का विवाह तय हो गया था मगर वह संभव नहीं हो सका।''

अपनी बात कहते-कहते उस आदमी का कंठ अवरुद्ध हो गया। वह सेन्ट्रल टेबिल की तरफ अपलक देखता रह गया।

मैंने एक कप चाय बनाकर उनके सम्मुख रखी। पहले की तरह अनमने भाव से उसने चाय का कप उठा लिया और कहने लगा, ''यह बात तुमसे कहने में कोई फायदा नहीं। बहुत दिनों के बाद कल शाम को मैने अपनी पत्नी के चेहरे पर ख़ुशी के भाव देखे थे। वह तुमको देखकर सोच रही है कि उसके सपने साकार होने जा रहे हैं। मैं उसका यह भ्रम मिटाना नहीं चाहता हूँ. इस भ्रम की वजह से वह अपनी

शेष जिंदगी को आनंद से बिता सकती है तो और जीवन में मुझे क्या चाहिए?"

इतना कहकर वह आदमी चुप हो गया। ऐसे लग रहा था, जैसे वह अपने आप से बात कर रहा हो। आँखों के मोटे लेंस वाले चश्मे उतारकर रुमाल से पोंछते हुए वह बोला, "तुम उम्र में मेरे बेटे की तरह हो। मैं तुम्हें अशोक..... नहीं नहीं संजय कहकर पुकारूँगा, क्योंकि किसी वक्त असतर्कता से मेरी पत्नी के सामने सच न आ जाए।"

"सुनो संजय, सुनो। आज से मेरे परिवार में तुम्हारा एक मात्र परिचय होगा, संजय के रूप में। और मेरा एक मात्र निवेदन है कि तुम्हें बीच-बीच में मेरे घर आना होगा। मेरे पास पैसों की कभी कमी नहीं थी और अब भी नहीं है। केवल एक ही चीज का अभाव है, जिसे केवल तुम ही पूरा कर सकते हो।"

इतना कहते हुए कातर भाव के साथ वह चुप हो गए, फिर कहने लगे, "मुझसे तुम वायदा करो कि कितनी भी समस्याओं के बावजूद भी तुम बीच-बीच में मेरे घर आकर संजय होने का अभिनय करते रहोगे।"

मैं सचमुच विचलित-सा हो गया, फिर अपने आपको सँभालते हुए कहने लगा, "ठीक है, मैं वायदा करता हूँ। आप निश्चित रहिए।"

यह सुनते ही ऐसा लगने लगा मानो उस व्यक्ति, के सीने पर से कोई बोझ उतर गया हो।

"हाँ, मैने सुना था कि तुम आज शाम को फ्लाइट से दिल्ली जा रहे हो। मेरी पत्नी, बेटी मंजु के लिए कुछ सामान भेजेगी। हम दोनो एयरपोर्ट पर तुमको मिलने आएँगे। मै तुम्हारा और समय नष्ट करना नहीं चाहता हूँ। मुझे जाने की इजाजत दें।"

मै उस आदमी को कुछ दूर तक छोड़ने के लिए साथ गया।

अगले दिन एयरपोर्ट लाउंज में बैठकर मैं इधर-उधर मन ही मन उस दंपत्ति की तलाश में था। कहीं से आकर अचानक वह आदमी मेरे कंधे पर हाथ रखकर कहने लगा, "हैलो, संजय!" मैं विस्मित रह गया। मैने देखा कि मेरे सामने पिछली रात की रहस्यमयी, स्नेहमयी महिला सामने खड़ी थी। वह एक सुंदर-सा पैकेट मेरी तरफ बढ़ाते हुए अंग्रेजी में कहने लगी, "दिस इज फॉर मंजु - माइंड द ट्रबल।" मैने उनके हाथ से वह पैकेट ले लिया। पैकेट के ऊपर स्कैच पेन से बड़े बड़े अक्षरों में लिखा हुआ था - मंजु। तब माइक से यात्रियों के जाने की घोषणा हुई। उस भद्र महिला ने मेरे बाएँ हाथ को अपने हाथ में लेकर धीरे से छोड़ दिया।

मैं उस सज्जन आदमी को थोड़ा दूर ले जाकर पूछने लगा, "देखिए, मैं तो

मंजुदेवी का पता नहीं जानता हूँ। आप पैकेट के ऊपर लिख देते तो मुझे सुविधा हो जाती।''

मैने अभी तक किसी भी आदमी की आँखों में इस तरह का भाव नहीं देखा था। ऐसा लग रहा था मानो वह कोई निर्जीव प्राणी हो। ठीक उसी तरह जैसे किसी मूर्ति की तरह आँखें दिखाई दे रही हो। उसके बाद शायद नियति के प्रचंड अट्टहास से उसका शरीर कांपने लगा हो।

मेरे कान के पास अपना मुँह लाकर वह फुसफुसाकर कहने लगा, ''मुझे भी मंजु का पता मालूम नहीं। मेरी पत्नी की मानसिक बीमारी के बाद मंजु चल बसी। आज से बहुत साल पहले एक रेल दुर्घटना में मंजु की मौत हो गई थी। तब मंजु बी.ए (थर्ड इयर) में पढ़ रही थी, इसलिए तीन साल के बाद उसे रिसर्च करना चाहिए, रिसर्च करने के बाद वह विदेश चली जाएगी।''

हवाई जहाज का पंखा घूमना शुरू हो गया था। बार-बार मेरे नाम की माइक से घोषणा हो रही थी। मैने हवाई जहाज में अपने कदम रख लिए थे। बीच में मैने एक बार उनकी तरफ देखा। वे लोग मुझे देखकर हाथ हिला रहे थे। मुझे लगा कि वह दोनों भगवान की निष्ठुर सृष्टि में निसंग, अभिशप्त मनुष्य रूपी कठपुतलियाँ है। आकाश की तरफ हाथ हिला रहे हैं।

◼

स्वप्नभंग

चन्द्रशेखर रथ

छोटे पुत्र की नई उगती हुई दाढ़ी पर जोर से थप्पड़ मारते हुए बलभद्र रायगुरु गरजने लगा - "चुप बे! नालायक इडियट कहीं के! तुझे आखिरकर मेडिकल लेना होगा। डाक्टर नहीं तो क्या जूलोजी पढ़कर मास्टर बनेगा? मारूंगा जोर से कि सारे दांत निकल जाएँगे। जाओ, आज अपना आवेदन पत्र जमा करवाकर आओ।"

धोती, कुर्ता और पुराने जमाने के काले चमड़े की चप्पलें पहनकर वह तेजी से अपने सोने के कमरे में चले गए। बूबू को कई दिनों से शेर का सपना आ रहा है। धब्बेदार चादर ओढ़कर बाघ मुंह फाड़कर उसे खाने आता था। कभी-कभी उसे पान चबाने वाले मुंह की तरह दिखता था। उसका मुंह मानो एक हिंगुल गुफा हो। उसके भीतर कड़कड़ाहट के साथ बिजली गिरने की आवाज सुनाई पड़ती थी। पसीने से तरबतर होकर बूबू अंधेरे की ओर भागता और उसके पीछे-पीछे दौड़ता वह बाघ।

अनेक बार उसने देखी थी उस बाघ के पांवों में पहनी हुई इस तरह की काली-काली चप्पलें...।

उसके भागने के रास्ते में पड़ता था एक जिम्नेजियम। वह वहां से लाया लुहार की एक गेती। उसकी एक हुंकार में उसने देखा बाघ पांव फैलाकर सो गया है। उसके आगे के दोनो पांव शरण लेने की दृष्टि में लंबे हो गए हैं। आंखे बंद करके कूं-कूं कर रही है पड़ोसी घर की कुत्तिया 'लिलि'। बूबू गेती के आगे का हिस्से उठा रहा था। वह पलटने लगती है जैसे प्लेट में वड़ा या मांस का एक लोथड़ा। छुरी से उसका धड़ अलग कर बूबू ने उसको कांटे की सहायता से उसके मुंह में डाल दिया।

नींद टूट गई। ....

मेडिकल में नाम लिखवाना पड़ेगा। कम से कम बी.एस.सी के बाद डॉक्टर तो होगा, और पांच साल। उसके बाद लगाएगा - बात-बात में इंजेक्शन, छुरी और खाएगा - आरसेनिक, -।

झरोखे के पास से देख रहे थे बलभद्र रायगुरु। गेट बंद करके बूबू रास्ते की

ओर बाहर निकल गया। पीछे हाथ बांधकर वह नीचे देखते रहे कुछ समय। संकुचित हुई उनकी सहस्त्र नाड़ियों के भीतर से एक दीर्घश्वास निकली। वह उसी तरह नीचे देखते हुए धीरे-धीरे चला गया। दो चार कदम बढ़ाने के बाद मन ही मन कहने लगा, "उल्लू! .... सोच रहा है हर समय बाप ऐसे बैठा रहेगा... दाल भात पकाकर खिलाता रहेगा। बे! तुम क्या और इंसान नहीं बनोगे? उल्लू कहीं का - क्या डॉक्टर नहीं बनेगा! नहीं होगा तो और क्या तेरी मां अस्पताल के बरामदे में इधर-उधर झांकती हर समय मरती रहेगी? उसका भोला बाप उनके पांव पड़ता रहेगा। वे क्या सही जबाव देंगे? उनके ऊपर अधिकारी बनकर उसके मुंह में लगाम लगाकर चाबुक मारते हुए कहूंगा - 'याद करो साले वह दिन, जिस दिन उस औरत को देखने का तुम्हारे पास वक्त नहीं था - चाय नाश्ता कर रहे थे - सिगरेट पीते-पीते हंस रहे थे -बिल्कुल भी नहीं देखा उसको। श्मशान में उसका शरीर उठाने में मुझे भारी लग रहा था। मैं आ गया हूं जूते पहनकर तुम्हारे दांत तोड़ने के लिए। तुम्हारे पापों का प्रायश्चित्त कराऊंगा मैं। मेरा नाम है डॉक्टर विवेकानंद रायगुरू।"

बलभद्र बाबू ने सुनसान घर में चारों ओर निगाहें डाली। और दो साल नौकरी। पुरानी इस जगह पर बहुत कष्टों के बाद उसने यह घर बनाया है। 'बगुली' इंजिनियर होकर भी कुछ नहीं कर पाया। उसने सोचा था कि बड़े बेटे के इंजिनियर होने पर कहां-कहां से सारा पैसा आएगा - जैसे यामिनी बाबू, रमणी बाबू, गांगुली बाबू, महाराणा बाबू के यहां आता है। हर दिन मिठाई चंदनपुरी और केलों का नाश्ता होगा। सूजी का हलवा, पूरी, कचोडी, अंडा, मांस, खीर, फल - घर में बच्चों को पढ़ाते समय उसकी पुस्तकों के खाद्यपदार्थों के सारे नाम मुखस्थ रहेंगे।

इंजीनीयर होना कोई छोटी बात नहीं है! उसे वह दिन याद आ गया ... "अरे बगुलिया, खाने के बाद परीक्षा देने जा। भूखे क्यों जा रहे हो? ताजा ताजा तालमाटा लेकर आया हूं - चैनापोड़ खराब नहीं होगा।"

बगुली आखिरकर इंजिनियर बन गया। बनने पर भी क्या हुआ? बलभद्र घड़ी की तरफ देखने लगा। दस बजने में और दस मिनट बाकी है, चावल उतारने के बाद साइकिल से वह ठीक समय पर पहुंच जाएगा। आज क्या इलेक्शन होगा। आधे तो ऑफिस आएंगे नहीं - इस पर यह विभाग, यहां कौन किसको पूछता है?

उनके कई दिनों से अभ्यस्त हाथों से भूल नहीं होती है। चावल पक गए। साइकिल लेकर बलभद्र बाबू रास्ते में चले गए। मगर मन में तरह-तरह के चालीस या पचास वर्ष पुराने ख्याल याद आने लगे।

हर दिन की तरह चौक के पास श्रीकांत बेहरा मिला। उनके जितनी ही

उम्र। चेहरे पर अतीत की परछाइयाँ। आंखों में गांभीर्य। हंसने पर पोपला मुंह दिखने लगता। मुंह के अंदर कई दांत पान खाने से एकदम काले हो गए थे।

"क्या हुआ बलि भाई, आज सुबह बाजार नहीं गए।"

"हाँ... हाँ... आज नहीं गया।"

"आज ताजी गोभी आई थी - आठ रूपए किलो।"

"सुना - आठ रुपए किलो।"

"सुन लिया।"

"मैने देखा - यामिनी बाबू का जो लड़का नौकर नहीं है सुदर्शन - उसने पूरी एक किलो थैली भर कर ली, मगर उस नई ताजी गोभी में कहीं-कहीं पानी लगा हुआ था।"

"काश्मीरी सेव आया है मियां के फल की दुकान में, शुरू में कह रहा था साला, बारह रुपए। जो भी कहो, उसकी खुशबू से आधा पेट भर जाता है।"

इस प्रकार प्रायः बाजार की सारी खाने की वस्तुओं की तालिका श्रीकांत बेहरा बताकर चला गया। अपहुंचने डाली के फल - सभी केवल बातचीत के सामान। उनके ऊपर समय-समय पर जोरशोर से बहस छिड़ती है। दोनो पक्ष अपने-अपने तर्क रखते हैं। मगर आज यह सब कुछ नहीं। श्रीकांत बाबू ने कई बार अनुभव किया कि वह बालू के ऊपर अकेले चल रहा है। पांवों के शब्द भी सुनाई नहीं दे रहे हैं।

वह साइकिल के पास आकर पूछने लगा - "क्यों क्या हुआ - आज इतने गंभीर क्यों हो? बलभद्र रायगुरु संकुचित होकर दूसरी तरफ हो गए। पास में से आवाज करता हुआ एक ट्रक निकल गया। धूल से आंखें और नाक भर गए। इधर पथरीला रास्ता - दोनों साइकिल ठेलते हुए एकांत में चले गए। आपस में समझ गए।

ऑफिस के पास साइकिल रखकर उतरते समय बलभद्र बाबू मुंह में एक पान का बीडा डालते हुए कहने लगे - "आज बाबू ने मेडिकल में नाम लिखवाया है।"

"सच में? वाह, आपका दुख खत्म।

बड़े को तो इंजिनियर बना दिया - और यह डॉक्टर हो जाएगा... आपको और क्या चिंता है? अरे हाँ, आपके बड़े बेटे के लिए लड़की वाले आ रहे हैं? मुझे तो किसी ने कहा था चीफ इंजिनियर प्रभात रंजन मिश्र की छोटी लड़की है - उसके लिए तुमसे बात करने के लिए।"

"ओह.. प्रभात रंजन? जिनकी शादी ब्रह्मपुर महापात्रा के घर हुई है? उनके ससुर के कोठे के चारों ओर आइवी लता लगी हुई है? मैं जानता हूं उनको। उनकी स्त्री का नाम सुलोचना है। बहुत ही सुंदर औरत। गुलाबी रंग की साड़ी, मुक्ता फूलों की माला पहनकर हाथी दांत के गजरे को जूडे में डाल देने से वह अद्भुत सुंदरी दिखती है।"

श्रीकांत बाबू रसिक होकर हंसने लगा।

"भाई, बात क्या है?"

ऐसा लग रहा है मानो बहुत पुराना परिचय हो। बलभद्र रायगुरू एकदम गंभीर हो गए।

"उसकी किस लड़की के बारे में कह रहे हो?"

श्रीकांत बाबू स्वाभाविक होकर कहने लगे - "उनकी छोटी बेटी अभी कॉलेज में बी.ए. कर रही है! देखने में खूबसूरत है।"

"उसकी शादी होगी, कह रहे थे।"

"ऐसे कहने से क्या होगा? लड़के को भी कहो देखने के लिए।"

अचानक चिढ़कर रायगुरु कहने लगे -

"वह और क्या देखेगा? कह दो हम राजी है।"

श्रीकांत बाबू ने विस्मय से एक दृष्टि से देखा ऑफिस की तरफ। रायगुरु दृष्टिहीन आंखों से शून्य को देखने लगे। सुलोचना की लड़की के साथ मेरे लड़के की शादी होगी, नहीं तो और किसके साथ शादी होगी? तीस साल पहले रायगुरु के परिवार में कोई इंजिनियर नहीं था इसलिए यह अपमान सहना पड़ा था - अब वह महापात्रा बूढ़ा नातिन की शादी में आएगा या नहीं? जो मैं कर नहीं सका, मेरा बेटा नहीं कर पाएगा?"

वही पुराने जमाने की काली चप्पलें और चादर ओढ़े तेजी से वह दायीं तरफ चला गया।

ऑफिस में काम नहीं करने से भी चलेगा। दो चार को छोड़कर और प्रायः सभी नहीं आए थे। आएंगे वही तीन बजे के आस-पास। वोट देने के समय उन को दूसरे लोग लेकर आएंगे।

बलभद्र बाबू बहुत गंभीर मुद्रा में अपनी चौकी पर बैठ गए। अन्यमनस्क होकर टेबल पर कागजों से खेलने लगे। आंखों में एक अलग राज्य, और गुजरे समय की यादें। तभी किसी ने कहा - "आपकी चिट्ठी है। उधर रख रहा हूं, देख लेंगे।"

पलक झपकते ही टेबल दिखने लगा। ऑफिसर का कंधा, फाइलें, जाने-पहचाने

चेहरें सभी दिखने लगे। बलभद्र बाबू ने सांस छोड़ते हुए उसे उठाया। एक अंतर्देशीय पत्र पर अपरिचित अक्षरों से उसका पता लिखा हुआ था। उसने पलटकर रबर स्टांप पर लिखे पते को देखा, "जे. भादुरी, काठ कंट्रेक्टर, जशीपुर, मयुरभंज...... ये कौन? जशीपुर में तो बगुली रहता है - उसकी तबीयत खराब हो गई क्या?"

चिट्ठी फाड़ते समय उल्टी तरफ से फट गई। चिठ्ठी बीच में से दो टुकडे हो गई। कांच के टेबल पर उन दोनों टुकडों को जोड़कर पढ़ने लगा, "आप चिट्ठी पढ़कर आश्चर्यचकित हो जाओगे"

"आपका पुत्र प्रियदर्शन बहुत ही चमत्कारी लड़का है, अद्भुत प्रतिभाशाली"...

"और बगुली को तुम मुझसे ज्यादा जानते हो क्या?"

"उसका यहां पर काफी अच्छा नाम है। सभी उसकी तारीफ करते हैं..." यहां तुम्हारा क्या मतलब है, कहो ना! वह देखते-देखते अचानक एक नाम पर जाकर रूक गया - सिप्रा भादुरी... फिर पीछे लौट आया।

आश्चर्यचकित हो गया। शुरू से फिर पढने लगा। उसका शरीर पसीने से भीग गया।

प्रियदर्शन ने आपसे कहने के लिए कहा कि वह सिप्रा के साथ शादी करेगा। लड़की के पिता की ओर से.... उसके बाद केवल धुंआ ही धुंआ और आँखों में छलकता पानी! कितनी बार श्रीकांत बाबू पास में खड़े होकर क्या कुछ कह रहे थे, बहुत दूर से उसको सुनाई पड रहा था - "बूबूआ फोन कर रहा है..." उसके बाद श्रीकांत बेहेरा उसके चेहरे की तरफ देखता रहा - "तुम्हें आज क्या हो गया है बलि भाई?"

"बूबुआ फोन कर रहा है कि उसका मेडिकल में नहीं हुआ। आखिरी तारीख चली गई। तुम जाकर नहीं कहोगे तो होगा नहीं।"

उठने या सुनने का कोई मन नहीं था। काफी समय के बाद, ऐसा लग रहा था जैसे वह मन ही मन कह रहा हो "बूबुआ क्यों मेडिकल में घुसेगा? मैं कह रहा हूं इसलिए? मैं कौन होता हूं?"

□

दिल्ली का महाशून्य

सातकड़ि होता

किसान मेला समाप्त हो गया था। देश के कोने-कोने से लाखों लोग आए हुए थे इस मेले में। मेला खत्म होने के बाद सब अपने-अपने घर चले गए। पति का हाथ पकड़ कर रास्ता पार करते समय बसन्ती देवी ने कहा, ''जिसको जाना है वह चला जाए। हमने अभी तक कुछ भी नहीं देखा है। इतना दूर आकर दिल्ली देखना हमारे किस्मत में कहाँ? दो - चार दिन देर से लौटने से नहीं होगा।''

भवानन्द बाबू ने कहा, ''क्यों नहीं होगा। छुट्‌टी बढ़ा दी जाएगी। आए है तो, चार-पाँच दिन यहाँ रूककर दिल्ली, आगरा, मथुरा और वृंदावन घूमकर जाएंगे। हो सकता है कि और कभी नहीं आ पाए।''

रास्ते का जाम खुल गया था। हाथ छुड़ाते हुए बसंती देवी कहने लगी, ''शरम नहीं आती है, अभी भी हाथ पकड़े हुए हो। सभी देख रहे हैं हमारी तरफ।''

भवानन्द ने उत्तर दिया, ''वे मुझे नहीं देख रहे है तुम्हारा हाथ पकड़े हुए। वे देख रहे है तुम्हारे जैसी सुंदरी मेरे साथ कैसे है। देख रही हो, तुम्हारी तरफ कितनी आंखें घूर रही हैं।''

बसंती देवी अपना पल्लू ठीक करते हुए कहने लगी, ''मज ाक करने के लिए यही समय मिला है। और समय नहीं मिला। मुझे क्या देखेंगे वे लोग;! देख रहे है, वे सब कैसे दौड़ रहे हैं। हो न हो वे लोग ऑफिस से लौट रहे होंगे।''

भवानन्द बाबू तेजी से मोटर साइकिल पर जा रही एक महिला को देखकर कहने लगे,''देखो, देखो;! तुम्हें हाथ पकड़कर रास्ता पर करने में शर्म आती है और यह औरत मोटर साइकिल पर अकेले जा रही है।''

बसंती देवी ने अपनी जीभ काटते हुए कहा, ''यह कोई अच्छा काम थोड़े ही है;! अगर शादी की होगी तो घर में बेटे, बेटी, पति सभी होंगे। और नहीं तो, शादी होने वाली होगी। क्या जरूरत है आदमियों के साथ इस तरह रणचंडी बनकर घूमने की। यह ठीक बात नहीं है।''

भवानन्द ठहरे एक स्कूल अध्यापक। पाँच एकड़ जमीन के मालिक है।

बी॰ए॰ पास करने के बाद पंद्रह साल से गाँव के एक माइनर स्कूल में अध्यापक का काम कर रहे है। बसंती की शादी हुए दस साल बीत गए थे। उस समय उनकी उम्र सोलह साल थी, मैट्रिक परीक्षा देकर घर बैठे हुए थे। उसके ऊपर घर-गृहस्थी का बोझ।

मास्टरी की जिंदगी में भले ही देश के बारे में बच्चों को समझाने का समय होता है, मगर देश भ्रमण का संयोग कभी नहीं बन पाता है। भूगोल हो या इतिहास, या फिर नागरिकी पढ़ाते समय बिना दिल्ली देखे भी दिल्ली की कहानियाँ पढ़ानी पढ़ती है, और किताबों के पन्नों में अंकित राष्ट्रपति भवन, पार्लियामेंट हाउस और लाल किले को दर्शाना पड़ता है। एक मास्टर की जिंदगी में ये सब देखने को कहाँ मिलते है;! घर-गृहस्थी चलाते-चलाते और कहाँ वक्त मिलता है ये सब देखने में? गर्मियों की छुट्टियाँ थी। बारिश नहीं होने के कारण खेतीबाड़ी का काम शुरू नहीं हुआ था। दिल्ली में किसान मेला होने की खबर सुनाई पड़ी थी। जेब में पैसे नहीं थे मगर वहाँ जाने के लिए उनका मन छटपटा रहा था। बसंती को लेकर अगर एक बार दिल्ली देख आते तो जीवन सार्थक हो जाता। बाहर अकेले जाते नहीं बनता। समय ठीक नहीं है। कब क्या हो जाएगा, किसे पता? साथ में कोई होने से आपदा विपदा में मदद मिल जाती है। आराम से घूम सकते है। शायद किसान मेला देखने का मौका मिल जाए, यहीं सोचकर वह गाँव के प्रधान के पास गए। प्रधान को लोगों को वहाँ भेजने का दायित्व मिला था, तुरंत ही सहमत हो गए। किराया कम लगेगा। खाने का खर्च खुद का। जाना ठीक रहेगा। भले ही वह मास्टर है, मगर पाँच एकड़ जमीन पर खेती भी कर रहा है। वह एक किसान है तो एक शिक्षक भी। किसानों को दस बातें सीखा पाएगा। घर लौटकर ये बातें जब उसने बसंती को बताई तो एक बार उसे विश्वास नहीं हुआ। मगर उसे विश्वास दिलाने के लिए उसने कहा, ''अगर तुम्हें मेरी बातों पर यकीन नहीं हो रहा है तो मुखिया को पूछ लें। किसान मेला लग रहा है दिल्ली में। सैकड़ों लोग जाएंगे वहाँ। हम भी जाएंगे उनके साथ। नारियल के कुछ लड्डू बना लें। रास्ते में काम आएंगे। बाहर की चीजों में मिलावट होती है। कम से कम नाश्ता साथ में रहे। कपड़े सारे सन्दूक में संभालकर रख लो। एक बिस्तरबंद की जरूरत पड़ेगी। उसके अलावा लोटा, तेल, साबुन, कंघा, सिंदूर, गुड़ाखू, दर्पण और मेरे पान। तुम तो पान नहीं खाती हो, मगर मेरे बिना पान के एक मिनट भी नहीं चलेगा। पान लेना मत भूल जाना। पति की सारी बातें सुनकर बसंती काम में लग गई। शुभघड़ी देखकर सभी लोग रेलवे स्टेशन की ओर रवाना हो गए। रेलगाड़ी में चढ़ने के बाद बसंती ने कहा,''अभी तक मुझे विश्वास नहीं

हो रहा था, सोच रही थी की मज ाक कर रहे हो। अब विश्वास हुआ कि मज ाक नहीं है, वास्तव में दिल्ली जा रहे है।''

भवानन्द पान का टुकड़ा मुंह में डालते हुए कहने लगा,''तुम्हें साथ लिए बगैर कहीं मैं जाता हूँ? छाया की तरह हमेशा मेरे साथ लगी रहती है, इसलिए साथ आ रही है।''

बसंती बहुत धीरे से कहने लगी, ''चारों तरफ लोग बैठे हुए हैं। कोई सुन लेगा तो क्या सोचेगा। बूढ़े हो गए हैं, मगर आशिक-मिजाज अभी तक खत्म नहीं हुआ।''

बसंती को चलती रेलगाड़ी में जंगल, खेत-खलिहान, गाँव सब कुछ दिखा रहे थे भवानन्द। दो रात और एक दिन के बाद रेलगाड़ी दिल्ली स्टेशन आ पहुंची। रास्ते भर दिन में जो कुछ सामने आ रहा था, देख रहे थे वे लोग। इलाहाबाद में गंगा नदी के ऊपर से पार होते समय भवानन्द ने दिखते हुए कहा, ''यह इलाहाबाद है। पुराना नाम है प्रयाग। यहाँ पर गंगा, जमुना और सरस्वती का मिलन होता है। इस जगह का नाम है 'संगम'। एक पुण्यस्थली। नसीब वाले ही लोग यहाँ आते हैं।''

हाथ जोड़कर प्रणाम करती हुई कहने लगी बसंती, ''प्रयाग, काशी और गया में तो पूर्वजों का तर्पण किया जाता है। अगर समय मिला तो हम भी पिंडदान का काम पूरा कर लेंगे।''

भवानन्द इस सही समय आ गए थे, दिल्ली किसान मेला में हिस्सा लेने के लिए। लाखों लोग जुटे थे देश के कोने-कोने से। बहुत भीड़ थी। दिल्ली में चारों तरफ लोग ही लोग। खाने का सामान मंहगा हो गया था। रहने के लिए जगह नहीं मिल रही थी। गरमी के दिन थे इसलिए सब लोग खुली जगह में और मैदानों में चद्दर बिछकर सो गए थे। बातचीत करने की सुचारू व्यवस्था थी, मगर इतने लोग आएंगे किसी को भी पता नहीं था। दिल्ली भारत की आत्मा है, राजधानी है। यहाँ पर इतिहास लिखा जाता है। भूगोल के निशान देखकर रेखाएँ खींची जाती हैं। कौन दिल्ली देखना नहीं चाहेगा?

किसान मेला समाप्त होने के बाद सभी अपने अपने गाँव चले गए। शुरू हुआ हमारे लौटने का समय। कई लोग दिल्ली के बाजारों में कुछ खरीददारी करने लगे, अपने परिवार के लिए। भवानन्द ने भी कुछ खरीदा। बसंती ने नए कंगन खरीदकर अपने कलाइयों में पहने। दिल्ली से एक सिल्क साड़ी खरीदने का मन था उसका। मगर शायद ज्यादा पैसे खर्च हो जाएंगे, सोचकर उसने मना कर दिया।

पहले मथुरा, वृंदावन, आगरा घूमने के बाद अगर कुछ बचा तो फिर खरीदेगी वह साड़ी। फिर सिल्क साड़ी कहाँ मिलती है? बहुत मन था खरीदने का उसे। दिल्ली में देश का सारा ऐश्वर्य छलक रहा हो जैसे। साफ सुथरे चौड़े रास्ते। दोनों तरफ पेड़ों के झुरमुट और बड़े-बड़े बगीचों वाले बंगले। दिल्ली में तेज रफ्तार वाली गाड़ियों को देखकर डरने लगती थी बसंती, यदि कोई दुर्घटना हो गई तो? अपरिचित-अनजान देश। किसकी शरण लेंगे?

रास्ते में आते हुए सारे दर्शनीय स्थानों को अच्छी तरह बताते हुए जा रहे थे भवानन्द। त्रिमूर्ति के जवाहरलाल स्मृति मंदिर के अंदर घूमकर देखते समय जवाहर लाल द्वारा प्रयोग में लाई हुई टेबल, कुर्सी तथा अन्य सामानों को देखकर अभिभूत हो गई थी बसंती। स्वतंत्र भारत के प्रथम प्रधानमंत्री इस घर में सोलह साल रहे थे। फिर इन्दिरा गांधी ने भी अपने जीवन का अमूल्य समय अपने पिता के साथ इस घर में गुजारा था। त्रिमूर्ति की दीवारों पर अभी भी देशप्रेम के निशान मौजूद है। और आगे बढ़ते चले गए वे लोग। राष्ट्रपति भवन, सचिवालय के दक्षिण और उत्तर ब्लॉक, पार्लियामेंट हाउस। उसके बाद जंतर-मंतर और आगे जाने पर दिल्ली महानगरपालिका का पाताल मार्केट। सभी जगह घूम कर देख रही थी बसंती। कन्याकुमारी से कश्मीर तक सारा देश एक सूत्र में बंधा हुआ है, वह सोचने लगी। प्रत्येक प्रांत, अलग अलग भाषा और धर्म के लोग दिल्ली में बसे हुए हैं।

सबसे पिछड़े ओड़िया दिल्ली में आगे निकलने का प्रयास कर रहे हैं। इसलिए दिल्ली और जेएनयू विश्वविद्यालय में ओड़िया छात्रों की काफी भरमार है। विश्वविद्यालय के परिसर की सारी हॉस्टलों में ओड़िया विद्यार्थी, सभी कॉलेजों में उनका वर्चस्व। जगन्नाथ और पुरुषोत्तम क्षेत्र में बंधकर नहीं रह गए हैं वे। दिल्ली में ओड़िया लोगों ने जगन्नाथ प्रभु का मान बढ़ाया हैं। आगामी रथयात्रा के लिए अभी से रथ निर्माण का कार्य चल रहा है। भवानन्द ने अपनी पत्नी से कहा, ''आपस में लड़ने-झगड़ने वाले, एक दूसरे की टांग खींचने वाले तथा परस्पर ईर्ष्या करने वाले ओड़िया बाहर प्रदेश में एकजुट होकर काम कर रहे हैं। ऐसा लगता है मानों इतिहास का अभिशाप मिटाकर फिर से ओड़िया का स्वर्णयुग शुरू हो रहा हो।

बसंती चूंकि थक गई थी, इसलिए दोनों तांगे में बैठकर चले गए राजघाट और शांतिवन भ्रमण के लिए। गांधी, नेहरू और लाल बहादुर शास्त्री के समाधि-स्थल देखने के बाद राजघाट की हरी घास की मखमली गलीचे पर टहलते-टहलते शाम हो रही थी। बसंती ने कहा, ''घूमना-फिरना बहुत हो गया, घर नहीं जाना है क्या?''

पास में खड़े हुए दिल्ली की चाट बेचने वाले लड़के को भवानन्द ने भेलपुरी

देने के लिए कहा। फिर भेलपुरी खाते-खाते कहने लगे, 'और शाम होने दो, यहाँ पर थोड़ा और विश्राम कर लेते है। राजधानी में हर जगह पहरा है। डर किस बात का?''

भेलपुरी और बर्फी खाने के बाद दोनों ने पानी पिया। पास ही में चाय भी मिल गई। पेट भर जाने के बाद घास के ऊपर लेटने का मन हो रहा था। मगर बसंती राजी नहीं हुई। उसकी जांघों के ऊपर अपना सिर रखकर लेट गए भवानन्द। बसंती कहने लगी, ''अरे;! कोई देख लेगा तो?''

भवानन्द ने पास में सोए हुए आदमी और औरतों की ओर इशारा करते हुए कहा, ''राजधानी में यह प्रचलन है। थोड़ी झुक जाओ, एक चुंबन लगा देता हूँ।''

शर्म से लाल-पीली होकर बसंती कहने लगी, ''धत, बच्चे की तरह कर रहे हो। चालीस के आसपास हो गए हो।''

भवानन्द ने प्यार करते हुए कहा, ''सच-सच बता, तुम्हारी इच्छा नहीं हो रही है?''

बसंती ने अपने पति की कमर के पास चुटकी काटते हुए कहा, ''चलो, जल्दी लौट चलते है, उसके बाद जो तुम कहोगे वह सब ...''

भवानन्द ने कहा, ''चलने से पहले एक प्यारी-सी पप्पी मेरे गालों पर लगा दो, वरना मैं नहीं जाऊंगा।''दोनों के बीच यह लेकर शुरू हो गई खींचातानी। भवानन्द छोड़ने वाला नहीं था। वह कहने लगा, ''बिना कुछ निशानी लिए दिल्ली से खाली हाथ लौटूँगा? मेरी सौंगंध, अगर मुझे प्यार करती हो तो ...''। बसंती शर्म से लाल पड़ गई। उसका शरीर गरम हो गया। भवानन्द हर समय इस तरह। जिद पकड़ने पर छोड़ने का नाम नहीं। चारों तरफ एक बार देख लेने के बाद बसंती ने झुककर भवानन्द के गाल पर एक चुंबन जड़ दिया और कहने लगी, ''हुआ;! अब चले।''

उठने का बिलकुल मन नहीं हो रहा था। खेल शुरू होने के बाद जब तक खत्म नहीं हो जाता है, उसका अशांत मन शांत नहीं होता था। ऐसे भी शिक्षक-जीवन नीरसता पूर्ण होता है। सुबह शाम खाने-पीने की चिंता में जीवन समाप्त हो जाता था। कब जवानी बीत गई और बुढ़ापा आ गया, पता ही नहीं चला। दस साल के वैवाहिक जीवन में कभी भी उसने बसंती को एकांत वातावरण में पाया था। सास-ससुर, देवरानी और ननद की हाजरी उठाते उठाते आधी रात हो जाती थी। बिस्तर में जाते ही थकावट से नींद आ जाती थी। भवानन्द तो बहुत पहले ही सो जाता था। केवल खुर्राटे सुनते-सुनते सो जाती थी वह। राजघाट के उस तरफ से

यमुना नदी का कलरव सुनाई पड़ रहा था। पानी की फुहारें ऊपर उठ रही थी और उन पर चमक रही थी लाल हरी लाइटें। उनको दिखाते हुए भवानन्द कहने लगा, ''तुम ऐसे ही थिरको, बसंती।''

बसंती ने हँसते हुए कहा, ''अनेक दिनों के बाद आज की शाम हमेशा याद रहेगी।''

भवानन्द ने खुश होते हुए कहा, ''तुम तो आने से इंकार कर रही थी। अगर तुम नहीं आती तो उस छोटे घर के अंदर सड़ती रहती। प्यार-मोहब्बत छोटे मध्यमवर्गीय परिवार के लोगों की किस्मत में नहीं होता है। इसलिए गरीब आदमी स्थान काल पात्र न देखकर प्यार करें, अन्यथा अमीर परिवार में जन्म लें। वहाँ पर संभोग के कई तरीके, कई सुविधाएं। हमारा मन जलता है, शरीर से धुंआ निकलता है, मगर अपनी घास पर अपने जलने के सिवा कुछ भी नहीं है।''

बस-स्टेंड की तरफ दोनों ने प्रस्थान किया। बहुत दूर जाना था। इतना दूर पैदल जाना मुश्किल था। इसलिए वहाँ जाने के लिए एक तांगा कर लिया। जाने के लिए और कोई गाड़ी नजर नहीं आई। दो बस आकर चली गई, मगर उसमें भीड़ थी, इसलिए नहीं रूकी। टैक्सी या ऑटो मिलने से भी चलता। भवानन्द ने खड़े होकर टैक्सी रोकने के लिए इशारा किया, मगर कोई नहीं रुकी। रात गहराने लगी थी, यह देख बसंती कहने लगी, ''बहुत दूर जाना है। रात हो गई है। कैसे जाएंगे?''

भवानन्द ने उसे हिम्मत देते हुए कहा, ''राजधानी में चारों ओर पैसों का खेल है। यहाँ आना जितना आसान है, जाना उतना नहीं। फिर भी डर किस बात का?''

आगे पुलिस कांस्टेबल खड़ा था। बसंती जाने के लिए बेचैन हो रही थी। भवानन्द ने बहुत कोशिश की, मगर न तो टैक्सी मिली और न ही कोई विकल्प व्यवस्था हो पाई। कुछ दूरी तक दोनों पैदल चले। ट्रैफिक पुलिस से पता करके टैक्सी स्टेंड की ओर चले गए। वहाँ पहुँचते पहुँचते नौ बज गए थे। स्टेंड पर एक ड्राइवर इंजिन का हूड़ खोलकर खड़ा था। भवानन्द ने उससे अनुग्रहपूर्वक कहा, ''उत्कल भवन जाएंगे?''

''जाने का भाड़ा मिलेगा, मगर आने समय तो कुछ भी नहीं।''

बसंती ने अपने पति से कहा, ''कुछ ज्यादा देने से राजी हो जाएगा।''

दूसरा और कोई उपाय न देखकर भवानन्द ने टैक्सी वाले से यह बात कही। हिन्दी अच्छी तरह से नहीं आती थी। मगर हिन्दी-अँग्रेजी मिली-जुली बोलकर अपना काम चला लिया। टैक्सी वाला जाने के लिए राजी हो गया। मगर इंजिन में थोड़ा

काम बाकी था। वह खुद ठीक कर देगा, ज्यादा से ज्यादा एक घंटा लगेगा। बसंती दुविधा में फंस गई। किन्तु और कोई उपाय नहीं था, जो कुछ भी हो, कोई एक तो मिला था, उसको छोड़कर दोनों जाते भी तो कहाँ?

रात के सवा दस बज चुके थे। राजघाट के इर्द गिर्द सन्नाटा छाने लगा था। टैक्सी की फाटक खोलकर ड्राइवर ने दोनों के लिए जगह बनाई। टैक्सी रवाना हुई। आश्वस्त होकर बसंती ने अपने पति से कहा, ''अब जाकर सांस में सांस आई है। मैं तो बुरी तरह से डर गई थी कि अगर कहीं कोई टैक्सी नहीं मिली होती तो...?''

भवानन्द ने कहा, ''सरपंच का बेटा आगे यहीं पढ़ता था। वह कह रहा था कि दिल्ली के रास्ते रात बारह बजे तक खाली नहीं होते हैं। मगर कभी-कभार कुछ दुर्घटनाएँ भी होती हैं।''

बसंती ने अपने पति की जांघ पर हाथ रखते हुए कहा, ''मैं भगवान से प्रार्थना करती हूँ कि अच्छी तरह से हम पहुँच जाएंगे।''

थोड़ी दूर जाने के बाद फिर से गाड़ी बंद हो गई। इंजिन का हूड़ खोलकर फिर से ड्राइवर जांच करने लगा। बेल्ट को फंसा दिया। फिर से स्टार्ट कर जोर से गाड़ी दौड़ाने लगा। जगह पूरी तरह से अनजान अपरिचित। दोनों किनारे घने-घने पेड़। बीच-बीच में फूलों के बगीचे। एकदम सुनसान जगह। बड़ी मुश्किल से कहीं एकाध गाड़ी तो कहीं एकाध आदमी नजर आता था। फिर से वह गाड़ी एक कोका कोला की दुकान पर जाकर रूक गई। तीन कोका कोला खरीदकर वह ले आया। एक खुद के पास रख ली और दो भवानन्द की ओर बढ़ा दी। वह मना नहीं कर सका। ड्राइवर दिखने में सज्जन लग रहा था। बहुत अच्छा व्यक्तित्त्व। वह कहने लगा, ''बार-बार गाड़ी खराब होने के कारण मैं थक गया था। थोड़ा गला तर करना चाहता था। आप लोग पक्का दिल्ली के नहीं हो। हमारे मेहमान हो, कोका-कोला क्या मैं अकेले पीता?''

भवानन्द ने मुंह में पाइप लगाकर पीते हुए अपनी पत्नी से कहने लगे, ''पी लो, ड्राइवर भद्र आदमी लग रहा है। मुझे भी बहुत प्यास लगी थी।''

कोका-कोला पीने के बाद ड्राइवर ने गाड़ी स्टार्ट की। तेज गति से दौड़ने लगी। ठंडी-ठंडी हवा बह रही थी। कब आँखों में नींद उतर आई, भवानन्द को पता भी नहीं चला। मगर जब उसकी आंखें खुली तो उसने देखा वह अकेला था, बसंती पास में नहीं थी। वह जगह भी पहचान में नहीं आ रही थी। एक बड़ा हाल। बहुत सारे खाट बिछे हुए थे। सभी खाट में एक-एक आदमी लेटा हुआ था। भवानन्द

सोचने लगा कि कहीं यही तो उत्कल भवन नहीं है। अस्पताल का एक वार्ड। वह डर के मारे सिहर उठा। क्या उसके साथ कोई दुर्घटना घटी है? कुछ भी याद नहीं आ रहा था उसे। कोका कोला पीने तक की सारी बातें याद आ गई, मगर उसके बाद अंधेरा ही अंधेरा, घुप अंधेरा। बसंती गई कहाँ? दुर्घटना में क्या वह गंभीर तरीके से घायल हो गई है? किसी से पूछताछ करने के लिए उसने गर्दन घुमाते समय नर्स को देखकर कहने लगा, ''मेरी पत्नी कहाँ है और कैसी है?''नर्स ने अचरज से कहा, ''तुम्हारी पत्नी कौन? वह यहाँ पर क्यों रुकेगी?''

भवानन्द चौंककर बिस्तर से उठने लगा कि नर्स ने उसे सुलाते हुए कहा, ''आप लेटे रहिए। डॉक्टर आकर जांच कर लेने के बाद जो तुम करना चाहते हो कर लेना।''

व्यग्र होकर भवानन्द ने कहा, ''मुझे क्या हुआ है? मेरे पत्नी को क्या हुआ है?''

नर्स ने कहा, ''आप धीरज रखिए। मैं डॉक्टर को बुला लेती हूँ।''वह दरवाजा बंद करके चली गई।

भवानन्द को अब लगने लगा कि उसका सिर चकरा रहा है। भारी-भारी लग रहा है। डॉक्टर आने से पहले उसने सफाई करने वाली लड़की को पास बुलाकर कहा, ''सफदरजंग अस्पताल। अभी तक आपको मालूम नहीं।'' एक पागल की तरह वह छत की ओर देखने लगा।

कुछ ही समय के भीतर डॉक्टर ने वहाँ आकर भवानन्द की अच्छी तरह जांच कर दवाई देकर चला गया। इंजेंक्शन लगाने के बाद उस डॉक्टर ने कहा, ''यह तो किस्मत अच्छी है कि नशीला पदार्थ घातक नहीं था।''

आपने अच्छी तरह संभाल लिया। डॉक्टर की बात सुनकर अवाक रह गया भवानन्द। वह तो किसी प्रकार के नशे का सेवन नहीं करता था। किसने दिया, कहाँ से आ गया वह नशे का पदार्थ? वह मन ही मन अनेक प्रश्न करने लगा। सारे प्रश्नों का उत्तर खोजते-खोजते उसे याद हो आई टैक्सी ड्राइवर से कोका कोला पीने की बात। डॉक्टर को सारी बातें रोते-रोते बताने के बाद भवानन्द कहने लगा, ''मेरी पत्नी बसंती? वह कहाँ पर है, वह कैसी है?''

डॉक्टर कहने लगा, ''एक भद्र आदमी ने आपको यहाँ लाकर छोड़ा था। आप नेहरू पार्क के पास बेहोशी हालत में पड़े हुए थे। जो भी हो, तुम्हारी पत्नी को तलाशना जरूरी है।''उसने तुरंत पुलिस को खबर की।

अस्पताल से छूटने के बाद महीने भर दिल्ली में घूमता रहा भवानन्द।

छोटी-बड़ी सारी गलियां छान मारी। पुलिस ने उसका हुलिया भी बना लिया। गुमशुदा की तलाश कर लाने पर दस हजार रुपए का इनाम भी घोषित कर दिया। मगर भवानन्द का सारा प्रयास व्यर्थ साबित हुआ। और बसंती नहीं मिल पाई।

ढेंकानाल स्टेशन पर उतरकर और घर नहीं जा पाया भवानन्द। बसंती को साथ में लेकर दिल्ली गया था, उसे साथ में नहीं लाकर अकेले आया था। भवानन्द अपने को और संभाल नहीं पाया। स्टेशन के पास आम के पेड़ के नीचे बैठकर उदास आँखों से आकाश की ओर देखने लगा। संसार का सारा कोलाहल उसके सीने में मूर्त हो उठा था। बसंती का चेहरा खो गया था दिल्ली के महाशून्य में।

❑

नियाग्रा एवं देवयानी

कृष्ण प्रसाद मिश्र

सामने दिखाई दे रहा है भीमाकार नियाग्रा प्रपात ।
स्वयंभू शंकर की मौली पर चतुर्थी का चांद ।
चतुर्थी के चांद के आकार का नियाग्रा प्रपात ।
"पवनः पवतामस्मि रामः शस्त्रभृतामहम् ।
झषाणां मकरश्चास्मि स्रोतसामस्मि जाह्नवी" ।
जाह्नवी कौन? नियाग्रा कौन?
एक सुंदरता का कोटि-कोटि प्रकाश ।

नचिकेता और मैंने आनंदित हृदय से नमन किया । गहरे नीले रंग का नियाग्रा प्रपात पथरीली चट्टानों से परम उल्लास से नीचे गिर रहा है। कितना नीचे? कैसे? ऐसे अनावश्यक प्रश्न। नटराज के नृत्य का कोई अर्थ नहीं, सौंदर्य है। प्रत्येक पद की थाप पर लाखों ब्रह्मांड की सृष्टि। मद्धिम ध्वनि का परम संगीत। हा हा, हो हो, ही ही - नियाग्रा की हंसी, बहती हुई नदी की उच्छृंखल हंसी की तरह। करोड़ों जल-बिन्दु मल्ली फूलों के कलियों की तरह सफेद। फूलों की खुशबू, जल बिंदुओं का स्पर्श, अधरामृत स्वाद वाली। महाकाल श्वास रोककर खड़े हो गए हो। अत्यधिक आनंद से प्रेम में डूबे देवी-देवता आकाश की वक्षस्थली पर श्वेत रंग के बादल। गंगा नियाग्रा नीली साड़ी पहनकर शिव दर्शन के लिए जैसे आई हो ! सृष्टि की उत्पत्ति के समय, लीलामय की लीला के समय, आनंदमयी चेतना के दृढ़ आलिंगन समय में -

नीली साड़ी अंग छोड़कर आकाश में फैल गई है
दिखाई देते हैं नग्न नियाग्रा के अवयव संगमरमर की तरह।

असंख्य जन्मों की अवरुद्ध इच्छा, आकांक्षा, कल्पना - आवर्तित जल राशि - नियाग्रा का वक्ष - नीचे गिरने से पहले उभरने लगता है। कोणार्क की मृदंगवादिका के उभरे वक्ष की तरह।

सृष्टि, सृष्टि!! महादेव-पार्वती का मिलन स्थान।

ओम नमः शिवाय!!

नचिकेता और मैंने नमस्कार किए। पास में खड़े कई टूरिस्ट हमारी तरफ आश्चर्यचकित होकर देखने लगे। पूछने के लिए मन में अनेक प्रश्न, हृदय में संकोच, लज्जा। कुछ समय देखकर वे लोग फिर से नियाग्रा का फोटो खींचेंगे। जोशिका, कनिका, फूजीका, आग्फ ा ... पहले से निर्धारित समय के अंदर फिल्म बनाने के लिए। पत्नी को निर्देश, रेलिंग पर थोड़ा हाथ रखो, ज्यादा नहीं - ठीक है, अभी मुस्कराओ। उसके बाद मुस्कराहट की क्लिक। नेक्स्ट, बच्चों मेरे पास दौड़-दौड़ कर आओ, जल्दी-जल्दी दौड़ो। देर हो रही है, बफेलो लौटना होगा। बच्चे दौड़ रहे हैं, हवानी पर पर्यटक, नृत्य की छवि, बच्चे खड़े हो गए। क्लिक। सब निर्धारित, नापतोल कर पहले से ही। नियाग्रा में दो घंटे, एक फिल्म। होटल में पैतालीस मिनट, ड्राइविंग करते हुए घर पहुंचने में दो घंटे। पत्नी को हनी या डार्लिंग कहकर पुकारा जाएगा, प्रेमिका को बेबी या ऐसे ही किसी और नाम से। इसी तरह गिरजाघर भी। भीतर में प्रभु, बाहर में संसार, ईश्वर नहीं। प्रेमिका प्रेमिका, पत्नी पत्नी, नियाग्रा नियाग्रा, प्रभु यीशु सब अलग-अलग, सभी के लिए स्वतंत्र स्थान निर्धारित है।

नचिकेता और मैं रास्ते से कुछ दूर जाकर बैठ गए थे घास पर। नचिकेता के पीछे फ्लोरिडा टाइप वागेलिया फूलों की कतारें, उससे सटी हुई गुलाबी स्पीरिया की क्यारियाँ। सारे पेड़ों पर फूल।

नचिकेता! पीछे फूलों के पौधे हैं, थोड़ा आगे आ जाओ। नचिकेता सरकते हुए आगे आ गया। थोड़ी और दूर मोटरकार पार्किंग की जगह। सारी मोटरकारों की असंख्य पंक्तियों में पार्किंग। सारे वातावरण में यात्रा और उपभोग की चेतना। नियाग्रा को कैमरे में कैद करने के बाद चेहरा, शरीर, वक्ष या वेशभूषा को देखना या फिर रेस्टोरेन्ट में कॉफी पीना अथवा कुछ नाश्ता करना सभी की चेष्टा रहती है।

हम दो आदमी व्यतिक्रम थे, मैं और मेरी इकलौती संतान नचिकेता। उसे मैंने समझाया था एक शिक्षित भारतीय का जीवन दर्शन। हमारे नमस्कार इस प्रपात की लंबाई, चौड़ाई या ऊंचाई विशेष या एक प्रपात के लिए उद्दिष्ट नहीं है। प्रपात में प्रकाशित जो चिरंतन सौंदर्य है, उसी के प्रति हम सम्मान, श्रद्धा और भक्ति जता रहे हैं। सकल सौंदर्य के आधार ईश्वर बहुत रूप है, उषा में, संध्या में, असीम आकाश की नीलिमा में, ज्योतिर्मय तारापुंजों में प्रकाशित है। मंदिर, मस्जिद, गिरजा, सिनागोग - इन सभी की सृष्टि में ईश्वर नहीं है। इन सभी की पैदाइश तब से हैं,

जब असीम से ससीम, सुंदर से असुंदर करने की चेष्टा की गई। जब ऋषि के लिए मंदिर नहीं था, यीशु के लिए गिरजाघर नहीं था या मोहम्मद के लिए मस्जिद नहीं थी।

नचिकेता तेरह साल की मेरी संतान हैं, मेरी बातों को समझने की चेष्टा कर रहा था। उसके मुख-मंडल पर मुझे देवयानी की झलक दिखाई दे रही थी। देवयानी के नाक की तरह अविकल, दांत भी उसकी तरह। देवयानी मर गई है, मगर जब वह जिंदा थी, वह भी उसी तरह बैठ कर मेरा जीवन दर्शन सुनती थी। मैं थक हारकर बंद करने का कहने पर कहती थी - आज जहां पर खत्म किए हो, कल वहीं से शुरू करना। आज तुमने जो कुछ कहा है, उन सब पर विचार-विमर्श कर कल मैं पूछूंगी। तुम्हारी बातें सुनना मुझे बहुत अच्छा लगता है।

देवयानी बुद्धिमती थी। उसके प्रश्न का उत्तर देने के लिए मुझे कई बार सोचना पड़ता था। एकबार उसने पूछा था - महोदधि का सौंदर्य और नर-नारी की शारीरिक सुषमा क्या बराबर है? उसने तर्क दिया था, इन दोनों का सौंदर्य बराबर नहीं है।

देवयानी मेरी बातें सुनती थी, समझती थी, लेकिन बातों को बहुत कम मानती, दर्शन को व्यवहारिक प्रयोग में लाने के लिए वह बिल्कुल भी इच्छुक नहीं थी। शायद वह मुझसे ज्यादा धार्मिक थी और प्रैक्टिकल भी, मैं उसकी तुलना में संभवत पापी, थ्योरिटिकल तो अवश्य था, मैं उसे बार-बार कहता था, यानी ! तुम मंदिर क्यों जाती हो? उस भीड़ में जब वह तुम्हारे पांव रखने की जगह नहीं हो, उस भीड़ में घुसकर तुम कौनसी देवसत्ता को प्राप्त करना चाहती हो? मनुष्यकृत मंदिर में जाकर प्राकृतिक सौंदर्य की जगह पर जाना चाहिए जैसे - समुद्रतट, गिरि-प्रपात, घने जंगल, नदी संगम या उतुंग शिखर । देवता इन सभी जगहों पर रहते हैं यानी! तुम्हारे पत्थर-सीमेंट से बने मंदिर और मस्जिद में नहीं। महोदधि के पास रहते हुए. ..

देवयानी सब सुनती है, सहमत भी होती है, हँसती है, मगर ठीक समय पर मुझे नहीं बता कर मंदिर चली जाती है - हर त्योहार के दिन और हर गुरुवार को। श्री मंदिर के प्रति उसका मोह देखकर मैं आश्चर्यचकित हो जाता हूँ, लेकिन कुछ समझ नहीं पाता। एक दिन मैंने उससे पूछा - देवयानी, तुम मुझे क्या सोच रही हो?

देवयानी ने कहा - तुम मेरे देवता हो।

नहीं, मैं देवभक्त हूँ या नहीं? मैं आस्तिक या नास्तिक हूँ, तुम्हारे हिसाब से?

देवयानी कुछ नहीं बोलकर चुप हो गई। मैं उत्तेजित हो गया। मैंने कहा,

देवयानी, मैं मंदिर न जाकर भी आस्तिक हूँ। मैं शिव-भक्त, कैलाश शिखर मेरा शिवलिंग। मैं परम वैष्णव, अनंत सागर मेरा नारायण। मैं गाणपत्य भी हूँ। मैंने वाल्मीकि, व्यास, कालिदास भवभूति, शेक्सपियर की किताबें पढ़ी है। दिग्वलय में मुझे जगन्नाथ की भृकुटी नजर आती है। मैं ....

देवयानी के चुंबन से मैं और कुछ नहीं कह पाया। वह व्याकुल होकर मुझे आलिंगन करते कहने लगी थी - और कुछ कहने की जरूरत नहीं है। तुम्हारा आस्तिक या नास्तिक होना कोई जरूरी नहीं है। तुम तो खुद देवता हो, देवता के लिए और क्या देवता चाहिए?

एक दिन मजाक-मज ाक में मैंने उसे कहा था - शायद मंदिर के गर्भ-गृह की कोई मूर्ति तुम्हारे जैसा मनुष्य कैसे बन गई? जैसे तुम्हारी मंदिर भक्ति है, अगले जन्म में तुम मूर्ति बनकर देवताओं का सानिध्य पाओगी।

मेरे बातों में तेज व्यंग्य मिला हुआ था, लेकिन मेरे व्यंग्य सुनना देवयानी की आदत बन गई थी। वह हंसकर कहने लगी - ईश्वर अणु-अणु में विद्यमान है। जड़, अशिव और असुंदर क्या उनसे अलग है?

बस इतना ही। मुझे चुपकर वह घर का कामकाज निपटाने के लिए चली गई। उसको मैंने कुछ दिन पहले कहा था और जिसे सुनकर उसकी आंखों से खुशी के आंसू बहने लगे थे।

"यो माम पश्यति सर्वत्र, सर्वत्र मयी पश्यति",

मुझे जो सब जगह पर देखता है और सभी को मेरे भीतर देखता है।

नचिकेता के जन्म के बाद देवयानी के साथ मेरा कलह बढ़ गया, मंदिर या महोदधि कूल' के व्यर्थ प्रसंग को लेकर। नचिकेता के हर जन्मदिन पर अवश्य, और बाकी दिनों में सुविधा देखकर, वह जिद्द कर उसे मंदिर ले जाती थी। बड़े होने पर धार्मिक, सच्चरित्र, न्याय-परायण बनेगा - सोचकर भगवान के सामने प्रार्थना करने के लिए। मैं तर्क-वितर्क करता था - छोटे बच्चे को मंदिर क्यों ले जाती हो, चलो उसे समुद्र-तट पर ले जाएँ। पूर्णिमा की तिथि में जन्म हुआ है, और पौर्णमासी समुद्र का सौंदर्य अवर्णनीय होता है। वहां पर वह सौंदर्यमय भगवान को देखेगा।

देवयानी हामी भरती है। कहती है, वह तो रात की बात है। अभी बहुत देर है रात होने में। पूजा-पाठ खत्म कर पहले मैं उसे मंदिर घुमा ले आती हूँ । देवता का आशीर्वाद और ब्राह्मण का आशीर्वाद उसे लंबी उम्र देगा।

मेरे मना करने के बावजूद वह उसे मंदिर ले जाती है। मंदिर में क्या-क्या

करती है, पता नहीं लौटते-लौटते उसे दोपहर हो जाती है। लोगों की भीड़ - रुग्ण, दुखी, दरिद्र, अशालीन सभी तरह के लोग। मुझे केस में जिताओ, मुझे स्वस्थ बनाओ, मुझे मेरी प्रेमिका से मिला दो, मैं परीक्षा में पास हो जाऊं, हे प्रभु! मेरे पति मुझे प्यार करें आदि तरह-तरह की प्रार्थनाएँ और भक्तों की भीड़, अंधकार, इधर-उधर, कीचड़ वाली जमीन, रुग्ण असुंदर अशिक्षित पंडे-पड़ियारी आदि देखकर मेरा मन विद्रोह करने लगता है देवयानी के इस काम को देखकर। छोटे बच्चे के मन में कैसे संस्कार पड़ रहे होंगे, क्या पता! देवयानी के साथ लौटते समय वह झगड़ने लगता है। कलह ज्यादा बढ़ने पर वह फिर से मंदिर चली जाती है नचिकेता को सुलाकर। नचिकेता को नींद से मैं उठाता नहीं हूँ, समुद्र-तट पर जाना कैसे संभव होता?

नचिकेता के छठे जन्मोत्सव के दिन मगर देवयानी के साथ मेरा कलह नहीं हुआ था। सुबह-सुबह पूजा-पाठ और होम करने के बाद वह नचिकेता को लेकर मंदिर नहीं गई। मैं विस्मित होकर पूछने लगा - देवयानी! आज क्या हुआ है तुम्हें? मंदिर नहीं जाओगी?

नहीं, आज मैं मंदिर नहीं जाऊंगी। पत्नी होकर क्या सारा जीवन पति की बात नहीं मानूँगी? आज हम सभी महोदधि के निकट जाएंगें। मैं जल्दी से खाने-पीने का बंदोबस्त कर देती हूँ ।

देवयानी की बात सुनकर मैं खुशी से जैसे पागल हो गया था। देवयानी को आलिंगन कर बार-बार चुंबन देते हुए कहने लगा था - देखोगी देवयानी! आज चंद्र, आकाश, सागर सभी किस तरह तुम्हारा स्वागत करेंगे! सागर में ज्वार कुछ बढ़ जाएगा, चंद्रमा की चाँदनी, और तरंगों की विशालता। देवयानी हंसकर कहने लगी - तुम इस तरह अधीर मत हो। मैं ऐसी कौन-सी मनुष्य हूँ जिसे देखकर प्रकृति बहुत खुश होगी?

प्रकृति नहीं, यानी ! प्रकृति तो जड़ है। चेतनामय ईश्वर खुश होंगे, प्रकृति में प्रकाशित ईश्वर अपने भक्तों को देखकर खुश होंगे!

नचिकेता भी समुद्र तट पर जाएंगे, सुनकर खुश हो गया। बालू में दौड़ते-दौड़ते सीपीयों को इकट्ठा करने में क्या कम आनंद है!

उस दिन के आनंद और हम तीनों प्राणियों का आह्लाद वर्णनातीत है। नचिकेता तो दौड़ते-दौड़ते थक-हार कर सो गया, मगर हम दोनों बातें करने लगे, खुशी से दौड़ने लगे, नाचने लगे और अंत में लगभग अर्द्ध मूर्च्छित हो रहे चंद्र, समुद्र के घो-घो शब्द और सायं-सायं बहती हवा के साथ अपने को मिलाने की चेष्टा करने लगे।

देवयानी के साथ उस वर्ष से कभी भी मेरा मन-मुटाव नहीं हुआ। कारण उस वर्ष, उस जन्मदिवस के बाद वह मुझे और नचिकेता को छोड़ कर चली गई। मन-मुटाव अतीत की कहानी बनकर रह गए। मैं यदि जानता कि हमारे कलह का अंत इस तरह होगा तो मैं आगे से ही अवश्य सावधान हो जाता। मगर हुआ नहीं, उत्साह और आवेग में मैं भूल गया कि उन दो-तीन दिनों से देवयानी को ठंड लगी थी, खांसी भी हो रही थी और तो शरीर के लक्षण ऐसे थे कि एक बार खांसी होने पर सहजता से मिटती नहीं थी। इसके बावजूद भी नचिकेता के जन्मदिन पर सुबह-सुबह बाल धोकर वह खूब नहाई थी।

देवयानी मुझे छोड़ कर चली गई, इसलिए मैंने उसका देश छोड़ दिया। उसकी मृत्यु ही मेरे यायावरी का कारण बनी। प्रवासी जीवन मेरा उसी दिन से हुआ। मेरे साथ नचिकेता। देवयानी को पूरी तरह कैसे छोड़ पाता?

देवयानी के जाने के बाद नचिकेता के लिए और कोई मंदिर नहीं खोजा गया, इसलिए नचिकेता के जन्म-दिन मनाने में कभी भी असुविधा नहीं हुई। स्वीटजरलैंड का अल्पस पर्वत, फ्रांस की राइन नदी, विक्षुब्ध प्रशांत महासागर, समय-समय पर महाशून्य आकाश, सभी में हम ईश्वर देखते है, नचिकेता के जन्म-दिन उपलक्ष में उनकी आशीष मांगते हैं, उनकी वंदना गाते हैं।

आज फिर नचिकेता का जन्मदिन आया।

टोरंटो से नियाग्रा बहुत नजदीक है। अपनी कार होने से घंटे-डेढ़ घंटे की यात्रा।

हवा अपना रुख बदल रही थी। मैं जल बिंदुओं का स्पर्श पाकर ठंडक अनुभव कर रहा था। कब संध्या आकर चली गई। नियाग्रा ने बनारसी साड़ी पहन ली हो जैसे। नचिकेता को पुकारते हुए उस स्थान की ओर देखने लगा, जहां वह बैठा हुआ था, वह जगह खाली थी। कहां चला गया वह? मुझे ध्यान-मग्न देखकर कब वह उठ कर चला गया। चिंतित होकर इधर-उधर देखने लगा। पर्यटकों की संख्या बढ़ती जा रही थी। नचिकेता कहां? देखा दो लोग पास वाले रेस्टोरेंट से मेरे पास दौड़कर आ रहे थे। दौड़ते हुए दोनों ने हाथ पकड़ रखे थे। उजाले में देखा, नचिकेता भूरे बालों वाली सुंदर लड़की के साथ मेरी तरफ दौड़ा आ रहा था। दोनों के कदमों में जागृत हो रही थी यौवन की शक्ति, मुख-मंडल पर चमक, और परम लावण्य नचिकेता पर पहले गुस्सा करने की इच्छा हो रही थी, मगर देवयानी की याद आते ही मैं चुप रहा गया। शायद असीम के साथ मानव मन की तृप्ति के लिए

ससीम की उपस्थिति आवश्यक होती है।शायद कईयों के लिए ईश्वर मंदिर में प्रकाशित होते हैं।

मेरे पास पहुंचने के बाद नचिकेता कहने लगा - यह मेरी गर्लफ्रेंड है, डैडी। जिसके बारे में मैंने बताया था। ये लोग इंग्लैंड से आए हैं।

लड़की मुझे देखकर मेरे मन की बात जानने की जैसे कोशिश कर रही थी। मेरे लंबी-लंबी दाढ़ी पर उसकी दृष्टि रुक गई। मैंने हंसते हुए लड़की से हाथ मिलाया और कहने लगा - सुजान मेनाड। ठीक याद रखा है न?

मेरी प्रशंसापूर्ण दृष्टि देखते हुए सुजान कहने लगी - आपकी पेंटिंगों की कल से टोरंटो आर्ट गैलरी में महीने के लिए प्रदर्शनी लगी है !

मैंने हंसते हुए कहा - हाँ ।

मेरे डैडी, मम्मी और मैं आपकी पेंटिंगों की बहुत बड़े प्रशंसक हैं। हमने कल के लिए टिकट भी खरीद लिए है। डैडी कह रहे थे, आपने भारतवर्ष के पौराणिक चरित्रों को प्राकृतिक दृश्यों के साथ जोड़कर उन्हें नूतन रूप दिया है ।

मेरी निगाहें नियाग्रा की ओर गई। बनारसी साड़ी उतारकर गहरे नीले रंग की कश्मीरी सिल्क साड़ी पहन रहा था। मैं सुजेन के प्रश्न का क्या उत्तर दूंगा, निर्णय नहीं कर पाने के चुप रह गया।

❑

आरण्यक

मनोज दास

1

मिसेस मीटी ने दरवाजे पर खटखटाहट की एक धीमी आवाज सुनी । उसकी आँख खुलने से पहले कई बार इस तरह से ठक-ठक की आवाज हुई थी। बहुत धीमे-धीमे दरवाजा खटखटाने से उत्पन्न हो रही थी वह आवाज। बीच में एक-एक मिनट का व्यवधान। वह जानती थीं कि यह आवाज चौकीदार की नहीं हो सकती है ।

मिसेस मीटी ने उस बड़े कमरे के अन्दर के चारों तरफ अपनी नजरें डाली। उसके पाँव के पास पड़े हुए थे राजा साहब..। गन्दगी का एक ढेर। राजा साहब के फूले-फूले होंठ के ऊपर लगभग आधी दर्जन मक्खियाँ पिकनिक मना रही थी। और बेचारा मिस्टर चाकोड़ी जंगली सूअर के प्रतिवाद करने जैसे खर्राटे ले रहे थे।

मिस्टर मीटी और मिसेस चाकोड़ी फर्श पर एक दूसरे की तरफ मुँह करके सोए हुए थे, शायद एक दूसरे के साथ आलिंगनबद्ध होने का प्रयास करते हुए बेहोश हो गए थे।

दरवाजे पर एक बार और खटखट की आवाज। मिसेस मीटी की तन्द्रावस्था टूटने लगी। उनकी चेतना के ऊपर पर्वत की भाँति जो जड़ता जमकर बैठी हुई थी, उस आवाज से मानो उसका एक हिस्सा धसक गया हो। हालाँकि वे सब कब सो गए थे उस बात की याद करने की कोशिश करते हुए भी याद नहीं कर पा रहे थे। लेकिन अधमरे जंगली सूअर को आग में फेंक देना, उसके बाद उसके चारों तरफ नाच-नाचकर मदिरापान के साथ उसमें से अधपके मांस को थोड़ा-थोड़ा काटकर खाने तक का सब-कुछ याद है। कभी हजारों साल पहले इंसान की जो उन्मत्त और जंगली अवस्था थी, एक रात के लिए उसीमें लौट जाना उनका उद्देश्य था। मिस्टर चाकोड़ी थे प्रागैतिहासिक युग की अदम्य प्रवृत्ति और निर्बोध स्वतन्त्रता के एक पक्षधर विशेषज्ञ।

उस तरह की सामयिक मनमानी स्वतंत्रता से स्वास्थ्य-लाभ विषय पर एक

लम्बा-चौड़ा भाषण पानाहार (सुरापान और आहार) शुरू होने से पहले ही उसने दिया था। (कौन सुन रहा था उसके बकवास तथ्यों को)। दरवाजे पर फिर एक आघात। इस बार मिसेस मीटी के स्मृतिपटल पर सारी घटनाएँ तरो-ताजा हो गई।

2

पहले दिन की दोपहर। मीलों दूर से झाड़ियों को पीसती, धूल उड़ाती और पत्थरों को काटती जंगल के अन्दर के इस परित्यक्त बंगले की तरफ जीप आ रही थी। एक जख्मी तितली के चक्के के नीचे आ जाते ही मिसेस मीटी चिल्ला उठी।'' ओह! बहुत ही करुण दृश्य।'' उसके कुम्हड़े की भाँति चिकने चेहरे पर भाव-भंगिमा इस तरह दिखाई दे रही थी, जैसे कि उसकी समस्त करुणा अभी-अभी पिघलकर धारा बनकर बह जाएगी।

उस पिघली हुई करूणा को झटपट चाट लेने का उद्यम करते हुए जैसे मिस्टर चाकोडी ने शेर -मूंछों से मंडित अपने विराटकाय चेहरे को यथासम्भव मिसेस मीटी के पास लाकर कहा - ''छि! इतना कोमल-दिल होने से चलेगा, चाइल्ड?'' जैसे कि किसी दुर्गन्ध से नाक फटी जा रही हो, मिसेस चाकोड़ी उस तरह से नाक - भौं सिकोड़कर कहने लगी - ''मीटी साहब जैसे बहादुर पति की तुलना में जरा ज्यादा कोमल हैं।''

जब मिसेस चाकोड़ी के किसी एक अक्षर के ऊपर जोर देते हुए शांत कंठ से शब्द उच्चारण करने के समय उनकी एक आँख बराबर बन्द हो जाती थी उस समय पर जो अदृश्य विष पूरे वातावरण में फ ैल जाता था इस विष से तो स्वयं विषधर भी मर जाएगा। लेकिन उस जहर के अधिक सेवन के अभ्यस्त मिस्टर चाकोड़ी को कोई फर्क नहीं पड़ा।

मगर आत्मविस्मृति अवस्था में मिसेस मीटी की बातों की गाड़ी चलने का सिगनल डाउन हुआ, लम्बे चुरुट हाथों से छुए बिना होठों के एक कोने में ले आकर टपाक से नीचे कर दिया। मिस्टर चाकोड़ी ऊपर देखने लगे और उनके चेहरे पर खिल गई एक तरह की भावार्थसूचक छोटी-सी मुस्कराहट, 'बोलूँ? तुम लोग क्या समझोगे?' वह कोई सामान्य बात कहने नहीं जा रहे थे, यह सब उसी तरफ इंगित कर रहा था।

किसी व्यक्ति विशेष के ऊपर अपनी दृष्टि नहीं डालकर शून्य के साथ आँख मिलाते हुए वह कहने लगे - 'मिसेस चाकोड़ी। यह जो नारीसुलभ कोमलता वाली बात मेरी समझ से परे है. यह मेरे लिए एक बड़ा रहस्य है। समझी .... मेरी कुछ समझ में नहीं आता। लेकिन अगर सच कहा जाय, आपकी मिसेस मीटी के पास ऐसा कुछ जरूर

है जिसको मैं सबसे ज्यादा अच्छा मानता हूँ। यहाँ तक कि रणक्षेत्र में दुश्मन को हत्या करने की बलि से भी ज्यादा अच्छा मानता हूँ। हूँ... हूँ...। यह सच्ची बात है।"

"चुप करो, लक्कड़-बग्घे कहीं के।" उनकी बातों पर आपत्ति करते हुए मिसेस मीटी रुमाल से अपने चेहरे पर पंखा करने लगी।

मिसेस मीटी कुछ देर और उसी तरह से एक सुकोमल शिशु की तरह ढोंग करती रही। वह भी मिसेस चाकोडी के प्रबल अन्तर्दाह के बावजूद। उसके बाद अचानक उसकी दृष्टि उत्तेजना से भर गई।

"ओ, ड्राइवर! रोको "

रास्ते के बाँए तरफ एक अर्ध वृत्ताकार क्षेत्र। जो तीनों तरफ से छोटी पहाड़ियों से घिरा हुआ। वहां पर जाकर जीप रुक गई। मात्र तितली उड़ने से हवा में उत्पन्न तरंगों से ही हिल जाने में अभ्यस्त मिसेस मीटी। लेकिन इस बार अचानक ब्रेक लगने पर भी वह निस्पंद। लेकिन लगभग एक आँख वाली मिसेस चकोड़ी की आँखे आश्चर्य ढंग से खुली की खुली रह गई। मीटी साहब की आत्मविस्मृति अवस्था लगभग ख़त्म हो गई थी तब तक।

पहाड़ की तलहटी में, उस अर्द्‌ध-वलय के अन्दर, एक हिरनी। काले बादलों की तरह मुगुनी देह पर जैसे एक झलक बिजली चमक गई हो।

अरंडी के बीज प्रस्फुटित होने जैसे जीप में से सब छिटक गए। झाड़ियों को छिरती हुई हिरनी गोली की रफ़्तार से भागने लगी। एक-दो-तीन फिर तीन-दो-एक। उस एक ही गति की पुनरावृत्ति। तीनों तरफ से उसका रास्ता रोक रही थी पहाड़ियाँ। सिर्फ एक ही खुली दिशा जिसको घेर कर खड़े थे छह आदमी। उनके हाथों में पाँच बंदूके।केवल मिसेस चकोड़ी के हाथ में बंदूक नहीं। लेकिन उसकी आँखें दो जलती हुए बुलेट से कम नहीं थीं।

एक मिनट इधर-उधर होने के बाद हिरनी ने एक दुस्साहसिक कदम उठाया। ड्राइवर श्यामलेन्दु की तैयार बन्दूक के सामने से होकर दूसरे तरफ की घनी झाड़ी की तरफ झपट कर चली गई।

"शूट!" मिसेस मीटी चिल्ला उठी।

लेकिन श्यामल ने ट्रिगर नहीं दबाया। दूसरी तरफ झाड़ियों के अन्दर हिरनी सोने की छुरी की भाँति भेद करती हुई अदृश्य हो गई। उसके बाद श्यामल ने अपनी बंदूक नीचे कर दी।

उसके बाद पाँच-पाँच क्रोध भरे सवालों की सफाई में अपना जवाब प्रस्तुत किया श्यामल ने।

''हाथ नहीं चला क्योंकि वह हिरनी गर्भवती थी।''

रुमाल की मदद से चेहरा पोंछते हुए कहने लगी मिसेस मीटी - ''अरे! कितना गंदा काम।''

लगभग वह रोने जा रही थी। लेकिन मिस्टर चकोड़ी ने संभाल लिया, ''बेचारी! आप फिर इतनी भावुक हो गई, मैडम! अगली बार आप खुद गोली चलाएँगी। ठीक है? बन्दूक अपने पास रख लीजिये।''

इस बार मिसेस मीटी ड्राइवर श्यामल के पास बैठ गई। वह उद्दंड युवक बाकी पांचों की वेदना और आवेग के प्रति थोड़ा भी ध्यान देते नहीं लग रहा था। उसका कारण यह था कि उसका मालिक राजा साहब उसका सौतेला भाई था। दिवंगत बूढ़े राजा की अनेक संतानों में से श्यामल भी एक था। हालांकि उसकी माँ राजा की अधिकृत रखैलों में से नहीं थी जिसके कारण उसका दर्जा काफी नीचे था। हमेशा उदास मगर सुदर्शन विलक्षण शिकारी श्यामल के चहरे पर स्वर्गीय राजा की तरह राजसी आभिजात्य झलकता था। लेकिन बूढ़े राजा का उत्तराधिकारी यानी आज का राजा साहब एक आभाहीन जीवमाल था। जीवन शक्ति का अर्वाचीन और अनर्गल खर्च ने उनको बहुत दिन से एक अक्षम दयनीय भिखारी बना दिया था। केवल नारियों के साथ लम्बा समय बिता कर उनकी सुगन्ध को आघ्राण करना ही उनका एक मात्र भोग-विलास रह गया था। खासकर इसी काम के लिए अपने पुराने वर्जित अरण्य निवास को हाल ही में ही रहने योग्य बनाया था।

बंगले में पहुँचने तक राजा साहब हर पाँच मिनट बाद श्यामल की भूल के बारे में याद करके अभिशाप दे रहे थे। मगर श्यामल बिना कुछ बोले गाड़ी चला रहा था।

दोपहर को बंगले में पहुँचकर कुछ हल्के जलपान के बाद वे सब शिकार के लिए निकल गए लेकिन श्यामल तैयार नहीं हुआ। कुछ समय तक उस पर गरजने के बाद राजा साहब चुप हो गए। उस हिरनी से जुड़े व्यर्थ के शोक में डूबी मिसेस मीटी भी बंगले में रह गई।

मिसेस चाकोड़ी ने मिसेस मीटी की तरफ एक तिरछी नजर डाली । लेकिन मिसेस मीटी को मालूम था कि मिसेस चाकोड़ी मीटी साहब के आरण्यक-सानिध्य को छोड़कर नहीं रह पाएगी। बुद्धू पति मिस्टर चाकोड़ी की उपस्थिति के बावजूद खूब सारे भावपूर्ण ईशारों के आदान-प्रदान करने का मौका मिल रहा था मिस्टर मीटी और मिसेस चाकोड़ी को। साँझ ढल रही थी।

एक भौतिक नीरवता.... बीच-बीच में अनजानी आवाज, डर, उत्सुकता और

एक प्रबल इच्छा के समावेश में मिसेस मीटी सिहर उठी। फिर अकेले सुरापान करने के कुछ देर बाद उसका अहम् श्यामल के निरासक्त, उदूघत और अरुचिपन के विरोध में विद्रोह कर उठा।

ठीक उसी समय दूर से एक भयानक आवाज आई।-

"ये किसकी आवाज हो सकती है?" मिसेस मीटी ने श्यामल से पूछा।

श्यामल ने कहा - "शेर की आवाज, मैडम।" मिसेस मीटी एक ही बार में खड़ी हो गई और बरामदे में से दौड़कर अन्दर जाते समय पूरे एक शास्त्रीय ढंग से ठोकर लगने का नाटक करती हुई गिर गई।

यहाँ तक कि श्यामल के आने तक उठने का प्रयास भी नहीं किया। और जब श्यामल आया, उस समय उसको पूरा आलिंगन करने का मौका देने के बाद ही वह उठकर खड़ी हुई।

कुछ देर पहले वाली घटना के बारे में कुछ भी न बोलते हुए होठों पर एक कुटिल हँसी हंसते हुए मिसेस मीटी ने कहा, -" तुम एक उस्ताद शिकारी हो, श्यामल!"

श्यामल समझ गया, मिसेस मीटी उसको बीस साल पहले वाली साथी खिलाड़ी लगने लगी। जों कि सहज भाव से एक खेल का तरीका सिखाना चाह रही है। मगर श्यामल ने भी एक सरल बालक की तरह व्यवहार किया। फिर भी उसके होठों से हल्की विद्रूप भरी हँसी रूक नहीं सकी। उस नीरव हँसी ने मिसेस मिटी को केवल विजय की तृप्ति से वंचित ही नही किया बल्कि उसके मन में भर दिया जबरदस्त अपमान और पराजय का अन्धकार।

3

राजा साहब और बाकी तीनों के जंगल से लौटने तक घना अंधकार हो गया था. मिसेस मीटी की क्लांत-नींद टूट गई। वह बुखार जैसा अनुभव कर रही थीं। दरवाजा खोलते ही सबसे पहले उनकी दृष्टि पड़ी मिसेस चाकोड़ी की आँखों पर। मिसेस चाकोड़ी बहुत कुछ कल्पना कर रही थी और उस बात को समझने में उसको विलम्ब नहीं लगा। शीघ्र ही कमरे के एक कोने में फर्श पर सोए हुए श्यामल की तरफ मिसेस चाकोड़ी खतरनाक निगाहों से देखने लगी। उसकी आँखों से यह स्पष्ट हो रहा था कि वह बुरी तरह से अपने आप को प्रताड़ित महसूस कर रही थी।

"डार्लिंग, तुमको अकेले छोड़कर चले जाने के कारण से मिसेस चाकोड़ी इस प्रकार से अशांत हो रही थी कि क्या कहूँ। उम्मीद करता हूँ कि तुम्हें कोई दिक्कत नहीं हुई होगी।" मिस्टर मीटी ने कहा। उस समय तक मदिरा, निद्रा, अन्धकार और

उस भौतिक नीरवता से उत्पन्न विचित्र प्रभाव से पूरी तरह मुक्त नहीं हुई थी मिसेस मीटी ।लेकिन मिसेस चाकोड़ी की सारी कल्पना और श्यामल के होठों पर अभी तक मौजूद उस विद्रूपता भरी हँसी के बारे में सोचकर मिसेस मीटी आशंकित हो गई थी, उसी को शीघ्र ही विस्मृत करने का संकल्प लेकर वह मिस्टर मीटी को बेल्ट से पकड़कर कमरे के अन्दर खींच कर ले गई।

अचानक भर्राए हुए गले से बोलने लगी - "जानते हो, उस जानवर को आज मैंने एक जबर्दस्त थप्पड़ मारा है।"

"श्यामल के बारे में कह रही हो?"

"और क्या! बहुत बड़ा शैतान है वह आदमी।"

कुछ समय के लिए श्मशान जैसा नीरव हो गया पूरा माहौल। जिन्दगी भर श्यामल के विरुद्ध हमेशा शिकायत लाने वाले राजा साहब निद्रित श्यामल की तरफ दौड़ पड़े। लेकिन उसके बाद क्या करेंगे समझ नहीं पाए और खड़े होकर केवल बडबडाने लगे अपना पसीना पोछते हुए।

मिस्टर मीटी और मिस्टर चाकोड़ी चुपचाप खड़े रह गए जैसेकि कोई बिजली गिर गई हो। लेकिन उनकी किंकर्तव्यविमूढ़ता वाली अवस्था तोड़ दी मिसेस चकोड़ी ने। वह अचानक रो पड़ी और श्यामल की तरफ भागते हुए जाकर उसके शरीर पर जोर से एक लात मारी।

नींद से उठकर श्यामल बड़ी-बड़ी आखें लिए खड़ा हो गया। लेकिन ज्यादा समय तक नहीं। मिसेस मीटी को छोड़कर बाकी सब मिसेस चकोड़ी द्वारा दिखाई राह पर चलते हुए उसको पीटने लगे। मिसेस मीटी पागल की भाँति चिल्लाते हुए बेहोश हो गई। श्यामल के खून से लथपथ बेहाल शरीर को वे लोग घसीटते हुए ले गए पास वाले एक छोटे कमरे के अन्दर जहाँ अभी-अभी शिकार करके लाए एक अधमरे जंगली सूअर को रखा गया था। कुछ ही मिनटों में ही इतना सब कुछ हो गया। उसके बाद सब बैठकर उखड़ी-उखड़ी साँसे लेने लगे।

सुबह जल्दी हाजिर होने का आदेश देकर चौकीदार को विदाकर दिया गया। अन्दर से अच्छी प्रकार खिड़की-दरवाजे सब बन्द कर दिए गए। पिछली तरफ दीवार से घिरे किचन-गार्डन में अग्निकुँड लाया गया।

उसको घेरकर सब बैठकर और पीने लगे। जब आग जोर-जोर से जलने लगी तब उन लोगों ने उस अधमरे जंगली सूअर को घसीटते हुए बाहर लाकर उसी आग में झोंक दिया। और उसमें से थोड़ा-थोड़ा मांस काटकर खाने लगे, खाते-खाते गाने लगे, नाचने लगे। देर रात होने तक यह सब चलता रहा।

4

दरवाजे पर फिर वही धक्का। मिसेस मीटी उठकर बैठ गई। खिड़की खोलकर बाहर झाँकने लगी। अभी तक अंधेरा बाकी। अचानक उस अंधेरे में से उनके ऊपर झपट पड़ा एक शीतल आतंक।

धीरे-धीरे पूरे शरीर को संक्रमित कर गया। खून में भर जाने के बाद जो बचा-खुचा बाकी रह गया वह पसीने के बिन्दु बनकर शरीर से बाहर निकलने लगा। वह दूसरों को बुलाने लगी। चौकीदार समझ गया कि सब उठ गए हैं और उसने दरवाजा खटखटाना रोक दिया।

राजा साहब ने कहा-'' सुप्रभात बन्धुगण! चाय बनाई जाए। क्या बातचीत कर रहे हैं आप लोग। मैं देखता हूँ वह बदमाश श्यामल क्या कर रहा है।''

श्यामल को बन्द करके रखे गए कमरे की तरफ राजा साहब ने अपना कदम बढ़ाया।

''मत जाइए!'' चिल्ला कर मिसेस मीटी ने राजा साहब को रोक दिया। चकित होकर राजा साहब जैसे-तैसे पूछने लगे - ''क्या..., क्या...। लेकिन....। कु.....। क्या....?''

मिसेस मीटी ने कहा - ''मुझे नहीं मालूम, लेकिन कमरे के अन्दर अगर श्यामल के बदले सूअर मिला तो?''

लेकिन हम लोगों ने पिछली रात सूअर को ही भून कर खाया था।

''क्या मैं ठीक कह रहा हूँ न?''

''मान लीजिए अगर आप कमरे के अन्दर श्यामल के बदले सूअर को देखते हैं?'' लम्बे समय तक फ ैल गई एक मृत्युशीतल निस्तब्धता। उसके बाद किसी एक ने कहा - ''चलिए किचन गार्डन में देख लेते हैं। सूअर का कुछ अंश जरूर अभी तक वहाँ पड़ा होगा।''

''राम राम! कभी नहीं।''एक साथ मिसेस मीटी और मिसेस चाकोड़ी चिल्ला उठी, ''जो कुछ वहाँ पड़ा हुआ मिलेगा वह सब अगर सूअर का नहीं होगा तो?''

फिर एक बार मृत्युशीतल निस्तब्धता। सब देख रहे थे और काँप रहे थे। दो घंटे बाद। मिस्टर मीटी जीप चला रहे थे। बालू से भरी बोरियों की तरह निष्प्राण होकर लदे हुए थे दूसरे लोग।

राजा साहब हँसने की चेष्टा करते हुए कहने लगे - ''कितनी अजीब है आपकी कल्पना या सपना कह लीजिए... मिसेस मीटी। जो भी हो आपने हमारे खून को हिम की तरह जमा दिया। वास्तव में बड़ी अजीब हैं आप!''

मिसेस मीटी या किसी ने कुछ नहीं कहा। इसीलिए राजा साहब फिर बोलने लगे-''हालाँकि मैंने अपने भरोसेमंद चौकीदार को निर्देश दे दिए हैं कि नशे की हालत में अगर हमसे कोई भूल हो गई हो तो किसी को कानों-कान खबर न लगे, इसकी वह सही व्यवस्था कर दे। लेकिन मुझे संदेह हो रहा है कि मिसेस मीटी की आशंकाए भूत जैसी अवास्तविक है।''

मिस्टर चाकोड़ी और मिस्टर मीटी ने एक साथ कहा-, ''सही में संदेह हो रहा है! उस कमरे को नहीं खोलना और किचन गार्डन की तरफ जाकर नहीं देखना हमारी मूर्खता ही है।

''हालाँकि भूत अवास्तविक है इस बात को लेकर मैं कभी-कभी दुविधा में पड़ जाता हूँ। उस बंगले में कुछ भूत रहते हैं - ऐसा लोग कहते हैं। भूत विभिन्न प्रकार की गड़बड़ी करते हैं। हो सकता है कि भूतों ने हमारे साथ कोई खेल खेला हो और हम लोगों को मूर्ख बनाया हो '' राजा साहब ने कहा।

मिसेस मीटी अचानक रोने लगी। मिसेस चकोड़ी अट्टहास करने लगी। दूसरे लोग बालू की बोरी जैसे निस्तब्ध।

जीप की आवाज में उनका रोना और हँसना दोनों जैसे पिसे जा रहे हो।

❑

चेरापूंजी

रवि पटनायक

पुरुष जब पहली बार प्रेम करता है तो उस नारी के नाम से अकारण ही एक आकर्षण या मोह हो जाता है। अकस्मात प्रेमिका का नाम देखते ही उसका शरीर सिहर उठता है, चाहे उस नाम की जूते की दुकान क्यों न हो?। यदि वह पुरूष एक कवि, शिल्पी या संगीतज्ञ हो तो उसे उस प्रेमिका के अतिरिक्त उसकी प्रतिच्छाया के प्रति भी अकारण ही एक अनोखा आकर्षण हो जाता है। एक नाम के प्रति यह उसकी स्वयं की सर्जनात्मकता है जो प्रेमिका के नाम के प्रति नहीं। इसलिए वह अपनी प्रेमिका को उस अभिकल्पित नए नाम से नामकरण करता है। दोनों के प्रति उसका एक समान आकर्षण होता है। यही कारण है कि प्रेमी शिल्पी सम्राट शाहजहाँ ने अपनी पत्नी का नाम बदलकर मुमताज रखा, कवि जहांगीर ने मेहरुन्निसा का नाम परिवर्तित कर नूरजहां रखा और संभवत इसी कारण कवि, लेखक अपनी प्रेमिकाओं के नाम पारम्परिक नाम न रखकर कोई असाधारण नाम रखा करते हैं।

मल्लिके, मैंने तुम्हें इस नाम से संबोधित किया था क्योंकि इस नाम के प्रति मेरा बहुत आकर्षण था। पता नहीं क्यों, यह नाम मुझे बहुत प्रिय लगा।

पता नहीं, तुम्हें इस नाम की बात याद भी होगी या नहीं। पता नहीं, 25 वर्ष के लंबे अंतराल के बाद भी तुम्हारे इस आरोपित नाम का दाग तुम्हारे मन में रहेगा या नहीं। लड़कियां इस तरह के नाम अपने प्रेमियों के लिए रखती है या नहीं, मैंने कभी पूछा भी नहीं। संभवत नहीं, यदि ऐसा होता दो तुमने भी निश्चित रूप से मुझे भी ऐसा ही कोई नाम दिया होता। यह बात मुझे याद नही आती। क्या मैं सच में भूल गया हूँ या वास्तव में तुमने मुझे ऐसा कोई नाम ही नहीं दिया।

मल्लिके! तुम्हें यह पत्र लिखने के पीछे मेरा कोई उद्देश्य नहीं हैं । लिख रहा हूँ इसका अर्थ यह भी नहीं है कि मै इसे प्रेषित करूंगा। पत्र लिख कर मैं इसे डाक के डिब्बे में डालूँगा भी कि नहीं, इसमें संदेह है। और अगर भेज भी दिया तो वह तुम्हें मिलेगा भी, यह भी निश्चित है क्या? कारण तुम्हारा सही पता तो बहुत

पहले ही मैं खो चुका हूँ। अचानक इच्छा हुई, इसलिए पत्र लिख रहा हूँ।

लगता है मानसिक दुर्बलता है यह। बीते दिनों की रूमानी यादें मनुष्य मात्र की सहज प्रकृति है अथवा इस नाम के प्रति मेरी किशोरावस्था के प्रेम की अनुभूति अभी भी ठीक वैसी ही बनी हुई है इसलिए तुम्हारी याद आती है। केवल संयोग। तुम मुझे याद नहीं आती, केवल नाम याद है अतः तुम्हारी याद आती है।

यदि इन पचीस वर्षों के अंतराल में भी तुम पत्र पा जाओ तो निश्चय ही क्रोध में जल उठोगी, हैं न? नाती-नातिन देखने के उपरांत भी मेरी इन बातों से तुम्हारा 'इगो' चोटिल होगा।

और एक बात सुनो मल्लिका, इस नाम से मेरी पत्नी को बहुत ईर्ष्या है। अनेक बार मेरे लेख अथवा मुँह से यह नाम सुनकर उसे विश्वास हो गया है कि इस नाम की किसी नारी से निश्चय ही मुझे प्रेम है। पहले - पहल गुप्त रूप से एवं उसके बाद प्रत्यक्ष रूप से उसने हमारे गाँव में इसकी खोजबीन की। मेरे स्कूल एवं कालेज जीवन के सहपाठियों से उसने पता लगाया। हर जगह संधान किया किंतु कहीं से भी इस मल्लिका का पता नहीं चला। अभी भी उसका संदेह समाप्त नहीं हुआ।

किन्तु सच में ऐसा कुछ हो तब न कोई बतायेगा? मैं स्वयं ही कुछ बता पाऊँगा? मल्लिका एक सपना है। मैं उस सपने का पुजारी हूँ। इसी सपने को प्रियतमा मानने का एक विशेष कारण है। तुम्हारे पास किशोरावस्था है, यौवन है, प्रौढ़ावस्था है, रोग है, मृत्यु है मगर कल्पना की यह मल्लिका उसी तरह शाश्वत है। उसके अतिरिक्त, इस मल्लिका पर मेरा एकाधिकार है, वह केवल मेरी हैं, सिफ मेरी। अतः उसमें और मुझमें कोई द्वन्द्व नहीं, ईर्ष्या नहीं, कलह नहीं। हम दोनों के अंदर हैं केवल एक स्थायी प्रेम की अनुभूति।

संभवतः इसी सपने की मल्लिका के लिए तुम जैसी प्रत्यक्ष मल्लिका का परित्याग कर चला आया हूँ। तुम मुझे पागल कह सकती हो या स्वाभाविक। हो सकता है -तुम्हारी बात भी ठीक हो। कारण यदि ऐसा नहीं होता तो तुम जैसी सुन्दर, बुद्धिमती, शिक्षिता एवं धनी कन्या के अयाचित प्रेम को अस्वीकार करने की शक्ति मुझ जैसे एक साधारण मध्यवर्गीय युवक के हृदय में आई कैसे? जैसे कोई शराबी शराब के नशे में शक्तिशाली व्यक्ति से भी जबान लड़ा बैठता है उसके परिणाम की चिंता किए बगैर। मैं भी सम्भवत उस समय उसी तरह नशा-ग्रस्त था। केवल उस समय क्यों आज तक भी। इसलिए तो तुम्हें छोड़ आया और आज तक इसका मुझे पछतावा भी नही या उस पर कोई चिंतन भी नहीं। मैं स्वयं को थोड़ा भी दोषी नहीं समझता।

नहीं, यह मेरा मानसिक विकार नहीं हैं, प्रत्यक्ष अनुभूति है। युग-युग से निन्यानवे प्रतिशत लोग जो करते आ रहे हैं, वह तथ्यात्मक दृष्टि से भले ही, सत्य हो किन्तु विषयानुसार सत्य नहीं है। प्रत्येक व्यक्ति एक मानव है। इसके द्वारा अनुभूत सत्य ही उसके समक्ष जीवंत है। अप्रत्यक्ष अनुभूति की सत्यता जड़-वस्तु के क्षेत्र में तो सामान्य रूप से सत्य के रूप में परिगणित हो सकती है किंतु भावनात्मक स्तर पर अनुभूत सत्य ही व्यक्ति विशेष के लिए यथार्थ है। इसमें सामान्यीकरण का सिद्धांत लागू नहीं होता।

मल्लिके! मैं अपने इसी सत्य से अंगीकृत हूँ। अच्छा बताओ, तुमने चेरापूंजी देखी है। जबसे तुम्हें छोडकर आया हूँ तब से तुमसे संपर्क नहीं हैं। तुम्हारा विवाह कहाँ हुआ है? तुम कहां रहती हो? कितने स्थानों का तुमने भ्रमण किया है? तुम्हारे बच्चों, पति आदि के बारे में कुछ पता ही नही है। यदि पता चलता तो बहुत ही अच्छा होता। मेरी बात को तुम अच्छी तरह से अनुभव कर पाती।

इस स्थान पर आते यहाँ के प्रति मेरे मन में बहुत आकर्षण था। बचपन में भूगोल पढ़ते-पढ़ते अचानक मन इस सुदूर प्रदेश में आ जाता था तब इस स्थान के बारे में मैं कल्पना-लोक में चला जाता था।

लगभग पाँच हजार वर्ग फ ीट में फ ैली मालभूमि। संसार में सबसे अधिक वर्षा का क्षेत्र। सुदूर बंगाल सागर से बांग्लादेश पर से होते हुए मेघ-मालाओं से उड़ते हुए काले घने मेघ, जहाँ आकर अपना जलभार उड़ेलते हुए विश्राम करते हैं। सोचा था - इसी तरह के सघन जंगलों के बीच मैं अपने लिए एक कुटी का निर्माण करूंगा। रात-दिन मेघ कन्याओं के उन्मत्त नृत्य और उनके नुपूरों की निरंतर संगीतमयी ध्वनि के आनंद में डूब जाऊँगा। मकर संक्राति के चिरहरित वन की हरियाली में स्वयं को रंगकर एकमय हो जाऊँगा, स्वयं उसमें समाहित हो जाऊँगा। पहाड़ी झरने की दुर्वामयी गति स्रोत की तरंग में, गंभीर जल स्रोत के गंभीर निर्घोष के भीतर मै स्वयं को देख पाऊँगा। कभी नीले आकाश की गोद में, कभी हरित भूमि की गोद में अपना सिर रखकर सो जाऊँगा और अपनी राह की थकान को मिटाऊंगा। सोचता था - पुरी के समुद्र की रेत पर खडा होकर आकाश की जिस विशालता को निहारता था, सम्भवत वही आकाश चेरापूंजी के सघन वन के शीर्ष हरित शैय्या पर नीले मेघ की तरह शयन करता होगा और मैं उस हरित वन में खड़ा होकर नीले आकाश के अंदर झांककर देखूंगा परिलोक को, स्वर्ग के देवता को, इंद्र के सिंहासन को।

किन्तु स्वप्न टूट गया।

चेरापूंजी के राजपथ पर खड़े होकर मुझे यह विश्वास नहीं हो पा रहा था कि चेरापूंजी एक मरुभूमि है। मीलों दूर तक शुष्क पत्थरों की चट्टानें फैली हुई है। बीच-बीच में छोटे-छोटे ठूंठ केवल। कहीं भी घास के अतिरिक्त वन का नामो-निशान तक नहीं। इतनी वर्षा होने पर भी सामान्य-सा वन भी नहीं। मैंने सोचा - शायद गलती हुई है। चेरापूंजी के चारों ओर घूम-घूमकर मैं खोजता रहा उस काल्पनिक वन को, किन्तु नहीं, कहीं कुछ नहीं था। केवल मरूभूमि में बगीचे की तरह रक्तिम गोद में कुछ झाड़ियाँ मात्र थी। और वह नील-कमल ऊपर की तरह उठता हुआ और ऊपर पहुँच गया था और ऊंचाई पर खड़ा होकर मुझे टुकुर-टुकुर निहार रहा है। मेरी पहुँच में केवल रंगहीन एवं आकर्षणहीन आकाश ही है।

बहुत समय तक मैं विस्मित होकर किंकर्तव्य विमूढ़ बना रहा। मोह भंग की हताशा ने मुझे स्तब्ध और मौन कर दिया। और ठीक उसी समय हठात् मुझे तुम्हारी स्मृति आई ।

प्रेमिका, तुम एक चेरापूंजी हो। प्रेम की अनवरत वर्षा के बावजूद तुम केवल एक नीरस, शुष्क और पथरीली बंजरभूमि हो।

□

अमर

प्रतिभा राय

किन्तु, महामंत्री खड़े-खड़े हाथ जोड़कर कहने लगा।

अपनी धन्नु आकार भृकुटी तानते हुए आँख, विस्तारित करते हुए महाराज कहने लगे, मेरे राज्य की सीमा में किन्तु का स्थान कहाँ!

रास्ते में चलते हुए किसी हाथी ने मेरा राज्याभिषेक करके राजप्रद नहीं दिया है, मैं राजा बना हूँ तो मेरे पिता, दादा और तैंतीस करोड़ पूर्वजों के वंशानुक्रमिक अधिकार के बल पर। इस वंश की रगों में राजसत्ता का खून सदियों से बहता आया है। कहो महामंत्री निसंकोच कहो, ऐसी बुनियाद वाले राज्य की परिसीमा में किन्तु जैसी चीज फिर, क्यों और कहाँ आती है।

महाराज! आपके राज्य की परिसीमा के भीतर में कहीं इन्द्रपुरी है तो कही बैकुंठ भवन! सुख-शान्ति, आलस्य, विलास, मद, मात्सर्य, यश, पौरुष का कहीं अभाव नहीं फिर भी...

फिर भी! कहो महामंत्री कौन है वह दुराचारी फिर भी मैं उसको राज्य की सीमा से बाहर खदेड़ दूंगा या फिर प्राण दंड दूंगा!

महाराज, बहुत चेष्टा करने पर भी मृत्यु को इस राज्य से देश निकाला नहीं दिया जा सका। इस राज्य के पहाड़ी इलाकों में बहुत-सी जनता मृत्यु का शिकार हो रही है।

आनंद, विस्मय और विरक्ति के सम्मिलित भाव वाली महाराजा की हँसी ने महामंत्री की धड़कन को क्षण भर के लिए रोक दिया।

महाराज गर्जना से कहने लगे, मृत्यु, मृत्यु कहाँ नहीं है? मृत्यु तो जीवन की स्वाभाविक प्रक्रिया है, इसमें किन्तु तथा तथापि की भूमिका कहाँ है?

महामंत्री नाक के अगले भाग पर ध्यान एकत्रित करके बहीखाता खोलकर विनम्र करुणा के स्वर में कहने लगा, यह मृत्यु स्वाभाविक नहीं है, अपमृत्यु है।

किस प्रकार की अपमृत्यु! हत्या, आत्महत्या या फिर दैवी प्रकोप?

नहीं महाराज, इस प्रकार की मृत्यु आजकल स्वाभाविक मृत्यु में परिणित हो

गई है, दैनिक जीवन का एक अंग बन गई है। इस तरह की खबर न होने से आजकल के अखबार वास्तव में अपूर्ण नजर आते हैं। मगर इन मौत की घटनाओं से मैं विचलित नहीं हूँ, विचलित हूँ तो अनाहार मृत्यु की खबरों से! राज्य में एक तरफ जहाँ अधिक भोजन के कारण कितने व्यक्तियों के प्राण निकलने को हैं वहाँ दूसरी ओर भोजन की कमी के कारण कितने लोग प्राण गँवाने को मजबूर हैं। अधिक भोजन के कारण कोई भी महाराज को दोषी नहीं ठहराएगा, मगर अनाहार मृत्यु के लिए शत्रु राज्य महाराज पर दोषारोपण करने में बिल्कुल देर नहीं लगाएँगे इसलिए इसका तुरंत निदान किया जाना अत्यंत जरूरी है।

अनाहार मृत्यु! बिल्कुल भी विश्वास नहीं होता है, राजवैद्य की सलाह से बीच-बीच में मुझे भी आहार त्याग करना पड़ता है पर मेरी तो मृत्यु नहीं हुई।

महाराज, स्वास्थ्य की देखभाल के लिए आपको थोड़े से समय के लिए आहार त्याग करना पड़ता है मगर कुछ अभागे लोग लगातार अनाहार से भूख के कारण सूख-सूखकर मर रहे हैं। पड़ोसी राज्य के पत्रकार इसकी घोर निंदा कर रहे हैं, इसकी वजह से हमारे देश की ख्याति धुंधली हो रही है। भरसका प्रयास करने के बावजूद भी भूख इस देश से मिट नहीं रही है। यही है आज की सबसे बड़ी चिंता का कारण।

भूख!, महाराज एक बार फिर विस्मयाभिभूत होकर बोले, भूख कौन? इसकी शक्ल कैसी होती है? कहाँ पर रहती है? वह हमारे राज्य में है और मुझे उसकी खबर तक नहीं! जाओ उसको बंदी बनाकर मेरे सामने पेश करो। मैं उसकी शक्ल देखना चाहता हूँ।

महामंत्री ने हाथ जोड़कर अपनी असमर्थता प्रकट की, महाराज! भूख होती है प्रजा   जिस पर केवल गरीब जनता का एकाधिकार होता है। राजमहल के इतिहास में भूख का कहीं भी कोई नामोनिशान दर्ज नहीं। यदि इतिहास में नाम नहीं तो क्या हुआ? मेरे राज्यकाल में राजमहल में भूख को बंदी बनाकर नए इतिहास की रचना करनी होगी। इस धरती पर ऐसी कोई चीज नहीं जिस पर राजा का अधिकार नहीं और प्रजा का एकाधिकार है, हजारों कोशिशें करने के बाद भी भूख को आपके दरबार में नहीं लाया जा सकता है। सारे विश्व के इतिहास में किसी भी राजमहल में भूख की मौजूदगी का कोई लेखा-जोखा नहीं है।

यदि विश्व के इतिहास में उसका नाम नहीं है तो क्या हुआ! मेरे राजमहल में भूख को प्रस्तुत कर नए इतिहास की रचना करो। दुनिया में कोई ऐसी चीज नहीं है जिस पर राजा का अधिकार नहीं हो और जनता का अधिकार हो। मधु हो या जहर राज्य के भीतर के सारे द्रव्य राजा के।

प्रजा का हरेक सुख, जायदाद संपत्ति सब कुछ राजा चाहे तो अपने नाम कर सकता है तब क्या भूख को अपने अधीन नहीं रक सकता। यदि यह संभव नहीं

तो महामंत्री भी इस पद पर रहने के योग्य नहीं है। या तो भूख, नहीं तो महामंत्री का इस्तीफ ा, इन दोनों में से एक का चयन करना होगा। भूख कैसी दिखती है? क्या होती है? अगर ये सब बातें मुझे समझा नहीं सके तो आपका मंत्री पद...?

महामंत्री बहुत ज्यादा चिंतित हो गया।

जो इंसान भूख क्या है, यह तक जानता नहीं है और अजीर्ण होने पर खाली पेट रहने से द्राक्षारस, संजीवनी सुरा, शक्तिवर्धक च्यवनप्राश खाता हो उसे भूख का स्वरूप कैसे समझाया जा सकता है। जैसे सौ पुत्रों के पिता धृतराष्ट्र को गर्भ-वेदना का अनुभव करवाना, वैसे ही तैंतीस करोड़ पीढ़ी की बुनियाद वाले वंश-परम्परा के राजा को भूख का अनुभव करवाने के बराबर है।

महाराज भूख खोज रहे हैं, महाराज को भूख वह कहाँ से लाकर देगा, इस बारे में महामंत्री की कन्या चेतावनी ने अपने पिता को सलाह दी।

दूसरे दिन महामंत्री ने राजा से गुहार लगाई, महाराज भूख गरीब के पेट में छुपकर रहती है इसलिए उसे देखना अति कठिन है। कीटाणुओं, जीवाणुओं से भी उसका रूप सूक्ष्म है इसलिए उसे आँखों से देखा नहीं, केवल महसूस किया जा सकता है।

महाराज ने आदेश दिया, गरीबों का पेट फाड़कर भूख के जीवाणुओं को बाहर निकालो। मेरे सामने हाजिर करो उन्हें। भूख को समझा दो कि राजा के उदार पेट में जगह की कोई कमी है जो वह केवल प्रजा के पेट में छिपकर रहती है।

महामंत्री ने प्रस्ताव दिया, महाराज भूख खोजने के लिए उन सुदूर पहाड़ी इलाकों में जाना होगा, जहाँ से प्रति वर्ष भूख की वजह से मृत्यु की खबरें फैलती हैं।

यात्रा का प्रबंध करो, और देरी किस बात की? भूख क्या चीज होती है? नहीं जानने से मुझे नींद नहीं आएगी। दुनिया में इस तरह का कोई पदार्थ होगा जिसे प्रजा भोग करेगी और राजा नहीं?

राजा के नाम पर यह बहुत बड़ा आघात है। शीघ्र वहाँ जाने की व्यवस्था करो।

यात्रा पथ में खाद्य और पेय का नितांत अभाव है। पहाड़ी रास्तों पर महाराज के खाने योग्य अच्छी वस्तुएँ दुष्प्राप्य हैं। बीच-बीच में खाली पेट रहना पड़ सकता है, महाराज क्या इसे सहन कर पाएँगे?

चिंता नहीं, महामंत्री, भूख को खोजने के लिए मैं किसी भी विषम परिस्थिति का सामना कर सकता हूँ, दो-तीन दिन न खाने से राजा की जान नहीं चली जाएगी, राजा की जीवन शक्ति इतनी भी कमजोर नहीं है।

महामंत्री बहुत खुश हो गया कि भूख खोजने के लिए रास्ते में महाराज

निश्चय ही भूख के जीवाणुओं को अपने भीतर खोज लेंगे और उसका मंत्रीपद सुरक्षित हो जाएगा। रास्ते में खाना नही मिलने पर जब महाराज प्रश्न करेंगे, महामंत्री, कौन मेरे पेट के अन्दर इस तरह उत्पात कर रहा है? क्यों मेरा शरीर कमजोर लग रहा है? हाथ-पाँव दुर्बल लग रहे हैं, पेट के अन्दर वे किस तरह की अजीब-यंत्रणा, किस तरह की पीड़ा है। इसका क्या नाम है?

भूख! महाराज आप अपने अद्वितीय त्याग और साधना के बल पर भूख का अनुभव कर रहे हैं।

प्रश्न और उत्तर की कल्पना में महामंत्री खो गए।

महाराज की पालकी आगे बढ़ रही थी। दुर्गम पहाड़ी रास्तों, नाले प्रदेश में जगह-जगह सुसज्जित तोरण रातों-रात जैसे विश्वकर्मा ने सजा दिए हों। महाराज के आने की सूचना पाकर रातों-रात इस तरह कदम उठाएँ जाएँगे, इसकी तो महामंत्री ने भी कल्पना नहीं की थी। महामंत्री एकदम से आश्वस्त था कि महाराज के दिमाग में यह बात आ रही होगी कि राज्य में सब जगह सुख, शान्ति, स्वच्छता, प्रकाश, खाद्य पदार्थ, जल, फल, बाग़-बगीचे हैं।

जंगल में भी सभ्यता का प्रकाश, अँधेरी रात में जुगनू की तरह बीच-बीच में जगमगा रहा है। राज्य उन्नति के रास्ते पर आगे बए़ रहा है, इसमें कोई शक नहीं।

रास्ते में बीच-बीच में विश्राम लेने हेतु मंडपों की तैयारी की गई है। खाने-पीने की बाढ़ में सूखे का उन्मूलन होने जैसे लग रहा है।

खाने के समय महाराज मंत्री परिषद् और नौकरों-चाकरों की तारीफ करने लगे, वाह-वाह! यहाँ तो हर चीज मिलती है। राजमहल से भी ज्यादा स्वादिष्ट भोजन यहाँ मिलता है। सारे रास्ते साफ -सुथरे हैं, चारों दिशाओं में एक स्वस्थ परिमल वातावरण दिखाई पड़ रहा है। राजधानी के भीड़भाड़ वाले दूषित और कोलाहल भरे वातावरण की तुलना में जंगल का अविकसित परिवेश ज्यादा स्वास्थ्यकर प्रतीत हो रहा है। यहाँ के वाशिंदे हमारी तुलना में अधिक भाग्यवान हैं।

मंत्री, कर्मचारी, जनता कृतकृत्य और गर्वित। अपनी जगह का गौरव भला किसे अच्छा नहीं लगता।

दोल मंडप की तरफ जाते समय जगन्नाथ भगवान जिस तरह कई बार भोग खाते हैं उसी तरह महाराज को भी सारे पहाड़ी रास्तों पर जगह-जगह दिव्य भोजन दिया जा रहा है। फूल मालाओं, उपहारों आदि के लिए अलग से एक वाहन की जरूरत पड़ रही है। मनोरंजन आदि किसी भी तरह की सुविधाओं में कोई भी कमी नजर नहीं ।अ रही है।

महाराज अपने मोटे पेट पर हाथ घुमाते हएु डकार मारकर महामंत्री को कहने

लगे, आप तो कह रहे थे कि भूख खोजने जाते समय अनेक कष्टों का सामना करना पड़ेगा, मगर मैं तो देख रहा हूँ यात्रा में बहुत आनंद आ रहा है।

महामंत्री फिर से घोर चिंता में डूब गए, महाराज को पहाड़ी रास्तों में किसी तरह का कष्ट सहना न पड़े इसके लिए उसने जो कुछ व्यवस्थाकी, उसके लिए महाराज तो खुश हो गए पर जिसके लिए उन्होंने यात्रा शुरू की थी, उस अंचल की वास्तविकता के दृश्य नजर नहीं आये। महाराज अगर निर्धारित रास्ते को छोड़कर किसी और रास्ते से किसी गाँव में पहुअच जाएँ तो वे सत्य का सामना करने से पहले ही सबको नौकरी से निकाल देंगे, इसमें जरा-सा भी संदेह नही ंथा। यह बहुत ही बड़ा विषम संकट है। सत्य छुपाने से पाप।...और प्रकट करने से संताप!

महाराज निर्धारित समय पर निर्दिष्ट अनाहार प्रपीड़ित अंचल इसमें पहुँच गए। गाँव के रास्ते साफ-सुथरे और रास्ते में तोरण, मंडप सब कुछ वैसे ही जैसे महाराज की इच्छा के अनुरूप। महाराज ने गली कोनों में घूम-घूमकर आखिरकार निरीह नागरिकों के घर में प्रवेश किया। जीवन यहाँ हवा की तरह, चिड़ियों की तरह, सूर्य की रोशनी की तरह, पूर्णतया उन्मुक्त। न आगे कोई रुकावट, न कोई बाधा-बंधन। राजधानी में सभ्य नागरिकों के आवास में महाराज होकर भी इस तरह बिना रोक-टोक के वह घुसने का दुस्साहस नहीं कर सके थे।

महाराज मिट्टी के फर्श के ऊपर बैठ गए, हमेशा ऊँचे सिंहासन पर बैठने के कारण एक विरक्त भाव उत्पन्न हो गया था। जनता टुकर-टुकर देख रही थी कृतज्ञता से। महाराज सुख-दुःख पूछने लगे, तुम्हें किसी चीज का अभाव है?

अभाव जिसे किसी तरह के भाव के बारे में मालूम नहीं यह अभाव क्या जान पाएगा?

कुछ नहीं महाराज भगवान् ने सब कुछ तो दिया है, पहाड़, नदी, वन, झरने, पेड़-पौधे सब कुछ तो है।

तुम्हारे यहाँ किसी की अनाहार-मृत्यु हुई है?

अनाहार का अर्थ क्या है?

महामंत्री ने समझाया, अनाहार का अर्थ बिना आहार के दिन बिताना। खाना न मिलने के कारण यहाँ किसी की मृत्यु हुई है क्या?

नहीं, हुजूर हमारे देश में अनाहार नहीं, भगवान ने जिसको जन्म दिया है उनके लिए जंगलों में आहार की सुविधा की है पानी, हवा सभी तो दिए हैं। पेड़-पौधे, इमली, कर्मंगा, कद्दू, जामुन, साग, बेर, आम, गुठली जब तक है बिना आहार के मरने की बात हमारे गाँव में कभी सुनाई नहीं देगी। कुछ भी नहीं होने से हवा, पानी तो है ही और पानी-हवा खाकर जंगल में अनेकों साधु-संत जिन्दा रहते हैं।

यहाँ अगर कोई मरता है तो आयु पूरी होने पर ही मरता है, जन्म के साथ-साथ मरण भगवान ने ही बनाया है।

महाराज प्रफुल्लित होकर कहने लगे, महामंत्री, सुन लिया अपने कानों से? इस राज्य में अनाहार मृत्यु नहीं है।

महाराज ने जनता से फिर एक बार कुशल-क्षेम पूछी, तुम्हारे गाँव में भूख नाम की कोई चीज है क्या?

कांपते-कांपते एक बुढ़िया अपा पोपला मुँह खोलकर हँसने लगी। कंपित स्वर को लम्बा करके कहने लगी, 'भूख! जन्म से मृत्यु पर्यंत जापे आधा पेट खाते हैं, भूख तो उसका जीवन साथी है, जन्म-मरण का साथी है, भूख के लिए जीवन तो रुकेगा नहीं। एक पेट की भूख को दूसरा आदमी नहीं समझ पायेगा। तो हुजूर भूख कैसे दिखाई जाएगी।

और दारिद्र्य? गरीबी?

हमारे गाँव में सब एक जैसे हैं   समान, कोई किसी को गरीब क्यों सोचेगा? खुद को गरीब मानने की फुर्सत ही कहाँ है।

महामंत्री स्तब्ध और महाराज मुग्ध!

उसके बाद युवक-युवतियाँ, बूढ़े-बुढ़ियाँ सभी मिलकर नाचने-गाने लगे।

महाराज तो मतवाले हो गए जैसे। महाराज की इच्छा हो रही थी कि राजगद्दी से उतरकर इसी गाँव में रह जाएँ और नाचे-गाएँ। बेशक यह बात उनके लिए मुमकिन नहीं थी परन्तु सोचने भर से ही इतना आनंद मिल रहा था।

विदाई भाषण में महाराज कहने लगे,

मैं भूख खोजने आया था, अनाहार मृत्यु का पता करने आया था। खोज-खोजकर निराश हो गया। मेरे राज्य में अनाहार मृत्यु नहीं है, भूख अवश्य है। भूख को बिना समझे अज्ञानी लोग व्यर्थ में उसकी निंदा करते हैं। भूख को मैंने खोज लिया है, भूख महान है। जहाँ भूख नहीं, वहाँ संगीत नहीं, आनंद नहीं, जीवन नहीं। मैंने शहर में बहुत संगीत सुना है, नृत्य देखा है, किन्तु वहाँ जीवन का स्वच्छंद प्रकाश नहीं, यहाँ जैसा माधुर्य नहीं, अंतरंगता नहीं। लेकिन भूख का स्वरूप जो भी हो भूख अनंत काल तक बची रहे। क्योंकि भूख ही संगीत, नृत्य, आनंद, जीवन है।

महामंत्री और पार्षद गण नारा लगाने लगे,

महाराज की जय हो! भूख जिंदाबाद!

पर्वतों-पर्वतों में प्रतिध्वनि गूंजने लगी।

भूख अमर रहे! भूख जिंदाबाद!

□

लाश कहाँ?

रामचंद्र बेहेरा

घर से लगभग बीस फुट दूर है ईंटों पर सीमेंट का पलस्तर किए दो पिलर। दोनो पिलर के चार फुट के घेरे में लगे हुए हैं एक पल्ले के जाली के किवाड। अलकतरा से पोते हुए लकड़ी के किवाड़ों को कहा जाता है गेट। इसके भीतर लगी हुई एक सांकल। जहां ताला लगाया जाता है रात को। गेट से घर के बरामदे तक का रास्ता ईंटों से बना है।

गांव से दस किलोमीटर दूर स्थित पशु चिकित्सालय से चतुर्थ श्रेणी कर्मचारी के रूप में सेवानिवृत हुआ था विमल। यह तीन साल पहले की कहानी है।गांव में थी उसकी तीन-चार एकड़ खेती की जमीन। तीन कमरे एक विशेष प्रकार की एस्बेस्टास की सीटों से ढ़के हुए। चारो तरफ लगभग पांच फुट उँचाई तक घेरा दीवार नहीं हुई थी। इस प्रशस्त परिसर के अंदर है आम, कटहल, केले और सजना के पेड़। बीच में है गाय बांधने की जगह।

आराम से विमल का समय कट रहा था। जिस प्रकार से सूर्योदय और सूर्यास्त का होना स्वाभाविक तरीके से ठीक उसी प्रकार से गर्मी-वर्षा-सर्दी के दिन आते-जाते थे उसके लिए। पेंशन पाने के दिन के अलावा कभी समय या कलैण्डर देखने की जरूरत नहीं पड़ती थी उसको। खेती की जमीन का भाग किसान के हवाले में था। और कितने सालों के बाद खेती का काम होगा अथवा नहीं, उसके लिए एक दूसरा प्रसंग था। कौन हल जोतने कंधों पर बोझ उठाएगा, हल जोतने के पक्ष में नहीं था। साइकिल के कैरियर में धान बांधकर ले जाने की बात भी उसने नहीं सुनी थी। इसी साल उसने यह पहली बार देखा और लंबी-लंबी सांसे छोड़ने लगा। सस्ते में आसानी से पचीस किलो चावल मिल गए थे। धूप और कीचड़ में काम किए हुए इतिहास बीत गया था।

आम दिनों की तरह विमल को साइकिल बाहर करने या पेंट-कमीज पहनने की जरूरत नहीं थी। थोड़ी-सी दूरी पर थी परचूनी सामान की दुकान। दिन में दो-तीन पैसेन्जर बस उस रास्ते से गुजरती थी। दुपहिया गाड़ी और साइकिल तो

आजकल हर किसी रास्ते में नजर आती थी। कभी किसी पर मनन करता था, अन्यथा अधिकांश समय वह अन्यमनस्क रहता था। ये सारी बातें उसकी जीवनचर्या और निरर्थकता का परिचायक थी। बहुत कम बात करता था वह और किसी के भी साथ आवेग से कभी भी पेश नहीं आता था, गांव में बहुत सारे लोगों के बीच वह एकाकी था।

पेंशन भोगी और घर के चारों तरफ इलाकों को लेकर अनायास स्वाभाविक और सरल जीवन बिताने वाले विमल ने सोचा तक नहीं था कि यह सब खत्म हो जायगा, असंतुलित हो जाएगा। वह समझ नहीं पा रहा था कि एक बंदूक उसे लक्ष्य बनाएगी। केवल ट्रिगर दबाने से उसका काम तमाम या उसे पकडना होगा एक धारीदार छुरा। जिस छुरे से किसी वक्त भी गले को रेत किया जा सकता है।

यहां सब असुरक्षित है। यह धारणा कुछ वर्ष पहले ही बलवती हो गई थी। लाल स्याही से लिखा हुआ पोस्टर और उसी रंग के झंडे अपने आपको जाहिर करने के बाद। बंदूक और बम से हत्या और जंगल, पहाड़ी रास्ते ध्वस्त। ये सारी चीजें जीवन को नियंत्रित कर रही थी। तब यह वीभत्स नारकीयता इस गांव और आस-पास के गांवों तक नहीं पहुंची थी।

वहां भी ऐसी घटना घटी शायद उसी कारण से उसके अंदर धरती और जीवन के प्रति एक तीव्र आक्रोश और व्याकुलता जन्म ले चुकी थी। सारी कोमलता और मधुरता की गर्दन अब यांत्रिक करुणाहीन हिंसक हाथों में आ गई थी।

घटना का विवरण निम्न प्रकार से दर्शाया जा सकता है - भोर-भोर उठने के अभ्यस्त विमल के गेट का ताला खोलकर रास्ते में घूमते समय गांव सो रहा था। वह तब भी एक घंटे के लिए घूमता था। उसका पहला कदम रूक गया। गेट पिलर पर लगा हुआ था लाल स्याही से लिखे हुए कागज का एक टुकड़ा। उस क्षण उसे लगा, उसके भीतर एक ज्वार भाटा उमड़ आया हो। हृदय की धडकन रुक-सी गई देखते-देखते खतरनाक रेगिस्तान की तरह उसका मुंह सूख गया। इस प्रकार का कागज पहले भी एक भूखंड हथियाने के लिए लगा था, यह बात सब जानते हैं। उसकी लिखी हुई बात माननी ही पड़ती है। उसका उल्लंघन नहीं किया जा सकता है।

तुम कुत्ते को जिंदा मौत के घाट उतार दो।

पिलर से आसानी से उडकर आए हुए इस कागज में लिखा था एक आदेश। उस कागज को पकडने के समय उसके हाथ कांप रहे थे। उसका कारण, वह और कोई मामूली कागज का टुकड़ा नहीं था। परिणित हो गया था दो वर्ष के सफेद एवं

मुलायम बहुत प्यारे पपी में। उसके ऊपर खून की रेखा और खून का रंग लाल। यह हुकुम पढ़ने के बाद विमल के दोनो अथर्व हाथ झूलने लगे उन दोनों के पास में। ये केवल हाथ नहीं थे, उसका पूरा शरीर किसी काम के लिए पूरी तरह अक्षम हो गया। उसके जागने से पहले वही पपी उस जगह को भौंककर प्रकंपित कर देता था। बरामदे में बंधा पपी बाहर निकल गया था उस गेट के पास और स्थिर खड़ा हो गया अस्थिर विमल के लिए। वह प्रातः भ्रमण से लौटकर पपी को फिर अपने साथ ले जाता था। पपी के शौच होने के समय बजे होते थे सुबह के आठ। विमल के भीतर पैदा हुआ आतंक और उद्वेग धीरे-धीरे कम हो गया था। अदृश्य हो रही धरती फिर लौट आयी थी कुंठित होकर उसकी दृष्टि के दिग्वलय में सब पहले की तरह था। पैदल चलने का रास्ता और दोनों तरफ घास। घास-फूस और टाइल छप्पर वाला घर। पेड़ और उगते दिन के पृष्ठ पर कार्यक्रम का नक्शा अंकित करने के लिए प्रस्तुत। किंतु उनके लिए महत्वपूर्ण चीज नहीं थी उसके बाद भी पपी को बचाकर रखने वाली प्रतिश्रुति।

प्रातः भ्रमण खत्म होने के बाद भी वह उस स्थान पर खडा था। वह आंखे मलकर साहस से ढुलकाया हाथ में पकडे हुए कागज को, तुम कुत्ते को जिंदा मारो। लाल स्याही के गंदे अक्षर। सिर्फ लिखा हुआ नहीं है, ट्रिगर दबाने से, बम तैयार करने से और लैंडमाइन खोदने में अभ्यस्त अंगुलियों से अच्छे अक्षर निकल कैसे सकते है? आदेश, एक अलंघनीय आदेश। पपी को मारना ही पडेगा। इस काम को जल्दी करना पडेगा।

सत्य पालन करने वाले राजा ने मारा था अपने पुत्र को। व्यंजन प्रस्तुत करने परोसा था अपने देवताओं को। पुत्र को बचाया था अवश्य देवताओं के आलौकिक बल से, मगर विमल को इस कहानी पर कभी भी विश्वास नहीं होता था। अत्यंत ही अमानवीय और निष्ठुर लगती थी वह कहानी उसको। इस परिस्थिति में देवताओं के नामोनिशान नहीं थे। खून पीने वाले और विनाश करने वाले पैशाचिक आनंद और संतोष पाने वाले आखिरकर मूर्ख और आदिमानव थे देवताओं की जगह। पपी मरने पर तो अंत ही हो जाएगा। फिर से वह जन्म लेकर लौट आएगा। जाली से जंजीर से बंधा हुआ होता। इस तरह आलौकिकता और दिव्य परीक्षा के लिए कहीं बीच में कोई और जगह नहीं थी। विकल हुए विमल ने अपने उदास चेहरे पर हाथ घुमाए।

विमल ने अर्द्धचेतन अवस्था में गेट बंद किए। बरामदे के पास पहुंचते समय पपी खुश होकर पूंछ हिलाकर उनके चारों तरफ घूमने लगा। विमल कुत्ते के

भौंकने की आवाज सुनकर खुश हो गया उसी जगह पर। वह अस्त-व्यस्त होकर समस्त सांकलों और जाली के दरवाजे को तोडने के लिए तैयार हो गया। इस अभूतपूर्व आचरण में कोई नूतनता नहीं थी एवं उसके लिए अनोखापन। क्षण भर के लिए विमल को लगा कि किसी भी जन्म में ऐसी संवर्धना उसने नहीं सुनी थी और न ही ऐसी निर्मल घनिष्ठता देखी भी थी। आशंका अथवा डर की बात नहीं है, पपी के प्रति प्रगाढ़ ममता से वह विचलित हो गया। उसे विश्वास नहीं हो रहा था पपी की हत्या के लिए हथियार तैयार किए जा रहे हैं या नहीं, उपाय खोजे जा रहे हैं या नहीं।

वह अपने भीतर से टूट चुका था। उसने इस बात को स्वीकार किया, जो सारे सांघातिक हथियार मौजूद हैं या चतुर मनुष्य द्वारा मारने के लिए बनाए गए हैं और जो सभी उपाय प्रचलित हैं, या होंगे हत्या के सौदागरों द्वारा, वे सारे प्रयोग और कहीं हो सकते हैं, पपी के लिए कभी भी नहीं। इसका मतलब हुआ, पपी को मारने के लिए हथियार या उपाय ही नहीं बल्कि भगवान और देवता भी मर चुके हैं और इस धरती पर शैतान जन्म ले चुका है।

तब? तुम कुत्ते को जल्दी मारो - ऐसे कठोर हृदयहीन आदेश का वह पालन कैसे करेगा? आवेग और अंतरंगता से अस्थिर हो रहे पपी को उसने अपने सीने से लगा लिया - चुप हो जाओ। चुपचाप खडे रहो। तुम्हारा विभोर उच्छवास तुम्हें कहां ले आया, तुझे कैसे पता चलेगा? तुम्हें कैसे पता चलेगा जिसके लिए मैं निरुपाय होकर भीतर ही भीतर दुख से छटपटा रहा हूँ?

वह रूम के भीतर नहीं जाकर एक झंझावात के अंदर घुस गया। चौकी ऊपर नहीं बैठकर एक विकराल गर्जना करने लगे। चारो तरफ देखने से नजर आने लगी अनगिनत बंदूकें और चमकते छूरें। परिवार के सभी के लिए। मारो तुम कुत्ते को जिंदा, न होने पर इस घर में कोई जिंदा नहीं बचेगा।

"अरे, ये क्या?" गीता आश्चर्यचकित होकर झाडू पकडकर पास आई सोच-विचार और उद्विग्ना में डूबे प्रतिमूर्ति के पास। अपनी सहानुभूति जताने लगी, "लग रहा है शरीर ठीक नहीं है। फिर बुखार आया है?" पांच-छ दिन बुखार से पीडित होकर एक सप्ताह ही बीता था विमल को स्वस्थ हुए।

वह कुछ भी कहने की अवस्था में नहीं था। कागज के टुकडे को बढ़ा दिया पत्नी की तरफ। ऊँची आवाज में बातें करने में अभ्यस्त गीता उस चिट्ठी को पढ़कर विमल के चेहरे पर व्यापत डर को समझने लगी। जब वह उस पर लिखे आदेश का अर्थ समझी, गीता के दुबले-पतले शरीर में खून का दौरा तेज हो गया। "कहां

से मिला यह कागज?" शायद सवाल इतना भारी था कि गीता फर्श पर ढेर होकर बैठ गई जिज्ञासावश।

विमल ने केवल अपने अक्षम हाथ गेट की तरफ बढ़ाए। इस बात को समझाने के लिए न तो मानसिक स्थिति ठीक थी और न शरीर में ताकत।

"तब क्या करोगे?" गीता जान गई थी उसके निरर्थक प्रश्न को। पपी मारा जाएगा। कोई और विकल्प नहीं है।

विमल ने पत्नी की तरफ अपना मुंह घुमाया और सुनने लगा उसका जोर-जोर से रोना-धोना तथा लंबे-लंबे सांस। खुली खिडकी से उसने देखा कि पपी अब अपने शरीर को मोडकर गोल बना रहा था।

"क्यों पूछ रही हो?" विमल के प्रश्न से वह विरक्त हो गई थी।

वह फिर से कहने लगा, "उसको नहीं मारने से वे राक्षस लोग हमें भी जिंदा नहीं रहने देंगे।"

सात बजे की प्रभात एक लाश की तरह लग रही थी। ठंडी और भयानक। सभी बरफ में बदल गई हो। इन दोनों के दिलोदिमाग।

"ए गंदे लोग सत्यानाश कर देंगे।" क्षोभ और आंसू भरा स्वर गीता का। खत्म नहीं हो रही थी उनकी कहानी, "आज थाना, कल कोई मोबाइल टावर, और किसी दिन स्कूल, पुलिस गाड़ी। घर के भीतर, रास्ते में लाशों के ढेर। बम और लेंडमाइन से गाडी और पुलिस को खत्म। क्या अच्छा लगता है उन्हें ये सब करने में। उन्हें और कुछ नहीं मिलता है? आखिर में हमारे पपी को भी? वे अपने आप मार देते। वे दायित्व छोड दिए हैं हमारे ऊपर। हाँ, हम कैसे मार सकेंगे दो वर्ष हो गए ऐसे लाड़ -प्यार के बढाए हुए पपी को? उसे हम क्यों मारेंगे? उसका अपराध क्या है?"

एक सांस में इतनी बात कहने के बाद गीता दुखी हो गई। उसकी ढांढस भरी बातों से विमल को आश्चर्य नहीं हुआ। वह अच्छी तरह जानता है कि पपी को गीता कितना प्यार करती है। बांझ होने पर भी वह ऐसे हो जाएगी, सोचकर विमल को विश्वास नहीं हो रहा था।

"कहां जा रहे हो?" गीता के स्वर में भय और आशंका थी। वास्तव में जैसे पपी को मारने का दायित्व उसके ऊपर छोडकर विमल बाहर चले जा रहे हो, उस जगह पर जहां हत्याकांड घटने की संभावना नहीं हो, उस जगह जहां विधाता ने कुछ भी नहीं बनाया हो।

"पपी को ले जाऊँ बाहर?" अंतिम कर्तव्य पालन करने की बाधकता थी विमल के स्वर में। फिर उसने कहा - "आठ बजे उसका टाइम है।"

पूरी तरह से निरुपाय और उदास हो गया था विमल। वह यह भी नहीं जान पाया था कि सुबह-सुबह पपी अपने नित्यकर्म से निवृत हुआ है या नहीं। दो वर्ष पहले एक कार्डबोर्ड के कार्टून में विमल ने उसे लाया था। असंतोष के स्वर में गीता बोली थी, ''तुम्हें और कोई चीज नहीं मिली? आखिर में उसे जो पसंद किया? इससे तो बेहतर मुर्गे का बच्चा रहता। कब बडा होगा?'' गीता ऊपरी मन से जरूर कह रही थी, मगर पपी को देखकर उसका चेहरा चमक उठा था।

''शीघ्र ही बडा होगा।'' विमल ने दृढ़ स्वर में कहा। और बीच में - तुम शांति रखो।''कुछ ही दिनों यह वडा हो जाएगा। उसकी मैं व्यवस्था कर दूंगा।''

पपी! वह नाम अच्छा लगा था। उस दिन रात को नौ बजे गांव में गली के कुत्ते विब्रत होकर भोंकने लगे थे। उससे पपी बाध्य हो गया था एक मनोरंजनकारी दृश्य पैदा करने के लिए। विमल और गीता दुखी होकर बरामदे में आ गए थे। कहीं बाहर के कुत्ते पपी को हानि तो नहीं पहुंचा देंगे। पपी को वहां नहीं देखकर दोनो दुखी हुए थे - ''कहां गया पपी? देखो जरा, इधर देखो, उधर की तरफ!'' गीता पपी को कार्टून के अंदर खोजने लगी।

अपने आप को समेट कर दूसरे कुत्तों से अपनी रक्षा करने के लिए कार्टून में घुस गया था। कुछ दिन बाद, उसको चैन से बांधते समय वह डर रहा था। उसके बाद कुत्तों का भोंकना सुनकर वह गीता के हाथ से भाग जाता था। अपने आप को छुपाने के लिए खाट के नीचे किसी कोने में दुबक कर बैठ जाता था।

''यह डरपोक होगा।'' गीता ने अनुमान लगाया जैसे कोई मां अपने बच्चे को दुष्ट कहकर प्रेम का इजहार करती है।

''इसका नाम!'' हंसते-हंसते कहने लगा था विमल। पपी के प्रति अपना प्रेम दिखाते हुए कहने लगा, ''डरपोक क्यों होगा? तुम इसकी ताकत के सामने मुकाबला नहीं कर पाओगी। तब उसके लिए क्या करोगी? इस ताकतवर के सामने खडा होकर अपने आप को बचाकर दिखाना? पपी क्या इस गांव के कुत्तों के साथ शामिल होगा? इसको देखते ही वे उस पर झपट पडेंगे। हमेशा ऐसा ही होता है। दुर्बल और अक्षम होने से हो गई बात। अपने अस्तित्व की रक्षा करना सहज नहीं है। पपी अपनी रक्षा का रास्ता खोज रहा है।''

दोनो विमल और गीता पूरी तरह से अन्यमनस्क हो गए थे। प्रतिदिन के ऊबाऊपन से मुक्त हो गए थे। विमल पपी के साथ लौटता था और बाद में गीता उसे शैम्पू लगाकर नहला देती थी। ये सब अपने आप घटता था, आपाततः दोनों की बिना जानकारी के पपी भोजन कर लेता था। उसके बाद और क्या?

"आप थोडा निहार बाबू को पूछ लेते।" गीता ने विमल को सलाह दी। यह समझाते हुए - "उन्होंने बीच में एक बड़ा कुत्ता पाला। उन्हें तो ऐसा कोई कागज नहीं मिला है? अगर मिला है तो इसके लिए क्या करने जा रहे हैं, हमें पता चल जाएगा तो ठीक रहेगा।"

"हो सकता है उन्हें भी ऐसा कोई निर्देश मिला होगा।" एक आशा की किरण वमल के मस्तिष्क में पैदा हुई। किसी और ने कहा, "मगर उन्होंने तो दुस्साहस दिखाया। अपने टाइगर को नहीं मारा। उसके बाद? तुम क्यों कहोगे कि निहार ने यदि इस तरह निर्देश पाया है अथवा पाने के बाद भी उसे नहीं मान रहे हैं, तब हम क्यों मानेंगे इस निर्देश को?"

गीता कुछ नहीं कह पाई। विमल उसके पास आकर कहने लगा - "गांव में थे तीन-चार गली के कुत्ते। वे कहां देखने को मिलते हैं?" जबाव पाकर वह वहां से चला गया। नहीं। यह कहने में गीता असमर्थ थी। इतना गंभीर था उसका शोक।

जो घटना घटित होने जा रही है वह जैसे सामने दिख रही है" - जैसे गीता ने एक रहस्य खोला हो विमल के सामने।"दो दिन पहले दो कुत्ते स्कूल के पास मरे हुए पडे थे। इस घटना को जानने के लिए कोई उत्सुक नहीं था। गांव के पालतू कुत्ते मर कैसे गए, आज मुझे समझ में आ रहा है।"

"क्या इसी कारण से?" गीता ने सूं सूं रोना बंद करते हुए पूछा।

"हमारे गांव के रास्ते से उनका आना जाना है। खासकर रात में।" इतना कहते हुए विमल फिर से पत्नी के पास आया। भय और करूणा को छिपाते हुए रहस्य का समाधान उसने इस प्रकार आसानी से किया -

"रात में उन लोगों की गतिविधियों को देखकर गांव के कुत्ते भौंकने लगते हैं। हमारा पपी और निहार बाबू का टाइगर भी इसलिए भौंकते हैं। कौन जानता है गांव के कितने कुत्तों को उन्होंने खत्म कर दिया है। जो कि ठीक नहीं है। उनका आना-जाना बिल्कुल ही कंटक रहित और अबाध होना जरुरी है। इसलिए पपी के ऊपर मृत्यु का परवान जारी किया है। मैं क्यों निहार बाबू को उनके टाइगर के बारे में पूछूंगा? जब तक वे टाइगर को ख़त्म करने का कोई ऊपाय नहीं ढूंढ लेते। हम यहां बैठे हैं मुंह उतार कर। इस लाल वाहिनी का कोई इलाज नहीं। सरकार भी घुटने टेक चुकी है। कहो, क्या करेंगे पपी के लिए।"

विमल का अनुमान गलत नहीं था। वहां से गीता चली गई। विमल अकेला। इधर गले में चैन से बंधा संतुष्ट पपी भोजन के लिए छटपटा रहा था। एक जघन्य आदेश के विरोध में किसी के मुंह में आवाज नहीं थी। निर्मल और स्वच्छ

जीवन धारा, इतना ज्यादा खून खराबा और ध्वंस की परिपाटी अपनाने के लिए और ताकत नहीं थी।

क्रोध, प्रतिवाद और असहायता। इतनी तेज हो गई थी कि विमल स्थिर होकर बैठ नहीं सका। अस्थिर होकर रूम से बरामदे में, बरामदे से बाहरी रास्ते पर इधर-उधर पागलों की तरह घूमने लगा। जैसे उसे अपने हित और अहित का बिल्कुल भी ध्यान नहीं हो।

पपी को लेकर कहीं ओर जाने से कैसा रहेगा? मगर कहां? ऐसा सोचते ही उसे ख्याल आ गया कि सारी पृथ्वी उसके लिए अनजान है। पपी और नहीं चूकेगा। परिणित हो जाएगा एक नीरव, निष्क्रम और स्थिर जीव में। उसके लिए कोई उपाय है? बहुत ज्यादा निरुपाय हो गया था विमल। तब क्या किया जाएगा? हम? कैसे मारेंगे हमारी दुनिया का एक हिस्सा बने पपी को जिसको हमने खूब लाड़-प्यार दिया? असीम दुख और क्षोभ भर उठा था। विमल को लगने लगा, वह दुख से कहीं फट न जाए।

तुम कुत्ते को जिंदा मारो। इसके जीने की अवधि कितनी है? घंटा, दो घंटा, तीन-चार दिन, दो सप्ताह...। विमल इधर-उधर देखने लगा। घडी का कांटा जैसे-जैसे आगे बढ़ रहा था उसका उद्वेग और व्याकुलता उतनी ही बढ़ रही थी। कहीं उसे पता भी नहीं था, जल्दी का मतलब क्या?

सोच रहा था, वह पपी को ले जाकर एक बडे बैग में या बस्ते के भीतर डालकर। छोड देता किसी दूर के दूसरे गांव में। उसके बाद क्या?

पपी को अपना हाथ से मारने से भला इसी बहाने इस काम को निपटाया जा सकता है। केवल उसको घर से निकाल देने से कार्य सफल होगा, ऐसा नहीं लग रहा था।

संभावना नंबर 1 - पपी को साइकिल से छोड देने पर हो सकता है पपी उसका अनुसरण करने लगे। कौतुहल वश वह उसके पीछे दौड़ने लगे। उसकी साइकिल पपी की गतिशीलता को रोक नही पाएगी।

संभावना नंबर 2 - पपी को वह जंजीर से बांधकर रख देगा किसी अपरिचित गांव के अज्ञात स्थान पर उसको लौटता देख पपी अस्त-व्यस्त होकर अपने को आजाद कराना चाहेगा। प्रतिवाद और आतुरतावश वह मुक्ति के लिए चेष्टा करेगा, मगर हर समय मुक्ति नहीं मिल पाएगी, तब वह आर्तनाद करने लगेगा। यदि आस - पास कोई गली का कुत्ता होगा, तब वह उसकी चपेट में आ जाएगा। तडप-तडप कर मरेगा। इससे तो गोली मारना ठीक रहेगा। बंदूक का ट्रिगर दबाना या बम

फेंकना अच्छा है। हिंसा सचमुच एक अंधी प्रवृति है। अच्छी तरह विचार करके उसने यह ऊपाय अस्वीकार किया। कोई भी युक्ति काम नहीं आ रही थी। अपने हाथ से मारना ही ठीक रहेगा। विमल अपने आप से कहने लगा - "नहीं, मैं ऐसा नहीं कर सकता। लाड-प्यार से बडे किए पपी को ऐसे कहीं फेंक देना संभव नहीं है आदि।"

कैसे क्या किया जाए, अभी तक निर्दिष्ट नहीं हुआ था। किंतु निर्धारित हुआ था पपी को कैसे भी करके मारना होगा। यह बात पहली बार सोचकर विमल सिहर उठा था। फिर बेधड़क सो रहे पपी के पास जाकर सोचने लगा, बरामदे में यह जीव फिर कैसे दिखेगा। घर की परिपाटी का क्या होगा। उसका और गीता का उसके प्रति खूब प्रेम।

विमल पपी के पास गया। उसके सिर पर हाथ घुमाते ही वह जाग गया। उसके आगे बैठ गया और विमल का लाड-प्यार पाने के लिए दुम हिलाने लगा। थोडा सहमा हुआ चेहरा, झूलते हुए कान, गहरे सफेद रेशमी बाल। आज ही उसको नहलाया है। शैंपू से उसके बाल साफ किए गए हैं। गहरी काली आंखों से उसने विमल की ओर देखा। उसकी गर्दन और गाल पर जीभ निकाल कर चाटने लगा। फिर हाथ चाटने लगा। अस्थिर होकर सामने के दोनो पैर आगे बढाकर उसके कंधे पर रख लिए। वह कैसे जानेगा कि जिन हाथों को वह श्रद्धापूर्वक प्यार कर रहा है, वे ही हाथ उसे मारने का ऊपाय खोज रहे हैं? विमल खडा हो गया। हमेशा की तरह पपी पिछले पांवों पर खडा हो गया शायद विमल का प्यार पाने के लिए।

इसको मारना संभव नहीं है। कभी भी नहीं है। विमल जाली के दरवाजे के पास खडा रहा। फिर से लौटा अपनी पुरानी समस्या की ओर - किस तरह से पपी की हत्या की जाए या निरीहता और स्वच्छ विश्वसता की?

अगर उसके पास बंदूक होती, तो अभी तक उसकी उपायहीन निष्क्रियता समाप्त हो गई होती? क्या पता? केवल एक अस्पष्ट और स्थितिविहीन चित्र क्षण भर के लिए उसके मन में उभरकर समाप्त हो गया।

वह चित्र इस प्रकार का था - पपी ने खाना खा लिया? विमल ने प्रश्न किया रोती हुई गीता को। गीता के मुंह से एक भी शब्द नहीं निकला। वह रो-रोकर पत्थर बन गई। फिर बीच में वह कहती पपी को मारना मत, पपी को मारने जैसे आदमी तुम नहीं हो।

विमल निरासक्त भाव से यांत्रिक स्वर में कहने लगा - कहा था न भौंकने वाले जीव को मारना एक जघन्य अपराध है। इस पाप के लिए प्रायश्चित करना

पडेगा। समझ रही हो? फर्क उतना है, अगर मेरे अंदर राक्षसी निष्करुणता होती तो ध्वंस और हत्या को इंजाम दे सकता। मगर पपी को मैं मारुंगा। उसको मारने से ही इस असुरक्षित और आसुरी तांडवग्रस्त अंचल से हम लोग बच पाएंगे।

विमल चेन पकडकर बाड़ी के भीतर चला गला। अनेक पेड़ों से भरी इस बाड़ी में उसने खोजा मनपसंद एक पेड। दुम हिलाते अस्थिर आनंद विभोर पपी को वहां बांधकर वह लौटा। इतनी अस्थिरता के साथ कितनी बार भौं भौं की आवाज। उसके बाद जैसे सारी आत्मीयता और प्रेम को दबाकर कुछ दूर से बंदूक लेकर आया विमल। पपी शायद स्तम्भित और निर्बोध हो गया था। विमल के आचरण को नहीं समझने वाले पपी को लग रहा था शायद यह जो कुछ लेकर खड़ा है उस आदमी को वास्तव में वह नहीं जान रहा है। उसके साथ में विचरण करता था आदर पाता था, मगर एक छुपी हुई चीज उसे केवल विस्मय और अविश्वास लग रहा थी। थोडी दूर खड़े हुए स्थिर पपी ने आखिरकर निश्चित रुप से गोली चलने के आगे आत्मसमर्पण कर दिया। लोहे की जंजीर नामक भाग्य से कब किसको मुक्ति मिली है।

एक चिल्लाहट और उसके बाद दूर में खून से लथपथ एक छोटी-सी तडपती लाश। जीवन और मृत्यु। एक धोखेबाज निश्वास का तारतम्य। यह बात विमल को बचपन से ही पता थी। मगर आज जैसे परिव्याप्त वातावरण, इसी परिप्रेक्ष्य में वह सोच रहा था, एक प्रतिज्ञाबद्ध गोली ही जीवन और मृत्यु के बीच में रह गई है।

उस समय विमल थककर चकनाचूर हो गया था बल्कि पपी को मारने की रुपरेखा बनाने में बेचैन हो गया था। पास में गीता नहीं थी। शायद इसी वजह से मर्डर करने जैसा सांघातिक काम पुरुषों का। वह केवल पपी को ही नहीं वरन सारे जीवधारियों को खत्म करने के लिए। इस तरह के काम में नारी का सामर्थ्य कहां?

फिर भी विमल बरामदे से उठकर आ गया। खाट के ऊपर दुखी और रोती हुई गीता। उसने एक नजर विमल की ओर देखा। चरम असंतोष और क्षोभ से उसने मुंह घुमा लिया। इस तरह के आचरण का कारण वह नहीं समझ पाया। शायद वह सोच रही थी कि सभी की सुरक्षा की जिम्मेदारी विमल की है।यदि पपी मरता है, तो उसका कारण विमल की असामर्थ्य और मूर्खता है। विमल का मन और खराब हो गया। क्या सोच रही हो? इस तरह बैठकर? समस्त प्रक्रिया में अपने को प्रत्याहार कर लिया था इस निरर्थक मनुष्य ने? पपी मरेगा? इस तरह विमल को आरोप करने का मतलब कुछ जरुर है?

"तुम एक काम करो।" अपने आप को हौसला देने लगा विमल।

गीता ने बीच में विमल की ओर देखा और उसकी तरफ पीठ करके बैठ गई और मुंह को कपडे से ढक लिया।

"खाना बना ली हो?" विमल ने असहयोगी गीता को पूछा।

"जिसको भी भूख लगेगी, वे ही चूल्हे पर हांडी बैठाएंगे।" गीता के आंसुओं से भीगे स्वर में न केवल अवज्ञा थी बल्कि निर्दयता भी थी। उसका दूसरा वाक्य था - "मुझे नहीं खाना है किसको खाना है? पपी के जाने के बाद मैं भी चली जाऊँगी।"

विमल गीता के चेहरे को नहीं देख पा रहा था। बंद दरवाजे के पास खडे हुए विमल का खून गरम हो गया। एक ही क्षण में उसका शरीर झनझना गया। एक ही थप्पड़ में वह ठीक हो जाएगी। इतने वर्षों के वैवाहिक जीवन के बाद गीता युद्ध की घोषणा कर रही है। यह पहली बार होने की वजह से विमल भीतर क्रोध से कांप उठा, जैसे कभी भी क्रोध को वह जानता तक नहीं था। उसको गृहणी कहा जाता है? किसी भी प्रकार का घर पर संकट आने से, उसे नजर-अंदाज कर केवल उसके ऊपर छोड़ दिया जाता है ये सारा दायित्व?

अपने आप को काबू में किया विमल ने। गीता के पास गया। गीता को दूसरी तरफ मुंह घुमाते देख विमल कहने लगा - "ऐसी परिस्थिति में तुम्हारा ऐसा व्यवहार मुझे पसंद नहीं है। मेरी वजह से तो ऐसी परिस्थिति नहीं बनी है। इसका मुकाबला करने की बजाय तुम्हारा मुझ पर क्रोध करना उचित नहीं है।"

"मैं किसी के ऊपर क्यों गुस्सा होऊंगी?" गीता ने बड़े दुख भरे स्वर में कहा, जिसने विमल को प्रभावित किया। गीता की बात पूरी भी नहीं हुई थी - "इतने लंबे जीवन में कुछ भी नहीं मिला। जिस जीव को लेकर सुख मिलेगा, सोचा था, उसी जीव को हाथ से छुडा लिया जाएगा। इतना घटिया जीवन! कुछ भी अच्छा नहीं लग रहा है। थोडा बहुत पखाल था। उसमें कुछ दूध मिलाकर पपी को सुबह दिया था। और थोडा-बहुत होगा। जो करना है कर लो। मुझे और भूख नहीं है।"

पपी को मारने की बात से दुखी गीता इतनी असजगता, असंगत और शोकमग्न दिख रही थी जिसकी विमल ने कल्पना तक नहीं की थी। अकेला विमल अब क्या करेगा। पपी को मारने की समस्या गंभीर और जटिल होती जा रही थी। इस समस्या की तुलना में तुच्छ हो गई थी विमल की जन्म-मृत्यु, रोग-आरोग्य से संबंधित समस्त अभिज्ञता। पशु चिकित्सा केन्द्र में इतने साल नौकरी करने के बाद उसने सोचा, वास्तव में उसे कुछ भी नहीं मालूम है।

तुम कुत्ते को जल्दी मारो। इस अमानुषिक निर्देश को वह झुठला नहीं पा

रहा था, भले ही वह जान रहा था कि यह भी एक प्रकार की आत्महत्या है। आततायी लोग आएंगे। निर्विकार भाव से गोली चलाएंगे उसके ऊपर, गीता और पपी के ऊपर। नहीं, रास्ते में खींचकर ले जाकर गला काट देंगे।

नहीं मानने से तो नहीं होगा, नहीं तो पपी को मारने के ऊपाय खोजने पडेंगे?

विमल पूछने लगा - ''खाने में जहर मिलाकर दे दें। हमारे पास ऐसा जहर है। तुम क्या कह रही हो? ऐसा करेंगे?''

विमल गीता का समर्थन लेना क्यों चाहता है, उसका कारण वह खुद भी नहीं समझ पा रहा था। हो सकता है वह अपने को समझाना चाह रहा था, दोनों ने मिलकर इस हत्याकांड को अंजाम दिया है। दीवार की तरफ मुंह करके सोई हुई गीता का शरीर और कांपने लगा। उसने कुछ भी उत्तर नहीं दिया।

अकेले विमल कैसे देख पाएगा, मरने से पहले पपी की छटपटाहट -, यदि वह विष मिला भात खायेगा, विमल के ऊपर भरोसा रखकर?

यह दृश्य ऊभर कर आया विमल के आगे। सारी असहायता और यंत्रणा समझ गया।

''हम और एक काम करेंगे।'' विमल ने कहा। वह खुद समझ गया जिसे वह कर रहा था। उसको सुनने के लिए कोई राजी नहीं हो रहा था। फिर भी उसने कहना जारी रखा - ''तुम्हें रात में अच्छी नींद नहीं आती है इसके लिए कुछ ट्रांकलाइजर दिए थे, वे सब कहां रखे हैं। अलमारी में? उनमें से दो-चार मिला देते हैं उसके खाने में। पपी सो जाएगा। ऐसा सो जाएगा कि फिर उठने का भी मन नहीं करेगा।''

बहुत समय के बाद उत्साहित दिख रहा था विमल। यही सबसे बढ़िया ऊपाय है। पीड़ा से छटपटाना भी नहीं पडेगा। वह गहरी नींद में सो जाएगा। पता भी नहीं चलेगा जो बाद में और उठ नहीं पाएगा।

इसके दस-पन्द्रह मिनट के बाद मिट्टी खोदने के शब्द। निस्तब्ध वातावरण में धीरे-धीरे यह आवाज सुनाई देने लगी। मिट्टी को लगातार खोदा जा रहा था। खोदने की आवाज के साथ-साथ आदमी के हांफने के शब्द भी साफ-साफ सुनाई दे रहे थे।

और खाट पर पडे रहना उसके लिए संभव नहीं था। माजरा क्या है, जानने के लिए गीता उठी। एकदम सतर्क होकर।

थोडी दूर में घर के पिछवाड़े में हाथ में कुदाल लिए पीठ करके विमल खडा

है । उसने अपनी लुंगी घुटनों तक चढ़ा रखी है । उसकी शिथिल मांसपेशियां पसीने से चमक रही है । पूरी ताकत और प्रतिज्ञा के साथ वह कुदाल ऊपर किए हुए खड़ा है । उसके बाद वहां से मिट्टी को हटा रहा है ।

दुखी गीता के शरीर में चिल्लाने की शक्ति नहीं थी । उसके शरीर के सारे अंग ढीले पड गए । पपी के लिए कब्र खोदी जा रही है । वह भीतर ही भीतर आर्तनाद करने लगी ।

वह तेजी से बरामदे में गई । हमेशा की तरह पपी ने सिर हिलाया, पूंछ हिलाई । यह देखकर सारा शरीर खुशी से झूम उठा ।

''आ पास आ, मुझे प्यार से चाट'' गीता फिर सोने के लिए घर के भीतर आ गई । अलमारी खोली । पहले की तरह नींद की सारी गोलियाँ रखी हुई थी ।

यह देख उसका दिमाग चकरा गया । बरामदे में खडी हो गई । विमल की दृष्टि दोनो हथेलियों से पसीना पोंछते हुए चारों तरफ देखते समय गीता की तरफ गई । कहने लगा - ''देख रही हो, इतना बड़ा गड्ढा पपी के लिए ठीक नहीं रहेगा ।''

●●●

लेखक-परिचय

1. फकीर मोहन सेनापति (14 जनवरी 1843 -14 जून 1918)

ओडिया साहित्य के व्यास-कवि के रूप में जाने जाते हैं। ओडियाभाषा के पहले कहानीकार होने का श्रेय आपको जाता है। 1898 में लिखी गई भारतीय साहित्य की लोमहर्षक कहानी 'रेवती', अब तक की उनकी उपलब्ध कहानियों में पहली कहानी के रूप में जानी जाती है। अगर उनकी आत्म-कथा की बात मानें तो उन्होंने सन 1860 में 'बोध दायिनी' पत्रिका में 'लछूमानियाँ' कहानी लिखी थी। मगर अत्यंत दुर्भाग्य की बात है कि उस कहानी का प्रति अब उपलब्ध नहीं हो रही, अन्यथा वह समग्र भारतीय भाषायी साहित्य के पहले कहानीकार होते। ओडिशा के बालासोर में जन्मे इस लेखक ने अपने जीवन काल में, कई कहानियों के अलावा 'छ माण आठ गुंठ', 'मामूं', 'प्रायश्चित्त' आदि उपन्यास, 'उत्कल भ्रमण', 'पूजाफूल', 'धूलि', 'पुष्प माला' आदि कविता-संग्रह तथा संस्कृत से 'रामायण' और 'महाभारत' के अनुवाद कार्य के अतिरिक्त अनेक पाठ्यपुस्तकों की रचना कर ओडिया साहित्य को सुसमृद्ध किया हैं। फकीर मोहन सेनापति की रचनाओं की ख़ास विशेषता यह है कि उन रचनाओं में आम आदमी का वर्णन मिलता है, जो तत्कालीन भारतीय गद्य साहित्य में अनुपम दृष्टान्त है। उनके उपन्यास 'छ माण आठ गुंठ' में शोषित वर्ग के प्रति जिस दर्द का बयान किया गया है, वह दर्द सोवियत रूस के 'अक्टूबर विप्लव' के पहले लिखा गया था, इस उपन्यास का अंग्रेजी अनुवाद केलिफोर्निया विश्वविद्यालय की प्रेस द्वारा Six Acres and a Third शीर्षक से प्रकाशित है।

2. लक्ष्मीकान्त महापात्र (1888-1953)

ओडिया साहित्य में 'कान्त कवि' के नाम से सुपरिचित लक्ष्मी कान्त महापात्र का जन्म 9 दिसम्बर 1888 में और देहान्त 24 फरवरी 1953 को कटक में हुआ था। एक जाने-माने स्वतंत्रता सेनानी श्री महापात्र ओडिया सहित्य में कविता, व्यंग, उपन्यास

तथा कहानी के क्षेत्र में अपने योगदान के लिए चिरस्मरणीय रहेंगे। उनकी कहानी 'बूढा-शंखारी' (बूढ़ा चूड़ीहार) ओडिया साहित्य में एक स्वतन्त्र परिचय रखती है।

3. गोदावरीश महापात्र (1895-1993)

आपका जन्म 10 जनवरी 1895 को बानपुर में हुआ था। सत्यवादी वन विद्यालय में पढ़े लिखे गोदावरीश महापात्र उत्कलमणि गोपबंधु और आचार्य हरिहर प्रेरित थे। उन्होंने स्वतंत्रता आंदोलन में भाग लिया और पत्रकारिता के साथ जुड़े रहे, उन्होंने 'निआँखुण्टा' पत्रिका के संस्थापक संपादक थे। कहानीकार, कवि तथा पत्रकार लेखक, महापात्र केन्द्रीय साहित्य अकादमी पुरस्कार से पुरस्कृत भी हुए। आधुनिक ओडिया साहित्य के निर्माण में उनके योगदान सराहनीय है। 5 नवंबर 1965 को उनका निधन हुआ, उनके कहानी संग्रह 'एबे मध्य बंचिछी', 'कांटा ओ फुल' 'माटीर माया', 'गरीबर भगवान', 'पल्लीछाया', 'हठात भार्यालाभ', 'असुंदरप्रेम', 'मुं दिने मंत्री थीले', 'नील मास्टरानी', 'श्रुति संचयन', 'मद दोकानर इतिहास' तथा 'बंका ओ सीधा' आदि ओडिया साहित्य के अनमोल रत्न माने जाते हैं।

4. कालिंदी चरण पाणिग्रही (1908-1943)

ओडिया भाषा के मूर्धन्य साहित्यकार कालिंदी चरण पाणिग्रही(1908-1943) के अनुज तथा ओडिशा के प्रथम महिला मुख्यमंत्री तथा लेखिका नंदिनी सत्पथी के चाचा श्री भगवती चरण पाणिग्रही ओडिया मार्क्सवादी साहित्य के प्रवर्तक के रूप में जाने जाते हैं। आपका जन्म विश्वनाथपुर, पुरी में हुआ। ओडिशा में कम्युनिस्ट पार्टी के गठन में उनकी प्रमुख भूमिका रही है। 1935 में 'आधुनिक साहित्य संसद' की स्थापना तथा 'आधुनिक' मासिक पत्रिका प्रकाशन की श्रेय उन्हें ही जाता है। आधुनिक काल के प्रगतिवादी साहित्य के इस शक्तिशाली कर्णधार की कहानियों ने सामाजिक अन्याय और अत्याचार के विरोध में उपजे घनीभूत विद्रोह को सहज भाव से प्रस्तुत किया। प्रस्तुत कहानी 'शिकारी' उनकी एक जानी मानी कहानी है, जिस पर मृणाल सेन ने अपनी पुरस्कृत हिंदी फिल्म 'मृगया' बनायीं थी। यह कहानी न केवल ओडिया बल्कि संपूर्ण भारतीय साहित्य का एक अनमोल रत्न है।

5. सच्चिदानंद राउतराय (1916-2004)

ओडिया साहित्य जगत में 'सच्ची राउतराय' या 'सच्ची बाबु' के नाम से जाने जाते हैं। ओडिया प्रगतिशील साहित्य के इस महान रचनाकार ने कविता तथा कहानी

दोनों क्षेत्रों में अपनी अमिट छाप छोड़ी हैं। आपका जन्म खुर्दा के पास गुरुजंग में 13 मई 1916 को हुआ, लालन -पालन और शिक्षा बंगाली में हुई और तेलगू के शाही परिवार गोलापल्ली में एक राजकुमारी के साथ आपका विवाह सम्पन्न हुआ। सन 1943 में अपनी लम्बी कविता ''बाजी राउत'' (महानदी में ब्रिटिश पुलिस की गोलियों से शहीद हुए नाविक लड़के के सम्मानार्थ) के प्रकाशन के पश्चात् आप ओडिया पाठकों में काफी लोकप्रिय हुए। स्वतंत्रता के बाद ओडिया साहित्य में आधुनिक कविता को नई दिशा प्रदान करने में 'सच्ची बाबु' का विशिष्ट योगदान रहा। ओडिशा के ग्राम्य-जीवन को प्रस्तुत करने वाली कविता 'पल्लिश्री' जितनी प्रसिद्ध है, उतनी ही शहरी लड़की के दुखों का दर्शाती कविता 'प्रतिमा नायक'। आपके प्रसिद्ध कविता संग्रह - 'पाथेय' (1931), 'पूर्णिमा' (1933), 'अभियान' (1938), 'रक्तशिखा' (1939), 'पल्लीश्री' (1941), 'बाजिराउत' (1943), 'पांडुलिपि' (1947), 'हसंत' (1949), 'स भानुमतीर देश' (1949), 'अभिज्ञान' (1949), 'स्वागत' (1958), 'कविता' (1961 से 1988), 'एशियार स्वप्न' (1970) हैं। इसके अलावा, 'माटिर ताज', 'मशानिर फूल', 'छाई', 'माकंड ओ अन्यान्य गल्प', 'नूतन गल्प' इत्यादि आपके बीस कहानी-संग्रह हैं। अपने साहित्य सर्जन के लिए उन्हें पद्मश्री (1962), साहित्य अकादेमी पुरस्कार (1963), सोवियत लैंड नेहरू पुरस्कार (1965) तथा ज्ञानपीठ अवार्ड (1986) से नवाजा गया है।

6. गोपीनाथ मोहंती (1914-1991)

फकीर मोहन सेनापति के बाद ओडिया भाषा के दूसरे महान उपन्यासकार के रूप गिने जाते हैं। लगभग तीन दशक तक उनका, उनके भाई कान्हू चरण मोहंती और भतीजे गुरु प्रसाद मोहंती का ओडिया साहित्य में वर्चस्व रहा। आपका जन्म कटक के छोटे से गाँव नागाबली में 20 अप्रैल 1914 को हुआ और उच्च शिक्षा रेवेन्सा कॉलेज तथा पटना विश्वविद्यालय से हुई। सन 1938 में ओडिशा प्रशासनिक सेवा में भर्ती हुए तथा सेवाकाल का अधिकतम समय अविभाजित कोरापुट जिले के ग रीब आदिवासियों के साथ बीता। सन 1969 में सरकारी सेवा से निवृत हुए। सन 1986 में अमेरिका के सान जोस स्टेट यूनिवर्सिटी में समाज शास्त्र के प्रोफ ेसर के रूप में नियुक्त हुए, जहाँ 1991 में आपका केलिफोर्निया में देहांत हो गया। आपको ओडिया साहित्य में उत्कृष्ट योगदान के लिए सोवियत लैंड नेहरू अवार्ड (1970), ज्ञानपीठ पुरूस्कार (1973), केंद्रीय साहित्य अकादमी पुरूस्कार (1974), संबलपुर विश्वविद्यालय से डी.लिट्. की उपाधि (1976), ओडिया में सर्जनात्मक लेखन के

लिए यूजीसी से फेलोशिप(1972) तथा पद्‌म भूषण (1981) से सम्मानित किया गया। आपने 24 उपन्यास, 10 कहानी संग्रह, 3 नाटक तथा 2 बायोग्राफी एवं कंध, गडाबा, शौंरा आदिवासियों की भाषाओं पर पाँच पुस्तकें लिखने के साथ-साथ लिओ तोल्स्तोय के उपन्यास 'वार एंड पीस' तथा टैगोर के उपन्यास 'जोगजोग' का ओड़िया में अनुवाद किया। आपके उपन्यास 'मन गहिरा चास' (1940), 'दादी बूढा' (1944), 'परजा' (1945), 'दानापानी' (1955), 'हरिजन' (1948), 'अमृत संतान' (1947), इत्यादि हैं। उनके उपन्यास 'दानापानी', 'लय-विलय', 'दादी-बूढ़ा' का अंग्रेजी अनुवाद क्रमशः 'The Survivor, High Tide-Ebb Tide, The Ancestor' के नाम से फेबर एंड फेबर यूके; ऑक्सफोर्ड यूनिवर्सिटी प्रेस इंडिया, मैकमिलन इंडिया लिमिटेड, लार्क बुक्स इत्यादि से प्रकाशित हुए। तथा कहानी-संग्रह 'घासर फूल' (1951), 'पोड़ा कपाल' (1951), 'नववधू' (1952), 'छाई आलुअ' (1956), 'रण धन्दोल' (1963), 'गुप्त-गंगा' (1967), 'नाम मने नाहीं' (1968), 'उदंता खई' (1977), 'मनर निया' (1979), 'सात-पांच' (1989), 'शरशय्या' (1991), 'तिनिकाल' (1993), 'वघेई' (1995), 'गोपीनाथ मोहन्ती के श्रेष्ठ गल्प' (1996) इत्यादि। आपकी भाषा काव्यमयी होने के साथ-साथ स्वतस्फूर्त भी थी, उसका एक सुन्दर उदाहरण उनकी मूल कहानी 'पिम्पुड़ी' के हिंदी अनुवाद 'चींटी' में पाएँगे।

7. बसंत कुमार सत्पथी-(1914-1994)

समकालीन कहानीकारों में उनका विशिष्ट नाम है। मनुष्य की विवशता, मिथ्याभिमान और छल-कपट को प्रकट करने में वे अत्यंत निपुण थे। उनका जन्म- स्थान था, वंगीरिपोषी, मयूरभंज। उनके प्रकाशित कहानी-संग्रह 'आंटी रोमांटिक' 1970, 'मांसांसी मानंक उदेश्य रे' 1980, 'गोटे आलू' 1982, 'गंगा ओ गांगी' 1981, 'नीडाश्रयी' 1983, 'अजागा घाआ' 1983, 'मुखाग्नि' 2005 आदि हैं।

8. प्राणबंधु कर (1914-1998)

कहानीकार प्राणबंधु कर नाट्यकार के रूप में ओड़िशा साहित्य अकादमी से सम्मानित है। दोनों कहानी और नाटकों में सिद्धहस्त प्राणबंधु कर की प्रत्येक रचना में मनोवैज्ञानिक विश्लेषण और व्यक्तिगत चेतना के स्वर मुखरित होते हैं। भ्रांति, व्यक्त कलि मूं मर्मवाणी, पराहत, दुईसखी, मरुमौसमी, गल्प नूहें फोटोग्राफ उनके कहानी-संग्रह है। अखिल भारतीय स्तर पर उनका नाटक 'अशांत' प्रथम स्थान पर रहा।

9. वामाचरण मित्र (1915-1976)

ओड़िया साहित्य के प्रतिभाशाली रचनाकार है। मानव मन की सूक्ष्म रहस्यों का पर्दाफाश और अपने जीवन की अनुभूतियां उनके कहानियों की पृष्ठभूमि रही है। उनकी मुख्य रचनाओं में 'नरछंछान', 'स्वप्नसिद्ध', 'पाषाणर प्राण', 'असीम', 'बट महापुरुष' उनकी उल्लेखनीय रचनाएँ रही हैं।

10. फतूरानंद (1915-1995)

ओड़िया पाठकों में फ तूरानन्द के नाम से मशहूर रामचन्द्र मिश्रा एक प्रतिभाशाली सर्जक थे। हास्य-रस और व्यंग्य-शैली में पारंगत होने के बाद भी उनके लेखन में एक अव्यक्त करुणा की झलक मिलती है। उनका जन्म-स्थान कटक है । उनके प्रकाशित कहानी-संग्रह ''साहित्य चाष'', 1959, ''मंगलवारिआ साहित्य संसद'', 1963, ''हसकुरा'', 1972, ''विदूषक'', 1972, ''भोट'', 1980, ''गमत'', 1982, ''नवजिआ'', 1983, ''मस्करा '', *1985, ''हेरेसा'', 1988, ''टापुरिआ'', 1988, इत्यादि -समुदाय 20 किताब आदि है। उनका उपन्यास 'नाकटा चित्रकर' हास्य-शैली के लिए बहु-चर्चित हुआ।

11. ब्रह्मनंद पंडा (1922-1997)

सम्पूर्ण नूतन शैली में कहानियों की रचना करने के लिए इनका नाम सुविख्यात है। यथार्थवाद को कहानियों का आधार बनाने के कारण उनकी लेखनी में नूतन दृष्टिकोण और अपारंपरिक विचारधारा प्रकट होती है। आपका जन्म-स्थान टिकिली, सेरगड़, गंजाम है। प्रमुख प्रकाशित-कहानी-संग्रहों में ''साधारण सत्य'',' ''भोली काका'', ''आम परिचय'', ''कला ओ कल्पना'', 1959 ''प्रांत यमक'', इत्यादि हैं।

12. सुरेन्द्र मोहंती (1922-1990)

हमारे देश की आजादी के बाद के ओडिया आधुनिक कहानियों के किम्वदंती पुरुष माने जाते हैं। स्वतंत्रता के बाद भारतीय समाज जिस विकास -विनाश, परिवर्तन - ठहराव, वैश्वीकरण - क्षेत्रीयता के द्वन्द से गुजर रहा है, उस द्वन्द की रचनात्मक अभिव्यक्ति श्री मोहंती की कहानियों में झलकती है। ओड़िशा साहित्य अकादमी के अध्यक्ष रह चुके इन वरिष्ठ कहानीकार ने कई अख़बारों का सम्पादन भी किया हैं। 'कृष्ण-चूड़ा' (1953), 'रूटी ओ चन्द्र', 'महानगरीर रात्रि' (1950), 'साबुज पत्र ओ धूसर गोलप' (1958), 'मरालर मृत्यु' (1962), 'यदुवंश

ओ अन्यान्य गल्प' (1983) तथा 'राजधानी ओ अन्यान्य गल्प' (1985) उनके कई चर्चित कहानी-संग्रहों के नाम हैं। प्रस्तुत अनुदित रचना उनकी बहुचर्चित 'कृष्ण-चूड़ा', कहानी संग्रह की शीर्षक कहानी है। कहानियों के अतिरिक्त उन्होंने उपन्यास और निबंध संग्रह मिलाकर 50 पुस्तकों से ज्यादा की रचना की हैं। इस महान लेखक के उपन्यास 'अंध दिगंत' का हिंदी रूपांतर केंद्रीय साहित्य अकादमी, दिल्ली द्वारा किया गया है।

13. किशोरी चरण दास (1924-2004)

ओड़िया साहित्य में संभ्रांत और मननशील साहित्यकार के रूप में जाने जाते हैं। आधुनिक मनुष्य का मनोवैज्ञानिक विश्लेषण, अस्तित्वादी दृष्टिकोण और मानवीय चेतना के प्रयोग में वह निपुण थे। आपका जन्म-स्थान माहंगा, कटक है। प्रमुख प्रकाशित कहानी-संग्रहों में 'भंगा खेलना' 1961, 'लक्ष विहंग', 1968, 'घर वाहुडा' 1968, 'मणिहरा' 1970, 'ठाकुर घर', 1975, 'नालि गुलुगुलू साधब बहू' 1978, 'भिन्नपाऊश' 1984, 'त्रयोंविंश मृत्य' 1987, 'लेउटानि' 1989, 'निज संध्या' 1992, 'धवल आकाश' 1994, 'तरंग' 1997, 'शांत अपरहान' 2002 इत्यादि-समुदाय 19 किताबें हैं। कहानियों के लिए आपको ओड़िया एवं केंद्र साहित्य अकादमी द्वारा पुरस्कृत किया गया।

14. महापात्र नीलमणि साहू (1926-2016)

स्वाधीनता के बाद में आधुनिक ओड़िया लघु कहानियों को दोनों प्रकरण और पृष्ठभूमि की दृष्टि से भारतीय कहानी साहित्य परंपरा के साथ जुड़कर एक भिन्न स्वाद को समृद्ध करने में महापात्र नीलमणि साहू (1926) अपनी अलग पहचान रखते हैं। वे अपनी कहानियों में गंभीर जीवन संसक्ति, आवेग-तृष्णा, आध्यात्मिक निष्ठा, रसिकता, संस्कृति-प्रेम के माध्यम से जीवन का अनुसंधान करते हैं। प्रेम और त्रिभुज, मिछूबाघ, शृश्वन्तु सर्वे अमृतस्य पुत्रा, गंजेई ओ गवेषणा, सुमित्रार हस, आकाश-पाताल उनके बहुचर्चित कहानी-संग्रह हैं। धरा ओ धारा, तामसी राधा उनके प्रसिद्ध उपन्यास हैं।

15. अखिल मोहन पटनायक(1927-1982)

ओड़िया कथा साहित्य में अपारंपरिक शैली के माध्यम से मनुष्य के अवचेतन और अव्यक्त चिंता को उजागर करने में वे सिद्धहस्त थे। मनुष्य की जीवन-यात्रा के

रहस्य और अवचेतन के ज्वार-भाटे का सूक्ष्म विश्लेषण ही उनकी कहानियों के कथानकों के आधार थे। जन्म-स्थान-ढेंकानाल और खोर्धा एवं प्रकाशित कहानी-संग्रह 'मनस्तात्विक र चिट्ठी' 1957, (परवर्ती समय में 'अनागतफाल्गुन' 1982), 'झड़र इगल ओ धरणीर कृष्णसार' 1964 और 'प्रथम ओ शेष' 1990 - 6 गल्प ग्रंथ और समुदाय 58 आदि हैं।

16. चंद्रशेखर रथ (1928-2018)

परिमार्जित गद्य-शैली और कथानकों की स्पष्टता के कारण उपन्यासकार, कहानीकार चन्द्रशेखर रथ का नाम ओड़िया पाठकों में समादृत है। बौद्धिक विश्लेषण और यथार्थवादी दृष्टिकोण उनके संभ्रांत मानस-पटल का परिचय देता है। जन्म-स्थान, बलांगीर और प्रकाशित कहानी-संग्रहों में 'अश्वारोहीर गल्प' 1979, 'सम्राट ओ अन्यमाने' 1980, 'क्रीतदासर स्वप्न', 1981, 'सबुठारू दीर्घ रात्रि' 1984, 'सबुजाक स्वप्न' 1984, 'अश्रुत स्वर' 1989, 'एते पखरे समुद्र' 1989, 'बाघ सवार' 1996 इत्यादि हैं।

17. सातकडि होता (1929)

जन्म : मयूरभंज और प्रकाशित कहानी संग्रह : 'फूलर गोटिए सुरभि' (1977), 'बेगम साहिबा' (1978), ''किरबुरूर कन्या' (1980) 'लंगला राजा' (1981), नीलाचाल कू रास्ता' (1982), जगन्नार्थक हत' (1982), 'भोगल्पर नाएक' (1984), महास्नान' (1988) 'सवा शेषर' (1991), 'एवं मुक्तिर स्वप्न' (1996), दीप जतिले आलुज' (1998), 'शुभ निशुंभ' (2000) हैं।

18. कृष्ण प्रसाद मिश्र (1933-1994)

सुप्रसिद्ध उपन्यासकर और कहानीकार के रूप में कृष्ण प्रसाद मिश्र (1933) का नाम ओड़िया साहित्य में सर्वविदित है। उनके उपन्यासों और कहानियों में दर्शनिकता की झलक मिलती है। विचारों की स्पष्टता, शब्द-प्रयोग की निपुणता, कथावस्तु की बलिष्ठता। मृगतृष्णा, सिंहकटी, नेपथ्य प्रवृत्ति उनके उपन्यास हैं। मौनावती रात्रि, क्रीतदासर काव्य, नाएग्रा ओ देवयानी, निजकू नायक करि, पश्चिमा, अरण्य ओ उपवन, चित्रित चादर, पर्वतारोहण, माणिक्य संधान उनके विशिष्ट कहानी-संकलन है।

19. मनोज दास (1934)

प्रोफ `सर मनोज दास ओडिया तथा अंग्रेजी भाषा के मूर्धन्य लेखकों में गिने जाते हैं, उन्हें पद्मश्री सम्मान, सरस्वती सम्मान, शारला पुरस्कार, साहित्य अकादमी पुरस्कार आदि से नवाजा गया है. आपका जन्म सन् 1934 में ओडिशा के बालेश्वर जिले के भोगराई गाँव में हुआ, मगर 1963 से आप अरविन्द आश्रम, पांडिचेरी में रह रहे हैं तथा श्री अरविन्द इंटरनॅशनलसेंटर ऑफ एजुकेशन, पांडिचेरी में सेवाएं दे रहे है। श्री अरविन्द दर्शन के प्रवक्ता के रूप में आप जाने जाते हैं, साथ ही साथ विख्यात अंग्रेजी पत्रिका 'हेरिटेज' के संपादक रह चुके हैं। आपके प्रकाशित ग्रन्थहैं 'समुद्र र क्षुधा' (1950), 'विष कन्या र कहानी' (1955), 'शेष बसंत रचिट्ठी' (1964), 'आबू पुरुष और अन्यान्य कहानी' (1964), 'मनोज दासंकरकथा ओ कहानी' (1971), 'लक्ष्मी र अभिसार' (1974), 'धुम्राभ दिगंत' (1977), 'मनोज पंच विंशति' (1983), 'अबोल्कारा कहानी' (1997), इत्यादि जाने-माने 24 कहानी-संग्रह हैं। मनोज दास की प्रस्तुत कहानी 'आरण्यक' सन् 1971 के जून माह के इलस्ट्रेटेड विकली में 'ए ट्रिप इनटू जंगल' शीर्षक से प्रकशित हुई थी। इस कहानी के आधार पर डायरेक्टर के. वीर के निर्देशन में 'आरण्यक' फिल्म बनाई गई थी, जिसे अन्तराष्ट्रीय फिल्म समारोह में सम्मानित किया गया। इसके अलावा प्रख्यात साहित्यकार और गवेषक डॉ. प्रफुल्ल कुमार मोहंती ने इस कहानी पर दूरदर्शन डाक्यूमेंट्री फिल्म भी प्रस्तुत की थी।

20. रवि पटनायक (1935-1991)

जन्म-स्थानः - राइरंगपुर, मयूरभंज

प्रकाशित कहानी-संग्रहः - 'असामाजिक डायरी' (1964), 'अंधगलीर अंधकार' (1972), 'राग ताड़ी' (1978), 'बहुरूपी' (1978), 'हिरण्यगर्भ' (1982), 'विषुवरेखा' (1984), 'राजारानी' (1986), 'वंध्यागांधारी' (1988), 'अमरीलता' (1990), 'विचित्र वर्ण' (1991)।

21. प्रतिभा राय (1941)

आपका जन्म 21 जनवरी, 1941 में जगतसिंहपुर जिले के बालीकुडा क्षेत्र के एक दूरवर्ती गाँव में हुआ। ओडिया साहित्य में उत्कृष्ट योगदान के लिए आपको ओड़िशा साहित्य अकादमी पुरस्कार (1985), झंकार पुरस्कार (1988), ओडिशा साहित्य का सर्वोच्च सरला दास पुरस्कार (1991), केरल स्थित अमृता कृति पुरस्कार (2006),

भारत सरकार का पद्म श्री (2007) तथा ज्ञानपीठ पुरस्कार (2011) मिल चुका है। उनके उपन्यास अपरिचित तथा मोक्ष पर ओड़िशा सरकार ने फिल्में भी बनाई हैं। इसके अतिरिक्त, आप कई प्रतिष्ठित संस्थाओं जैसे इंडियन काउंसिल फार कल्चरल रिलेशन, सेंट्रल बोर्ड ऑफ फिल्म सर्टिफिकेशसन, इंडियन रेड क्रास सोसाइटी, इंडिया इंटरनेशनल सेंट्रल, नेशनल बुक ट्रस्ट ऑफ इंडिया तथा सेंट्रल एकेडेमी ऑफ लैटर्स की सदस्या हैं। उनके मुख्य उपन्यास बरसा बसंत बैशाख (1974), निषिद्ध पृथ्वी (1978), परिचय (1979), अपरिचिता (1979), पुण्यतोया (1979), मेघमेदूरा (1980), आशाबारी (1980), अयमारम्भा (1981), नील तृष्णा (1981), समुद्र स्वर (1982), शिला पदम् (1983), याज्ञसेनी (1984), शिष्य पदम् (1985), देहातीत (1986), उत्तर मार्ग (1988) आदि भूमि महामोह (1998), मेघना भाटी (2004) तथा लघु कहानी संग्रहों में सामान्य कथानक (1978), असम्प्ता (1980), एकतान (1981), गंग शिवली (1982), आना बाना (1983), हताबक्स (1983), घास और आकाश (1984), चन्द्र भागा और चन्द्र कला (1985), अव्यक्त (1986), इतिवृतक (1987), हरितपात्र (1989), पृथक ईश्वर (1991), भगवार देश (1991), मनुष्य स्वर (1992), मोक्ष (1993), उल्लंघन (1998), निवेदानिम (2000), गान्धींक गाँव (2003), जोटी पाका कांधा (2008), इत्यादि हैं।

22. रामचंद्र बेहेरा (1945)

जन्म-स्थानः - बारकाटीपुर, केंदुझर

प्रकाशित गल्प-ग्रंथः - 'द्वितीय श्मशान' (1976), 'अचिन्हा पृथिवी' (1978), 'अवशिष्ट आयुष' (1982), 'ओंकार ध्वनि' (1987), 'बंचि रहिबा' (1990), 'भग्नांश स्वरूप' (1993), 'महाकाव्यर मुंह' (1997), 'फंटा कांथर गछ' (2000), 'अस्थायी ठिकाना' (2002), 'गोपपुर' (2003)।

□

अनुवादक का परिचय

नाम : दिनेश कुमार माली
जन्म-तिथि : 09-11-1968

शिक्षा : बी.ई. (आनर्स) (माइनिंग), पोस्ट ग्रेजुएट डिप्लोमा इन इकॉलोजी एंड एनवायरमेंट, एमबीए (ऑपरेशन), एम.ए. (हिंदी), एम.ए. (अँग्रेजी)।

संप्रति : मुख्य प्रबंधक (खनन), जगन्नाथ क्षेत्र, महानदी कोलफील्ड्स लिमिटेड, तालचेर, जिला - अंगुल (ओड़िशा)

प्रकाशित मूल कृतियाँ : चीन में सात दिन (यात्रा-संस्मरण), डॉ. विमला भंडारी की रचनाधर्मिता, त्रेता एक सम्यक मूल्यांकन एवं राधामाधव : एक समग्र मूल्यांकन (हिन्दी के शीर्षस्थ कवि उद्भ्रांत के महाकाव्य त्रेता एवं 'राधामाधव' की आलोचना) एवं डॉ. सीताकान्त महापात्र एवं डॉ. सुधीर सक्सेना की कविताओं पर तुलनात्मक अध्ययन 'दो कवि - एक दृष्टि'!

प्रकाशित प्रमुख अनूदित कृतियाँ : पक्षीवास, रेप तथा अन्य कहानियाँ, बंद-कमरा, ओड़िया भाषा की प्रतिनिधि कहानियाँ, बीच में छाया, अपना-अपना कुरुक्षेत्र, सप्तरंगी सपने, मेरा तालवेर, चकाडोला की ज्यामिति, साहित्यिक सफर का एक दशक, शिखर तक संघर्ष, पूर्व कोयला सचिव श्री प्रकाश चन्द्र पारख की अँग्रेजी पुस्तक ('क्रूसेडर ऑर कोन्स्पिटर?' का हिन्दी अनुवाद), सीमंतिनी, स्मृतियों में हावर्ड (ज्ञानपीठ पुरस्कार से सम्मानित ओड़िया कवि श्री सीताकान्त महापात्र का हिन्दी अनुवाद), विषादेश्वरी, अमावस्या का चाँद, नंदिनी साहू के अँग्रेजी महाकाव्य 'सीता' का काव्यानुवाद, हलधर नाग की कविताओं का अनुवपाद।

सम्मान : कोल इंडिया तथा महानदी कोलफील्ड्स द्वारा राजभाषा सम्मान, भारतीय राजभाषा विकास संस्थान, देहरादून द्वारा आयोजित अखिल भारतीय राजभाषा संगोष्ठी- 2011, मदुरै में 'राजभाषा विशिष्टता सम्मान' तथा 'विशेष राजभाषा विशिष्टता सम्मान, चतुर्थ अंतर-राष्ट्रीय हिन्दी सम्मेलन-2011 थाईलैंड में सृजन-सम्मान संस्थान, रायपुर द्वारा 'सृजन-श्री', लखनऊ में आयोजित द्वितीय अंतर-राष्ट्रीय ब्लागर सम्मेलन में वर्ष-2011 के श्रेष्ठ लेखक (संस्मरण) के लिए तस्लीम- परिकल्पना-पुरस्कार, भारतीय राजभाषा विकास संस्थान, देहरादून द्वारा आयोजित अखिल भारतीय राजभाषा

संगोष्ठी-2012, शिमला में सर्वोच्च पुरस्कार 'भारतेन्दु साहित्य शिरोमणि सम्मान' तथा वैज्ञानिक आलेख पर 'वैज्ञानिक राजभाषा विशिष्टता सम्मान' तथा हिन्दी के उन्नयन के लिए 'विशेष राजभाषा विशिष्टता सम्मान', तालचेर की साहित्यिक संस्था 'आम प्रतिभा आम परिचय सम्मान', माहंगा बडचना साहित्य एवं संस्कृति परिषद बालिचन्द्रपुर, जाजपुर द्वारा 'अनुसृजन प्रतिभा सम्मान-2014', तालचेर की पंजीकृत साहित्यिक संस्था गडजात फाउंडेशन कोयला नगरी एक्सप्रेस द्वारा 'साहित्य सारथी सम्मान-2014' नौवें अंतर-राष्ट्रीय हिन्दी सम्मेलन-2014, बीजिंग, चीन में सृजन-सम्मान संस्थान, रायपुर द्वारा 'सृजनगाथा- सम्मान' सलिला संस्था, सलूम्बर से 'सललि विशिष्ट साहित्यकार सम्मान', एनआीपीसी दीपशिखा, कणिहा, अंगुल द्वारा 'चंद्रमा साहित्य सम्मान-2014', साहाण मेला प्रकाशन संस्था, भुवनेश्वर के स्वनक्षत्र उत्सव म. 'साहाण मेला नंदिघोष सम्मान-2014', साहाण मेला प्रकाशन संस्था, भुवनेश्वर के स्वनक्षत्र उत्सव म. 'साहाण मेला नंदिघोष सम्मान-2014', 'तालचेर पुस्तक मेला में प्रतिभा सम्मान-2018' से सम्मानित।

वर्तमान पता : क्वार्टर नं. सी/34, लिंगराज टाउनशिप, पो. हंडिधुआ, तालचेर, **जिला** : अंगुल-75910 (ओड़िशा)

ईमेल : sirohi-dkm@gmail.com

चलित भाष : 9437059979, 9438878027

वेबसाइट : dineshkumarmali-in

www.ingramcontent.com/pod-product-compliance
Lightning Source LLC
Chambersburg PA
CBHW050135110726
47898CB00008B/2538
* 9 7 8 1 6 4 5 6 0 1 3 0 2 *